Retime 006

基督山恩仇記 ❸

LE COMTE DE MONTE-CRISTO VOL.3

大仲馬 (Alexandre Dumas)◎著
韓滬麟、周克希◎譯

高寶書版集團

「罪行必將敗露，用厚土覆蓋也不能遮掩天下人的耳目。」

維爾福引用《哈姆雷特》

目錄｜contents

第三冊主要人物介紹

基督山伯爵—繼續利用或是製造機會接近仇人，並且以直接或間接地的手法，開始展開打擊與報復對方的行為。

安德烈亞．卡瓦爾坎蒂—基督山伯爵藉由布索尼神父與水手辛巴達的名義，僱請他與另一個人假扮義大利貴族卡瓦爾坎蒂父子。他更在基督山伯爵的安排下，自稱伯爵被介紹給巴黎社交圈，並且積極攏落鄧格拉斯，欲娶其女歐仁妮為妻。但是，他的真實身分卻牽涉到一宗祕密。

瓦朗蒂娜．維爾福—德．維爾福之女，為人善良、孝順，並與馬西米蘭密戀中。因被父親安排將與弗朗茲結婚而傷心不已，最終求助於祖父諾瓦蒂埃。

諾瓦蒂埃．德．維爾福先生—德．維爾福的父親，因中風而全身癱瘓，僅能藉由眼睛傳遞訊息。因愛護孫女瓦朗蒂娜，為幫她阻止婚約，最後道出一段陳年祕密。

海蒂—基督山伯爵的女奴，同時也為他的被保護人。曾為希臘公主，因父親被人出賣而家破人亡，被賣給人口販子。

鄧格拉斯男爵—看中安德烈亞．卡瓦爾坎蒂的家勢，想取消與馬瑟夫家的婚約，將其女嫁給安德烈亞。為了打擊馬瑟夫伯爵，在基督山伯爵的建議下，派人到希臘調查他當年發生的事。自己同時因種種因素而開始在經濟上遭受損失。

鄧格拉斯男爵夫人—因與羅新的密友關係，總能先一步獲知最新訊息，成為鄧格拉斯取得證券市場內線消息的管道。除此之外，也因自己過去的一段祕辛，因而無意間成為基督山伯爵用以打擊仇人的工具之一。

德．維爾福檢察官—參加基督山伯爵在奧特伊的晚宴時，發現自己當年埋嬰的祕密被其發現，開始懷疑基督山伯爵的動機與目的，並且私下對基督山伯爵的背景展開調查。之後，他又因家中接連發生不幸的事而倍受打擊。

卡德魯斯—從被監禁的苦役勞逃出後過著貧困潦倒的日子。偶然發現曾為獄友並一起脫逃的貝厄弟妥，開始對其勒索。在對方的暗示下，潛入基督山伯爵的住處偷竊。

第五十五章　卡瓦爾坎第少校

基督山伯爵聲稱因盧卡的少校來訪而謝絕艾伯特的邀請。這件事，無論是伯爵或是巴蒂斯坦，都沒有說謊。

七點鐘剛過，也就是貝爾圖喬奉命出發到奧特伊兩個小時之後，一輛出租馬車便停在伯爵府邸大門口。馬車在一名約莫五十二歲的男子在大鐵門前下車之後，彷彿害羞似的，就一溜煙駛走了。訪客上身穿一著件繡有黑色肋形胸飾的綠色禮服，其款式似乎在歐洲已流行很久了。他的下半身穿得是一條藍呢寬腿褲，腳上穿一雙鞋底很厚的長統靴，擦得不太亮，但尚屬清潔。手上套一副麂皮手套，頭戴一頂類似憲兵戴的帽子。黑色的硬領結上鑲著一條白邊。如果不是主人自願且費心戴上去的話，看上去真可以說是一道鐵頸圈了。以上就是訪客全部的慎重裝扮。此時，他正在鐵門前拉鈴，打聽此處是否就是香榭麗舍大道三十號。詢問著基督山伯爵先生是否住在這裡。當他得到守門人肯定的答覆後，就走進去，隨手關上門，直接向臺階走去。

此人的頭小且有棱角，頭髮開始花白，蓄著灰色濃密的唇髭。巴蒂斯坦一眼就認出他來，因為，他事先已得知來訪者明確的特徵，並在門廳的下沿守候多時。因此，還沒等訪客在聰明的僕人面前自報姓名，基督山伯爵已得到通報，知道他來了。僕人把陌生人引入一間最為樸素的客廳裡，伯爵就在那裡等他，並滿臉和善地向他走去。

「啊！親愛的先生，」他說，「歡迎之至。我正在等您。」

「真的嗎，」少校說，「大人是在等我嗎？」

「是的，我早就得知您在今天七點會到。」

「知道我會來？這麼說有人預先通報給您了？」

「完全正確。」

「啊！太好啦！我承認，我還擔心他們忘記這個程序了。」

「什麼程序？」

「先稟告您啊。」

「喔，他們沒有忘記。」

「那麼，您確信您沒有弄錯嗎？」

「我確信。」

「大人在今天七點鐘等的真是我嗎？」

「我們可以證實一下。」

「哦！不用麻煩了，」少校說，「其實是沒有必要的。」

「當然有必要。」基督山說。

少校顯得有些不安。

「讓我們看看，」基督山說，「您是巴爾托洛梅奧．卡瓦爾坎第侯爵，是嗎？」

「巴爾托洛梅奧．卡瓦爾坎第，」少校面露喜色的覆述著說，「就是我。」

「是前奧地利駐軍的少校，是嗎？」

「我曾是少校嗎？」老軍人怯生生地問。

「是的，」基督山說，「是少校。您在義大利得到的軍階，相當於法國的少校。」

「好呀！」少校說，「我求之不得啦，您知道……」

「再說，您不是自己要來這裡的。」基督山接著說。

「哦！這是肯定的。」

「有人把您介紹給我。」

「是的。」

「是那位德高望重的布索尼神父嗎？」

「是的！」少校高興地大聲說。

「您有帶著他的信嗎？」

「在這裡。」

「那就把信拿給我吧。」說著，基督山收下信，打開，念了起來。

少校驚訝地把雙眼睜得大大的，看著伯爵。然後，他又好奇地將視線移向室內的每件擺設上。最後，目光又回到了這些東西的主人身上。

「是的……是那位親愛的神父。卡瓦爾坎第少校是一位令人尊敬的盧卡貴族。他是佛羅倫斯卡瓦爾坎第家族的後裔。」基督山邊看邊說，「每年有五十萬的收入。」

基督山從信紙上抬起頭，欠了欠身子。

「五十萬，」他說，「非常好。」

「有五十萬嗎？」少校問。

「白紙黑字，應該是事實。布索尼神父對歐洲豪門巨富的資產非常清楚。」

「那就五十萬吧，」少校說，「不過，我以名譽擔保，我未曾想過數目有如此龐大。」

「因為您有位會偷竊的管家。可是，有什麼辦法呢？親愛的卡瓦爾坎第先生，我們總要過這一關的。」

「您剛才提醒我了，」少校一本正經地說，「我要把那個壞傢伙攆走。」

基督山繼續念道：「他只有一件憾事，否則就幸福美滿了。」

「哦，是的！只有一件事。」少校嘆了一口氣說。

「就是找回他的愛子。」

「我失蹤的愛子！」

「他在年幼時就被他高貴家族的世仇，或是被波希米亞人偷走了。」

「是五歲那年，先生。」少校抬起頭，雙眼望天，深深地嘆了一口氣說。

「不幸的父親。」基督山說。

伯爵繼續念道：「我給了他希望，還他生活的寄託。伯爵先生，我對他說，十五年來，他四處尋找卻毫無消息的愛子，您能夠設法讓他找到。」

少校帶著難以形容的焦慮神情凝視著基督山伯爵。

「我有辦法做到。」基督山說。

少校把身子挺得筆直。「這麼說，」他說，「這封信從頭至尾都是真的了？」

「您有所懷疑嗎，親愛的巴爾托洛梅奧先生？」

「不是，當然沒有懷疑！像布索尼神父如此莊重、虔誠的人，不會拿這種事胡說也不會開這樣的玩笑的。可是，您還沒念完，閣下。」

「是的，沒錯，」基督山說，「還有附言。」

「是的，」少校重複著說，「有附言。」

「為了省去卡瓦爾坎第少校到他開戶的銀行去提領現金的麻煩，我給了他一張兩千法郎的現金期票做為他的旅費。同時，我請他跟您拿您欠我的四萬八千法郎[1]。」

少校明顯帶著焦慮的神情等著這段附言的結論。

「很好！」伯爵說。

「他說『很好』。」少校喃喃自語。「這麼說……先生……」他接著說。

「這麼說什麼？」基督山問。

「這麼說，附言……」

「附言怎麼了？」

「和信一樣得到您的認可了？」

1 文中四萬八千法郎與法郎相混，原文如此。

「當然。布索尼神父和我有帳務往來。我不知道我是否正好欠他四萬八千法郎。不過，我們之間不會為幾張鈔票鬧糾紛的。喔，您似乎把這段附言看得非常重要，親愛的卡瓦爾坎第先生？」

「我必須向您解釋，」少校回答，「我對布索尼神父的簽名深信不疑，所以我沒多帶其他的錢。因此，如果這筆款項沒有著落的話，我在巴黎就會相當窘迫了。」

「以您的身分，在世界任何地方怎可能會遇上窘迫為難之事呢？」基督山問。

「因為，我不認識任何人。」少校說。

「可是別人不認得您嗎？」

「是的，他們是會認得我。所以……」

「說下去，親愛的卡瓦爾坎第先生。」

「所以，您會交給我四萬八千法郎的，是嗎？」

「當然，您只要提出來就行。」

少校驚訝地滾動雙眼。

「您先請坐吧。」基督山說，「說實在的，我真不知道自己怎麼了，竟然讓您站了一刻鐘。」

「請別在意。」少校拉過一把扶手椅，坐下。

「現在，」伯爵說，「您要喝點什麼？一杯塞雷斯白葡萄酒，波爾多葡萄酒，還是阿利康特葡萄酒？」

「承蒙您的好意，就阿利康特葡萄酒吧，那是我特別愛喝的酒。」

「我有幾瓶上好的阿利康特，外加幾塊餅乾如何？」

「承蒙您盛情，外加幾塊餅乾也好。」

基督山伯爵敲了敲鈴，巴蒂斯坦走進來。

伯爵向他走去。「怎麼樣？」他輕聲問。

「那名年輕人來了。」貼身男僕以同樣低的聲音回答。

「好。您讓他進了哪個房間？」

「遵照大人的吩咐，在藍色的客廳裡。」

「很好。把阿利康特葡萄酒和餅乾拿來吧。」

巴蒂斯坦走了出去。

「說真的，」少校說，「我給您添麻煩了，這使我惶恐不安。」

「快別這麼說吧。」基督山說。

巴蒂斯坦帶著酒杯、葡萄酒和餅乾走進來。酒瓶布滿了蜘蛛網，還帶有比老年人的皺紋更能證明是陳年老酒的種種特徵。伯爵把酒瓶裡盛著的紅色液體斟滿了一只酒杯，但在另一只杯裡僅僅倒了幾滴。少校沒有選錯，他拿起那只盛滿的酒杯和一塊餅乾。伯爵命令巴蒂斯坦把盤子放在賓客伸手可及的地方，後者開始用嘴抿了一口阿利康特酒，露出滿意的神色，再輕輕地把餅乾在酒裡蘸了蘸。

「這麼說，先生，」基督山說，「您住在盧卡，過去很有錢，又是貴族。您享有社會的尊重，擁有著使一個人獲得幸福的一切。」

「是的，一切，閣下。」少校說。他貪婪地一口把餅乾吞了下去。

「而在您的幸福之中只有一件憾事？」

「只有一件。」少校又說。

「就是沒能找回您的孩子？」

「是的！」少校拿起第二塊餅乾說。「這的確是我人生中的不幸。」

可敬的少校抬頭望著天，長長地嘆了一口氣。

「現在，說吧，親愛的卡瓦爾坎第先生。」基督山說，「您日夜思念的兒子究竟是誰呢？因為有人對我說，您一直是獨身的。」

「大家都那麼想，先生。」少校說，「我本人……」

「是的，」基督山接著說，「您讓人產生獨身的印象。您是想把年輕時的一次失足瞞過世人。」

少校又挺了挺身子，露出極為沉著、坦然的神情，或許是為了保持內心的平衡，也或許是為了有助於他追溯往事。但他同時又謙卑地垂下了眼睛，怯生生地看著伯爵。反觀，伯爵的嘴角始終掛著微笑，一直表現出善意的好奇心。

「是的，先生。」他說，「我本想向外人隱瞞這個過失的。」

「不是為了您本人吧？」基督山說，「因為男人並不在乎這類事情。」

「哦！不是的，當然不是為了我。」少校搖搖頭，微笑著說。

「是為了他的母親嗎？」伯爵說。

「是為了他的母親！」少校拿起第三塊餅乾大聲說，「為了他那可憐的母親！」

「喝吧，親愛的卡瓦爾坎第先生。」基督山邊說邊給少校斟了第二杯阿利康特酒。「您激動得喘不過氣來了。」

「為了他那可憐的母親。」少校輕聲說。他試圖讓他的淚腺在意志的作用下，可以在眼角上擠出一顆虛假的眼淚。

「我想，她的家族屬於義大利最古老的貴族世家，是嗎？」

「她出身菲耶索萊家族[2]，伯爵先生，是菲耶索萊家族的女貴族！」

「她叫什麼名字？」

「您想知道她的名字嗎？」

「其實，」基督山說，「您無須對我說，我也知道。」

「伯爵先生真是無所不知啊。」少校欠身說。

「奧莉瓦．科西納裡是嗎？」

「奧莉瓦．科西納裡。」

「是侯爵夫人嗎？」

「是侯爵夫人。」

2 義大利熱那亞著名的貴族世家，十六世紀開始式微。

「您不顧家人的反對，最後還是娶她為妻了。」

「天啊！是的，我最後走了這一步。」

「那麼，」基督山接著問，「您有帶來合乎手續的證書嗎？」

「什麼證書？」少校問。

「比如您與奧莉瓦．科西納裡的結婚證書，或是孩子的出生證明之類的文件。」

「孩子的出生證明？」

「令郎，安德烈亞．卡瓦爾坎第的出生證明。他不是叫安德烈亞嗎？」

「我想是的。」少校說。

「什麼，您只是想？」

「是的，我不敢確定，畢竟，他失蹤已經好多年了。」

「這倒沒錯。」基督山說，「總之，您有帶這些證件嗎？」

「伯爵先生，我必須遺憾地對您說，我先前不知道要帶這些證件，因此疏忽了，沒帶在身上。」

「太糟糕了！」基督山說。

「這些證書是絕對需要的嗎？」

「必不可少。」

少校搔了搔前額。「**per Baccho！**[3]」他說，「必不可少。」

「他們是絕對必須的。假設此地有人對您婚姻的有效性和令郎的合法性提出質疑怎麼辦？」

「說得對，」少校說，「有可能提出疑問的。」

「這樣的話，對您的孩子可就不利了。」

「這可事關重大。」

「這可能導致他錯過一門很理想的婚配。」

「O peccato！[4]」

「您要明白，在法國，這方面是很嚴格的。如果在義大利，跑去找一名神父，對他說：『**我們彼此相愛，讓我們結合吧。**』就行了。但在法國，現在時興非宗教儀式結婚。如果是要以登記方式結婚，就需要相關文件以證明其合法性。」

「這太糟糕了！我沒這些證書。」

「幸運的是，我有。」基督山說。

「您？」

「是的。」

「您有？」

---

3 義大利文，啊！

4 義大利文，那太遺憾了！

「我有。」

「啊！太好了，」少校說。他眼看因缺少這些證書恐怕使這次旅行的目的落空，還擔心這個疏忽會讓在他無法領取四萬八千法郎。「啊！真是萬幸！」

他接著說：「這是一件幸運之事，因為我完全沒想到要把相關證明帶著。」

「這不奇怪。我相信，誰也無法料事如神。不過幸運的是，布索尼神父為您想到了。」

「他真是個相當優秀的好心人。」

「他是個很細心的人。」

「他是很值得敬佩的人。」少校說，「他已經把證書送交給您了嗎？」

「在這裡。」

少校緊握雙手表示欽佩。

「您在卡蒂尼山的聖保羅教堂娶了奧莉瓦．科西納裡為妻。這張就是教士的證明。」

「啊，真的！就是這張。」少校驚喜地看著證書。

「這是安德烈亞．卡瓦爾坎第的受洗證書，由德．薩拉韋紮本堂神父簽發的。」

「一切都符合手續。」少校說。

「那麼，請把這些證書收下吧，我留著也沒用。日後，您再轉交給令郎，讓他妥善保存。」

「我想也是！不過，如果他遺失了……」

「是啊，如果遺失了怎麼辦？」基督山問。

「如果這樣，」少校緊接著說，「那就不得不去抄一個副本了。但是，再要得到一套證書所花費時間可長了。」

「安排與執行起來相當麻煩。」基督山說。

「幾乎是不可能的了。」少校說。

「我很高興，您能理解這些證書的價值。」

「我把它們視為無價之寶。」

「現在，」基督山說，「說說那位年輕人的母親吧。」

「年輕人的母親……」少校不安地重複道。

「就是科西納裡侯爵夫人……」

「是的，」少校說，難題似乎又從他的腳底下冒出來了。「難道還需要她出面作證嗎？」

「不是的，先生，」基督山又說，「何況，她不是已經……」

「是的，先生，」少校說，「她已經……」

「已經歸於塵土了？」

「天哪！是的。」少校急切地說。

「我已經知道了。」基督山接著說，「她去世已有十個年頭了。」

「對她的辭世，我仍然傷心不已，先生。」少校說。他從口袋裡掏出一塊方格手帕，擦擦左眼又擦擦右眼。

「有什麼辦法呢，」基督山說，「人終須一死。現在，請您明白，親愛的卡瓦爾坎第先生，在法國，沒有必要讓外人知道您與令郎已經分別十五年了。吉普賽人拐走孩子的故事在我們這裡並不多見。您就說，您把他送進某省的寄宿學校。您希望他在巴黎上流社會完成他的教育。因此，您離開了維亞勒佐[5]。自從您的夫人去世後，您就一直住在那裡。這樣說就沒問題了。」

「您這樣認為？」

「沒錯。」

「很好。」

「假使有人知道您們分離的事……」

「喔，是的，那我該怎麼說？」

「就說府上一位不忠誠的家庭教師，被您家族的宿敵所收買……」

「出賣給科西納裡？」

「沒錯。他偷走了這個孩子，為的是讓您們的家族絕嗣。」

「這有道哩，畢竟他是獨子。」

「好了，現在一切都說定了。您的記憶恢復了，別再遺忘了。您大概已經猜到我有事要讓您大吃一驚了吧？」

「是好事？」少校問。

5　Via Reggio，義大利一城市，旅遊勝地。

「哦！」基督山說，「我看得出，身為人父，他的眼睛和心靈都是不易被騙過的。」

「嗯！」少校輕喚了一聲。

「有人剛才已經不謹慎地向您透露了，或者更確切地說，您已經猜到他就在這裡了。」

「誰在這裡？」

「您的孩子，您的兒子，您的安德烈亞。」

「我早猜到了。」少校盡可能平靜地說，「這麼說他就在這裡？」

「就在這裡。」基督山說，「剛才我的貼身男僕走進來時，通報說他到了。」

「啊！太好啦！啊！太好啦！」少校大聲說。他每驚嘆一聲都要在他的直領長禮服的肋形胸飾上抓一下。

「親愛的先生，」基督山說，「我理解您現在的心情萬分激動。但是請您先鎮定一下。我想讓年輕人在這次朝思暮想的會面前，在心理上有所準備。我猜想他一定與您一樣著急。」

「我相信。」卡瓦爾坎第說。

「好吧！再過短短的一刻鐘，我們就會來看您。」

「您親自把他帶來？您對我真是太仁慈了。您要親自把他介紹給我？」

「不，我不願意介於父子之間。您們會單獨在一起，少校先生。不過，請放心吧，即使是一時難以識別的親屬關係，您也不會弄錯的。他會從這扇門進來。他是個英俊的年輕人，有著一頭金黃色頭髮，也許太黃了一點兒，待人和善。您馬上就會看到了。」

「哦，對了，」少校說，「您知道我身上只帶了好心的布索尼神父交給我的兩千法郎。這筆錢在旅途上花光了，還有……」

「您需要錢用，說得很對，親愛的卡瓦爾坎第先生。拿著吧，先付您八張現鈔，每張一千法郎，這是第一筆錢。」

少校的眼睛像紅寶石似的閃閃發光。

「我還欠您四萬法郎。」基督山說。

「大人需要一張收據嗎？」少校邊把鈔票塞進長禮服的下面口袋裡邊說。

「有什麼用呢？」伯爵問。

「以便您對布索尼神父有個交代。」

「好吧，您以後拿到四萬法郎時，再給我一張總收據就行了。君子之交，無須錙銖必較。」

「是的，沒錯，君子之交。」少校說。

「最後還有一句話。」

「請說。」

「您允許我對您提出一個小小的忠告嗎？」

「當然！我求之不得。」

「那麼我想建議您脫下這件長禮服。」

「是嘛！」少校帶著點得意的神色看著身上的衣服說。

「是的。這在維亞勒佐或許沒問題。可是在巴黎，雖不能說不高雅，但早已過時了。」

「真遺憾。」少校說。

「喔！如果您捨不得，您離開此地時可以再取走的。」

「那麼，我穿什麼呢？」

「您可以在您的衣箱裡找一件來穿。」

「我的衣箱？我只帶了一個旅行包。」

「您隨身大概是沒多帶東西。何須自找麻煩呢？再說，老軍人是喜歡輕裝上路的。」

「正是這個原因……」

「然而，您是一個考慮周全的人，您之前已把您的衣箱寄出了。箱子是昨天運到黎塞留街上的王子飯店。您在那裡預訂了房間。」

「那麼在箱子裡有什麼？」

「我猜想您已特地讓您的貼身男僕把您所需的東西都整理進去了。裡面應該有便裝和軍服吧。遇到正式的大場合，您就穿軍服，這樣體面些。別忘了戴十字勳章。雖然在法國，人們不會特別重視，但還是都戴著吧。」

「很好，很好，很好！」少校說，他心醉神迷，越來越忘形了。

「現在，」基督山說，「您的心理已有所準備，不會過於激動了。請期待與您的兒子安德烈亞重逢吧，親愛的卡瓦爾坎第先生。」

說完，基督山伯爵向興奮得飄飄欲仙的少校和氣地欠了欠身，在門簾後面消失了。

第五十六章　安德烈亞·卡瓦爾坎第

基督山伯爵走進巴蒂斯坦稱作藍色客廳的隔壁房間，裡面已經有一位年輕人在等待。他的舉止灑脫而不拘，衣著相當雅致。半小時前，一輛出租輕便馬車剛把他送到伯爵府邸的門前。巴蒂斯坦毫無困難地認出了他。這位金頭髮、黑眼睛的高個子年輕人，有著棕黃的髯鬚，紅潤的臉色與白皙的皮膚。這些特徵他的主人事先已經對他描述過了。伯爵走進客廳時，年輕人很隨意地躺在長沙發上，漫不經心地用一根鑲著金色球飾的白藤手杖輕輕地敲著自己的皮靴。看見伯爵，他快速地站起來。

「閣下就是基督山伯爵先生？」他問。

「是的，先生。」伯爵回答說，「我想，我是有幸與安德烈亞·卡瓦爾坎第伯爵先生說話吧？」

「安德烈亞·卡瓦爾坎第伯爵。」年輕人覆述，同時極其瀟灑地躬身行禮。

「想必您是收到了一封信，才來到我這裡的。」基督山說。

「我沒跟您提起這件事，是因為我覺得那上面的署名有點怪。」

「水手辛巴達，是嗎？」

「正是。可我除了《一千零一夜》裡的那個水手辛巴達，從來不知道有什麼別的辛巴達……」

「哦！他是那位辛巴達的後代，也是我的一位朋友。他非常有錢，是名個性有些古怪瘋癲的英國人。他的真名是威爾莫勛爵。」

「是嗎？那麼，這奇異的事得到解釋了。」安德烈亞說，「真是太好了。這位英國人就是我在……喔，對了……伯爵先生，我悉聽您的吩咐。」

「如果您說的都是真的，」伯爵微笑著說，「我希望您能願意把您的身世和家庭情況講給我聽。」

「當然沒問題。」年輕人流暢快速地說著，這足以說明他有非常好的記憶力。

「我，正如您說的，是安德烈亞．卡瓦爾坎第伯爵，也是巴爾托洛梅奧．卡瓦爾坎第少校的兒子。先祖卡瓦爾坎第的名字曾載入佛羅倫斯的貴族名冊。家父每年領有五十萬年金，所以家境富有，只是家門不幸，屢遭厄運。在我才五、六歲時就被一名見利忘義的家庭教師拐騙，因此，我已有十五年沒能見到親生父親。

「等我到了懂事的年紀，可以自由作主以後，就開始四處找他，可是毫無結果。後來，您的朋友辛巴達就給我這封信，告訴我家父在巴黎，要我跟您見面了解詳情。」

「說真的，您告訴我的這些事非常有趣。」伯爵說。他帶著一種滿意卻陰沉的神情觀察著年輕人。「您聽從我朋友辛巴達的勸告，遵照著他的囑咐，做得很對。因為，令尊確實就在這裡，而且正在找您。」

伯爵自從進了客廳，視線就始終沒有離開過這位年輕人。他很欣賞年輕人神色鎮定以及聲音沉著的表現。

不過，當小安德烈亞聽到「**令尊確實就在這裡，而且正在找您。**」這麼句再自然不過的話時，卻不由得嚇了一跳，喊出聲來：「我的父親！我的父親在這裡？」

「毫無疑問，是令尊，」基督山回答說，「巴爾托洛梅奧・卡瓦爾坎第少校。」

驚恐的表情頓時從年輕人的眉宇間消失了。

「哦！是的，確實是這個名字。」他說，「巴爾托洛梅奧・卡瓦爾坎第少校。那麼，伯爵先生，您是說我親愛的父親，就在這裡？」

「是的，先生。我還要告訴您，我剛才還和他在一起。他告訴我他與親愛的兒子多年前失散的故事，讓我聽得非常感動。說真的，他承受的痛苦，他的擔心受怕，以及對團聚的企望，簡直就是一首感人肺腑的詩。後來有一天，他收到了一封信。拐騙他兒子的歹徒表示可以把兒子交還給他，或是讓他知道兒子的下落，條件是交出一筆數目相當可觀的贖金。愛子心切的父親沒有半點遲疑，將這筆贖款送到皮埃蒙的邊境線上，同時還辦妥有義大利簽證的護照。我想，您當時是在法國南方吧？」

「是的，先生。」安德烈亞局促不安地回答，「對，我當時是在法國南方。」

「好像是有輛馬車在尼斯等您？」

「正是這樣，先生。我坐著那輛馬車，先從尼斯到熱那亞，再從熱那亞到都靈。然後，從都靈到尚貝里，又從尚貝里到蓬德博瓦贊。最後，從蓬德博瓦贊到達巴黎。」

「真的？那麼您父親本該能在路上遇見您，因為，他走的也是這條路線。這也是為何我們能依著這條路線追蹤到您已來到這裡。」

「不過，」安德烈亞說，「即使我父親在路上遇見我，恐怕也認不出來了。自他上次見我，我的模樣已有改變。」

「哦！父子相連。」基督山說。

「是的，」年輕人插話說，「但我沒想到父子天性這件事。」

「現在，」基督山說，「卡瓦爾坎第侯爵只有一件事還放心不下。就是他不知道您跟他分離的這些日子裡，您的情況究竟如何？不知道那些歹徒怎樣對待您，有沒有對您的身分表示應有的尊重？

「還有，不知道您在遭受了他們施加於您的精神折磨——那要比肉體上的折磨可怕一百倍——以後，您原本優秀的天賦與善良的個性是否受到不良的影響？您是否能夠不失尊嚴地重新在社交界取得並保持您應有的地位？」

「先生，」年輕人聽得目瞪口呆，囁嚅著說，「我希望不至於有什麼謠言……」

「我是從我的朋友慈善家威爾莫那裡第一次聽說過您的。我只知道他跟您相遇時，您的境況不怎麼好，但詳情我一無所知，也沒有問過他。我不是愛管閒事的人。

「您的不幸引起了他的關心，這也證明您有值得別人關注的地方。他對我說，他要讓您重回您在社交界的地位。他要找到您的父親，而且相信一定能成功。於是，他去找了，而且找到了，因為您父親現在就在這裡。最後，我這位朋友昨天通知我說您就要到了，並且給了我有關您財產的指示。這就是整個事情的由來。

「我知道我朋友威爾莫是個怪人，但同時也清楚他為人極為可靠。而且他富有得像座金礦，再怎麼別出心裁也絕不至於弄到傾家蕩產。所以，我答應對他的指示照辦不誤。現在，先生，我想提個問題，懇請您不要介意。既然我不得不在某種意義上扮演您保護人的角色，我自然會很想知道您所遭受的不幸。那些不幸不是您自願的決定，因而絲毫不會降低我對您的敬意。您的遭遇應該使您對社交圈產生幾分陌生感。只是，以您的財富和家世，您在社交場合上的言談舉止都必須表現得非常得體才行。」

「先生，」年輕人回答，在伯爵說話的這段時間裡，他漸漸地恢復了鎮定自若的神態。「關於這一點，您盡可以放心。那些把我從父親身邊拐走的歹徒，當初的動機想必是像他們後來做的那樣，就是狠狠地向我父親勒索一筆贖金。所以，他們的計畫是，必須讓我保持個人的身價，才能從我身上多榨些錢。而且，有可能的話，還可以使我的身價再提高些。因此，我受到了相當好的教育。那些拐騙小孩的人口販子對待我，有點像小亞細亞的主人對待奴隸的樣子。他們把奴隸培養成語法教師、醫生和哲學家，為的就是能在羅馬市場上將他們賣到更好的價錢。」

基督山滿意地笑了笑。看樣子他沒有想到安德烈亞・卡瓦爾坎第先生能有這樣的機敏反應。

「況且，」年輕人接著說，「若是在我身上有某些教養不足或禮儀不周的缺點，我想，考慮到那些伴我度過童年又隨我進入青年時代的不幸，想必大家也會加以寬容、原諒的。」

「好吧，」基督山語調不變地說，「一切悉聽尊便，伯爵先生，因為您有權決定自己如何行事，這是您的事情。不過，如果我是您，我就會對這段坎坷的經歷守口如瓶。

「您的身世就是部傳奇故事。只是，社交界的人們，雖然都愛看那些用兩張黃紙裝訂為封面的傳奇故事，但奇怪的是，對於那些在他們眼裡像是用兩片能說會道的嘴脣裝訂起來的傳奇故事，他們反而有戒心。就算您說得生動精采，他們還是不會信。

「我冒昧地提醒您注意這種很尷尬的場面。伯爵先生，一旦您把您曲折動人的身世講給某人聽，馬上就會被傳得滿城風雨，而且完全走樣。您不再是被找到的失蹤孩子，而是突然出現的暴發戶，如同一夕間冒出的蘑菇。您或許能成功的引起人們的好奇心。不過，您未必會喜歡成為人人矚目的焦點和品頭論足的目標。這也許會使您感到厭煩的。」

「我想您說得很對，伯爵先生。」年輕人說。在基督山眼神的逼視下，他的臉不由自主地變得蒼白起來。「這種情況是非常麻煩的。」

「不過！也無須把情況看得過於嚴重。」基督山說，「因為，一個人想避免犯某種錯誤的時候，往往又會做出別的荒唐事來。對您來說，最可行的是一個簡單的行動計畫。這個計畫符合您的利益，而像您這樣聰明的人執行起來應該就更容易了。您必須先掌握一批證據，還有一些受人尊敬的朋友。您需要靠這些來澄清您過去可能留下的所有疑點。」

安德烈亞顯然亂了方寸。

「我本來是可以為您作保，當您的擔保人。」基督山說，「不過，我這個人的倫理準則是，即使是最好的朋友我也會抱持懷疑的態度。而且，我也會要求別人對我採取同樣的態度。所以要是我為您作保，若用演員的話來說，就是跨界了，搞不好要冒著被人喝倒采的風險，那就太過丟臉、愚蠢了。」

「可是，伯爵先生，」安德烈亞壯著膽子說，「看在威爾莫勛爵介紹我來見您的分上……」

「是的，當然是。」基督山插話說，「不過威爾莫勛爵還曾經告訴過我，親愛的安德烈亞先生，您青少年時並非風平浪靜。」

伯爵看見安德烈亞做了個動作，就接著往下說：「您無須對我做出任何解釋。我之所以請您父親卡瓦爾坎第侯爵先生從盧卡趕來，也正是為了讓您不必再有求於其他人。您待會兒就會見到他了。

「他的態度略微古板，有點拘謹，這是因為穿著制服的緣故。只要想到他在奧地利軍隊中服役已達十八年之久，一切都可以原諒了。一般說來，我們對奧地利人不會十分苛求的。總之，我向您保證，他是一位在各方面都不會令您失望的父親。」

「啊，先生，聽您這麼一說，我就放心了。我離開他這麼久，對他已經沒有什麼印象了。還有，您知道，有龐大的家產也能使許多事情迎刃而解。」

「他是腰纏萬貫的大富翁……他的年金有五十萬法郎。」

「那麼，」年輕人著急地問，「我的境況會……很愜意囉？」

「愜意之極，我親愛的先生。您住在巴黎期間，他每年會給您五萬法郎。」

「照這樣，我就會選擇長住巴黎。」

「世事多變，您是無法控制的，我親愛的先生。謀事在人，成事在天。」

安德烈亞嘆了口氣。「不過，」他說，「如果我在巴黎，只要沒有發生什麼意外讓我非離開不可的話，您剛才所說的這筆錢，我肯定就能拿到嗎？」

「您會的。」

「是從家父那裡嗎？」安德烈亞焦急地問。

「是的，您將會從您父親那裡取得。不過，威爾莫勛爵按令尊的意思，由他具保，在鄧格拉斯先生的銀行裡開了一個每月支取五千法郎的戶頭。這家銀行是巴黎最有信譽的銀行之一。」

「家父打算在巴黎長住嗎？」安德烈亞不安地問。

「只住幾天，」基督山回答，「他因軍務在身，假期最多只有兩、三個星期。」

「哦！我親愛的父親！」安德烈亞說，顯然他對這樣匆促的行程感到非常高興。

「因此，」基督山說，同時裝作誤解了他的意思。「因此，我一分鐘也不想再耽誤您們的相見了。您已經準備好去擁抱這位可敬的卡瓦爾坎第先生了嗎？」

「我希望您不會懷疑這一點。」

「那好！就請到客廳去吧，我親愛的朋友，您會見到您父親正在那裡等您。」

安德烈亞向伯爵深深地鞠了一躬，朝隔壁的客廳走去。

伯爵目送他離開，一等到他消失在門後，就按了一下裝在一幅畫上的按鈕。只見畫框稍稍移動，露出一道設計得很巧妙的縫隙，剛好能讓人看清隔壁客廳裡的情景。

安德烈亞隨手把門帶上，朝著少校走上前去。少校剛才聽見他的腳步聲時，已經站了起來。

「哦，親愛的父親，」安德烈亞大聲地說，好讓伯爵隔著關緊的房門也能聽到，「真的是您嗎？」

「您好，我親愛的兒子。」少校莊重地說。

「我們分離了這麼多年，」安德烈亞邊說邊往房門瞥了一眼。「現在又重逢了，這多麼叫人高興啊！」

「可不是，分離得真是太久了。」

「我們不擁抱一下嗎，先生？」安德烈亞說。

「您願意就行，我的孩子。」少校說。

兩人就像在法蘭西喜劇院的舞臺上那樣擁抱在一起，也就是說，各自把腦袋擱在對方的肩膀上。

「這麼說我們終於團聚了！」安德烈亞說。

「我們終於團聚了！」少校說。

「永遠不再分離了？」

「這可不行！我想，親愛的孩子，您現在已經把法國當作第二故鄉了吧？」

「說實話，」年輕人說，「離開巴黎我會絕望的。」

「可是我，您必須明白，我離開了盧卡就沒法生活了。所以我要盡快趕回義大利去。」

「可是，我最親愛的父親，您在離開以前請務必將相關文件交給我。有了那些文件我就可以證明自己的身分了。」

「當然，我就為這事才專程趕來的。為了把這些文件交給您，我找您找得相當辛苦，實在不想再重來一次了。那會要了我的老命的。」

「那麼，文件在哪裡呢？」

「就在這裡。」

安德烈亞焦急地把父親的結婚證書和他自己的受洗證明一把奪過來並急忙打開。這種急切的心情對一個好兒子來說，其實也是很自然的。他迅速而熟練地把兩份文件都看了一遍。他的眼神說明他不僅對這些東西極有興趣，而且在這方面是訓練有素的。看完以後，他的臉上露出難以形容的興奮神色。他帶著一種古怪的笑容望著少校。

「哎呀！」他用純正的托斯卡尼話說，「這麼說，義大利是廢止苦役船[6]啦？」

少校挺直了身子。「為何問這個？」他說。

「在那裡偽造這類文件不會被判刑嗎？在法國，我最親愛的父親，有這一半我倆就得到土倫去呼吸五年新鮮空氣[7]啦。」

「您這是什麼意思？」那少校還想竭力保持尊嚴。

「我親愛的卡瓦爾坎第先生，」安德烈亞按住少校的手臂說，「人家給了您多少錢，讓您來當我的父親？」

少校想開口說話。

「噓！」安德烈亞壓低嗓門說，「我來給您做個榜樣，好讓您放心。有人給我每年五萬法

6　舊時罰犯人在其上划槳的戰船。
7　土倫是法國在地中海沿岸的一個軍港，此處呼吸新鮮空氣云云指劃苦役船而言。

郎，讓我來當您的兒子。所以，您該明白，我是不會否認您是我父親的。」

少校神色不安地朝四周望一下。

「放心吧，沒別人。」安德烈亞說，「再說，我們說的是義大利話。」

「至於我，」少校開口說，「他們給我五萬法郎，一次付清。」

「卡瓦爾坎第先生，」安德烈亞說，「神話故事您信不信？」

「從前不信，可現在我沒法不信了。」

「這麼說您是有些證據的了？」

少校從貼身的錢袋裡掏出一把金幣。

「喏，看見了吧。」

「那麼，您認為我可以相信他們對我的承諾囉？」

「我相信這個承諾。」

「那位伯爵老兄是會說話算數的囉？」

「絕不會食言。不過您也明白，要想這樣，我倆還得把戲演下去。」

「怎麼演？」

「我演慈祥的父親……」

「我演恭順的兒子，既然他們要我當您的後代……」

「您說的他們是誰？」

「天曉得，我也什麼都不知道，反正是寫信給您的人啊。您沒收到過一封信嗎？」

「收過。」

「誰寫的？」

「一個叫什麼布索尼的神父。」

「您不認識他？」

「從沒見過。」

「信裡說些什麼？」

「您不會出賣我吧？」

「我不會說出去，我倆的利害關係是一致的。」

「那您就拿去看吧。」

少校把一封信遞給年輕人。

安德烈亞低聲念道：「您很窮，貧困潦倒的晚年在等待著您。您想不想做個即使算不上富豪，至少也能完全自立的人呢？請您立即動身去巴黎香榭麗舍大道三十號見基督山伯爵先生，向他領回您和德．科爾西納裡侯爵夫人生養的，五歲時被人拐走的兒子。

「這個兒子的名字叫安德烈亞．卡瓦爾坎第。為使您不至於對寫信人的誠意有所懷疑，現隨信附上——一、一張二千四百托斯卡尼法郎的支票，可向佛羅倫斯戈齊先生的銀行兌取。二、一封寫給基督山伯爵的介紹信。信上說明我同意您向他支取四萬八千法郎的款項。請於五月二十六日晚上七點到伯爵府邸。簽名：布索尼神父。」

「就是它。」

「怎麼！就是它？您這是什麼意思？」少校問。

「我是說我也收到過一封類似的信。」

「您？」

「對，我。」

「布索尼神父寫的？」

「不是。」

「那麼是誰？」

「是個英國人，叫什麼威爾莫的勛爵，他用的是水手辛巴達的假名。」

「您也不認識他，就像我不認識布索尼神父一樣？」

「不，我可比您占了點優勢。」

「您見過他？」

「對，見過一面。」

「在哪裡？」

「啊！這一點我就不能奉告了，否則您就知道得跟我一樣多了，那可沒必要。」

「這封信裡說些什麼呢？」

「您自己看吧。」

您很窮，而且前途一片黯淡。您想有身分，有自由，有財產嗎？

「天哪！」年輕人左右搖擺著身子說，「像這樣的問題還用問嗎？」

請到尼斯去，在熱那亞您會發現有輛備好鞍轡的驛站快車在等著您。您從那裡出發，途經都靈、尚貝里和蓬德博瓦贊駛往巴黎，在五月二十六日晚上七點到香榭麗舍大道基督山伯爵的府邸，向他要您的父親。

您是巴爾托洛梅奧．卡瓦爾坎第侯爵和奧莉瓦．科爾西納裡侯爵夫人的兒子。侯爵給您的文件將會確認這一點，憑這份文件您可以用這個姓氏進入巴黎社交界。

至於您的身分，每年五萬法郎的進款應當可以維持得很好了。

隨信附上五千法郎支票一張，可向尼斯費雷亞先生的銀行兌取，另有一封給基督山伯爵的介紹信，我在信中已請他對您多加關照。

水手辛巴達

「哦！」少校說，「太好啦！」

「可不是？」

「您見到伯爵了？」

「剛從他那裡來。」

「他沒有提出任何異議？」

「完全沒有。」

「您明白這是怎麼回事嗎？」

「我真的不明白。」

「其中必定有個上當的人。」

「那總不會是您，也不會是我吧？」

「當然不會。」

「嗯，那麼……」

「反正跟我們沒關係，是嗎？」

「就是，我正想這麼說。我們得把戲演到底，而且得處處小心。」

「沒錯，您會看到我是個好搭檔的。」

「對這一點我從沒懷疑過，我親愛的父親。」

「承蒙誇獎，我親愛的孩子。」

基督山挑在這時走進客廳。聽見他的腳步聲，兩人都往對方身上撲去。伯爵進門時正好看見兩人抱在一起。

「太好了！侯爵先生。」基督山說，「看來您是找到了一個稱心如意的兒子了？」

「哦！伯爵先生，我開心得都說不出話來了。」

「那麼您呢，年輕人？」

「哦！伯爵先生，我高興得快透不過氣來了。」

「幸福的父親！幸福的孩子！」伯爵說。

「只有一件事讓我傷心。」少校說，「那就是我必須在很短的時間內離開巴黎。」

「喔！親愛的卡瓦爾坎第先生，」基督山說，「我想，在我把您們介紹給幾位朋友之前，您是不會動身的吧？」

「我聽候伯爵先生的吩咐。」少校說。

「現在，怎麼樣，年輕人，說說實話吧。」

「向誰？」

「當然是向令尊了。對他說說您的經濟情況吧。」

「是的！」安德烈亞說，「您正好說中我的心事。」

「您聽見了，少校？」基督山問。

「聽見了。」

「那好，您聽得懂其中的暗示嗎？」

「完全懂得。」

「令郎說他缺錢花用。」

「您看我該怎麼辦？」

「還需要多說嗎，當然是給他。」

「我？」

「是的，您。」基督山從父親身邊走向兒子。

「拿著！」他把一包鈔票塞在安德烈亞手中說。

「這是什麼？」

「令尊給的。」

「家父給的？」

「是的。您剛才不是說缺錢花用嗎？」

「是的。那怎麼樣呢？」

「就是這樣。他要我把這包錢交給您。」

「從我的收入裡扣除？」

「不，這是讓您在巴黎安頓下來的費用。」

「哦！親愛的父親！」

「別出聲。」基督山說，「您看得出來，他不想讓我告訴您，這錢是他給的。」

「我十分感激他對我的體貼。」安德烈亞說著，把這些鈔票塞進了長褲的口袋裡。

「很好，」基督山說，「都好了！」

「我們什麼時候能有幸再見到伯爵先生呢？」卡瓦爾坎第問。

「哦！沒錯，」安德烈亞也問，「什麼時候我們能有這分榮幸呢？」

「星期六，要是您們願意……喔……對，就星期六吧。那天晚上我在拉封丹街二十八號的奧特伊住所設席宴客。我邀請了幾個人，其中有您們的銀行家鄧格拉斯先生，我要把您們介紹給他。他必須先認識您們兩位，才能同意您們去提款。」

「穿禮服？」少校輕聲問。

「穿禮服。制服，十字勳章，束膝短套褲。」

「那我呢？」安德烈亞問。

「至於您，非常簡單。就穿黑長褲，漆皮靴，白背心，黑的或藍的上裝，翻花領結。訂製衣服最好去布蘭或韋羅尼克的裁縫店。如果您沒有他們的地址，巴蒂斯坦會給您的。像您這麼富有的人，在穿著上越是不過分修飾，效果就越好。若您想買馬，可以道德弗德厄那裡。假使需要買敞篷馬車，可以去找巴蒂斯特。」

「我們幾點鐘到府上？」年輕人問。

「就六點半吧。」

「好，我們會準時到的。」少校舉手行禮說。

卡瓦爾坎第父子向伯爵鞠躬告辭而去。

伯爵走到窗前，看著他倆手挽手地穿過庭院。

「一對寶！」他說，「真可惜他們不是一對貨真價實的父子。」

接著，他陰鬱地沉思了片刻，說：「去摩萊爾家吧。我覺得厭惡比仇恨更讓人噁心。」

第五十七章　苜蓿地

現在要請讀者允許我將各位帶進和德．維爾福先生府邸毗鄰的那片苜蓿地。在幾棵栗樹遮掩下的鐵門背後，我們會遇見幾位熟人。

這一次是馬西米蘭先到。他焦急地等候著花園深處的樹叢中即將出現的那個身影，以及緞鞋踏在小徑細砂上的窸窣聲。

盼了很久的窸窣聲終於傳來了，但是走過來的人影卻不是一個，而是兩個。鄧格拉斯夫人和歐仁妮小姐的到訪，耽擱了瓦朗蒂娜的時間，她沒想到她倆會待這麼久。於是，為了不致失約，她向鄧格拉斯小姐提議到花園裡去散步。她想借此讓馬西米蘭明白，雖然她的遲到必定使他感到很難熬，可並不是她的過錯。

年輕人靠著戀人特有的敏銳直覺，立刻明白了情況。他懸著的心終於也放了下來。況且，瓦朗蒂娜雖然無法讓他能聽見她說話的聲音，但是，她刻意地在馬西米蘭視線範圍內來回踱步。每當她來回一次，總會投去一道不為她的女伴所察覺，卻能越過鐵門被年輕人接住的目光，猶如在對他說：「耐心點，朋友，您也看見了，這並不是我的錯。」

至於馬西米蘭，也就耐著性子欣賞起眼前這兩位小姐的區別——一位是金黃頭髮，眼神憂鬱，柔軟的身形宛如垂柳。另一位棕色頭髮，眼神傲慢，腰身挺直猶如一株白楊。結果當然不用多說，在兩種迴然不同的氣質對比下，至少在年輕人的心裡，瓦朗蒂娜占盡了上風。

散步約半小時之後，兩位小姐回屋去了。馬西米蘭明白，鄧格拉斯夫人的到訪算是結束了。果然，過了不久，瓦朗蒂娜又獨自出來了。她擔心會有人暗中觀察她重返花園，所以走得很慢。她並沒有一下子就朝鐵門走去，而是先坐在一條長凳上小心仔細地的觀察四周。在確定她未被監視後，才朝馬西米蘭的方向奔去。

「您好，瓦朗蒂娜。」一個聲音說。

「您好，馬西米蘭。我讓您久等了，可您也看見原因了。」

「是的，我看見了鄧格拉斯小姐。我不知道您和這位小姐這麼親近。」

「誰跟您說我倆親近呢，馬西米蘭？」

「沒有人。可是我覺得您倆手挽手的樣子，以及談話的樣子，都告訴了我這一點。您們彷彿是寄宿學校的兩個女孩在說悄悄話。」

「我們是在說悄悄話。」瓦朗蒂娜說，「她告訴我，她討厭跟德．馬瑟夫先生的婚事。而我則告訴她，我把嫁給德．埃皮奈先生看作一場災難。」

「親愛的瓦朗蒂娜！」

「這就是為什麼您——我的朋友，」少女接著往下說，「會看到我和歐仁妮顯得是在互訴心事了。因為，在說到那個我不愛的男人時，我心裡在想著我愛的男人。」

「您能這麼說真是太好了，瓦朗蒂娜。而且您身上有一種特質，是鄧格拉斯小姐永遠也不會有的，就是讓人無法抗拒的魅力。這種魅力之於女性，猶如香氣之於花朵，甜味之於水果。因為，花朵或是水果光有美麗的外表是不夠的。」

「這是您的愛情在左右您的看法，馬西米蘭。」

「不是的，瓦朗蒂娜，我能向您確定不是因為如此。剛才我觀察您們的時候，我以名譽發誓，雖然我對鄧格拉斯小姐的美貌給予了公正的評價，但我還是無法理解怎麼會有男人愛上她。」

「事實是，馬西米蘭，因為有我的緣故。我在她旁邊使您對產生她不公平的比較。」

「不是的，不過請告訴我，只是純粹出於好奇的問題。它們是從我對鄧格拉斯小姐的某些想法裡冒出來的。」

「我敢說一定是些不公平的想法，不用問也知道。當您們評判我們這些可憐女子的時候，我們就別指望能得到寬容了。」瓦朗蒂娜打斷他的話說。

「您不能，起碼不能否認，您們女子之間就沒有嚴厲的評斷。」

「那是因為幾乎在所有情形下，我們的評判總帶有情緒。不過，還是回到您的問題上來吧。」

「鄧格拉斯小姐是不是因為愛上了別人，才反對跟德．馬瑟夫先生結婚呢？」

「馬西米蘭，我對您說過我和歐仁妮之間並不是多親密的。」

「是的，但是，兩個女孩就算不甚親密，也會無話不談的。您就承認自己問過她這個問題吧。喔！我看見您笑了。」

「如果如此，馬西米蘭，那麼我們中間有沒有這道圍木藩籬也都沒多大差別了。」

「所以，她是怎麼說的？」

「她對我說，她誰也不愛。」瓦朗蒂娜說，「她說她不喜歡結婚的想法。她最大的樂趣是過著自由自在、無拘無束的生活。她似乎盼望她父親破產，好讓她當個藝術家。就像她的朋友路易絲．德．阿爾米依小姐一樣。」

「喔！您看到了吧……」

「怎麼了，這代表什麼嗎？」瓦朗蒂娜問。

「沒什麼。」馬西米蘭微笑著回答。

「那麼，」瓦朗蒂娜說，「您又為什麼笑呢？」

「您是想要我離開嗎？」

「喔！不！不是的！別讓我們浪費時間了。您才是我想說話的人。」

「是啊，我們要把握時間。我最多只能再待十分鐘了。」

「上天啊！」馬西米蘭沮喪地喊道。

「是的，您是對的。我對您只是個不良的朋友。看我使您的生活變成了什麼樣子了，可憐的馬西米蘭。您應該生而幸福的。為此，我一直在苦苦地責備自己，這是真話。」

「喔！這跟您有什麼關係呢，瓦朗蒂娜？只要我覺得這樣很幸福，只要我覺得漫長且痛苦的等待能得到補償就好。即使這補償就是見到您五分鐘，或是聽到您說上幾句話，都好。我堅信上帝不會在創造像我倆這樣心靈相通的靈魂，又奇蹟般地讓我倆的心結合後，祂還會把我們分開。」

「這些真是體貼與欣慰的話語。就請您為我倆抱持著希望吧，馬西米蘭。這樣會使我多少開心一點。」

「但是，您為什麼要如此匆忙地離開我？」

「我也不清楚詳情。德．維爾福夫人派人請我去，說是要跟我談談有關我那部分財產的事。唉！我的上帝，就讓他們把我的財產都拿去吧，我是太有錢了。但願他們拿去以後，就能讓我安靜、自由地待著。我即使失去財產，您也會愛我的，是嗎，馬西米蘭？」

「是的！我會永遠愛您。不管是富有還是貧窮對我都沒關係，只要我的瓦朗蒂娜在我身邊，只要我確信誰也不能把她從我身邊奪走！不過，等一下的談話……瓦朗蒂娜，您想這場談話不會涉及到您的婚事嗎？」

「我想不會。」

「現在，您聽我說，瓦朗蒂娜，您千萬別害怕，因為只要我活著，我就絕不會再愛第二個人的。」

「您以為我聽您這麼說，就不會擔心了嗎，馬西米蘭？」

「對不起！您說得對，我真是沒有大腦。其實，我想告訴您的是，有一天我遇見了德．馬瑟夫先生。」

「怎麼樣呢？」

「弗朗茲先生是他的朋友，這您知道。」

「是的，那又怎麼樣？」

「嗯，他收到弗朗茲的一封信，弗朗茲說他就要回來了。」

瓦朗蒂娜臉色蒼白，用手撐在鐵門上。

「哦，我的上帝！」她說，「會是如此嗎？可是，不對，這個消息不該會由德·維爾福夫人來告訴我。」

「為什麼？」

「因為……我也說不清為什麼……可是德·維爾福夫人，雖說從沒公開表示過反對，但她似乎並不喜歡這件婚事。」

「是嗎？瓦朗蒂娜，那我真要對德·維爾福夫人表達感激了。」

「請先別忙著感激，馬西米蘭。」瓦朗蒂娜帶著憂傷的笑容說。

「她既然想反對這門婚事，不就表示她可能可以接受其他人的提親嗎？」

「不是的，馬西米蘭。德·維爾福夫人不喜歡的不是男方，而是結婚這件事。」

「結婚這件事？如果她這麼討厭婚姻，那麼她自己為何要結婚呢？」

「您沒明白我的意思，馬西米蘭。事情是這樣的，一年前我提出要進修道院，她雖然也說了些出於責任非說的話，勸我別那麼做，可是暗地裡這正合她的心。連我父親——我相信他一定是受了她的慫恿——也同意了我進修道院。最後，是我那可憐的祖父勸住了我。

「可憐的長輩，他在這個世界上只愛我一個人。而且，雖然我這麼說是褻瀆神明，願上帝寬恕我，但是，在這個世界上也只有我一個人愛著他。我無法忘記，當祖父聽說了我的決定後，他望著我時的責備眼神，以及沿著他木然麻痺的臉頰流下的淚水。啊！馬西米蘭，我當時感到多麼愧疚。我跪倒在他跟前喊著說：『原諒我！原諒我！親愛的爺爺！隨便他們怎樣對待我吧，我再也不會離開您了。』

「聽了這番話，他抬起頭望著上天！馬西米蘭，我也許還得受很多苦，可是，有著親愛爺爺的這道目光，已經先補償了我將要遭受的苦難。」

「可愛的瓦朗蒂娜！您是位天使。像我這樣一個拿著軍刀在貝督因人中間左衝右殺的人，除非上天真的認為他們是該死的邪教徒，否則，我真不知道我憑什麼配得上您對我的眷顧。可是您說，瓦朗蒂娜，您要是不結婚，對德．維爾福夫人到底又有什麼好處呢？」

「您剛才沒聽見我說我很有錢嗎，馬西米蘭？其實是太有錢了。我從我母親名下可以繼承五萬法郎的年金，以及我的外祖父母——德．聖米蘭侯爵夫婦——大概也會留給我同樣數目的一筆財產。最後，諾瓦第埃先生顯然是想讓我成為他唯一的遺產繼承人。結果就是，我的弟弟愛德華，他從德．維爾福夫人那裡繼承不到任何財產，跟我相比之下就很窮困了。

「德．維爾福夫人對這孩子寵愛到極點，把他當作一塊心頭肉。要是我當了修女，我的全部財產就會轉到父親手裡——他可以繼承侯爵夫婦的遺產，還可以得到我的所有財產。最終，這些財產自然就會落到她兒子手裡。」

「天啊！一名年輕美麗的女子竟會如此貪財，真是不可思議！」

「您必須想到，這不是為了她自己，馬西米蘭，是為了她的兒子。您責備她的過錯，但從母愛的角度去看幾乎是一種美德了。」

「不過，瓦朗蒂娜，您不能在這件事上屈服。」摩萊爾說，「您不能把財產分一部分給她兒子嗎？」

「我怎麼能提出這樣的建議呢？」瓦朗蒂娜說，「更何況她又是一個口口聲聲說自己是不存有半點私心的女子？」

「瓦朗蒂娜，我的愛情在我心中永遠是神聖的。我對待一切神聖的事物，都是用仰慕的輕紗把它蒙上，珍藏在心裡。所以這世上沒有一個人——包括我的妹妹在內——知道這從未向人透露的愛情。現在，瓦朗蒂娜，您能允許我把這分愛情告訴一位朋友嗎？」

瓦朗蒂娜微微一震。

「告訴一位朋友？馬西米蘭，這位朋友是誰呢？我害怕答應您的要求。」

「您聽我說，瓦朗蒂娜。您是否曾經有對某個人產生一種無法抗拒的好感？儘管您是第一次見到這個人，卻覺得早就認識他似的。您問自己在什麼時候，什麼地方見過他，可您又想不起來時間和地點。於是，您就會覺得事情發生在前世，而自己產生的好感也不過是一種甦醒的記憶。您有過這種感覺嗎？」

「我有過。」

「那好！我第一次見到這位奇人的時候，心裡的感覺就是這樣的。」

「奇人？」

「是。」

「那麼您認識他很久了嗎？」

「才八、九天而已。」

「您居然把一個才認識一星期的人稱作您的朋友？馬西米蘭，我還以為您會把朋友這個稱謂用得更謹慎些。」

「您在邏輯上是完全有理的，瓦朗蒂娜。可是，不管您怎麼說，我還是無法擺脫這種直覺。我覺得這個人跟我未來所能得到的好運與幸福是聯繫在一起的。有時候像是他的雙眼已經預見，再用他那雙強而有力的手把這些幸運牽引過來。」

「這麼說他是一位先知了？」瓦朗蒂娜莞爾一笑說。

「確實如此，」馬西米蘭說，「我常常覺得他有未卜先知的天賦，尤其是有預言好事的本領。」

「喔！」瓦朗蒂娜神情憂傷地說，「請讓我見見這個人吧，馬西米蘭。那樣他就可以告訴我，我是不是會得到足夠的愛，來補償我所受的所有這些痛苦了。」

「可憐的女孩！您是見過他的。」

「我見過？」

「是的。就是救過您繼母和她兒子性命的那個人。」

「基督山伯爵？」

「就是他。」

「哦！」瓦朗蒂娜喊道，「他不可能是我的朋友；他跟我繼母那麼親近。」

「伯爵先生是您繼母的朋友？瓦朗蒂娜，我的直覺告訴我不是這麼回事。我敢肯定您是弄錯了。」

「不，我沒弄錯。我跟您說，現在這個家已經不是愛德華在發號施令，而是伯爵先生在主宰一切。德．維爾福夫人巴結他，把他當作人類智慧的化身。我父親崇拜他，說自己從沒聽到過像他闡述的精湛高論。愛德華對他有一種狂熱，儘管他害怕伯爵先生那雙烏黑的大眼珠，但一見伯爵先生來，他就會奔上前去，扳開他的手，而他的手裡也必定會有一件可愛的玩具。基督山伯爵似乎有種神祕而不可抗拒的力量完全影響了我的家人。」

「情況若像您所述，那您也許早就感覺到，或者很快就會感覺到，他對別人的影響有多大了。他在義大利遇見艾伯特．德．馬瑟夫，是為了把他從強盜手裡救出來。他看見鄧格拉斯夫人，是為了送她一份貴重的禮物。您的繼母和弟弟路過他的門前，是為了讓他的黑奴搭救他們的性命。

「這個人顯然具有左右環境的能力。我從沒見過有一個人能把簡單樸素和雍容華貴的氣質融合得如此完美。當他向我微笑時，是那麼親切，使我忘卻別人以辛辣刺人來形容他的笑容。請告訴我，瓦朗蒂娜，他也這樣對您微笑過嗎？如果有過，您一定會獲得幸福的。」

「我嗎？」小姐說，「他從未看我一眼。相反的，當我碰巧走過的時候，他表現出寧可迴避我的樣子。哦！他並不是個寬宏大度的人。他也沒有如您所說的一雙能看盡別人心裡的慧眼。如果他有，他就會看到我的不幸。如果他真的寬宏大度，見到我在這家裡的孤單與愁苦，他一定會用他的影響來保護我。既然他像您說的，是一輪太陽，他一定會用一束陽光來溫暖我的心的。

「您說他愛您，馬西米蘭，您又是怎麼知道的呢？像您這麼一位身材修長，蓄著長髭的軍官，人們當然會對您禮遇。可是，對於一個哀苦無依的可憐女孩，他們會覺得不屑一顧。」

「哦！瓦朗蒂娜，我敢說您一定是想錯了。」

「如果情況相反，他對我的態度圓通的話。假使他想用種種辦法成為在這個家裡立足的人，最終擁有支配這家人的權力，他也該至少給我一個被您大肆稱讚的笑臉。可是沒有，他看到我孤苦伶仃，明白我對他毫無用處，所以他對我根本不屑一顧。再說誰知道他為了討好我的父親和德．維爾福夫人，或者我的弟弟，會不會利用他的權力在貶損我呢？我並不是一個該讓他可以毫無道理輕視的人。啊！原諒我。」瓦朗蒂娜說。

她看見馬西米蘭聽到這番話後的表情，接著說：「是我不好，對您說了這些連我自己都不知道存在心中有關他不好的想法。我不否認您說的那種影響是存在的，即使我從未經驗過。不過，他似乎對我產生了邪惡而不是良善的影響。」

「好了，瓦朗蒂娜，」摩萊爾嘆了口氣說，「我們別再討論這件事了。我不會告訴他的。」

「唉！」瓦朗蒂娜說，「我知道，我傷了您的心。但願有一天我能握緊您的手請求您的原諒！其實我也希望您能說服我。請告訴我，這位基督山伯爵到底為您做過些什麼事情呢？」

「您的問題使我慚愧，瓦朗蒂娜。我無法說出伯爵先生幫過我什麼忙。但是，正像我對您說過的，我對他的感情完全出於直覺，是說不出什麼道理的。難道太陽為我做過什麼事嗎？沒有，它溫暖了我，讓我在陽光中見到了您，如此而已。難道花的香味為我做了什麼事嗎？沒有，但這香味喚起了我某種愉快的感覺。當有人問我為什麼讚美這香味時，我只能這樣回答。

「我對他的友情正像他對我的友情一樣的奇妙也無法解釋。一個神祕的聲音對我說，在這種不期而遇且彼此心靈相通的友情裡，有著比偶然更多的意義。即使在他最簡單的舉動，在他最隱密的想法裡，我都能發現我與他的聯繫。您一定又要笑我了，瓦朗蒂娜。可是，自從我認識他以後，我就有了這麼個荒謬的念頭——覺得我的一切幸福都是他帶來的。

「可是，我沒有這位保護人，也已經生活了三十年，您想這麼說，是嗎？讓我舉個例子，他邀請我週六晚上去餐敘，以我們的關係這是很自然的事。但是我後來知道了什麼呢？就是您父親也是這次晚宴被邀的客人，而您繼母也會去。我將在飯桌上遇見他們。而且，誰知道會面之後又會發生什麼事呢？您或許會覺得這不過是巧合，可是我在其中看到了一些使我吃驚的地方，讓我產生了一種奇怪的信心。我暗想，伯爵先生，這位能未卜先知的怪人，是想安排德．維爾福先生和夫人見見我。我向您說實話，有好幾次我都想從他的眼睛裡看出他究竟是不是也知道了我的愛情。」

「我的好朋友，」瓦朗蒂娜說，「我若是再聽您這麼說下去，我會把您當作一個相信幻覺的人，真的要擔心您的神志是否清醒了。對這次會面，除了巧合以外，您還能看出什麼別的意義嗎？您再仔細想想吧。我父親平時從不出門，他幾次想回絕這次對德．維爾福夫人發出的邀請，可是她卻一心一意想到這位非凡富豪的府上去看個究竟。她費了好大的功夫才說服父親答應陪她去。不，不，我必須說，馬西米蘭，在這個世界上我所能求助的就只有您與我的祖父——一位全身癱瘓的長輩。」

「我想您是有道理的，瓦朗蒂娜，邏輯上您是對的。」馬西米蘭說，「可是您平時總是讓我心悅誠服的甜美聲音，今天卻沒能說服我。」

「您也沒能說服我呀，」瓦朗蒂娜說，「我得說，要是您舉不出別的例子……」

「例子倒還有一個，」馬西米蘭有些猶豫地說，「不過說真的，瓦朗蒂娜，我得對自己承認，這個例子比剛才那個還要離譜。」

「那就別說了。」瓦朗蒂娜笑著說。

「可是，」摩萊爾接著說，「它對我卻有著決定性的意義，因為我對有些突如其來的想法和感覺是很相信的。十年的軍旅生活中，這種內心的直覺曾經好幾次叫我往前或往後，讓致命的子彈只與我擦身而過。」

「親愛的馬西米蘭，為何不說子彈的偏斜是歸功於我的祈禱呢？當您離開時，我不再是為自己，而是為您在向上帝和母親祈禱了。」

「是的，在我跟您認識以後是這樣，」摩萊爾微笑著說，「可是在我跟您認識以前呢，瓦朗蒂娜？」

「您真是令人生氣，居然一點功勞也不肯給我。還是來說說那個連您自己都覺得離譜的例子吧。」

「好！您從門板縫裡往大樹那裡看，會看到我騎來這裡我買的新馬。」

「啊！多漂亮的馬！」瓦朗蒂娜喊道，「您為何不把牠牽到鐵門前來呢？那樣我就可以跟牠說話並輕拍牠了。」

「牠正如您所見是一匹相當名貴的駿馬。」馬西米蘭說，「您知道，我的財力是很有限的，瓦朗蒂娜，我也不是一個善於偽裝的人。有天，我到一家馬行，在那裡看見了這匹迷人的駿馬，我給牠取名美狄亞。我問了牠的價格，他們回答說是四千五百法郎。於是，您能想像，我也只能打消這個念頭。我承認，我離開時心情沉重，因為之前這匹馬深情地望著我，牠的頭在我身上輕輕地蹭著。當我騎在牠的背上，還用最討人喜歡的優雅姿勢騰躍。

「當天晚上，有幾個朋友到我家來，有德．夏托．勒諾先生，德布雷先生，還有五、六位不認識，也不知名字的人。他們提議玩牌。我從來不玩牌，因為我既沒富到輸得起錢，也沒有窮到要想去贏錢。可是，這次是在我家裡，您明白，我沒有辦法，只好派人去買紙牌了。當大家在牌桌旁坐下時，基督山先生來了。他也坐下，大家就玩了起來。結果是我贏了。我都不好意思告訴您，我居然贏了五千法郎。

「牌局直到午夜才結束。我按捺不住心頭的喜悅，跳上一輛輕便馬車就直奔那家馬行。我心頭怦怦直跳，非常激動地拉響了門鈴。我想來應門的人一定認為我是瘋子。我一頭衝到馬廄，美狄亞就站在料架旁嚼著草料。我立刻開始為牠安上鞍肩與轡頭，美狄亞則非常溫順優雅地站著。隨後，我把四千五百法郎往目瞪口呆的老闆手裡一塞，就騎著馬在香榭麗舍大道遛了一夜，以完成我的願望。當我經過伯爵的府邸時，看見伯爵的窗口還亮著燈光。我覺得自己瞥見了他在窗簾後面的身影。現在，瓦朗蒂娜，我敢確信伯爵知道我很想得到這匹馬，才故意輸錢讓我贏的。」

「我親愛的馬西米蘭，」瓦朗蒂娜說，「您真是太愛幻想了。看來您不會愛我太久。一個成天生活在詩裡的男人，會覺得像我倆這樣平淡的愛情過於乏味的。他們在喊我了。您聽見了嗎？」

「哦！瓦朗蒂娜，」馬西米蘭說，「請您把一根手指從這個小縫中伸出來，就小拇指，讓我能喜悅地親吻吧。」

「馬西米蘭，我們說好的，我們彼此就只是兩個聲音、兩個影子。」

「那就隨您吧，瓦朗蒂娜。」

「要是我照您說的做了，您就會開心嗎？」

「哦！會的。」

瓦朗蒂娜踏上一條長凳，不是把小指從小縫，而是把整隻手從縫中伸了過去。

馬西米蘭驚叫一聲，立刻向前，捧住伸向他的小手，把火熱的脣緊貼在上面。只是這隻小手很快就從他手掌中間抽了回去。年輕人聽見了瓦朗蒂娜匆匆逃去的腳步聲，或許她是被自己剛剛體驗到的情感給嚇著了！

第五十八章　諾瓦第埃・德・維爾福先生

鄧格拉斯夫人和她女兒離去以後，在花園裡正進行我們剛才描寫的那場談話的同時，檢察官的宅邸裡發生了下面這件事。

德・維爾福先生走進他父親的起居室，德・維爾福夫人緊隨其後。至於瓦朗蒂娜，我們是知道她在哪裡的。兩人向老人躬身問好，示意那位服務了二十五年之久的老僕巴魯瓦退下，之後就在老人兩旁坐了下來。

諾瓦第埃先生坐在他的大輪椅裡。他每天被人推到這個房間，晚上再被推離開。此刻他面對著一面能映出整個房間的大鏡子，這樣，他不必動一下身子——其實他也沒法動彈——就能從這面鏡子裡看清進出屋子的每一個人和周圍發生的每一件事。木然不動像具殭屍似的諾瓦第埃先生，用聰睿而靈活的眼神注視著兒子和兒媳。他倆對他表現出的恭敬態度無異是在告訴他，他們是為一件他還沒法預料的重大事情來見他的。

他只剩下了視覺和聽覺，它們就像兩顆火花，在這個一腳已入土的軀殼裡面跳動著。然而，僅憑其中的一種官能，他就可以傳達他腦海中的想法與感覺。他透露著內心思緒的眼神，猶如荒野上的旅人在夜間看見的遠方燭光，讓人知道，在一片寂靜與朦朧之後仍有生命的存在。

老諾瓦第埃的頭髮又長又白，一直披到肩頭。在濃黑眉毛下的一雙黑眼睛，看起來相當專注。就像有的器官用來取代了其他器官一般，所有的活動、舉止、力量和智慧，現在都凝聚在這雙黑眼睛裡了。雖然，他的手臂已不能動，嗓子已無法出聲，身體已喪失了活力，但是他的雙眼能示意也能說話，因此彌補了一切。他用雙眼發號施令，也用雙眼表示感謝。簡而言之，他讓人覺得他是一具眼睛還在活動的殭屍。當人們在他如大理石般的臉上，看到時而迸出怒火，時而散發喜悅的眼神時，真的沒有什麼能比這些更叫人吃驚的了。只有三個人能懂得這名可憐癱瘓者的語言——維爾福、瓦朗蒂娜和剛才提到的那名老僕人。但是，維爾福極少探望父親，或者可說，除非到萬不得已，他是絕不會來的。而且，即使看到他，懂得他心裡的想法，他也無意使父親高興。所以，老人全部的快樂就都寄託在孫女的身上。瓦朗蒂娜，憑著她的熱忱、愛心和耐性，已經學會了從眼神來了解諾瓦第埃的全部想法。她用嗓音的各種語調，用臉部的各種表情，用自己的整顆心，來回答這種在旁人看來既無聲又不可解的語言。因此，在這位少女和老人之間，是可以暢談的。儘管這團所謂的上帝黏土，幾乎又將重新化為塵土，然而，他依然是個知識淵博且思想敏銳的人。他有著一個藏在已不聽使喚之軀體中的靈魂，所能具有的最堅強意志。

因此，瓦朗蒂娜不僅解決了理解老人思想的這個奇特問題，而且也使他能夠懂得她本人的想法。由於有了這種研究，就日常生活事務來說，她幾乎每次都能準確地推斷出這顆依舊有著活力的心的願望，以及這個幾乎已經完全失去知覺的肉體的需要。

至於那名老僕人，因為正如我們前面說的，他已經和主人相處了二十五年之久，所以他熟悉主人的全部習慣，幾乎用不著諾瓦第埃的吩咐。維爾福也是無須瓦朗蒂娜或老僕人來幫他跟父親進行奇特的談話。我們說過，他完全懂得老人的語彙，他很少使用它們，是因為出自厭煩和漠視。他讓瓦朗蒂娜下樓去花園，又把巴魯瓦支走，然後在父親右首的一把椅子上坐定，而德．維爾福夫人則坐在左首。

「父親，」他說，「瓦朗蒂娜沒和我們一起上樓，而且我差開了巴魯瓦，請您不要對此感到驚訝。因為，我們的談話是無法當著一位小姐或一名僕人的面進行的。德．維爾福夫人和我想要告訴您一個消息。」

在維爾福講著開場白的時候，諾瓦第埃的臉上始終毫無表情，而維爾福卻相反，他的目光彷彿想看穿到老人的心底去。

「這個消息，」檢察官用一種似乎不容對方爭辯的冷漠的口吻往下說，「我們，德．維爾福夫人和我，相信您聽了一定會感到高興的。」

老人的雙眼裡依然沒有任何表情。他在聽著，僅此而已。

「父親，」維爾福往下說，「我們要給瓦朗蒂娜辦婚事了。」

聽到這個消息，哪怕是一張蠟像的臉，也未必會比老人的臉更無動於衷。

「不到三個月就要舉行婚禮。」維爾福繼續說。

老人的眼神依然毫無生氣。

德．維爾福夫人開口了，她匆匆地接著說：「我們原以為您會對這個消息很感興趣的，先生。畢竟瓦朗蒂娜向來受到您的疼愛。那好，現在只要把將與她婚配之年輕人的名字告訴您，就好了。這對瓦朗蒂娜而言是一門再體面不過的婚事。我們替她物色的年輕人有家產，有地位，人品才情都能保證她將來過得很幸福。他的名字您想必也是聽說過的，就是德·埃皮奈男爵，弗朗茲·德·凱內爾先生。」

維爾福注意到，在他妻子說這番話時，老人的目光變得專注起來。當德·維爾福夫人說到弗朗茲這個名字時，諾瓦第埃的眼睛——維爾福對這雙眼睛非常熟悉——開始顫動起來，眼瞼也在擴張，如同雙唇拚命想張開說話似的，其中閃過了一道亮光。檢察官知道他父親和弗朗茲的父親之間有一段公開的宿仇，所以他明白這怒火和激動的原因。

他只當沒看見似的不加以追問，並接著妻子的話說：「父親，您也明白，瓦朗蒂娜快十九歲了，所以替她找門親事是當務之急。然而，我們沒有忘記來向您通報。我們已事先得知，瓦朗蒂娜未來的夫婿，雖然不打算與我們同住，因為這或許會使年輕夫婦感到不便。但是，他已同意讓您跟他倆在一起生活。瓦朗蒂娜對您非常依戀，而您，看來也對她抱有同樣的感情。這樣的安排，您就不必改變生活習慣。有所不同的只是您將有兩個，而不是一個孩子來照料您了。」

諾瓦第埃眼睛中的目光變得很嚇人。顯而易見，老人的腦裡正轉著某個可怕的念頭。痛苦和憤怒的喊叫已經升到了他的喉嚨口，可就是發不出來，憋得他透不過氣，而他的臉已漲成了紫紅色，嘴唇也發青了。

維爾福平靜地走過去打開窗，一邊說：「這裡真熱，諾瓦第埃先生熱得受不住了。」然後他又回到原來的地方，但沒坐下。

「這件婚事，」德·維爾福夫人接著說，「德·埃皮奈先生和他全家都覺得相當滿意。再說，他的親人也只有一位叔叔和一位嬸嬸了。他的母親在他落地時就死了。他的父親在一八一五年被人暗殺時，這孩子才兩歲。因此，他現在完全可以自己作主。」

「那是件神祕的暗殺事件。」維爾福說，「是誰殺的，至今還沒人知道。雖然不斷有人涉嫌，也有好些嫌疑物件。」

諾瓦第埃拚命使勁，居然讓嘴唇攣縮成一個微笑的樣子。

「然而，」維爾福繼續說，「真正的兇手，那些明知是自己主使了這起謀殺案——那些不僅在他們活著時或許會受到法律的審判，而且在死後也會受到上帝審判的人——想必會很樂於處在我們的位置，把一個孩子嫁給弗朗茲·德·埃皮奈先生，最終消除人家的懷疑。」

諾瓦第埃神色非常鎮定。看著如此癱瘓的身軀，很難叫人相信他還能有這麼強的自制力。

「是的，我都懂。」他用眼神回答維爾福。在這道目光中，同時有著鄙夷、不屑的藐視和洞察其奸險的激憤。

維爾福也明白這目光所包含的意思，但他只是輕輕地聳了聳肩膀當作回答。然後他示意妻子站起身來。

「現在，父親大人，」德·維爾福夫人說，「請允許我們就此告退了。您要不要我讓愛德華來陪您一會兒？」

事先有過約定——老人閉一下眼睛表示同意，連眨幾下眼睛表示拒絕，雙眼往上望表示想要什麼東西。如果他想要瓦朗蒂娜來，就閉一下右眼。如果他想要巴魯瓦來，就閉一下左眼。

聽到德・維爾福夫人的建議，他一個勁地眨眼睛。德・維爾福夫人遭到這麼明顯的拒絕，抿緊了嘴脣。

「那麼我讓瓦朗蒂娜到您這裡來？」她說。

「對。」老人急切地閉上眼睛。

德・維爾福夫婦鞠了躬，退出房間。她吩咐僕人去喚瓦朗蒂娜到他祖父所在的房間。她認為瓦朗蒂娜需要花不少精神才能重新安撫這位激動不已的靈魂。當她的雙親退出不久後，瓦朗蒂娜就走進房間，而她臉上激動的紅暈還沒褪去。她才看了一眼，就明白祖父正在受著痛苦的折磨，有許多事情要對她說。

「哦！爺爺，」她喊道，「出什麼事？有人惹您不高興了，您是在生氣，對嗎？」

「是。」他閉一下眼睛表示。

「生誰的氣呢？生父親的氣？不對。生德・維爾福夫人的氣？也不對。生我的氣？」

老人表示，是的。

「生我的氣嗎？」瓦朗蒂娜驚訝地又問了一次。

老人又做了確定的表示。

「我哪裡惹您不開心呢，親愛的爺爺？」瓦朗蒂娜喊道。

沒有回答。

她繼續問：「我今日一天沒見您了。是不是有人對您說過我的什麼事呢？」

「是。」老人的目光急切地說。

「讓我想想。我向您保證，爺爺……啊……德．維爾福先生和夫人剛離開這裡，是嗎？」

「是。」

「他們說了什麼話惹您生氣了嗎？他們說了什麼呢？您願意我去問他們之後，再來向您表示歉意嗎？」

「不，不。」那目光說。

「喔！您把我嚇壞了。他們會說些什麼呢？」

於是她思索起來。

「喔，我知道了。」她壓低嗓音，湊近老人身邊說，「他們大概說起了我的婚事？」

「是。」憤怒的眼神回答說。

「我明白了。您是怪我沒告訴您。我緘默的原因，是因為他們一再叮囑我什麼也別對您說。況且，他們原先也沒告訴我。是我後來意外得知，他們才對我說。請原諒我吧，諾瓦第埃爺爺。」

他重新變得呆滯無神的目光彷彿在回答說：「讓我傷心的不光是這些。」

「還有什麼呢？」小姐問，「或者您以為我會扔下您不管，爺爺，以為我結婚以後就會忘記您了？」

「不是。」老人說。

「那麼是因為他們對您說了德．埃皮奈先生同意我們住在一起？」

「是。」

「可是您為什麼生氣呢？」

老人的眼睛裡流露出一種無限溫柔的感情。

「是，我明白了。」瓦朗蒂娜說，「因為您愛我。」

老人作了個肯定的表示。

「您怕我會不幸福？」

「是。」

「您不喜歡弗朗茲先生？」

那雙眼睛重複了三、四遍：「是，是，是。」

「這麼說您是非常憂傷了，爺爺？」

「是。」

「好的，您聽我說。」瓦朗蒂娜在諾瓦第埃跟前跪下，伸出雙臂摟住他的脖子說，「我也一樣，非常憂傷。因為我也不愛弗朗茲・德・埃皮奈先生。」

祖父的眼睛裡閃出一道喜悅的光芒。

「我要進修道院的時候，您還記得嗎，您對我有多生氣啊？」

老人乾枯的眼眶被淚水濕潤了。

「沒錯！」瓦朗蒂娜繼續說，「我就是為了逃避這門讓我感到絕望的婚事，才決定進修道院的。」

諾瓦第埃的呼吸變得急促起來。

「這麼說，您也完全不喜歡這門婚事了，爺爺？哦，要是您能夠幫助我，要是我們能夠破壞他們的計畫，那有多好？可是您沒有力量反對他們。儘管您的思想還是這麼敏捷，意志還是這麼堅強，但要反抗他們，您卻和我一樣無助與無力。唉！若是在您健康有力的時候，您是可以成為我最有力的保護人。可是，今天您所能做的，只有同情我，和我分享我的喜悅和悲傷。這是上帝忘記從我身邊奪走的最後一點幸福了。」

聽著她這麼說，諾瓦第埃的眼睛裡閃現出一種狡黠且意味深長的神情。少女相信自己從中看到的是這兩句話：「您錯了，我還能幫您做許多事。」

「您還能幫我，親愛的爺爺？」瓦朗蒂娜把老人的表情解釋出來。

「是。」

諾瓦第埃雙眼望天。這是他和瓦朗蒂娜約定的信號，表示他需要一樣東西。

「您想要什麼呢，親愛的爺爺？讓我想想。」

瓦朗蒂娜一邊思量，一邊把想到的念頭隨即大聲說出來，可她不管說什麼，老人的回答總是否定。

「對了，」她說，「當這個方法不管用時，就嘗試其他的方式吧。」

說著她就依次往下背出字母。當她念出一個字母時，癱瘓者者讓她明白她說出了他要的那個字母。

「喔！」瓦朗蒂娜說，「您想要的東西，是字母N開頭的。那就要從N開始了，我們來瞧瞧，您會要什麼N開頭的東西呢？Na，Ne，Ni，No……」

「對，對，對。」老人的眼神說。

「喔，是No開頭的？」

「是。」

瓦朗蒂娜走過去拿了一本字典，放在諾瓦第埃面前的一張斜面書桌上。她翻開字典，看到老人的目光專注地盯在書頁上，便用手指順著每一欄很快地從上往下移動。

自從諾瓦第埃的身體變成這種狀況的六年來，瓦朗蒂娜由於經常練習這種方法，做起來已經非常熟練，往往很快就能猜出老人的意思。即使老人自己能夠翻字典，恐怕也未必能比她更快翻到答案。手指移到Notaire[8]時，諾瓦第埃做了個停下的表示。

「**公證人**。」她說，「您是要一名公證人，爺爺？」

老人表示說他的確是要公證人。

「那麼要派人去請一名公證人來嗎？」瓦朗蒂娜問。

「是。」癱瘓的老人說。

「要讓父親知道嗎？」

「是。」

「您希望立刻去請公證人？」

「是。」

8　法文，公證人。

「那我們馬上就派人去請，親愛的爺爺。您想要的就是這個嗎？」

「是。」

瓦朗蒂娜奔過去拉鈴，隨後吩咐進來的僕人去請德·維爾福先生或夫人到祖父房裡來。

「這下您滿意了？」瓦朗蒂娜問，「是的……我想也是。這很不容易猜的。」少女對著祖父笑起來，好像她是在對一個小孩笑似的。

德·維爾福先生由巴魯瓦領著走了進來。

「您需要我做什麼呢，先生？」他向癱瘓的老人問。

「先生，」瓦朗蒂娜說，「我的祖父想要一名公證人。」

聽到這個奇特且出乎意外的要求，德·維爾福先生對癱瘓的老人望去，兩人交換了眼神。

「是的。」老人表示。他已確定瓦朗蒂娜和那位老僕知道了他的意思，因此，他已做好了堅持的準備。

「您是想要一名公證人？」維爾福又問。

「是。」

「要做什麼呢？」

諾瓦第埃沒有回答。

「您要公證人要做什麼用呢？」維爾福再問一次。

癱瘓老人的雙眼仍舊不動，也就是不回答，等於是說：「我堅持要這樣做。」

「是要愚弄我們嗎？」維爾福說，「這又何必呢？」

「可是，」巴魯瓦說，他決心拿出老僕人維護主人意願的信念，「如果先生想要一名公證人，那就表示，他有他的用處。所以，我這就去請公證人。」

巴魯瓦眼裡只有諾瓦第埃這個主人，他不能容忍別人來阻礙主人的意願。

「是的，我要一名公證人。」老人閉上眼睛表示。他滿不在乎的神情像是在說：「我倒要瞧瞧誰敢違拗我的意思。」

「既然您堅持要請公證人，先生，我們會去請的。但是，我要對他解釋，同時也要替您做出解釋，因為到時的場面一定會相當可笑。」

「沒關係，」巴魯瓦說，「反正我這就去請公證人了。」說完，這名老僕人得意揚揚地出門而去。

第五十九章　遺囑

巴魯瓦出門後，諾瓦第埃用一種狡黠而關切的眼神注視著瓦朗蒂娜，其中的含義是非常豐富的。少女懂得他的意思。維爾福也懂了，因為，他的臉陰沉了下來，眉頭也蹙了起來。他在房間裡挑了張椅子坐下，等著公證人的到來。諾瓦第埃極其冷漠地看著他的動作，卻從眼梢裡告訴瓦朗蒂娜不用擔心，而且示意她也留下。過了三刻鐘，老僕人帶著公證人回來了。

「先生，」維爾福在互相問好後說，「您是諾瓦第埃．德．維爾福先生請來的，就是這位先生。他現在全身癱瘓已喪失了活動肢體以及發出聲音的能力。現在只有我們這幾個人，而且也要費很大的功夫，才能勉強懂得他一些不完整的意思。」

諾瓦第埃向瓦朗蒂娜投去一道懇求的目光，顯得相當重要而迫切，以至瓦朗蒂娜立即應聲說：「先生，我爺爺想說的話，我全能聽懂。」

「沒錯，」巴魯瓦接上去說，「全能懂，半點兒不漏，就像我在路上告訴過先生的那樣。」

「請允許我說一句，先生，還有您，小姐，」公證人向維爾福和瓦朗蒂娜說，「對於目前這件公證委託事務，司法公職人員如果輕率地接手處理，就必然要承擔責任，而後果勢必是相當危險的。公證文件要具有法律效力，其前提就是公證人確信自己能夠忠實地解釋委託人的意願。

「然而，對於一位不能開口的委託人，我是無法確定他對某事究竟有無異議。因此，鑒於委託人已喪失說話能力，他的意願以及他的反對意見已無法清楚無誤地得到證實。我的職責使我無法執行這一不具有法律效力的程式。」

公證人移動腳步，想要告辭。一絲不易覺察的得意的笑容，浮現在檢察官的嘴角。諾瓦第埃則以一種極其痛苦的表情注視著瓦朗蒂娜，於是小姐走上前來攔住了公證人。

「先生，」她說，「我和祖父交談的語言是很容易學會的。我在幾分鐘內就可以教會您，讓您能跟我懂得一樣多。請問先生，要怎麼樣才能使您完全放心呢？」

公證人回答說：「為了確保公證的有效性，我必須能夠確認委託人是表示同意還是反對。我可以為身體病殘的委託人辦理公證，但他的智力必須是健全的。」

「那好的，先生，我將會在您面前示範兩種信號。在它們的協助下，您就會確認我祖父的智力在這樣的身體狀況下依舊相當健全。諾瓦第埃先生因為無法說話和行動，當他閉一次眼睛，就表示肯定。若是連眨幾次眼睛，就表示否定。現在您已經可以和諾瓦第埃先生交談了，請試試吧。」

老人的眼眶濕潤了，他向瓦朗蒂娜投去一道溫柔和感激的目光，這一點就連公證人也看懂了。

「您已經聽見，而且懂得您孫女說的話了嗎，先生？」公證人問。

諾瓦第埃閉上眼睛。

「她說的話您都同意嗎？也就是說，您確實是用她所說的那兩種信號來表達您的意思的嗎？」

「是。」

「是您要我來這裡的？」

「是。」

「要我為您公證？」

「是。」

「您是否願意我在沒有處理好您的意願之前就離開呢？」

癱瘓的老人很快地一連眨了幾次眼睛。

「很好，先生。現在您也懂得這種語言了。」少女說，「您可以完全放心了嗎？」

但公證人還沒來得及回答，維爾福就把他拉到了一邊。

「先生，」他說，「難道您相信，像諾瓦第埃．德．維爾福先生這樣一個在肉體上遭受如此可怕打擊的病人，他的精神難道會沒有留下嚴重的創傷嗎？」

「我所擔心的倒不是這一點，先生。」公證人回答說，「而是，我不知道我們怎麼能夠事先猜出他的想法，然後再來向他發問。」

「您也看出這件事是不可能的。」維爾福說。

瓦朗蒂娜和老人聽見了這段對話。諾瓦第埃用堅決的眼神凝視瓦朗蒂娜。無疑的，這是要她挺身去反駁。

「先生，」她說，「這一點您不用擔心。無論在您看來，要猜出我祖父的想法有多困難，我都會有辦法，使您對此不存半點疑慮的。我在諾瓦第埃先生身邊已經有六年了。現在，就讓他自己來告訴您吧。在這六年之中，他是否有過一個想法，是他無法使我明白的呢？」

「沒有。」老人說。

「那我們就試試看吧。」公證人說，「您同意由小姐來解釋您的意思嗎？」

癱瘓的老人作了肯定的表示。

「好，那麼，先生，您要我做什麼？您想要公證什麼文件呢？」

瓦朗蒂娜把字母表從頭背下來，一直背到字母T。到了這個字母，諾瓦第埃富有表情的眼神示意她停下。

「先生要的是字母T，」公證人說，「這是很明白的。」

「請等一下，」瓦朗蒂娜說著，又轉過頭去朝著祖父：「Ta……Te……」

老人在第二個音節上止住了她。於是瓦朗蒂娜拿來字典，在公證人專注的視線下，一頁頁翻動著。

「Testament[9]。」她的手指在諾瓦第埃目光的示意下停在這個字上。

「Testament！」公證人叫出聲來，「事情很明白，先生是要立遺囑。」

「是。」諾瓦第埃接連重複了幾遍。

「簡直是不可思議！先生，您說是不是？」公證人對著目瞪口呆的維爾福說。

---

9 法文，遺囑。

「是的。」他說，「不過，遺囑本身就更不可思議了。我想，要是沒有我女兒的協助，遺囑是無法逐字逐句記錄成文的。然而，就這份遺囑而言，瓦朗蒂娜由於利害關係過於密切，恐怕不適合擔任諾瓦第埃．德．維爾福先生的解釋人，來詮釋她祖父含混不清的意願。」

「不，不，不。」癱瘓者的眼睛回應著。

「什麼？」德．維爾福先生說，「您的意思是說，瓦朗蒂娜不是您遺囑的受益人？」

「不是。」

「先生，」公證人說。他的興趣已逐漸轉為興奮，心想改日一定要把這段奇特的經驗，詳詳細細地發表給社交場上的朋友們聽。「一小時前我認為不可能的事情，現在看起來真是再簡單不過了。這份遺囑是有可能生效的，只要宣讀時有七位證人在場，並由立遺囑人當他們的面表示認可，再由公證人在他們面前封口，就具有法律效力。至於所需的時間，也不會比普通遺囑長多少。

「先是一些固定的程序，那是千篇一律的。接下來的措詞，主要是根據立遺囑人的具體情況，以及您的意見而定。您處理過這類事務，想必對此應該很熟悉。不過，為了做到無懈可擊，我們不妨讓這份文件具有更確鑿的可靠性。為此，我將破例請一位同行來協助我進行記錄。這樣做您滿意了嗎，先生？」公證人最後對老人說。

「是。」諾瓦第埃回答說，旁人能懂得他的意思，使他欣喜異常。

「他到底要做什麼呢？」維爾福暗自思量道。以他的地位，是不便問這句話的，但他又實在猜不透他父親到底有些什麼打算。

隨後他轉身吩咐再去請一位公證人來。可是，巴魯瓦早就聽明白了，並且猜到了主人的心思，早已出發了。於是，檢察官就派人去通知妻子上樓來。過了一刻鐘，人都到齊了。大家聚集在癱瘓老人的屋子裡，另一位公證人也到了。兩位法律執業者簡短地交換了一下意見，然後向諾瓦第埃宣讀了一份普通遺囑的樣本，以便讓他對文件的格式有個概念。

接著，為了測驗一下老人的智力，第一位公證人轉過身來對他說：「一個人立遺囑時，先生，通常會偏向某人使其受益的。」

「是。」諾瓦第埃說。

「您對自己財產的總數是否有一個概念呢？」

「是。」

「我將對您依順序往上報一些數目，當我報到您認為自己擁有的財產數時，請示意我停住。」

「是。」

這番對答，自有一種莊嚴的意味。智力與殘缺之間的拉扯，沒有比這時能被更清晰地呈現。這種場景即使說不上驚心動魄，至少也是相當奇特。眾人在老人四周圍成一圈。另一位公證人坐在一張桌子後準備記錄。第一位公證人則站在老人面前準備提問。

「您的財產超過三十萬法郎，是或不是？」他問。

諾瓦第埃表示肯定。

「您有四十萬法郎？」公證人問。

諾瓦第埃沒有動作。

「五十萬？」

仍然一動不動。

「六十萬？七十萬？八十萬？九十萬？」

諾瓦第埃示意公證人停在最後一個數目上。

「您的資產有九十萬法郎？」

「是。」

「是不動產？」公證人問。

「不是。」

「是證券？」

諾瓦第埃表示說是的。

「這些證券就在您手上？」

老人朝巴魯瓦看了一眼，老僕立即走了出去，過一會兒回來時，手裡捧著一個小箱子。

「我們可以打開這個小箱子嗎？」公證人問。

諾瓦第埃表示說可以。

他們打開箱子，看見裡面是價值九十萬法郎的銀行證券。第一位公證人取出這疊證券，一張一張地遞給他的同僚。清點的結果，跟諾瓦第埃所說的數目完全相符。

「跟他說的完全吻合，顯然能夠證明他的智力仍是相當健全。」

「這麼說，」他轉身朝著癱瘓的老人說，「您擁有九十萬法郎的本金，而按您投資的方式，每年大約可以得到四萬法郎的利息，是嗎？」

「是。」

「您打算把這筆財產留給誰呢？」

「哦！」德．維爾福夫人說，「關於這點這是沒有疑問的。諾瓦第埃先生相當疼愛他的孫女瓦朗蒂娜．德．維爾福小姐。她六年來一直在照料他。她的盡心盡力贏得祖父的關愛，或者，我幾乎可以說是感激之情了。所以，她的孝心得到這樣的報償是很公平的。」

諾瓦第埃的眼神清楚地表達，他並不會被德．維爾福夫人的虛情假意所騙。

「那麼您是要把這九十萬法郎留給瓦朗蒂娜．德．維爾福小姐嗎？」公證人問，心想可以記錄在案了，不過還是讓諾瓦第埃確認，而且要讓這個奇特場面的每位見證者都看到老人的認可。

瓦朗蒂娜後退了一步，雙睛垂下啜泣了起來。老人用深情的視線朝她望了片刻，然後轉眼望著公證人，以完全不容置疑的動作眨著眼睛。

「什麼？」公證人說，「您不想讓瓦朗蒂娜．德．維爾福小姐當您的遺產繼承人？」

「不想。」

「您確定，您沒弄錯嗎？」公證人驚訝地喊道，「您真的是說這是您的意願？」

「是。」諾瓦第埃重複表示，「是。」

瓦朗蒂娜抬起頭來，完全驚呆了。倒不是因為她失去了繼承權，而是因為，通常立下這樣的遺囑總是跟某種厭惡的情感有所關聯。可是，她實在不明白自己怎麼會激起老人這樣的情緒。但是，諾瓦第埃用一種溫柔的眼神注視著她。

她感受到了他的無限深情，不由得喊道：「喔！爺爺，我明白了。您只是不把您的財產給我，可是您的愛永遠會留給我，是這樣嗎？」

「哦！對，完全如此。」癱瘓老人的眼睛說，它們閉上時的樣子，瓦朗蒂娜是不會看錯的。

「謝謝！謝謝！」少女喃喃地說。

然而，老人剛才的拒絕卻使德．維爾福夫人心裡產生了一線預期之外的希望。她走到老人眼前說：「無疑的，您是要把財產留給您的孫子愛德華．德．維爾福嗎？」

眼睛眨動的樣子是一種堅決而厭惡的回應，甚至表達出一種憎恨的情感。

「不是。」公證人說，「那麼，是給令郎，德．維爾福先生嗎？」

「不是。」老人回答。

兩位公證人驚訝地說不出話且面面相覷。維爾福夫婦只覺得臉漲得通紅。一個是由於羞愧；另一個是由於氣憤。

「可是，我們究竟對您做了什麼呢，親愛的爺爺？」瓦朗蒂娜說，「您真的不愛我們了？」

老人的雙眼迅速地掃過維爾福和他妻子的臉，然後帶著無限的溫情停留在瓦朗蒂娜臉上。

「那麼，」她說，「既然您愛我，爺爺，那就請您以這份愛心解釋一下您為什麼這樣做吧。您對我有足夠的了解，知道我從沒想過要您的財產。再說，我因為母親的遺產，已經可說是富有了。您就解釋一下吧。」

諾瓦第埃急切的視線盯在瓦朗蒂娜的手上。

「我的手？」她說。

「是。」

「她的手！」在場的人都喊道。

「喔，先生們，您們也都看到，已經沒有辦法了，我可憐的父親神志不清楚了。」維爾福說。

「喔！」瓦朗蒂娜突然喊道，「我明白了！您指的是我的婚事，是嗎，親愛的爺爺？」

「是，是，是。」癱瘓的老人表示，對瓦朗蒂娜投以欣慰的眼神，表達他對於她能正確揣度他想法的感激。

「您是為這件婚事生氣、責怪我們，是嗎？」

「是。」

「這真是太荒唐了。」維爾福說。

「恕我不敢苟同，先生。」公證人說，「相反的，諾瓦第埃先生的意思就我看來，是相當明白的，正好幫我連結與明白他心中的思考脈絡。」

「您不願意我嫁給弗朗茲．德．埃皮奈先生？」瓦朗蒂娜說。

「我不願意。」他祖父的雙眼表示。

「那麼您不把財產遺贈給您的孫女，」公證人接著說，「是因為她的婚姻不合您的心意嗎？」

「是。」

「就是說，假設沒有這件婚姻，她就會是您的財產繼承人了？」

「是。」

之後，四周一片寂靜。兩位公證人低聲商量最佳的解決之道。瓦朗蒂娜雙手合在胸前，掛著感激的微笑望著祖父。維爾福咬著自己的薄嘴唇。德．維爾福夫人抑制不住心頭的喜悅，情不自禁地綻出了笑臉。

「但是，」維爾福先生首先打破了沉寂，開口說，「我認為我是對這件婚事合適與否的最佳裁決人。我是唯一有權處理我女兒婚事的人。我同意讓她嫁給弗朗茲．德．埃皮奈先生，而她就必須嫁給他。」

瓦朗蒂娜倒在一張扶手椅裡哭泣起來。

「先生，」公證人對著老人說，「一旦瓦朗蒂娜小姐嫁給弗朗茲先生，您打算如何處置您的財產呢？」

老人一動不動。

「但您當然仍會作出處置的，是嗎？」

「是。」

「留給某位家庭成員？」

「不。」

「那麼，你有意捐贈做為慈善之用了？」

「是。」

「可是，」公證人說，「您知道法律不允許您完全褫奪您兒子的繼承權嗎？」

「是。」

「那麼您是準備只捐贈法律允許您自由處置的那部分財產？」

諾瓦第埃沒有回應。

「您還是要捐贈全部財產？」

「是的。」

「那麼，在您去世之後，會有人對這份遺囑提出異議嗎？」

「不會。」

「我父親很了解我，先生，」德．維爾福先生說，「他知道他的意願對我來說是不可違背的。而且，我也明白處在我的地位，我是不可能對窮人提出告訴的。」

諾瓦第埃的眼神閃爍勝利的光芒。

「那您有何決定，先生？」公證人問維爾福。

「沒有，先生，這個決定是我父親下的，而我知道我父親的決心是不會改變的。所以我讓步了。這九十萬法郎將不會屬於這個家庭，它們將捐贈給濟貧院。但是，對於一名老人的任性我是不能讓步的，我要憑自己的理智行事。」

說完，維爾福就和妻子一起告退，任憑父親按照自己的心意立下遺囑。

當天就辦完了立遺囑的全部手續。公證人請來了證人，經老人認可後，當著眾人的面把遺囑裝進信封封妥，交給家庭律師德尚先生保管。

第六十章　電報

德‧維爾福夫婦回到居處，得知基督山伯爵來訪，現在正在客廳裡等他們。德‧維爾福夫人由於情緒過於激動，不便馬上見客，先回臥室休息。檢察官先生比較能夠自制，所以直接去了客廳。雖然德‧維爾福先生認為他在情緒與臉部表情上的自我控制力很好，卻沒發現自己額頭的一片愁雲未完全驅散。以至於笑容可掬的伯爵一下就看出了他神情憂鬱、心事重重。

「我的天啊！」相互寒暄過後，基督山說，「您是怎麼了，德‧維爾福先生？難道是我來得不是時候，您正在起草一份重要的起訴書？」

維爾福勉強擠出一點笑容。

「不是的，伯爵先生。」他說，在這個案件中只有我才是受害者。敗訴的是我。是倒楣，頑固和癲狂聯合在攻擊我。」

「您這是什麼意思呢？」基督山裝得很關切的神情說，「您真的遇到嚴重的不幸之事了？」

「喔！不是的，先生。」維爾福以一種滿含苦澀的平穩語氣說，「不過是損失了一筆錢。我能跟您保證，這事不值得再提了。」

「是的，」基督山回答說，「損失一點錢，對像您這樣一位資產豐厚，且有哲學家雅量的人來說，是不用太放在心上的。」

「讓我感到氣憤的並不是錢的問題。」維爾福回答說，「雖然，不管怎麼說，九十萬法郎是能讓人感到懊惱。不過，我更厭惡的是命運，機會，或是任何您想稱之的力量。它通過一個又變回像孩子一般的老人，破壞了我的希望與好運，甚可能摧毀我孩子的前途。」

「您說什麼？」伯爵說，「九十萬法郎？這可真是一筆值得讓哲學家也會感到懊惱的數目。是誰造成了這些使人厭煩之事呢？」

「家父，我對您提起過的。」

「諾瓦第埃先生？我記得您說過他已全身癱瘓，且喪失全部身體機能的？」

「是的，他的身體機能是喪失了，因為他不能動彈，也無法開口說話。可是儘管如此，他還有思想，還有意願，還有他的影響力。我五分鐘前剛從他那裏過來，現在他正在授意兩位公證人確立一份遺囑。」

「不過，他能說話嗎？」

「他有更好的辦法。他能讓別人懂得他的意思。」

「這怎麼可能呢？」

「靠他的雙眼。他的眼睛依舊充滿生氣，甚至，您看見了，還能置人於死地。」

「親愛的，」德．維爾福夫人剛好走進來，她邊走邊說，「您或許過度誇張了。」

「早安，夫人……」伯爵欠身致意。

德．維爾福夫人也帶著最殷勤的笑容向他致意。

「德·維爾福先生說的究竟是怎麼回事呢？」基督山問，「這種無妄之災……」

「無妄之災，不是正確的字眼。」檢察官聳聳肩膀，介入說，「這完全是出自老人的任性！」

「難道就沒有辦法讓他改變主意嗎？」

「有的，」德·維爾福夫人說，「只要我丈夫願意，就有辦法讓這份不利於瓦朗蒂娜的遺囑反過來變得對她有利。」

伯爵看到德·維爾福先生與德·維爾福夫人開始在拐彎抹角地說話，就做出對他倆的談話並不在意的樣子。他帶著明顯讚許的神情專心地看著愛德華往鳥籠的水池裡倒墨水。

「親愛的，」維爾福回答妻子說，「您知道，我一向不喜歡在家裡擺出一家之主的架勢，也從來不認為全家的命運是可以由我點頭或搖頭就決定的。但在我的家裡，我的決定必須受到尊重，絕不能聽任一個老人的瘋癲和一個孩子的任性，來毀掉我醞釀多年的計畫。德·埃皮奈男爵是我的朋友，這您也知道，我們兩家的聯姻是再合適不過的。」

「您認為，」德·維爾福夫人說，「瓦朗蒂娜是跟他事先串通好的嗎？她一直以來就反對著這件婚事。假如我們看到、聽到的一切，全是他們在進行早就制定好的計畫，我是不會感到奇怪的。」

「夫人。」維爾福說，「請相信我，一筆九十萬法郎的資產，並不是那麼容易就可放棄的。」

「但是，她會下定決心遠離塵世，先生。就在一年前，她不就曾提出要進修道院的想法。」

「無論如何，」德．維爾福說，「我說了，這件婚事一定會進行。」

「就不管您父親的反對了？」德．維爾福夫人說，思考著提出新的角度。「那是很嚴重的事。」

基督山看上去似乎沒有在聽，其實是一字不漏地全聽進去了。

「夫人，」維爾福接著說，「我可以說，我對父親一直以來是很敬重的。除了血緣關係的天生感情，還有，我也敬佩他高尚的道德操守。一位父親在兩種名義上永遠是神聖的——其一是生育了我們，其二是教養了我們。但是，今天我必須承認我已無法信任他的理智。因為，這位老人居然就為了無法忘懷他對另一位父親的舊恨，而遷怒於他的兒子。因此，假使我再依從他的任性行事，那就太可笑了。

「我對諾瓦第埃先生仍然保持最崇高的敬意。我將毫無怨言地承受他在經濟上給我的懲罰。但是，我的決心是不可動搖的，人們會明辨出究竟是哪一方才合情合理。結論就是，我要把女兒嫁給弗朗茲．德．埃皮奈男爵。因為，我認為這件婚事是適合與登對的，所以，我選擇將女兒的手交給我中意的人。」

「什麼？」伯爵說，剛才檢察官不時在用目光尋求他的贊許，「您說什麼？您是說諾瓦第埃先生不讓瓦朗蒂娜小姐繼承遺產，是因為她要與弗朗茲．德．埃皮奈男爵先生結婚？」

「是的，先生，就是這個原因。」維爾福聳聳肩膀說。

「至少表面上是這個原因。」德．維爾福夫人加上一句。

「實際上就是這個原因，夫人。請相信我，我了解我的父親。」

「可是我想知道，德．埃皮奈先生有哪點會比其他人更讓諾瓦第埃先生感到厭惡呢？」

「我想，我認識弗朗茲．德．埃皮奈先生。」伯爵說，「他不就是那位由查理十世冊封為德．埃皮奈男爵的德．凱內爾將軍之子嗎？」

「正是他。」維爾福說。

「是嘛，可是，在我印象中，我覺得他是位迷人的年輕人。」

「所以我相信，這只不過是他不肯讓他的孫女結婚的藉口。因為，老人的心理總是怕自己心愛的東西讓人奪走。」德．維爾福夫人說。

「不過，」基督山說，「您不知道這種恨意的由來嗎？」

「哦！我的天！誰知道呢？」

「或許是某種政治上的對立？」

「家父和德．埃皮奈男爵都是大革命時期的人物。我只跟上那個時代的尾聲。」維爾福說。

「令尊不是擁護拿破崙王朝的嗎？」基督山問，「我記得您好像對我提起過這一點。」

「家父是十足的雅各賓派。」維爾福說得激動，不自覺地越出了謹慎的界限。「拿破崙披在他肩頭的參議員長袍，只是讓他老人家看上去變了模樣，卻絲毫沒有改變他。當年家父進行密謀，並不是為了皇帝，而是為了反對波旁王室。諾瓦第埃先生有個特點，就是從不為不切實際的烏托邦理想去賣命，只會為那些可能實現的目標去奮鬥。他為了促成可能實現的目標，隨時會用山嶽派從不退縮的準則來要求自己。」

「所以，」基督山說，「正如我所想，諾瓦第埃先生和德．埃皮奈先生是因政治而有所接觸。雖然德．埃皮奈將軍在拿破崙手下服務過，可是他心底難道對王朝就沒有忠誠的情操嗎？難道他不是那位有天晚上被帶去參加一次拿破崙支持者聚會時，被揭穿他並非忠於皇帝後，才後被暗殺的人嗎？」

維爾福以近乎驚恐的神情望著伯爵。

「難道是我弄錯了？」基督山說。

「沒錯，先生，事實正如您所言。」德．維爾福夫人說，「所以，德．維爾福先生才產生讓兩家的孩子可以結合相愛的想法，為得就是希望舊時的冤仇可以一筆勾銷。」

「這真是一個崇高而且寬容的想法。」基督山說，「整個世界都該為它稱讚喝采。見到瓦朗蒂娜．德．維爾福小姐成為弗朗茲．德．埃皮奈夫人，將會是一件高尚之事。」

維爾福一震，望著基督山伯爵，好像想看出他剛才說這些話時心裡真正的想法。但是，伯爵的嘴角終掛著親切的笑容，儘管檢察官的視線緊盯他的臉，這一次還是無法看透他的心思。

「雖然，」維爾福說，「對瓦朗蒂娜來說，失去她祖父的財產是一件嚴重的事。但是，我不認為德．埃皮奈先生會因金錢的損失而退縮。他會看到，我這個人或許比金錢更值得重視。因為，我願意為信守自己的諾言而不惜損失鉅款。況且，他想必也知道，瓦朗蒂娜因她母親的遺產已相當富有。這筆財產目前由她外祖父母德．聖米蘭先生和夫人監管。兩位長輩把瓦朗蒂娜當作掌上明珠，對她非常疼愛。」

「他們也是值得像諾瓦第埃先生一樣，讓瓦朗蒂娜悉心地愛護與關照。」德·維爾福夫人說，「再說，他們大約一個月內就要到巴黎來。瓦朗蒂娜在蒙受了這場羞辱以後，也不用再把自己幽禁在諾瓦第埃先生寂靜的身邊了。」

伯爵心滿意足地聽著這個自尊受挫和利益受損的聲調。

「不過在我看來，」基督山說，「我要請您先原諒我即將說的話。假使諾瓦第埃先生取消瓦朗蒂娜小姐的遺產繼承權，是因為她將與她祖父厭惡之人的兒子結婚，那麼，他應該沒有相同的理由可以用來反對親愛的愛德華。」

「沒錯，」德·維爾福夫人以一種無法形容的語調說，「這不就是既不公平也是可恥的偏見嗎？可憐的愛德華，和瓦朗蒂娜同樣是諾瓦第埃先生的孫子。可是，瓦朗蒂娜若是不與弗朗茲先生先結婚，那麼諾瓦第埃先生就會把全部財產都留給她。雖然愛德華承襲了家族的姓氏，但是，即使瓦朗蒂娜得不到祖父的那份遺產，她名下的財產也還是比愛德華多三倍的。」

伯爵就只是聽著，但不再開口。

「伯爵先生，」維爾福說，「我們不該再對您說這些家庭的不幸了。是的，我的財產有一天會流進慈善機構。我的父親將會剝奪我受到法律保護的繼承權，而且是毫無理由地去做。可是，我將要身為一名有理性、有良知的人去行事。我答應過德·埃皮奈先生這筆財產的利息將歸給他。我是說到做到，即使我會因此傾家蕩產也在所不惜。」

「不過，」德·維爾福夫人將話轉回到那個一直縈繞在她心頭的主題。「也許，最好有人能把這不幸的消息告知德·埃皮奈先生，並且給他機會能收回自己對瓦朗蒂娜小姐的求婚。」

「喔，那將會十分糟糕。」維爾福說。

「十分糟糕。」基督山說。

「無可置疑，」維爾福緩和了他的口氣說，「取消婚約，多少會損害一位少女的名聲。況且，這會讓我原本就急於終止的舊流言又會開始廣為謠傳。不，這絕對不行。德．埃皮奈先生，如果他是一位重信譽的男子，他應該會更重視對瓦朗蒂娜的承諾。除非，他真的只以貪婪為目的。不過，那是不可能的。」

「我同意德．維爾福先生。」基督山凝視著德．維爾福夫人說，「要是我跟德．埃皮奈先生的交情足以讓我對他提出忠告的話，那麼，既然他近日就要回來，至少我是這麼聽說，我就會勸他一次就把婚事定下來，以免節外生枝。我認為這件事將會成功，同時也會為德．維爾福先生帶來榮譽的。」

檢察官喜形於色地起身，而他妻子的臉色卻微微地變了。

「太好了，這正是我想要的。承蒙您的指教，實在不勝感激。」他說著並且朝基督山伸出手去。「好吧，讓我們大家對今天發生的事，當作沒發生過一樣。我們的計畫也絲毫沒有改變。」

「先生，」伯爵說，「雖說世道不公，但它會感激您的決定。您的朋友們也會為您與德．埃皮奈先生感到驕傲。儘管當他迎娶瓦朗蒂娜小姐時並不會得到她的嫁妝，這當然是不可能的，但是，他也會高興地踏進一個為了實現承諾與完成義務而不惜犧牲利益的家庭。」

說完這幾句話，伯爵就起身準備告辭。

「您要離開了嗎，伯爵先生？」德·維爾福夫人說。

「我很抱歉，必須告辭了，夫人。我今天來只是想提醒您們星期六的約會。」

「您怕我們會忘記嗎？」

「您當然會信守承諾，夫人。可是，德·維爾福先生總是有重要或緊急的公務纏身。」

「我丈夫已經答應我了，先生。」德·維爾福夫人說，「您剛才也看到了，即使他會失去所有也不肯食言，何況這是無所失而有所得的事呢。」

「所以，」維爾福問，「您是在香榭麗舍大道的府邸請客嗎？」

「不是，」基督山說，「所以這就更顯得您願意賞光了。是在鄉下。」

「在鄉下？」

「是的。」

「在哪裡？離巴黎近嗎？」

「非常近，出城半小時路程，在奧特伊。」

「在奧特伊？」維爾福喊道，「是的，維爾福夫人告訴過我，您住在奧特伊，因為她就是在貴府門前被搭救的。那麼是在奧特伊的那條街道呢？」

「拉封丹街。」

「拉封丹街？」維爾福聲音激動地說，「幾號？」

「二十八號。」

「原來，」維爾福喊道，「德·聖米蘭先生的房子是您買下的！」

「它原來是德．聖米蘭先生所有的嗎？」基督山問。

「是的，」德．維爾福夫人接著說，「有件事不知您信不信，伯爵先生？」

「什麼事？」

「您覺得這幢房子漂亮，是嗎？」

「美極了。」

「可是，我丈夫從不願意住進去。」

「是嗎？」基督山回應道，「德．維爾福先生，我從沒想過您會有這種偏見。」

「我是不喜歡奧特伊，先生。」檢察官盡量控制住自己平靜地回答。

「但我希望您不會因為有這種反感而不肯賞光，剝奪我與您相聚的機會。」基督山說。

「不，伯爵先生……我希望……我跟您保證我會盡力設法的。」維爾福語無倫次地說。

「哦！」基督山回答說，「我可是不聽任何藉口的。星期六，六點整，我恭候大駕光臨。若是您不來，我就會想，想什麼呢？想著這幢二十多年沒人居住的房子，一定有什麼悲慘的故事或是陰森可怕的傳說。」

「我會去的，伯爵先生，我一定會去。」維爾福趕緊說。

「謝謝。」基督山說，「現在請您們務必允許我告辭了。」

「您剛才說您另外還有事要先離開，先生。」德．維爾福夫人說，「要不是後來話題岔開了，您大概會告訴我們原因的。」

「是的，夫人。」基督山說，「不過我都不知道我有沒有勇氣告訴您我去哪裡。」

「胡說！只管說吧。」

「我這個十足無所事事的閒人是想去參觀一樣東西。平日裡我遠遠望著它，常常會像做白日夢似地想著幾個鐘頭。」

「什麼東西？」

「電報站。現在，我洩漏了我的秘密了。」

「電報站？」德．維爾福夫人重複說。

「是的，是電報站。我時常看見它設在大路尾端的小山丘頂。望著遠處在太陽光線下那幾隻向四周伸出的烏黑臂膀，總是使我聯想到大甲蟲的細肢。這時，相信我，我總是心情激動。因為我不禁想著這是件多麼神奇的事──不同的訊號，可以準確地穿過長空，把坐在辦公桌後某人的意願，傳送給三百里格外坐在線路另一頭的人。這一切都由一個簡單動作所產生，是靠著傳送訊息者的意志。我會開始想起守護神，想起天上的神祇和地下的精靈。總之，我會想起種種神祕的力量，最後不由得會啞然失笑。

「不過我從沒想過要走近去觀察這些白肚皮、細黑腳的大昆蟲。因為我擔心在它們石頭的翼翅下面，會見到個一本正經，賣弄玄虛，滿肚子科學，魔法和巫術的小精靈。可是，有天早上我聽人說，電報站的核心都是年俸才一千二百法郎的可憐公務員。他們整天看著瞧著，但不像天文學家研究的是天空，也不像漁夫查看的是河水，更不像悠哉的閒人觀賞的是風景。他們看的是大約四、五里格外跟他通訊的那隻白肚皮、細黑腳的大蟲子。這時我突然萌發了好奇心，想走近這只活生生的蠶蛹，去看看它怎樣從繭殼裡面抽出一根又一根的絲來跟另一隻蠶蛹聯絡。」

「所以您要去那裡?」

「我是。」

「您想去參觀哪座電報站呢?是內務部的還是天文臺的?」

「喔!不是。去那裡,他們就會逼我弄懂那些我並不想費心理解的事情。他們會試著對我解釋連他們自己也沒弄明白的奧祕。天啊!我寧願把我對這些昆蟲還存有的那點幻想保留下去。對於我的同類失去幻想,就已經足夠了。所以,我不會去內務部或是天文臺的電報站。我想找的最好是個設在曠野上,並且能遇到一位一天到晚待在他的塔樓裡的老好人。」

「您真是個獨特的人。」維爾福說。

「您建議我研究哪條線路好呢?」

「今日最常使用的線路。」

「我猜您是指西班牙的線路?」

「是的。您需不需要一封給大臣的信,好讓他們對您解釋……」

「不了,」基督山說,「我之前不是對您說了,我什麼也不想弄明白。當我對它了解時,電報站對我就算完了。到那時,我的腦子裡就只有迪夏泰爾[10]先生或者德·蒙塔利韋[11]先生發

10 迪夏泰爾(一三六八—一四五八),一四一三年曾任巴黎警察總監。

11 蒙塔利韋(一七六六—一八二三),一八〇九年曾任法國內務部長。

給巴榮訥[12]軍事長官的一個訊號，就只剩那兩個希臘詞兒了：Τηλέ·γραφειγ[13]。我想保存在腦子裡的，是長著黑色細腳的蟲子和那個令人生畏的字眼以及它純正的神祕感和我對它的全部崇拜。」

「走吧，因為再過兩小時天就要黑了，到那時候您就什麼也看不見了。」

「天啊！您這麼一說我讓我有點慌了。請問那條路最近呢？巴榮訥？」

「是的，是去巴榮訥的路。」

「之後是去夏蒂榮[14]的路？」

「是的。」

「您指的是蒙萊裡[15]塔樓的那座了。」

「是的。」

「多謝了，再見。星期六我再對您們報告我對電報站的觀感。」

走到大門口時，伯爵遇上那兩位公證人，他們剛辦妥取消瓦朗蒂娜的遺產繼承權手續，心裡正為辦理了一件肯定會使自己聲名大噪的委託而沾沾自喜。

12 Bayonne，法國南部大西洋比利牛斯省的重要城市。
13 希臘文，意為「電報」。
14 Chatillon，巴黎南郊的一座城鎮。
15 Montlhery，巴黎附近的一座小鎮，位於巴黎往南的埃松省內。鎮內有建於十四世紀的圓形塔樓。

第六十一章　幫一位園藝家擺脫偷吃桃子的睡鼠的辦法

基督山伯爵並不是像他所說的在當天晚上，而是在第二天早晨從地獄街的城門出關，沿著去奧爾良的大路，抵達蒙萊裡塔樓。讀者想必都知道，這座塔樓位於同名平原的一座小山丘上。途中駛過利納郊外的村莊時，一座電報站剛好在擺動它兩隻又長又細的手臂，但伯爵並未稍加停留。他在山腳下車，沿著一條盤旋曲折只有十八寸寬的山徑而上。當他到了山丘頂時，只見前面攔著一道樹籬，探出樹籬外的一叢叢姹紅粉白的花朵中間，已經結出了青青的果子。

基督山伯爵尋找小庭園的門，不多久就找到了。那是一扇小小的木柵門，而柳條做的鉸鏈，一頭是用繩子和釘子做了搭扣。伯爵很快就弄明白了這個裝置，門便打開了。一座二十呎長、十二呎寬的小花園出現在伯爵眼前。花園的這一頭就以樹籬圍邊，樹籬裡嵌著我們剛才稱作門的那個靈巧裝置；另一頭就是那座古塔樓，塔身攀附著常春藤，還點綴著桂竹香和紫羅蘭。

這座塔樓猶如節日裡迎接孫兒們前來的一位滿臉皺紋、身穿盛裝的老祖母。誰也料想不到，這座看起來老舊，被風吹、日曬、雨林侵蝕以及被花朵裝飾著表面的塔樓，能夠說出奇特的故事——假設它應了那句隔牆有耳的古老諺語，而且它還有聲音的話。

花園裡貫穿著一條鋪著紅沙的曲徑，掩映在兩旁枝葉茂盛的老黃楊樹中間。此種情調假使讓德拉克洛瓦[16]、我們這位當代的魯本斯[17]見了，也會讚賞不已的。這條小徑呈8字形，在一座只有二十呎長的花園裡，居然闢出了一條六十呎長的走道。

明媚與笑容滿面的園丁女神芙蘿菈[18]，在這座小園裡受到純真與細心謹慎的崇拜，使她在別處享受的榮耀都相形見絀了。果然，簇擁在花圃裡的那二十棵玫瑰，在葉瓣上見不到一個斑點，在莖稈上也見不到那些專對生長在濕潤的土壤上的植物大加蹂躪、無情啃齧的綠色蚜蟲。但是，這並不是說這座花園的土壤不濕潤——泥土黑得像煤炭，濃密的樹葉也足以說明問題。此外，花園一角還埋著一個木桶，裡面貯滿了水，以便人工的水量能及時地補充天然水量的不足。圓桶裡有一隻青蛙和一隻癩蛤蟆，想必是意氣不投的緣故，牠們背對背地各自棲息在綠綠的葉片上。小徑上不見一莖雜草，花圃裡不見一根冗枝。即使是一位嬌貴的少婦修剪陽臺花壇裡的天竺葵、仙人掌、杜鵑花的蕪枝蔓葉，也未必能有小花園那位至今沒有露面的主人這般的盡心。

基督山伯爵把繩子上那枚釘子重新扣住，關上木柵門後，一覽無遺地看到了眼前的這一切。

「看起來，」他對自己說，「這位電報員雇了一位花匠，要不自己就是個熱情的園藝家。」

16 Delacroix（一七九八—一八六三），法國畫家，畫風接近魯本斯，構圖重氣勢，色彩絢爛。

17 Rubens（一五七七—一六四〇），佛蘭德斯畫家，作品構圖很有氣勢，色彩富麗。

18 Flora，羅馬神話中的花神與花園女神。

就在這時，他的腳突然碰到了躲在裝滿枝葉的獨輪車後面的一件東西——這件東西直起身來，發出一聲表示驚訝的喊叫。於是，基督山伯爵看清了面前站著一個五十歲左右的男人，他剛才正在把摘下的草莓一顆顆放到葡萄葉上去。地上鋪著十二張葡萄葉，草莓的數量也差不多如此。那個人站起來時，差點要扔下草莓、葡萄葉和盤子就跑。

「您在摘草莓，先生？」基督山微笑地問。

「對不起，先生，」那個人把手舉到帽沿上敬了禮，回答說，「我沒在上面，我知道，可是我也才剛下來。」

「希望我沒打擾您摘草莓，我的朋友。」伯爵說，「如果還有些要摘的話，請繼續吧。」

「還有十顆。」那個人說，「這裡有十一顆，可我有二十一顆，比去年多了五顆。不過這也沒什麼奇怪的，今年春季挺暖和的，而草莓這東西，您知道，先生，就要暖和。因此，去年總共才十六顆，可是今年，我已經摘了十一顆了。十二，十三，十四，十五，十六，十七，十八。哦！少了三顆！昨天還在的，先生，我確定昨天還在。不會錯，我數過的。一定是西蒙大媽的兒子偷的。我看見他今天一大早就在這裡鬼鬼祟祟。喔！那個小鬼，偷到花園裡來了。他難道不知道這會帶給他什麼後果。」

「確實，這是不對的。」基督山說，「可是您也要考慮到當事人的年輕與嘴饞。」

「當然，」花園的主人說，「可這還是無法消除我心裡的氣。不過，再次跟您抱歉，先生，我或許耽擱了一位長官的時間嗎？」

說著他怯生生地看了一眼伯爵和他的藍色上裝。

「請儘管放心，我的朋友。」伯爵臉帶笑容地說。他可以隨時把自己的笑容變得陰森嚇人或是和藹可親，而現在的笑容是和藹可親的。「我並不是來巡視的長官，而是一名被好奇心引來的普通旅客。而且，我已開始在責備自己不該來這裡浪費了您的時間。」

「喔！我的時間不值錢。」那個人帶著憂鬱的微笑說，「當然，那是公家的時間，我不該浪費。不過，我剛接到訊號，告訴我可以休息一個小時（他瞥了一眼日晷儀，在蒙萊裡塔樓的這個園子裡什麼都有，連日晷儀也有），您看，我還有十分鐘沒用完，而且我的草莓都熟了，再過一天……順便問一下，先生，依您看睡鼠會不會偷吃這些草莓呢？」

「不，我想不會的。」基督山回答，「睡鼠算是我們的惡鄰。我們也不像羅馬人會把牠們醃漬來吃。」

「什麼？羅馬人會吃牠們？」園丁說，「吃睡鼠？」

「我是在佩特羅尼烏斯[19]的書上看到的。」伯爵說。

「真的嗎？牠們應該不好吃吧，儘管大家都說『肥得像睡鼠』。是說也不奇怪，這些睡鼠會這麼肥，先生，您想想，牠們整天就是睡，直到晚上才醒過來到處亂啃。跟你說，去年我有四棵杏仁，牠們偷了一顆。我還有一顆油桃，就一顆，這種水果確實是挺少見的。可是，先生，牠們把朝牆的半邊全給啃光了。那顆油桃可真漂亮，棒極了。我從來沒嘗到過這麼好的東西。」

19　Petronius（？—六十六），古羅馬作家，羅馬皇帝尼祿的密友。他用史詩形式寫的《薩蒂利孔》是歐洲的第一部小說，其中詳盡而忠實地記錄了當時流行的享樂生活。

「您把它吃了？」基督山問。

「當然是剩下的那半顆，這不說您也明白。味道好極了，先生。那幾位先生從不碰差一點的果子。就跟西蒙大媽家的兒子一樣，從不挑壞的草莓。不過今年，」園藝家繼續說，「我會好好避免這類的事發生。哪怕我必須待在園子裡守夜，也不會讓草莓被摘走的。」

基督山伯爵已經看清了。每個人心底都有對某件事懷有熱情，就像每個果子裡都有蛀蟲一樣。這位電報員的嗜好，就是園藝。伯爵蹲下身來幫著摘掉遮住葡萄串陽光的葉蔓，並以此贏得了花園主人的好感。

「先生是來看發報的嗎？」他問。

「是的，先生，要是規定並不禁止的話。」

「哦！沒有，」那人說，「沒有這個禁令，再說這也不會有什麼危險。因為，沒人會懂得我們在說些什麼。」

「我也聽人說過，」伯爵說，「您們重複的這些訊號，連您們自己也不懂。」

「這是真的，先生，不過我寧可如此。」電報員笑著說。

「您為什麼寧可如此呢？」

「因為這樣我就沒有責任了。我就是一部機器，僅此而已。只要我照常工作，別人就不會多管我什麼事了。」

「這可能嗎，」基督山對自己說，「難道我碰上一個沒有野心的人嗎？這會破壞我的計畫的。」

「先生，」那人瞥了一眼日晷儀說，「十分鐘快到了，我得回去工作了。您願意和我一塊兒上去嗎？」

「願意奉陪。」

說著，基督山伯爵走進分成三層的塔樓。底下的那層放著些農具，像鏟子，釘耙，噴水壺什麼的，都靠牆擱著，除此而外一無長物。第二層是間普通起居室的模樣，說得更直接些，就是這位公務員晚上睡覺的地方。裡面放著幾件樣子寒酸的傢俱——一張床，一張桌子，兩把椅子，一隻粗陶的水罐，天花板上還吊著些晾乾的草本植物。伯爵認得出那些是香豌豆和紅花菜豆。這位好人讓它們的種子保存在豆莢裡。他把這些植物都仔細地分類，細心的程度不亞於植物院裡的植物學家。

「學會發電報要花很長時間嗎，先生？」基督山問。

「學的時間不長，可是見習期很長。」

「年俸有多少呢？」

「一千法郎，先生。」

「相當少。」

「是的，可是管住，這您也看見了。」

基督山伯爵又看了一眼房間。兩人走上三樓，那裡就是電報室。基督山逐一觀看了兩支鐵把手，電報員就是靠它們來發報的。

「很有意思，」他說，「不過，時間久了，您大概也會覺得這種生活有點乏味吧。」

「是的。剛開始，脖子會因為一直看著機器而酸疼，但過一、兩年就會習慣了。而且我們也還有休息時間和放假的日子。」

「放假的日子？」

「對。」

「什麼時候？」

「起霧的時候。」

「喔！沒錯。」

「對我來說，這就是節日囉。我會到花園裡去，種植，整枝，剪接，除蟲，就這樣過完一天啦。」

「您在這裡有多久了？」

「十年，外加五年見習期，有十五個年頭了。」

「您今年……」

「五十五歲啦。」

「您要做滿幾年才可以拿到退休金？」

「哦！先生，得做滿二十五年。」

「退休金有多少？」

「一百埃居。」

「可憐的人！」基督山喃喃地說。

「您說什麼，先生？」那個人問。

「我說這些東西相當有意思。」

「什麼東西？」

「您給我看的這些東西。那麼，您對自己發的訊號真的一點都不懂嗎？」

「一點都不懂。」

「您沒有想過要弄懂嗎？」

「從不，為何要懂呢？」

「不過，也有幾個訊號是特地發給您的吧？」

「沒錯。」

「這些訊號您懂嗎？」

「因為總是那幾句。」

「它們是指……」

「沒有新消息，你有一小時，或是明天。」

「這些真是相當簡單。」伯爵說，「但是，您看，在對面電報站，您的同事是不是在發訊號呢？」

「喔！是的。謝謝您，先生。」

「那麼它的意思是什麼？您能看懂嗎？」

「能，他問我準備好沒。」

「您的回覆是？」

「發一個同樣的訊號。這樣就能告訴右邊那座電報站我已經做好準備，同時告知左邊那座電報站也做好準備。」

「太妙了。」伯爵說。

「您等著看吧，」那個人驕傲地說，「再過五分鐘他就要發報了。」

「那麼我還有五分鐘，」基督山對自己說，「有這點時間就夠了。親愛的先生，」他說，「請允許我向您提個問題。」

「請問吧。」

「您似乎很喜歡園藝？」

「喜歡極了。」

「要是您有一座，不是這塊二十呎長的地坪，而是一座占地兩英畝的大花園，您一定會很高興吧？」

「先生，我會把它弄得像座人間天堂。」

「您靠這一千法郎，日子過得很清苦吧？」

「是清苦但好歹也能過日子。」

「是的，可是您只能有一個可憐的小花園。」

「沒錯，這花園是不大。」

「非但不大，而且還有睡鼠到處亂啃亂咬。」

「那可真是我的禍害。」

「請告訴我，假如您右邊那位同事發報的當下，您碰巧把臉轉開了，那會怎麼樣呢？」

「我就看不到他的訊號了。」

「那又會怎麼樣呢？」

「我就沒法重複他的訊號了。」

「還有呢？」

「我就會因為掉以輕心、漏發電報而罰款。」

「罰多少？」

「一百法郎。」

「年俸的十分之一，真夠看的。」

「哎！」那人說。

「您有遇過這種情況嗎？」基督山問。

「有過一次，先生，那時我正在替一株淺褐色的薔薇嫁接。」

「那麼，假設您擅自更動訊號內容，改發出別的訊息，又會怎麼樣呢？」

「喔，那就不同了，我會被革職，而且失去我所有的退休金。」

「那三百法郎？」

「是的，那一百埃居，先生。所以您該明白我是不會做那種事的。」

「即使連十五年的薪俸也不會做嗎？來吧，這可值得好好想想的。」

「為了一萬五千法郎？」

「是的。」

「先生，您嚇到我了。」

「胡說！」

「先生，您是在誘惑我嗎？」

「正是！一萬五千法郎，您明白嗎？」

「先生，請讓我看看右邊的同事在說什麼。」

「相反的，別去看他，但是看看這個。」

「這是什麼？」

「什麼？您連這張紙都不認得嗎？」

「紙鈔！」

「正是，一共十五張。」

「是給誰的？」

「給您，如果您肯要的話。」

「給我？」公務員喊道，差點兒透不過氣來。

「是的，給您的，全數歸您。」

「先生，右邊那位同事正在發報啊。」

「讓他去發吧。」

「先生，您讓我分心，我要被罰款了。」

「那才不過一百法郎。但您看，您收下我的紙鈔才是對您有利的。」

「先生，右邊那同事不耐煩啦。他在重新發報。」

「別管他，把這收下。」伯爵把錢袋放在電報員手裡。

「另外還有，」他說，「光靠一萬五千法郎，您還是不夠過日子的。」

「可我還有這份工作。」

「不，您將會丟掉這門差事。因為我將會要您更動您那同事發出的訊號。」

「哦！先生，您是做什麼提議呢？」

「開個小玩笑。」

「先生，除非您強迫我……」

「我相信我是能強迫您的。」說著，基督山從口袋裡拿出另外一個錢袋。

「這裡還有一萬法郎，」他說，「加上您錢袋裡的一萬五，一共是兩萬五千法郎。有五千法郎，您就可以買一幢漂亮的小房子包括一座兩英畝的大花園。剩下的兩萬法郎，每年能讓您拿到一千法郎的利息。」

「兩英畝的大花園？」

「還有一千法郎的年金。」

「哦，上天啊！」

「來，拿著吧！」說著基督山硬把紙幣塞在電報員手裡。

「您要我做什麼？」

「一件小事。」

「是什麼事呢？」

「把這些訊號發出去。」基督山從口袋裡拿出一張紙，上面有三組訊號，還用數字標明了發送的順序。

「您看，用不了多少時間。」

「是啊，可是……」

「這樣做，您就有了油桃，連其他東西也都有了。」

這招奏效了。那個人激動得滿臉通紅，大滴的汗珠順著臉頰往下流，但他還是把伯爵的三組訊號逐一發送出去，把右邊那位同事看得目瞪口呆，簡直不明白這是怎麼回事。他心想這位種油桃的同事肯定是瘋了。而左邊的那個同事，卻認真地重複著這些訊號，於是訊號一路往內務部傳送了過去。

「現在您有錢了。」基督山說。

「是啊，」公務員回答，「可是代價也大！」

「聽我說，朋友，」基督山說，「我不想讓您受到良心的責備，所以請您相信我，我發誓，您沒有傷害任何人。相反的，您是造福人群。」

那個人看著鈔票，摸了幾下，點了一遍。他的臉上一陣白一陣紅的。最後，他跌跌撞撞地朝樓下跑去，想進房間去喝杯水。但是，他還沒走到水罐，就暈倒在晾乾的豆莢前了。

五分鐘後，電報專訊送到了內務部，德布雷吩咐套馬備車，直奔鄧格拉斯府邸。

「您丈夫手上有西班牙公債券嗎？」他問男爵夫人。

「我想是的，他有六百萬。」

「讓他趕快脫手，不管行情怎麼樣。」

「為什麼？」

「因為唐・卡洛斯已經從布日逃出來，回到西班牙了。」

「您是怎麼知道的？」

「您還需要問我是怎麼知道的嗎？」德布雷聳聳肩膀說。

男爵夫人不等他再說第二遍，便立刻奔到她丈夫那裡。然後，那位又趕到自己的證券經紀人那裡，吩咐他不惜任何代價把公債券悉數拋出。一見鄧格拉斯先生拋出，市面上的西班牙公債立即猛跌。鄧格拉斯在這中間損失了五十萬法郎，但他好歹把全部公債券全都脫手了。

當晚《信使報》上刊載了一條消息：

電報快訊日

前被監禁在布日的唐・卡洛斯國王，現已逃越加泰羅尼亞邊境返回西班牙。巴賽隆納民眾揭竿回應。

整個晚上，人人都在議論鄧格拉斯能拋出全部公債券的先見之明，以及這位公債投資老手的好運氣——他在這次風暴中只損失了五十萬。

那些沒有把手裡的公債券拋出或者吃進了鄧格拉斯的公債券的人，覺得自己闖了大禍，整夜都睡不安穩。

第二天早晨，《箴言報》上刊載了另一條消息：

昨天《信使報》載唐·卡洛斯逃脫及巴賽隆納舉叛，純屬無稽之談。唐·卡洛斯國王並未離開布日，半島局勢亦殊為平靜。此種謬傳，係由霧天電報傳送失誤所致。

頓時公債行情暴漲，漲幅超過跌幅的一倍。這樣一進一出，把賠掉的本錢和虧掉的差額加在一起，鄧格拉斯損失了一百萬。

「很好！」基督山對摩萊爾說。當交易所這場以鄧格拉斯為犧牲品的行情變化消息傳來時，摩萊爾正在自己家裡和基督山伯爵在一起。「我剛花兩萬五千法郎買到了一個我願出價十萬法郎的發現。」

「您發現什麼了？」馬西米蘭問。

「我剛發現了幫助園藝師擺脫偷吃桃子的睡鼠辦法。」

第六十二章　幽靈

奧特伊這幢房屋的外表，第一眼看上去並沒有什麼富麗堂皇的地方，叫人想不到這就是那位富有傳奇色彩的基督山伯爵宅邸。但是，這種不加裝飾的外觀是依照主人的心意特地保留的。因為，他明確地吩咐過不許對外貌做任何變動。對於這一點，只須往屋子裡看一眼，就會深信不疑了。原來，大門剛一打開，景觀就完全變樣了。

貝爾圖喬先生在府邸的布置和陳設上展現了前所未見的才能，而且對於命令的執行相當快速與精準。一如當年德．昂坦公爵[20]命人在一夜之間把有礙路易十四視線的整條小徑兩旁的樹全部砍光，現在，貝爾圖喬先生在三天之內就讓人把一片光禿禿的庭院栽滿了花草樹木。他利用高大挺拔的楊樹和連同碩大根部一起運來的埃及無花果樹的濃蔭遮蔽了屋子的正面。屋前原先那條雜草叢生的石砌路面，被一片寬闊的綠茵草坪所取代。早晨才灑過水的剛完工草皮，還沾著亮晶晶的小水珠呢。

儘管如此，所有的決定全是由伯爵本人吩咐的。他親自畫了一張平面圖交給貝爾圖喬，上面標明了要種的樹木數量與位置，還標明了取代石板路所需要的草坪形狀和大小。

20　Duc d'Antin（一六六五—一七三六），路易十四的宮廷總管，深得國王寵信。

經過這番裝修後，這座府邸變得讓人認不出來了。就連貝爾圖喬也聲稱，圍在四周的這片密實的青蔥翠綠，也讓他認不出這幢房屋了。提到這位總管，他恨不得能趁機連花園也整修一番。可是伯爵交代得很清楚，不准動花園。貝爾圖喬只能把心思放在前廳、樓梯和壁爐架上，把那些地方全擺滿了鮮花。

最能展現總管的辦事效率，以及主人的絕佳指揮力，就是屋內的裝潢與陳設。這幢已有二十年無人居住的房屋，前一晚還是陰暗、淒涼，整棟充斥一股可稱作時間的難聞氣味。一夕之間，它卻變得充滿生氣，散發著新主人喜歡的香味——清香淡雅。伯爵一進屋，隨手就可以拿到他的書和武器，抬頭就可以看到他心愛的油畫。前廳裡有他愛撫摸逗弄的小狗，還有他愛聽牠們鳴叫的鳥兒。整座府邸，猶如樹林中的睡美人宮殿，在沉睡多年後甦醒過來，恢復了生命，唱著歡悅的歌曲，一切顯得容光煥發。好比我們又重回到了多少年來一直縈繞心頭的親愛故居，當年我們遭到不幸離開它時，是不是也把一半的心留在了那裡了呢？

僕人們開心地往來穿梭在這座華麗的宮殿中——一些僕人手端精美的菜肴，沿著前一晚才剛修復的樓梯輕快地上上下下，彷彿他們一向就是住在這屋子裡似的。另一些僕人熙熙攘攘地在車庫裡忙著，一整排編好號的豪華車輛，感覺像是已經在那裡五十年似的。馬廄裡正在嚼草的駿馬不時用嘶鳴來回答照料牠們的車伕。這些車伕對牠們說起話來，口氣比許多僕人對待自己的主人還要恭敬得多。

書房是沿著同一面牆分成兩個部分，裡面藏有將近二千冊圖書。其中一區專收近期的當代小說，甚至有前一天晚上才剛出版的新書，也已經放置在書架上。它紅色與金色的書脊看上去相當具有分量。

屋子另一頭跟書房對稱的位置，是一間暖房，一排一排的日本瓷盆裡種著盛開的珍奇花木。在這間賞心悅目、花香宜人的暖房正中央，擺著一張球桌檯，綠絨的桌面上還停著一些球，像是一個小時前才剛有人玩過的樣子。

全屋只有一個房間，是我們出色的貝爾圖喬先生敬而遠之的。這個房間位於二樓的左角，從屋內正中央的大樓梯可以通達，但房間還有一座暗梯可以下樓。僕人們從房間門口經過時都滿是好奇，但是，貝爾圖喬經過時卻覺得毛骨悚然。

五點整，伯爵帶著阿里來到奧特伊。貝爾圖喬既焦急又不安地迎候主人的到來。他渴望能聽到幾聲讚許，卻又同時擔心看到伯爵會皺一下眉頭。基督山伯爵下車走進庭院，然後進屋上上下下走了一圈，又到後面的花園裡去轉了轉，一路上默不作聲，沒有任何讚許或不滿意的表示。只有當他走進正對那個緊閉的房間內的臥室時，他才伸手指著一個巴西香木小櫃的抽屜說了句話。這個小櫃是他第一次來時就注意到的。

「這裡差不多只能放放手套了。」他說。

「大人想要打開來看看嗎？」喜出望外的貝爾圖喬回答說，「您會發現裡面是放著手套的。」

在別的傢俱裡，伯爵也都找到了他想找到的東西——嗅瓶，雪茄，其他小玩意兒。

「很好！」他說。

於是貝爾圖喬先生心花怒放地退了出去，伯爵對他周遭人們的具有暨深且鉅的實際影響力，由此可見一斑。

六點整，大門外傳來一陣馬蹄聲。我們的北非軍團騎兵上尉騎著那匹美狄亞到了。基督山伯爵笑容可掬地站在臺階上等候他。

「我確定我是第一個到的！」摩萊爾大聲地對他說，「我是有意的，好讓您有時間可以先單獨與我共處。裘莉和伊曼紐爾有好多話要我告訴您。哦！您知道嗎，這裡真是太美了！請告訴我，伯爵先生，您的手下人會照顧好我的馬嗎？」

「放心吧，親愛的馬西米蘭先生，他們懂的。」

「最好先用草把幫牠擦擦身體。您知道牠跑得有多快，簡直像陣風！」

「我相信，畢竟是一匹價值五千法郎的馬！」基督山說這話時的語氣就像一位父親在對兒子說話。

「您懊悔那些錢了？」摩萊爾開口笑著說。

「我？當然不會！」伯爵回答說，「不。我只會因這匹馬不好，才會懊悔。」

「牠棒極了。德．夏托．勒諾先生是法國最好的騎士，還有德布雷先生，他騎的是部裡的阿拉伯名馬。他倆剛才在我後面拚命追趕我，結果還是落後了一段距離。您也看見了，他們後面還緊跟著鄧格拉斯男爵夫人的馬車。拉車的馬們每小時也要跑到六里格的速度。」

「這麼說，他們隨後就到？」基督山問。

「看，他們來了。」

果然，正在這時，一輛由渾身直冒熱氣的馬匹拉著的雙座四輪馬車，以及兩匹氣喘吁吁的坐騎，來到了敞開著的鐵門前。馬車駛過一段彎道，停在屋子的臺階跟前，兩位騎士也跟在後面同時抵達。一轉眼，德布雷已經跳下馬，來到車門前。他把手伸給男爵夫人，夫人扶著他的手下車時，做了一個讓人難以覺察的小動作——除了基督山伯爵，確實誰也沒有察覺到。

伯爵的眼睛是不會漏掉任何事情的，他看到有張如同那個小動作一樣難以察覺的白色小紙條閃了一下，從鄧格拉斯夫人手裡塞進了大臣祕書的手裡。她的手法之嫻熟，表明她早已是駕輕就熟了。隨在妻子後面下車的是那位銀行家。他臉色蒼白得像是從墳墓裡，而不是從馬車裡走出來。

鄧格拉斯夫人朝四周投去一道只有基督山伯爵一人才懂得其中含意的迅捷探詢目光，剎那間就把庭院、柱廊和整幢建築都看進眼裡了。隨後，她克制住心中波瀾的起伏，不讓自己露出蒼白的臉色，免得被人識破她內心的激動。

她一邊走上臺階，一邊對摩萊爾說：「先生，要是您是我的朋友，我真想請問一下您的馬賣不賣。」

摩萊爾感到為難地笑了笑，臉朝基督山伯爵望去，彷彿是央求他將自己從眼前這尷尬的困境中解救出來。伯爵明白了摩萊爾的意思。

「哦！夫人，」他說，「為何您不向我提出這個要求呢？」

「對您，先生，」男爵夫人說，「我們是沒有權利要求什麼的。因為我們事先就知道您是有求必應。所以我就向摩萊爾先生提出了。」

「非常遺憾，」伯爵說，「我知道摩萊爾先生是不會把他的馬賣掉的。馬的去留攸關他的名譽，這一點我可以作證。」

「怎麼回事？」

「他跟人打了賭說要在六個月以內馴服美狄亞。現在您明白了，男爵夫人，要是他在打賭規定的期限之前賣掉這匹馬，那他不只是輸掉那筆賭注，而且會讓人說他是因為害怕。而一位北非軍團的騎兵上尉，是絕對無法容忍這種流言蜚語的，就算他是為了滿足一名漂亮女子的任性。儘管在我看來，這實在是這世界上一件最神聖的事情。」

「您知道我的處境了，夫人……」摩萊爾說著，感激地向基督山微微一笑。

「在我看來，」鄧格拉斯說，笨拙的笑容掩飾不了他語氣的粗魯。「您的馬也已經夠多了。」

聽到這種話居然不予以回擊，鄧格拉斯夫人平時可沒這種雅量。然而，使身邊幾位年輕人大為驚訝的是，這次她居然裝作沒聽見似的，什麼話也沒說。基督山伯爵看到這種表現出異於平常的忍氣吞聲，不由得微微一笑。同時，他指著兩只碩大的瓷缸給男爵夫人看。只見缸外盤繞著海生植物，唯有大自然才能有這般鬼斧神工。男爵夫人不禁大為驚嘆。

「為什麼，」她說，「您真能在裡面種下杜伊勒利宮里其中一棵七葉樹！這麼大的缸是怎麼燒得出來呢？」

「喔！夫人，」基督山說，「您不該來問我們如何燒製優良的瓷缸。那是別的世紀的作品，是大地和海洋精靈的傑作。」

「究竟是怎麼回事，是哪個時代呢？」

「我也不清楚。我只是聽說，有一位中國皇帝曾經命人特地建了一座大窯。窯工們在這座窯裡接連燒製出十二只這樣的瓷缸。其中有兩只，由於窯裡的火過旺而燒裂了；其餘十只出窯後就被沉到了三百噚深的海底。大海知道自己的任務，於是用海草掩覆它們，拿珊瑚包圍它們，把貝殼黏附在它們身上。這些瓷缸在幽深的海底一直躺了兩百年。因為一場革命早已把那個想做這番試驗的皇帝趕下了龍椅，只有一紙留存下來的禦詔，向後人訴說了當年造窯燒缸和沉浸海底的故事。

「過了兩百年，這張禦詔被人找到了，於是人們想要把這些大缸打撈上來。潛水夫穿著特製的潛水服下了海，在當年沉缸的海灣找到了它們。但是，十只缸只剩下三只，其餘的都被海浪捲走沖碎了。我很喜歡這些瓷缸，我有時會想像缸底下藏著些醜陋可怕的神祕怪物，就像只有潛水夫見過的那些海底奇特生物一樣。牠們呆滯而冷漠地盯著這些龐然大物看。我還會想像這些瓷缸裡面沉睡著數不清的小魚，牠們都是為了逃避敵人的追擊而躲進缸裡來的。」

這時，鄧格拉斯因為對奇聞趣事不感興趣，獨自站在一邊，心不在焉地從一棵漂亮的柑橘樹上扯下花兒。一朵一朵地直到都扯完了，才又去扯仙人掌的花。但這顆仙人掌可不像柑橘樹那麼好欺侮，他的手被狠狠地刺了一下。他輕輕一震，揉揉眼睛，彷彿是從夢中剛醒來。

「先生，」基督山微笑地對他說，「您是油畫的收藏家，擁有許多珍品。我不敢向您推薦我的藏畫。不過，我有兩幅霍貝瑪[21]，一幅保羅．波特[22]，一幅米里斯[23]，兩幅傑哈德．

21 Hobbema（一六三八—一七〇九），荷蘭風景畫家。
22 Paul Potter（一六二五—一六五四），荷蘭畫家。
23 Mieris（一六三五—一六八一），荷蘭風俗畫家。

道，一幅拉斐爾[24]，一幅凡戴克[25]，一幅蘇巴朗[26]，還有兩三幅牟利羅[27]，倒是值得您看一下的。」

「等一下，」德布雷說，「我見過這幅霍貝瑪的作品。」

「喔，是嘛！」

「是的，它本來想被人賣給博物館。」

「我想，博物館裡沒有收藏霍貝瑪吧？」基督山說。

「沒有，他們還是婉拒了。」

「為什麼？」夏托・勒諾問。

「您還真能裝。因為政府缺錢啊。」

「喔，原諒我！」夏托・勒諾說，「我天天聽說政府缺錢，都聽了八年了。可是我到現在還是弄不清楚原因。」

「您慢慢會明白的。」德布雷說。

「我想不見得。」夏托・勒諾回答。

「巴爾托洛梅奧・卡瓦爾坎第少校到！安德烈亞・卡瓦爾坎第伯爵到！」巴蒂斯坦大聲

24 Raohael（一四八三—一五二〇），義大利文藝復興盛期畫家。
25 Vandyke（一五九九—一六四一），佛蘭德斯畫家，魯本斯的主要助手。
26 Zurbaran（一五九八—一六六四），西班牙畫家。
27 Murillo（一六一七—一六八二），西班牙畫家。

通報。

一條剛從裁縫手裡交出來的黑緞縐領，灰色的脣髭，堅定的眼神，佩著三枚勳章和五枚十字章的少校制服，總之，一副毫無瑕疵的老軍人氣勢，巴爾托洛梅奧·卡瓦爾坎第少校——這位我們已經認識的慈祥父親——就是這樣出現在伯爵府邸的。在他身旁，一身嶄新的裝束，笑容可掬走上前來的，是安德烈亞·卡瓦爾坎第伯爵——那位我們也已經認識的恭順兒子。

三位年輕人正在一起聊天。他們的視線從父親移到兒子，而且很自然地在後者身上停留得更長一些，因為他們談論起他來了。

「卡瓦爾坎第！」德布雷說。

「好聽的姓氏！」摩萊爾說。

「是的，」夏托．勒諾說，「這些義大利人名字都好聽，但是穿得卻不行。」

「您太挑剔了，夏托．勒諾。」德布雷說，「他們的衣服做工很講究，而且是新的。」

「我覺得壞就壞在這上頭。那位先生看上去像是這輩子第一次穿上好衣服似的。」

「那兩位先生是誰？」鄧格拉斯問基督山伯爵。

「您也聽見了，卡瓦爾坎第。」

「我只是知道姓氏而已。」

「喔！對了，您還不熟悉義大利的貴族世家。說到卡瓦爾坎第，就等於提到王室。」

「很富有嗎？」銀行家問。

「富可敵國。」

「他們來做什麼？」

「想把用不完的財富揮霍掉一些。他們會跟您有業務往來，前天他們來看我時提起過這件事。今天我實在是為了您才邀請他倆來的。我等會兒會把您介紹給他們。」

「可是我覺得他們的法語說得很道地。」鄧格拉斯說。

「兒子是在法國南部的大學受教育，我記得好像是在馬賽附近。您會發現他為人充滿熱情。」

「對什麼呢？」男爵夫人問。

「對法國小姐們，夫人。他下定決心要在巴黎娶位妻子。」

「他的想法倒不錯。」鄧格拉斯聳聳肩膀說。

鄧格拉斯夫人瞟了丈夫一眼，換在別的時候，這樣的眼神無異於一場風波的前兆。可是今天，她又再一次忍住，沒有出聲。

「男爵今天看上去充滿心事，」基督山對鄧格拉斯夫人說，「是有人要舉薦他入閣嗎？」

「我想還沒有吧。他多半是因為在交易所下了注，賠了錢的緣故。」

「德·維爾福先生和夫人到！」巴蒂斯坦大聲通報。

他們走了進來。德·維爾福先生雖說極力克制著，但神色顯然很不自在。基督山伯爵跟他握手時，覺得他的手在發顫。

「的確，只有女人才知道怎麼掩飾。」基督山對自己說。他瞥了一眼鄧格拉斯夫人，見她又是向檢察官微笑，又是與他的妻子擁抱。

寒暄過後，伯爵看見貝爾圖喬悄悄走進跟這個大客廳毗連的小廳，在這以前，他一直在配膳室那邊忙碌著。伯爵向貝爾圖喬走去。

「有什麼事，貝爾圖喬先生？」伯爵問。

「大人還沒告訴我一共有幾位客人。」

「喔！沒錯。」

「一共是幾位呢？」

「您自己數吧。」

「人都到齊了嗎，大人？」

「齊了。」

貝爾圖喬從微開著的房門悄悄往外看。基督山伯爵的視線盯住他的臉。

「喔！我的上帝！」他喊了起來。

「有什麼是嗎？」伯爵問。

「那女人……那女人！」

「哪一位？」

「穿白裙子，戴著好幾只鑽戒的那位……金頭髮的……」

「是鄧格拉斯夫人？」

「我不知道她叫什麼。可那就是她，先生，就是她！」

「您說的她是誰？」

「是花園裡的那個女人！那個懷孕的女人……就是一邊散步一邊等著……等著……」貝爾圖喬張著嘴呆住不動了，他臉色慘白，連髮根都豎了起來。

「在等誰？」

貝爾圖喬沒有回答，只是用手指著維爾福，樣子就跟馬克白[28]指著班柯的手勢一樣。

「那個，那個，」他囁嚅著說，「您看得見嗎？」

「什麼？誰？」

「他！」

「他！……是德．維爾福檢察官嗎？我當然看得見他。」

「那麼，我沒把他殺死？」

「說真的，我想您快瘋了，我的好貝爾圖喬先生。」伯爵說。

「那麼他沒死了？」

「沒！您看得很清楚，他沒死。您的同鄉刺人總是刺在左邊第六和第七根肋骨中間，而您一定是刺高或者刺低了。這些吃法律這行飯的，通常都是福大命大。要不然，就是您告訴過我的話都不能當真。或許，那全是您想像中的一場夢境，是您腦子裡的幻覺。您大概是想著復仇的念頭入睡，而那些想法堵在了您的胸口。您一定是做了一場惡夢，如此而已。來，定定神，數數看吧——德．維爾福先生和夫人，兩位；鄧格拉斯先生和夫人，四位；德．夏

28 Macbeth，莎士比亞同名劇作中的主人公，蘇格蘭大將，由於野心的驅使，殺死了慈祥的國王和另一員大將班柯。後因見到班柯的鬼魂，驚恐萬狀。

托．勒諾先生、德布雷先生、摩萊爾先生，七位；巴爾托洛梅奧．卡瓦爾坎第少校先生，八位。」

「八位！」貝爾圖喬應聲說。

「別走！您為何這麼急著走開，還有一位客人您忘了數。您往左邊靠一下。停！看看安德烈亞．卡瓦爾坎第先生，就那位正在看牟利羅的《聖母像》的黑衣年輕人，他轉過臉來了。」

這一次，要不是基督山伯爵用眼神震住他，貝爾圖喬差點叫出聲來。

「貝厄弟妥？」他喃喃地說，「天意呀！」

「六點半的鐘聲響了，貝爾圖喬先生，」伯爵嚴厲地說，「我吩咐過這時候要開宴。您知道我是不喜歡多等的。」

說完，基督山伯爵回到賓客們等候著他的客廳；貝爾圖喬則扶著牆壁好不容易才回到了餐廳裡。

五分鐘後，客廳的兩扇門扉打開，貝爾圖喬出現在門中央，鼓足勇氣說：「宴席已經備好了。」

基督山伯爵把手伸給德．維爾福夫人。

「德．維爾福先生，」他說，「請您領著鄧格拉斯男爵夫人入席好嗎？」

維爾福照做，一行人魚貫步入餐廳。

第六十三章　晚宴

當賓客們踏進餐廳時，顯然心裡都有著同樣的問題——究竟是什麼神奇的力量把他們都帶到這幢房屋裡來。不過，儘管他們感到有些吃驚，有幾位甚至感到頗為不安，卻沒有人願意就此退出。他們與伯爵結交不久。他的怪僻、離群的生活方式，還有無人能確定數目的驚人財富，使男士們感到自己有審慎行事的責任。女士們則感覺到，進入這座見不到一名女子來接待她們的屋子似乎該有所顧忌。然而，這時男士們早已丟開了謹慎，女士也顧不得禮儀了。因為，好奇心完全占了上風。它的刺激是無法抗拒的。就連卡瓦爾坎第父子倆——一個迂腐古板，一個放蕩不羈——似乎也都忐忑不安地在暗自揣度，不明白他們為何被邀到這位神祕伯爵的府上赴宴，還跟初次見面的這些人一起用餐。

鄧格拉斯夫人見到德・維爾福先生應基督山伯爵之請，走到她的面前舉臂給她時，不由得身子顫動了一下。德・維爾福在男爵夫人把手擱在他臂上的瞬間，也覺著自己的眼神在金絲邊眼鏡後面慌亂地抖動。他倆的神情舉止都沒能逃過伯爵的眼睛。這兩人剛剛的接觸，已經使我們的這位觀察家大感興趣了。

德・維爾福先生的左首是鄧格拉斯夫人，右首是摩萊爾。伯爵坐在德・維爾福夫人和鄧格拉斯中間。在其餘的座位上——德布雷坐在老卡瓦爾坎第和小卡瓦爾坎第中間，夏托・勒諾坐在德·維爾福夫人和摩萊爾中間。

宴席極為豐盛。基督山伯爵完全打破巴黎平日宴請的格局，不僅要滿足賓客的胃口，填飽他們的口腹，而且更要引起他們的好奇心，讓他們過癮。擺在賓客面前的是一桌東方式的盛宴，但是，這種盛宴也只是在阿拉伯的神話故事裡才會出現。來自天南地北新鮮甘美的水果，像一座一座金字塔似的堆在中國瓷盤和日本果盆裡。裝在閃閃發亮的大銀盤中的，是盡量保持著色澤鮮豔羽毛的珍奇飛禽和體型肥碩的河鮮與海魚。裝在形狀奇巧的細頸瓶裡、宛如瓊漿玉液的，是愛琴海，小亞細亞和開普敦的美酒。它們就像阿皮西烏斯[29]讓他的賓客們檢閱的奇珍異饈似的整齊地擺在十位驚訝的巴黎賓客面前。他們理解，花費一千路易來款待十位賓客，並非不可想像，但這必須要像克萊奧派特拉那樣吃珍珠，或是像羅倫佐·美第奇那樣喝金水才花得掉的。[30]

基督山伯爵看到了眾人的驚愕的神情，開始笑了起來，並用調侃的語氣說：「先生們，我想您們想必會同意，家產多到了一定的程度，唯有非必要品才會成為必要。正如夫人們想必也會同意，狂熱激奮到了一定的程度，就唯有渴望卻不可即的理想才顯得最為實際了？那麼，依此類推，最奇妙的東西該是什麼呢？就是我們無法理解的事物。我們真正嚮往的又是什麼呢？就是那些我們無法得到的東西。而對我說來，親眼查看我無法懂得的事物以及親手拿到那些無

29 Apicious，古羅馬奧古斯坦皇帝的同時代人，有名的美食家。
30 西方人有克萊奧派特拉吃珍珠（而不是珠粉）之說，以形容這位埃及女王的奢靡。羅倫佐·美第奇喝金水說當亦為解釋這位佛羅倫斯共和國僭主、綽號「豪華者」的美第奇家族代表人物的豪富。

法得到的東西，是我畢生追求的目標。我靠兩樣東西來實現這個目標——金錢和意志。

「您們都有自己的理想。譬如說，您，鄧格拉斯先生，一心想造一條鐵路。您，德．維爾福先生，一心想把哪個犯人判成死罪。您，德布雷先生，一心想去平定一個王國。您，夏托．勒諾先生，一心想討得一個女人的歡心。您，摩萊爾，一心想馴服一匹沒人駕馭得了的烈馬。而我，對一個任性念頭的執著追求，實在也不亞於您們中間的任何一位。舉例來說吧，各位見到的這兩條魚，一條來自離聖彼德堡五十里格的地方，而另一條來自離那不勒斯五里格外的地方。現在，牠們並排放在桌上，各位不也覺得挺有趣的嗎？」

「這兩條是什麼魚呢？」鄧格拉斯問。

「夏托．勒諾先生在俄國住過，他可以告訴您這條魚的名稱。」基督山回答，「卡瓦爾坎第少校先生是義大利人，他可以告訴您那條魚的名稱。」

「這條魚，」夏托．勒諾說，「我想是叫鱘魚。」

「好極了。」

「而那條魚，」卡瓦爾坎第說，「要是我沒認錯，是七鰓鰻吧。」

「沒錯。現在，鄧格拉斯先生，請您問問這兩位先生哪裡能捕到這兩種魚吧。」

「鱘魚，」夏托．勒諾說，「只有在伏爾加河裡才釣得到。」

「那麼，」卡瓦爾坎第說，「我看只有富紮羅湖裡才會有這麼肥的七鰓鰻。」

「正是如此，一條是從伏爾加河釣到的；另一條是從富紮羅湖網到的。」

「不會吧！」在座的賓客一起喊出聲來。

「真的，我覺得正是這點讓我覺得有趣。」基督山說，「我就像尼祿一樣——cupitor impossibilium[31]。這正是您們現在也覺得有趣的原因了。這兩條魚，其實不見得有鱸魚和鮭魚那麼好吃，可是您們將會覺得鮮美無比。這是因為您們原以為沒辦法吃到它們，現在居然擺在您們的面前。」

「但牠們是怎麼運到巴黎來的呢？」

「哦！再簡單不過了。這兩條魚給分別裝在兩個大木桶裡——一個放滿蘆竹和河裡的水草；另一個放滿燈心草和湖裡的浮萍——然後裝上一輛特製的貨車。這樣牠們一路上就死不了。鱘魚可以活十二天，七鰓鰻則八天。等到我的廚師撈起這兩條魚，在把一條用牛奶悶死，而一條用紅酒醉死前，牠們都還鮮活蹦跳著。您恐怕是不相信吧，鄧格拉斯先生？」

「我不可能沒有一點懷疑。」鄧格拉斯掛著傻傻地笑容回答。

「巴蒂斯坦！」基督山說，「請去叫人把另外那兩條鱘魚和七鰓鰻拿來。您知道的，就是另外裝桶運來，還活著的那兩條。」

鄧格拉斯驚訝地圓睜雙眼；其餘的賓客都拍起手來。

四個僕人抬著兩個浮著萍藻水草的木桶進來，每桶中都有一條跟席上同類的魚在不斷地跳動著。

「可為何要每種兩條呢？」鄧格拉斯問。

31 拉丁文，我要做的就是不可能的事情。

「因為其中一條說不定會死掉。」伯爵輕描淡寫地回答說。

「您真是位神奇的人物。」鄧格拉斯說，「別管哲學家怎麼說了，金錢萬能。」

「尤其是有這麼絕妙的主意。」鄧格拉斯夫人說。

「哦！請別這樣誇讚我，夫人。對羅馬人來說，這真的算不了什麼。普林尼[32]的書裡就曾提到，他們讓奴隸把魚桶頂在頭上，從奧斯蒂亞[33]接力跑到羅馬。普林尼把那種魚稱為mulus，而照他畫的圖來看，大概就是鯛魚。所以見著一條活的鯛魚算得上是一種奢侈的享受。不過，看著牠死去也是一件賞心樂事。因為，牠在臨死前會變換三、四種顏色，像彩虹似的顏色一層層地由濃變淡，然後才交給廚師去烹燒。牠的臨終變色，成了牠的價值的一部分。而要是羅馬人沒見過活的鯛魚，也就不會把牠的死當一回事了。」

「是的，」德布雷說，「但從奧斯蒂亞到羅馬只有幾里格的距離。」

「話是沒錯，」基督山說，「不過，要是在盧庫魯斯[34]死了一千八百年以後我們還不能比他們做得好些，那我們豈不是一無可取了？」

兩位卡瓦爾坎第都把眼睛睜得大大的，但他倆還算明白事理，一句話也沒說。

「所有一切都很有意思。」夏托．勒諾說，「不過我最欣賞的，還是您的意旨竟能如此神

32 Pliny（二十三—七十九），古羅馬作家，著有百科全書式的《博物志》，共三十七卷。
33 Ostia，義大利城市。
34 Lucullus（西元前一一七—前五十六），古羅馬統帥，西元前七十四年任執政官，曾遠征東方，擴大羅馬疆界至黑海沿岸一帶。

速地實現。伯爵先生，您這屋子不是五、六天前才買下的嗎？」

「是得，至多如此。」基督山說。

「那好！我能確定，這裡跟上星期相比應該有著顯著的變化。要是我沒記錯，這座府邸的大門原先不是在這裡，而且院子裡應是空蕩蕩的，鋪的是石板路。然而今天，庭院裡是一片如此可愛的草坪，而四周的大樹都像已經長了一百年似的。」

「那又如何呢？我很喜歡綠草和樹蔭。」基督山說。

「對了，」德．維爾福夫人說，「之前大門是面街的。上次我奇蹟般地脫險時，我記得您是把我從街上接進房內的。」

「沒錯，夫人。」基督山說，「不過，我比較喜歡能從大門望出去就可以見布洛涅森林。」

「才四天的工夫，」摩萊爾說，「真是了不起！」

「可不是，」夏托．勒諾說，「把一幢舊房子變成一座嶄新的大宅，這確實是件令人讚嘆的事。更何況這幢房子已經非常破舊，甚至可說是荒涼了。我記得家母曾經要我來看過房子，那還是兩、三年前德．聖米蘭先生要出售的時候。」

「德．聖米蘭先生？」德．維爾福夫人說，「這麼說您買下房子以前，它是屬於德．聖米蘭先生的？」

「好像是吧。」基督山回答。

「什麼好像是吧？您難道不知道是向誰買下房子的？」

「我是不知道。所有的事都是由我的管家經手。」

「這房子至少已經有十年沒人住過了。」夏托．勒諾說，「看看那些關得密密實實的百葉窗，鎖得緊緊的房門和庭院裡的野草，那景象真是相當淒慘。說實話，要不是業主是一位檢察官的岳父，別人真會以為這是一幢發生過謀殺案的凶宅。」

直到現在，維爾福沒有碰過一下面前斟著的那三、四杯美酒，突然，他隨手拿起一杯，一飲而盡。基督山伯爵稍等片刻後才來打破夏托．勒諾話歇之後的寂靜。

「說也奇怪，」他說，「男爵先生，我第一次走進這屋子時，也有相似的想法。我覺得這地方淒涼嚇人，要不是我的管家已代我作主訂了契約，我自己是不會買下它的。大概他收下地產經紀人的好處了。」

「很有可能。」維爾福訥訥地說，同時想擠出一點笑容來。「不過，請相信我跟這件行賄案並無牽連。這幢房子原是德．聖米蘭先生要給外孫女的嫁妝中其中一項。他想把它賣掉，是因為這房子久被閒置又無人照料，再過三、四年說不定就會倒坍的。」

這次換摩萊爾的臉色變白了。

「尤其是有一個房間，」基督山繼續說，「它看上去很普通，掛著紅緞的窗幔。可是不知道為什麼，我總覺得房間裡有一種悲劇的氛圍。」

「怎麼回事？」德布雷問，「為什麼說是悲劇的氛圍呢？」

「有人可以把直覺說清楚嗎？」基督山說，「不是有些地方會讓人自然而然地覺得淒涼悲傷嗎？那是為什麼呢？沒人知道。也許被觸發了一連串的回憶，也許是我們回想到了一些跟此時此地並不相干的其他時間與場合。總之，那個房間裡有一種東西讓我很自然地想到了德．岡日侯爵夫人[35]和苔絲德蒙娜[36]的房間。多留一會兒吧。既然我們都已用完晚餐，我就帶各位去看看，之後我們再到花園裡去喝咖啡。飯後總是得消遣一下。」

基督山伯爵做了個邀請的手勢，德．維爾福夫人起身，基督山伯爵也站起來。隨後，其餘的客人也都陸續站了起來。只有維爾福和鄧格拉斯夫人像被釘在座位上似的呆坐了一下。兩人用冰冷無聲的目光探詢地對望了一眼。

「聽到沒有？」鄧格拉斯夫人說。

「我們必須去。」維爾福邊說邊起身，同時遞過手臂去讓她挽著。

賓客們在好奇心的驅使下，早已三三兩兩往前走去。他們心想這次參觀當不會僅限於那個房間，想必同時也可以在這座被基督山伯爵裝修成如宮殿般的舊宅裡瀏覽一番。所以，眾人都穿過了敞開著的客廳大門。基督山伯爵等著那兩位稍稍落下的客人，看到他倆也穿出門，才面帶笑容最後一個走出去。他的笑容，賓客們假使能懂得其中的含義，一定會覺得比他們要去看的那個房間更加嚇人。

說話間，大家已經走過了一個一個房間。這些房間都充滿著東方的情調——可靠臥的長沙發與靠墊代替了床，菸管和武器則代替了傢俱。一間一間的大小廳裡，掛著古典大師最名貴的油畫傑作還有精美絕倫的中國刺繡隨處可見。它們詭譎奇麗的色彩與匪夷所思的構圖，令

35 Marquise de Ganges（一六三七—一六六七），法國歷史上以美貌著稱的貴婦人，被丈夫三兄弟謀殺。
36 Desdemona，莎士比亞名劇《奧賽羅》中的女主人公，被聽信讒言、妒火中燒的丈夫奧賽羅掐死。

人嘆為觀止。最後，一行人來到了那個房間。

這個房間並沒有什麼特別之處，只是別的房間都已翻修一新，但這個房間卻仍然保留著陳舊的面貌。雖然天色已晚，房內卻還沒點上蠟燭。光是這兩個原因就足夠讓人感到一種陰森的氣氛了。

「哦！」德．維爾福夫人喊道，「果然挺嚇人的。」

鄧格拉斯夫人也勉強說了一、兩句話，但沒人聽得清她說得是什麼。大家您一言我一語地交換意見，得出的結論是，這個房間確實有股不祥之氣。

「可不是嗎？」基督山說，「您們看看這張怪裡怪氣的大床與它詭異、血紅色的床簾！還有這兩張受潮褪色的粉彩肖像畫。他們蒼白的嘴唇和驚慌的眼神像不是像在說：『我看到了！』嗎？」

維爾福變得面無血色，而鄧格拉斯夫人已倒在壁爐邊的一把長椅子上。

「哦！」德．維爾福夫人笑著說，「您就不怕嗎，兇殺案說不定正好就發生在這張椅子上呢？」

鄧格拉斯夫人陡然站起。

「而且，」基督山說，「事情還沒完。」

「還有什麼事情？」德布雷問。他注意到了鄧格拉斯夫人的失態。

「喔！還有什麼事呢？」鄧格拉斯問，「到目前為止，我想說我還沒看到什麼特別的事情。您說呢，卡瓦爾坎第先生？」

「喔！」他說，「我們在比薩有烏哥利諾[37]塔，在費拉拉有囚禁塔索[38]的監獄，在裡米尼有弗蘭采斯加和保祿[39]死於非命的臥室。」

「是的，但您們沒有這個暗梯。」基督山說著，打開一扇遮蔽在帷幔後面的小門。「請各位都過來看看吧，然後說說自己的想法好嗎？」

「真是個看似陰森又彎彎曲曲的樓梯。」夏托．勒諾笑著說。

「我不知道是不是因為喝了希俄斯[40]的酒才變得這麼憂鬱，不過，我確實覺得這整座屋子都陰沉沉的。」德布雷說。

至於摩萊爾，自從瓦朗蒂娜的嫁妝被提及之後，就始終愁容滿面再沒說過一句話。

「請各位想像一下，」基督山說，「有一位奧賽羅或是德．岡日神父[41]，在一個風雨交加的漆黑夜晚，抱著某樣東西，一步一步地走下這座梯子。他急於要把屍體埋掉，因為，即便是瞞不過上帝的眼睛，至少還想欺瞞世人！」

鄧格拉斯夫人一陣暈眩，倒在維爾福的臂彎裡，而維爾福也得把背靠在牆上，才能勉強支撐自己。

37 Ugolino，比薩暴君，後被政敵囚于塔中，餓斃。

38 Tasso（一五四四—一五九五），義大利詩人，曾精神失常並遭監禁。

39 Framcesca and Paolo，弗蘭采斯加是義大利裡米尼城貴族祈安啟托的妻子，身患殘疾的祈安啟托發現妻子與他弟弟保祿的私情後，用刀殺死兩人。但丁在《神曲．地獄篇》中描寫過弗蘭采斯加的形象。

40 Chios，愛琴海中屬土耳其的一個小島，風景優美，盛產各種水果，尤以所產葡萄酒著名。

41 Abbe de Ganges，德．岡日侯爵夫人的小叔，謀害德．岡日侯爵夫人的主謀。

「哦！夫人，」德布雷喊道，「您怎麼了？您的臉色這麼蒼白！」

「很清楚地看得出她是怎麼了。」德．維爾福夫人說，「不就是因為基督山先生對我們說了這些可怕的故事。他應該是想把我們都嚇死吧。」

「是的。」維爾福說，「說真的，伯爵先生，您嚇著夫人們了。」

「怎麼了？」德布雷低聲問鄧格拉斯夫人。

「沒什麼，」她強打起精神說，「我只想透透空氣而已。」

「您要到花園裡去嗎？」德布雷說著，一邊把手臂伸給鄧格拉斯夫人，一邊向暗梯走去。

「不，不，」她說，「我還是留在這裡好了。」

「您真的受到驚嚇了嗎，夫人？」基督山說

「不，不要緊的。」鄧格拉斯夫人說，「不過您真的把想像出來的事說得跟真的一樣。」

「喔！是的。」基督山笑著說，「這就是想像力。我們何不設想，這個房間屬於一位剛成為母親的少婦，而這張圍著朱紅色帷幔的床，則被盧喀那女神[42]光臨過。這座暗梯，是為了讓醫生或看護可以悄悄地進入，不至於打擾產婦的休息。說不定做父親的自己也抱著熟睡的孩子從這裡進出。」

伯爵描繪的溫馨場景，並沒能讓鄧格拉斯夫人安下神來。她發出一聲呻吟，這次是真的暈厥過去了。

42 Lucina，羅馬神話中司生育的女神。

「鄧格拉斯夫人不舒服，」維爾福結結巴巴地說，「還是把她送上馬車吧。」

「喔！糟糕！」基督山說，「我忘了帶嗅瓶了！」

「我這裡有。」德・維爾福夫人說。

說著，她把一只嗅瓶遞給基督山伯爵，裡面裝的紅色液體，就是伯爵上次給愛德華試過非常靈驗的那種液體。

「啊！」基督山從德・維爾福夫人手裡接過瓶子。

「是的，」德・維爾福夫人輕輕地說，「我照您說的試過了。」

「您成功了？」

「我想是的。」

鄧格拉斯夫人已經被抬進了隔壁的房間。基督山往她嘴唇上滴了一滴紅色液體，她醒了過來。

「哦！」她說，「多可怕的夢啊！」

維爾福在她的手腕上用力捏了一下，讓她知道她不是在做夢。有人去找鄧格拉斯先生。由於他對於遐想之事不感興趣，所以早就下樓到花園裡，去跟老卡瓦爾坎第先生談論從里窩那到佛羅倫斯修建一條鐵路的計畫了。基督山好像很失望似的。他挽住鄧格拉斯夫人的手臂，陪她走到花園，在那裡看見鄧格拉斯先生正坐在卡瓦爾坎第父子倆中間喝著咖啡。

「說真的，夫人，」基督山對她說，「我沒有把您嚇壞吧？」

「沒有，先生。」她回答，「不過您知道，一件事留給人的印象，會隨著我們當時所處的心境而有所不同。」

維爾福好不容易地勉強笑了一笑。

「所以您明白，」他說，「一個假設，一次幻想，就足夠了。」

「沒錯。」基督山說，「不過信不信由您，我確定在那個房間真的發生過一件罪行。」

「當心啊，」德・維爾福夫人說，「這裡有位檢察官的。」

「好吧，」基督山回答說，「既然這樣，我就要趁此機會作一番陳訴了。」

「陳訴？」維爾福說。

「是的，而且是當著證人的面。」

「這一切真是有趣極了，」德布雷說，「要是真有罪行，我們就有事可做，不愁消化不良了。」

「曾經有過一件罪行。」基督山說，「請到這裡來，先生們。來吧，德・維爾福先生，只有向司法官員做出的陳訴才能生效。」

基督山伯爵拉起維爾福的手臂，同時仍挽著鄧格拉斯夫人，就這麼拖著檢察官一直來到了陰影最濃的那棵梧桐樹下面。其餘的賓客也跟了過來。

「看，」基督山說，「這裡，就在這個位置（說著他用腳踩了踩地面），我吩咐下人挖坑培些鬆軟的沃土，好讓這老樹重獲生機。可是，他們挖著挖著，碰到一個箱子，確切地說是碰到了箱子的鐵皮，打開一看，裡面是一副新生嬰兒的骨架。我想這總不是幻影吧？」

基督山伯爵感覺得到鄧格拉斯夫人的手臂變得僵硬起來，而維爾福的手腕則在發抖。

「新生嬰兒？」德布雷說，「這問題相當嚴重。」

「沒錯，」夏托．勒諾說，「我剛才沒說錯，屋子就跟人一樣也有靈魂也有面孔。它們的內心會反映在面相上。這座別墅如此陰沉，是因為它在受到自己良心的責備。它之所以受到良心的責備，是因為它包藏了一樁命案。」

「是誰說這是一樁命案呢？」維爾福說，他還想做最後的掙扎。

「怎麼，把一個嬰兒活埋在花園裡，還不算是命案嗎？」基督山大聲說，「敢問您會稱之為什麼呢？」

「誰說是活埋的呢？」

「如果是死嬰，為什麼要埋在這裡呢？這花園從沒做過墓地的。」

「殺害嬰兒在法國要判什麼罪呢？」卡瓦爾坎第少校無意地問。

「喔，要砍頭的。」鄧格拉斯回答說。

「哦！真的嗎？」卡瓦爾坎第說。

「我想是的。我沒說錯吧，德．維爾福先生？」基督山問。

「是的，伯爵先生。」檢察官回答。他的嗓音簡直不像是人的聲音了。

基督山伯爵看到自己安排的這幕場景，已經使那兩個人再也承受不住了，也就不想窮追到底。

「還有咖啡呢，先生們，」他說，「我看我們是把咖啡給忘記了。」

說完，他把客人們帶到草坪中央的一張桌子旁邊。

「說實話，伯爵先生，」鄧格拉斯夫人說，「我居然這麼經受不住，說起來也怪難為情的。不過，您那些可怕的故事讓我心裡很不好受。我想先賠罪，我必須坐下來了。」說著她倒在一張椅子上。

基督山對她躬身作答，然後走到德．維爾福夫人旁邊。

「我想鄧格拉斯夫人還需要用一下您的嗅瓶。」他說。

趁德．維爾福夫人還沒來得及走到她女友身邊的當下，檢察官已經湊到鄧格拉斯夫人的耳邊說了下面這幾句話：

「我得和您見一次面。」

「什麼時候？」

「明天。」

「在哪裡？」

「在我辦公室……到檢察院吧，那裡最安全。」

「我會去的。」

這時，德．維爾福夫人過來了。

「謝謝您，親愛的朋友，」鄧格拉斯夫人說著，擠出一個笑容，「沒事的，我覺得好多了。」

第六十四章　乞丐

夜色漸漸變濃了，德．維爾福夫人表示想回巴黎城去，這正是鄧格拉斯夫人心裡所想卻又不敢表明的心思，儘管她心裡感到非常不舒服。德．維爾福先生見到妻子的表示，當下提出他們要先告辭了。他請鄧格拉斯夫人乘坐他們的雙篷馬車回城，好讓他的妻子可以在路上照顧她。至於鄧格拉斯先生，他跟卡瓦爾坎第先生談興正濃，正說到創業的節骨眼上，所以對周圍發生的事情全然沒有注意。

基督山伯爵在剛才對德．維爾福夫人說起嗅瓶時，已經注意到德．維爾福先生湊近鄧格拉斯夫人身邊說話。儘管檢察官把聲音壓得很低，就連鄧格拉斯夫人也勉強才聽得清，但是，根據維爾福的處境，他猜到話裡的內容。

伯爵沒有挽留客人，於是摩萊爾，德布雷和夏托．勒諾告辭騎馬離去。兩位夫人登上了德．維爾福先生的雙篷馬車。鄧格拉斯對老卡瓦爾坎第越來越著迷，所以就邀他坐自己的轎式馬車同回巴黎。至於安德烈亞．卡瓦爾坎第，他朝停在門口等他的雙輪輕便馬車走去。一名穿制服的年輕僕人，模樣就像漫畫上的英國人那樣逗趣，正踮著腳牽住高大的鐵灰色駿馬。

安德烈亞在飯桌上很少說話，因為他是個機靈的年輕人，生怕自己會在這些有錢有勢的賓客面前說出什麼蠢話，況且，在這些賓客中間，還有一位讓他看上一眼就覺得心裡發毛的檢察官。後來，他被鄧格拉斯先生給纏住了。那位銀行家看著威風凜凜的老少校和帶些靦腆的兒子，再加上看到基督山伯爵對他們兩位殷勤備至的態度，心裡就在思量，自己應該是碰上了一位帶兒子到巴黎社交界來增廣見聞的大富豪。於是，他帶著形容不出的欣喜神情，出神地望著那顆在少校小指頭上閃閃發亮的大鑽石。

我們的這位少校其實是個老謀深算的人，他怕留著那筆錢會遭遇不測，所以隨即拿去換成了值錢的東西。飯後，鄧格拉斯先生仍以談創業、旅遊為由，設法把話頭轉到父子倆的生活境況。而這對父子，事先就知道他們的錢都是靠鄧格拉斯的銀行支付——一筆是一次付清的四萬八千法郎，另一筆是五萬法郎的年金——所以，他們對這位銀行家笑臉相迎，曲意奉承。畢竟他們感激涕零的心情要有地方發洩，要不是盡力地克制住自己，他們真的會跑去跟銀行家的僕人握手的。

有件事，格外使鄧格拉斯對卡瓦爾坎第刮目相看，甚至可以說肅然起敬。卡瓦爾坎第因為恪守賀拉斯的格言——nil admirari[43]，所以我們看到，他在席間只是說了在哪個湖裡可以捉到最肥的七鰓鰻。在略微顯露了一下自己的博識以後，當他吃著自己面前的那盤七鰓鰻時，就沒再開口了。鄧格拉斯因此認為，這種珍饈佳肴對這位顯赫的卡瓦爾坎第家族成員來說想必是家常便飯。猜想他平日裡在盧卡家中就常吃瑞士運去的鱒魚和布列塔尼[44]送去的龍蝦，就像伯爵的七鰓鰻從富紮羅湖運來，鱒魚從伏爾加河送來一樣。所以，他極為熱忱地接受了

43　拉丁文，切勿大驚小怪。
44　法國西北部突出在大西洋上的半島。

卡瓦爾坎第要想登門造訪的表示。

「明天，先生，我想拜訪您談些業務上的事情。」

「先生，」鄧格拉斯回答說，「我不勝榮幸地恭候駕臨。」

接著，他向卡瓦爾坎第建議，如果少校先生捨得跟兒子分開一會兒的話，他想用自己的馬車送少校回王子飯店。卡瓦爾坎第回答說，他的兒子早已習慣獨立生活。他有自己的馬和車子，而且他倆不是一起來的，所以分別回去完全不會不便。少校上了車，銀行家坐在他的身邊，心裡對此人有條不紊的經濟頭腦越來越佩服。更何況，他每年提供兒子五萬法郎，這就表示他的財產至少有五、六十萬法郎。

至於安德烈亞，他為了耍威風，正在斥責馬伕沒將他的輕便雙輪馬車停在臺階前，而是停在府邸的大門口，使得他必須走三十步路才能上車。車伕順從地聽著他的責難，一邊用左手拉緊正踏著腳、不耐煩的馬，一邊用右手把韁繩遞給安德烈亞。安德烈亞接過韁繩，靈敏地把一隻擦得光亮的皮靴踩在馬車的踏腳板上。這時，一隻手搭在了他的肩頭。年輕人回過頭，心想大概是鄧格拉斯或者基督山有什麼話忘了跟他說，要趕在他離去前告訴他。只是，此人並不是那兩人中的其中一位。

他眼前見到的是一張陌生的臉——膚色曬得很黑，滿臉都是鬍子，雙眼有神，像兩顆紅寶石，張口笑著的嘴露出一口潔白、尖若豺狼的白牙。此人頂著灰髮的頭上，包著一塊紅格子頭巾，而又高又瘦、骨節突出的身體上則裹著一件破舊骯髒的粗帆布罩衣。看著這副骨頭架子，只會讓人覺得他一走路就會發出喀喇喀喇的聲音。安德烈亞第一眼只見到那隻搭在自已肩頭的手。相對於此人的身形，那隻手顯得特別的大。究竟是年輕人藉著車燈的亮光認出了這張臉呢，還是對方那種可怕的模樣讓他受到驚嚇，我們不得而知。我們只知道，他明顯地一震，突然地往後退了。

「您要做什麼？」他問。

「對不起，朋友，我嚇到你啦，」包著紅頭巾的人說，「可我有話跟您說吶。」

「晚上還在要什麼飯！」車伕說著做了個手勢，想幫主人趕走這個討厭傢伙。

「我可不是在乞討，我的好兄弟，」陌生人對僕人說。僕人見到他嘲諷的眼神與嚇人的笑容後便退開了。「我只要跟您的主人說兩句話。他差不多在半個月前派我去辦事哩。」

「喂，」安德烈亞說。他故作鎮靜，不讓僕人看出他的驚慌。「您要怎麼樣？快說吧，朋友。」

那名男子低聲說：「我要……我要您發個好心免得讓我走路回巴黎去。我很累啦，又沒像您可以吃頓大餐，都快要撐不住吶。」

這種異常的親熱態度讓年輕人打了個寒顫。

「說吧，」他說，「告訴我您到底要怎麼樣？」

「那好吧！我要您讓我坐上您這漂亮的車子，送我回去。」

安德烈亞的臉變白了，但沒作聲。

「沒錯，」那個人把手插進衣袋，用挑釁的眼光看著年輕人說，「我打的就是這個主意。您聽見了嗎，貝厄弟妥大人？」

顯然，年輕人對這個名字是有反應的，因為他湊近僕人對他說：「這個人說的沒錯，我確實派過這個人去辦點事。現在，他是來向我報告結果的。您就先走到城門口雇輛馬車，才不會太晚回去。」

驚訝的車伕於是先離開了。

「您至少得讓我先找個隱蔽的地方吧。」安德烈亞說。

「喔！要說這個，我會帶您去個好地方的。」包著紅頭巾的人說。

說著，他牽住馬的金屬嚼口，把雙輪輕便馬車一直拉到一個沒有人會看見安德烈亞屈尊與他交談的地方。

「可別以為我想有這分光榮能搭上您漂亮的馬車。」他說，「不，那只是因為我累了，再說，我也還有那麼點事兒想跟您談談。」

「來吧，上車。」年輕人說。

可惜這一幕不是發生在大白天。要不然，看著這個無賴大咧咧地往軟墊上一靠，坐在年輕而文雅的駕車人身旁，還真是難得一見的奇景。安德烈亞駕著馬車駛過了村裡的最後一幢房舍，一路上沒對身旁的同伴說一句話。那個人則笑而不語，彷彿是坐在這麼漂亮的馬車裡兜風，直讓他滿心歡喜。

一出奧特伊，安德烈亞四下裡張望一下，確信沒人能看見或聽見了，就停住馬車，抱起雙臂對著包紅頭巾的人說：「現在，告訴我，您為何要來打擾我的安寧？」

「讓我問您一句。您為何要騙我呢？」

「我怎麼欺騙您了？」

「怎麼？虧您問得出來？當我倆在瓦爾橋分手時，您對我說您要去皮埃蒙和托斯卡尼。可根本沒那回事，您到巴黎來了。」

「那又礙著您什麼了？」

「倒沒有，相反的，對我還有些幫助。」

「那麼，」安德烈亞說，「您是在打我的主意了。」

「您這是在說什麼話！」

「我警告您，卡德魯斯大人，您打錯主意了。」

「好啦，好啦，先別生氣，我的孩子。您應該很清楚人在倒楣時是什麼滋味吧。不幸是會讓我們產生忌妒的。我以為您是跑到皮埃蒙和托斯卡尼去當 faccino[45] 或是 cicerone[46] 混口飯吃。我真是打心底憐惜您，就像對自己的孩子一樣。您知道，我以前總是叫您『我的孩子』的。」

「快說，快說，還有呢？」

「耐心點……耐心點。」

「我是有耐心，但快說吧。」

「有一次，我突然看見您帶著車伕，坐著馬車，穿著一身新衣從城門出來。您一定是發

45 義大利文，挑伕。

46 義大利文，導遊。

現了一座金礦，要不就是成了個證券經紀人啦。」

「所以，您承認，您眼紅了？」

「沒，我挺開心的……高興得想對您表示一下祝賀！可我沒件像樣的衣服，所以我小心挑時機，以免我會連累您。」

「是啊，你還真是挑了個好時機。」安德烈亞大聲說，「您居然當著我僕人的面來跟我說話！」

「這我能控制嗎，我的孩子？我只有在逮住您時才能跟您說話。您有快馬，有好車，自然就滑溜得像條鰻魚。要是我今天晚上錯過您，只怕再也沒機會啦。」

「您知道，我並沒有躲起來。」

「您是運氣好。我也真想能這麼說，可我得東躲西藏。再說，我還真怕您不認我，可您認了。」卡德魯斯帶著陰險的笑容說，「您還真夠意思。」

「說吧，」安德烈亞說，「您想要什麼？」

「您對我說話不太親切有禮，這可不好啊，貝厄弟妥，我的老朋友。當心啊，我可是會惹麻煩的。」

這恫嚇讓年輕人把火氣按捺了下去。他又催著馬開始小跑。

「就如您剛才說的，您不該對一個像我這樣的老朋友說這種話的，卡德魯斯。您是馬賽人，我是……」

「您現在知道自己是哪裡人啦？」

「沒有，可我是在科西嘉長大的。您又老又固執，而我年輕，但也很倔強。在我們這種人中間，恐嚇是沒用的，有什麼事都得心平氣和地來解決。如果說您老是時運不濟，而我卻總是遇上好運，難道該怪我嗎？」

「您真的碰上好運了嗎？您的雙輪車，您的車伕和您的服裝，都不是租來的？好呀，太棒了！」卡德魯斯說。他的眼睛裡閃爍著貪婪的光芒。

「喔！您在跟我說話前應該早就知道了吧。」安德烈亞說。他的情緒越來越激動了。「要是我也像您頭上包著塊布，肩上披件髒兮兮的衣服，腳上穿雙破鞋子，您就不會來認我了。」

「您錯了，我的孩子。既然我找到了您，沒人可阻止我跟一般人一樣穿上好衣服啦。因為我知道您心腸好。如果您有兩件大衣，您會給我一件的。從前當您肚子餓的時候，我不也總把湯和豆子分給您嘛。」

「這是真的。」安德烈亞說。

「您以前那個食量喔！現在也還那麼好？」

「哦，一樣。」安德烈亞笑著回答。

「您怎麼會到那位您剛才離開的親王家裡吃飯呢？」

「他不是親王，只是位伯爵。」

「伯爵？也很有錢吧？」

「對，但您別想對他說三道四。這位先生看上去可不是好惹的人物。」

「哦！放心吧！我沒要對那位伯爵打什麼主意。他全是您的。但是，」卡德魯斯的嘴角又浮上了剛才那種陰險的笑容。「您總得付點代價……您懂嗎？」

「好吧，您要多少？」

「我看每個月有一百法郎……」

「所以？」

「我就能活……」

「那就一百法郎！」

「還不行，您懂我的，要是還有……」

「有多少？」

「有一百五十法郎，我就很快活了。」

「這裡有兩百。」安德烈亞說。他往卡德魯斯手裡放了十枚拿破崙金幣。

「好啊！」卡德魯斯說。

「您每個月第一天去找看門人，都會拿這麼多。」

「現在，您又在小看我了。」

「怎麼了？」

「您要我去跟那些傭人們打交道。我可是只跟您往來。」

「好吧！那就這樣。您來找我拿吧。只要我能收到我的錢，您就會有您的。」

「是吧！我總說您是個好孩子，真是老天保佑，讓好運降臨到您這樣的人身上。不過，跟我說說這是怎麼回事吧。」

「您為何要知道呢？」卡瓦爾坎第問。

「什麼？您又瞧不起我啦！」

「不是。事實是，我找到了我父親。」

「什麼？親生父親？」

「是的，只要他給我錢花……」

「您就認他喊他……這沒錯。他叫什麼名字？」

「卡瓦爾坎第少校。」

「他對您滿意嗎？」

「到現在為止還算滿意。」

「是誰幫您找到這位父親的？」

「基督山伯爵。」

「就是您剛才離開他家的那個人？」

「是的。」

「我倒希望您能想辦法把我弄成他祖父，既然他一副錢財萬貫的樣子。」

「好吧，我會跟他說起您的。這段期間，您有什麼打算呢？」

「我？」

「對，您。」

「您心腸真好，還替我操心。」卡德魯斯說。

「既然您對我的事這麼關心，我想，我也該反過來問您些問題。」

「嗯，是沒錯。我想租個像樣點的房間，穿件體面的大衣，可以每天刮鬍，上個咖啡館去看看報紙。然後到了晚上，我想到戲院去，最好看上去像個退休的麵包鋪老闆。這就是我要的。」

「很好！要是您想實現這個計畫，安安分分地過日子，那就再好不過了。」

「您真的如此認為嗎，波舒哀先生[47]？您呢……您要做個什麼人？法國貴族院的議員？」

「啊！」安德烈亞說，「誰知道呢？」

「卡瓦爾坎第少校先生或許已經是了，可是，世襲制已被廢除了。」

「別談政治了，卡德魯斯。現在，您要有的東西已經有了，而我們也達成共識。您就跳下車去，離開吧。」

「還不行，我的好朋友！」

「什麼？還不行？」

「為何呢，這您倒是想想看。我的頭上裹著塊紅頭巾，幾乎連鞋都沒穿，也沒身分證明，口袋裡卻有十個拿破崙金幣，再加上原來就剩下的錢，總共就有兩百法郎。我一定會在城門口被攔住的。到那時候，若我要辯白，就只能告訴他們錢是您給我的，這下，就需要調查了。他們會查出我沒請假就離開土倫，會沿途派兵把我押回地中海岸邊。之後，我會變成一〇六

47 Bossuet（一六二七—一七〇四），法國作家，曾任主教和宮廷教師。其布道很有名。

號，並且跟我想做一位退休麵包鋪老闆的夢想說再見啦！不，不行，我的孩子，我情願體面地待在首都裡。」

安德烈亞皺緊眉頭。想當然，這位自稱是卡瓦爾坎第少校兒子的人，就像他說過的，並非是個好惹的人物。他停了一分鐘，朝他周圍快速掃了一眼，然後將手看似無意地伸進口袋裡，在裡面摸到了一把小手槍。但就在這時，眼睛一直沒離開他這位同伴的卡德魯斯，也把雙手放到背後，緩緩地抽出一把長長的西班牙匕首。這把匕首是他隨身攜帶以防萬一之用。這兩位朋友，正如我們看到的，確實稱得上是相互了解、知己知彼了。安德烈亞像個沒事人似地把手從口袋裡縮回來，舉到紅棕色的唇髭上摸了一陣。

「好卡德魯斯，」他說，「您這樣會過得有多快活呢？」

「我盡力而為。」杜加橋客棧的老闆一邊回答，一邊把刀插進袖管。

「好吧，我們進巴黎城去吧。但您在過城關時，怎樣才能不讓人起疑心呢？依我看，您這身打扮坐車比步行更危險。」

「別急，」卡德魯斯說，「會有辦法的。」

他摘下安德烈亞的帽子戴在自己頭上，又拿著那名車伕留在車上的大翻領寬袖長外套，披在自己身上。然後，他就裝出一副看著主人親自駕車的賭氣神態。

「我呢，」安德烈亞說，「就這麼光著頭嗎？」

「喲！」卡德魯斯說，「風這麼大，會把您的帽子給吹掉吶。」

「算了，算了，都夠了。」安德烈亞說。

「那您在等什麼呢？」卡德魯斯說，「希望不是因為我。」

「噓！」卡瓦爾坎第說。

兩人順利地過了城關。到第一個岔路口，安德烈亞停住馬，卡德魯斯跳下車。

「好了，」安德烈亞說，「我僕人的外套，還有我的帽子？」

「喔！」卡德魯斯說，「您總不想讓我感冒吧。」

「那我呢？」

「您？哦，您還年輕，可我已經開始老啦。再見，貝匹弟妥！」

說著，他跑進一條小路，消失得無影無蹤了。

「唉！」安德烈亞長嘆一聲，「在這世上誰也沒法完全快活的！」

第六十五章　夫妻間的一幕

三個年輕人在路易十五廣場分了手，這就是說，摩萊爾走林蔭大道，夏托．勒諾過大革命橋，而德布雷沿河堤往前，各自策馬而去。

摩萊爾和夏托．勒諾，多半是回到他們的「安樂窩」——議員在議院講臺上演講時也這麼說，黎塞留劇院上演的劇本也這麼寫。但德布雷則不然。他到了羅浮宮的邊門，就往左彎，穿過競技廣場，跑過聖羅克街，折進米肖迪埃爾街，和德．維爾福先生的雙篷馬車同時趕到鄧格拉斯先生府邸的門前。那輛馬車因為要先把德．維爾福先生和夫人送回聖奧諾雷區的住宅，然後再送男爵夫人回家，所以也才剛到。

德布雷是府上的常客，所以直接策馬進了庭院，把轡繩甩給一名僕人，然後走到馬車前去接鄧格拉斯夫人，讓她扶著他的手臂步入府內。大門關上，男爵夫人和德布雷踏進了庭院。

「您怎麼了，埃米娜？」德布雷說，「伯爵說的故事，那個隨口胡編的故事，為什麼讓您這麼害怕呢？」

「因為今天晚上，我的心情本來就不大好，我的朋友。」男爵夫人回答。

「不，埃米娜，」德布雷說，「您說的我不相信。相反的，剛到伯爵府上時，您精神好極了。鄧格拉斯先生有點讓人受不了，這是真的，不過我知道您對他壞脾氣關心的程度。一定是有人冒犯了您。我絕不會允許別人對您放肆無禮的。」

「您想錯了，羅新，我向您保證。」鄧格拉斯夫人說，「真的是我對您說的那點原因。至於您提到的壞脾氣，我覺得那完全是不值一提的。」

顯然，鄧格拉斯夫人處於一種煩躁不安的狀態，而女人都知道，這種情緒往往是連她們自己也說不清楚的。或者，正如德布雷所猜想，她在精神上受到了某種打擊，但她不願意把它告訴任何人。德布雷向來熟諳這類事情，知道氣悶頭暈是女人的生活之一，所以他就此打住，等候一個更適當的時機，再進一步發問，或是接受一份 **proprio motu**[48] 剖白。

男爵夫人在她的臥室門前遇到了她的心腹侍女，科爾奈麗小姐。

「我的女兒在做什麼呢？」鄧格拉斯夫人問。

「她練習了一整個晚上，後來上床就寢了。」科爾奈麗小姐回答。

「我想，我還聽見琴聲。」

「那是路易絲．德．阿爾米依小姐，歐仁妮小姐在床上聽她彈琴。」

「好，」鄧格拉斯夫人說，「進來幫我換裝吧。」

他們都進了臥室。德布雷側身靠在一張寬敞的長沙發上，而鄧格拉斯夫人和科爾奈麗小姐走進更衣室。

「我親愛的羅新先生，」鄧格拉斯夫人隔著門說，「您不是老在抱怨歐仁妮不肯正眼跟您

48　拉丁文，主動地。

說話嗎？」

「夫人，」羅新說，一邊撫玩著男爵夫人的小狗。牠知道他是家裡的熟客，慣於被撫摸疼愛。「我不是唯一做出類似抱怨的人。我想，我聽過馬瑟夫說他從未婚妻嘴裡簡直引不出一句話來。」

「這倒是真的。」鄧格拉斯夫人說，「但我想這情況將會有所改變。有一天，您會看到歐仁妮走進您的辦公室的。」

「我的辦公室？」

「我的意思是說大臣的辦公室。」

「為了什麼呢？」

「為了請求一份歌劇院的聘約。說真的，我從沒見過有誰對音樂如此癡迷。這對一位上流社會的小姐來說真是太離譜了。」

德布雷微微一笑。

「很好，」他說，「讓她來吧。只要她得到男爵和您的同意，我們就會給她辦妥這份聘約。不過，我們實在沒錢，恐怕難以支付配的上她天賦的酬金。」

「下去吧，科爾奈麗，」鄧格拉斯夫人說，「這裡沒您的事了。」

科爾奈麗退了出去，下一分鐘，鄧格拉斯夫人穿著一件迷人的寬鬆長裙出來，走過去坐在羅新身邊。然後，她若有所思地撫摸起西班牙小狗來。羅新默默地朝她看了片刻。

「說吧，埃米娜，」過了一會兒他說，「坦白地回答我……有事在煩您，是嗎？」

「沒有。」男爵夫人回答。

但是，她卻因為覺得透不過氣，起身吸了一口氣，往鏡子靠近。「今天晚上我的樣子挺嚇人。」她說。

德布雷微笑地起身，想就此安慰一下男爵夫人，但正在這時，房門突然打開了。鄧格拉斯先生出現在房門口；德布雷又坐了下去。聽見開門的聲音，鄧格拉斯夫人轉過身，用一種她甚至不屑於掩飾的吃驚神情看著丈夫。

「晚上好，夫人，」銀行家說，「晚上好，德布雷先生。」

男爵夫人大概是認為這突如其來的拜訪，其用意是為彌補一下他在稍早晚宴上的出言不遜。她擺出一副凜然的姿態，回過身對著羅新，不回應丈夫的問候。「請為我讀點什麼吧，德布雷先生。」她說。

德布雷起初對鄧格拉斯的出現略微有些不安，但看到男爵夫人這麼鎮定，也就平穩下來，伸手拿了一本書，書的中間夾著一把螺鈿嵌金的裁紙刀。

「對不起，」銀行家說，「不過這樣會累著您自己的，男爵夫人。已經太晚了，況且，德布雷先生住得離這裡有一段距離。」

德布雷頓時一驚，倒不是因為鄧格拉斯的口氣居然這麼鎮靜、有禮，而是因為在過於禮數的後面，他聽出了鄧格拉斯今晚一反常態地準備不按妻子心意行事。男爵夫人也吃了一驚，並且以眼神表現出了這種驚訝，要不是她丈夫正目不轉睛地在看著報紙上的公債收盤價格，這個眼神想必會讓他有所反應的。結果她那道傲慢的眼神白費了，全然沒有效用。

「羅新先生，」男爵夫人說，「請您聽著。我沒有半點想睡的意思，而且我今晚有許多話要對您說。所以您得徹夜聽著，哪怕您站著打瞌睡我也不管。」

「我悉聽您的吩咐，夫人。」羅新淡淡地回答。

「親愛的德布雷先生，」這次是銀行家開口了，「我勸您今天晚上別為難自己，去聽鄧格拉斯夫人的蠢話，因為您明天再聽也不遲。而今天晚上得歸我，要是您不介意的話，我想趁今夜跟我妻子談些要緊的事。」

這一擊又準又狠，羅新和男爵夫人都有些不知所措。兩人對望了一眼，像是要從對方得到一點幫助來抵禦這種攻擊似的。但是一家之主不可抗拒的權威得勝了——做丈夫的占了上風。

「請千萬別以為我是在趕您走，親愛的德布雷先生。」鄧格拉斯繼續說，「不，絕對不是。只不過有個意想不到的情況，使我必須在今晚跟男爵夫人好好談談。這種事對我來說是極其難得的，所以希望您不至於會因此生我的氣。」

德布雷訥訥地說了幾句話，鞠了躬，邁步往外走去，慌忙中竟撞到了門框，就像《亞他利雅》[49]裡的拿單一樣。

「這太奇怪了，」當門關上之後，他對自己說，「儘管我們老是嘲笑這些做丈夫的，可他們要占我們上風竟這麼不費吹灰之力！」

羅新走後，鄧格拉斯就坐在他剛才坐的那張長沙發上，合攏那本打開著的書，擺出一副

49 Athalie，拉辛的劇作。亞他利雅是《聖經》故事中的猶太王后，篡奪王位後被殺。拿單是劇中人物，據《聖經》故事，他是以色列王大衛的先知。

自命不凡的姿態，也去摸弄那隻小狗。但小狗對他不像對德布雷那麼友好，居然想咬他的手，於是他拎起牠的頸脖，把牠往房間另一邊的長椅上甩去。小狗在半空中發出一聲嚎叫。但落在長椅上後，牠蜷縮在軟墊後面，被這種不尋常的待遇嚇得既不敢叫，也不敢動彈。

「您知道，先生，」男爵夫人泰然自若地說，「您進步了嗎？往常您只不過是粗俗；今天晚上您卻是粗暴了。」

「這是因為今晚我的脾氣比往常更壞些。」鄧格拉斯回答說。

埃米娜鄙夷不屑地望著銀行家。在平日，這樣的眼神會激怒傲慢的鄧格拉斯，但今晚他卻好像視而不見。

「您的脾氣壞關我什麼事？」男爵夫人說。丈夫的不動聲色惹惱了她。「難道它跟我有什麼關係嗎？您只管把它留在您肚子裡生悶氣就好，要不就帶到您的辦公室去也行。既然您付錢給那些職員，您的壞脾氣就對著他們去發吧！」

「不，」鄧格拉斯回答說，「您說這話就錯了，夫人，所以我不能遵命。我的職員是我的派克托爾河[50]，這話我記得是臺穆斯蒂埃[51]先生說的吧，我可不想把水攪亂，妨礙它靜靜地淌流。他們都是些誠實可靠的人，他們在為我賺錢。我付給他們的錢，跟他們為我出的力比起來真是微乎其微。所以，我不會對著他們發脾氣。我要發脾氣的對象，是那些吃了我的飯，騎了我的馬，還要耗盡我家產的人。」

50　Pactolus，古代小亞細亞利迪亞地區的一條河流，據說河水裡夾有片狀金一起流淌。
51　Demoustier（一七四二—一八二九），當時法國的一個高級神職人員。

「敢問是誰耗盡您的家產呢？我懇求您解釋清楚，先生。」

「哦！您儘管放心。」男爵說，「我不是在跟您打啞謎，而且您很快就能知道我的意思。」鄧格拉斯說，「耗損我財富的，就是在一個鐘頭裡害我虧掉七十萬法郎的人。」

「我不明白您在說些什麼，先生，」男爵夫人說。她同時想掩飾自己聲音的激動，又想掩飾臉上的紅暈。

「正好相反，您非常明白，」鄧格拉斯說，「不過，如果您硬要說不明白，那我可以告訴您，我剛在西班牙公債上損失了七十萬法郎。」

「哦！這就怪了，」男爵夫人冷笑一聲說，「難道您的損失還要由我來負責？」

「為什麼不呢？」

「您損失七十萬法郎，怎麼會是我的錯呢？」

「當然也不會是我。」

「我早就把話給您說清楚了，先生，」男爵夫人尖刻地說，「別來跟我說什麼錢不錢的。這種話不管是在我父母家或是在前夫家裡，都是從不會聽見的。」

「哦，這我當然相信。畢竟他們連半毛錢都沒有。」鄧格拉斯說。

「我之所以不熟悉銀行的行話，其最主要的原因，就是我在這裡從早到晚聽著埃居被數來數去的聲音，弄得我耳朵都痛了。此外，比這種噪音還要討厭的就是您的聲音。」

「真的嗎？」鄧格拉斯說，「這真是太讓我驚訝了。我還以為您對我的業務非常感興趣呢！」

「我？是誰讓您有這樣的想法呢？」

「您自己。」

「喔？這倒怪了！」

「完全確定。」

「我想要請教是在什麼情況下呢？」

「哦！天啊！事情很簡單。二月份時，您主動對我提起海地公債的事。您夢見一艘大船駛進勒阿弗爾港。船上傳來的消息說，大家原以為要虧本的公債馬上就可以兌現了。我知道您夢裡的預知有多準，所以，我派人暗地裡買下了所有能吃進的海地公債。結果，我賺了四十萬法郎，還將其中的十萬法郎給您。這筆錢，您要如何花用，那就是您的事了。

「在三月，關於鐵路修築得標案的事出了點問題。就是，有三家公司同時投標，然而，提出的擔保數額全都一樣。您對我說您的直覺——雖然您總是說自己不懂生意，我卻注意到您的直覺在有些事情上是很靈驗的。您對我說您的直覺使您相信那家叫南方公司的會得標。

「我當下立刻買了這家公司三分之二的股份。果然這家公司果真得標，跟您預料的一樣。它的股票價格漲了三倍。我賺進一百萬法郎，其中二十五萬給您算是私房錢。這二十五萬法郎您是怎麼用的，我也無權過問。」

「您何時才要說到重點了，先生？」男爵夫人喊道，氣憤與不耐地顫抖。

「耐心點，夫人，我就要說到正題了。」

「謝天謝地！」

「四月裡，您到大臣府上去吃飯，席間談起西班牙局勢。您聽到一段很機密的對話，是有關放逐唐．卡洛斯的事情。於是，我就買下了西班牙公債。後來果然放逐了唐．卡洛斯，因此我在查理五世重渡比達索亞河[52]的那天賺進了六十萬法郎。這六十萬法郎裡面，您得了五萬埃居。那些錢是歸您的，您愛怎麼用就怎麼用，我並不來過問。不過，您今年拿了五十萬法郎，這也是事實。」

「那麼，後來呢，先生？」

「啊！對，後來就是您把一切都搞砸了。」

「說真的，您說話的態度真是……」

「我想怎麼說就怎麼說。那麼，在三天前，您跟德布雷先生談論政治時，您從他的說話內容中推想唐．卡洛斯已經逃回西班牙了。於是我抛出公債，消息一傳開，弄得人心惶惶，我簡直不是賣出，而是送出了。結果到了第二天才發現那消息是假的！但是，這個假消息已經讓我賠掉了七十萬法郎。」

「那又怎樣呢？」

「那麼，既然我會分四分之一的紅利給您，那麼我虧錢時您也該賠我四分之一。七十萬法郎的四分之一是十七萬五千法郎。」

「您這話說得太離譜了。而且，我不明白為何德布雷先生的名字會被攪和到這件事裡

52 法國與西班牙接界處的一條河流。

來。」

「因為，如果您沒有我要的這十七萬五千法郎，您就必須向您的朋友借，而德布雷先生就是您的朋友之一。」

「可恥！」男爵夫人喊道。

「哦！請別激動，別叫嚷，也別演戲，夫人。否則，您這是在逼我說，當德布雷先生離開時，口袋裡裝的是您今年給他的五十萬法郎，而我正好在他離開時聽到他在暗自笑著。因為，他想著總算得到了個連最精明的賭徒也找不到的辦法，就是贏錢無須投注本錢，而輸了又不必賠錢。」

男爵夫人想發作了。

「無恥！」她說，「您敢說您不知道，現在您在罵我的是什麼話嗎？」

「我不說我知道，也不說我不知道。我只對您說一件事，請好好想想。自從我們已不是實質夫妻的這四年來，我做得怎麼樣，稱不稱得上始終如一？就在我們關係破裂前不久，您說想跟那位剛在義大利劇院走紅的男中音學聲樂，而我也想跟那位載譽倫敦的女舞星學跳舞。這一來，我總共付了將近十萬法郎的學費。我一句話也沒說過，因為家庭生活但求相安無事。付出十萬法郎，換來您我精通跳舞和聲樂，也還划得來。

「可沒過多久，您說您討厭唱歌，又想跟一位大臣祕書學外交；我就讓您去學。您明白，既然您用自己的錢付學費，我就不會有意見。但是現在，我發現您是在拿我的錢，一個月的學費要花掉了七十萬法郎。就到此為止，夫人，這件事不能再繼續下去。要麼就是這位外交官免費授課，那我對他還可以容忍，要麼他從此別再踏進我家的門。您聽明白了沒有，夫人？」

「哦！這太過分了，先生！」驚呆了的埃米娜大聲地說，「您簡直太不要臉了。」

「不過，」鄧格拉斯說，「我發現您也毫不遜色。」

「這是羞辱！」

「說得對，那讓我們先把這事擱一邊，冷靜下來分析一下吧。我從來不插手您的事，除非那是為了您好。所以，請您也像我一樣。您說我的錢不關您的事，是嗎？那好，您的錢您要怎麼花是您的事，但不用增加也別想清空我的錢。況且，誰知道這是不是什麼政治陷阱呢？說不定大臣見我持反對意見心生不滿，又見我深受眾望而眼紅，於是就串通德布雷先生想弄得我破產呢？」

「怎會有這種事！」

「怎麼不可能呢？有誰曾經聽過這種事嗎——一份誤傳的電報？最後兩個電報站居然傳送錯誤的訊號，這幾乎是是不可能的。我確信這是專門為我設下的圈套。」

「先生，」男爵夫人口氣軟了下來，「我想您大概還不知道，這個雇員已經被革職了。聽說檢方還要對他起訴，拘捕令也已經發了。但是，沒等搜捕的人抵達，他就先溜了。這表明他不是發了瘋就是自知有罪。這是一次誤傳。」

「對，這次誤傳讓那些傻瓜看笑話，讓大臣一夜睡不安穩，讓那些內閣祕書先生塗掉了好些文件，可它對我卻造成了七十萬法郎的損失。」

「不過，先生，」埃米娜說，「照您的說法，所有一切都是德布雷先生造成的。那麼，您為什麼不直接去跟德布雷先生說，卻跑來對我說這些話呢？您指控一個男人，為何對著一名女子說呢？」

「我認識德布雷先生嗎？我想要認識他嗎？我會想知道他給出什麼建議嗎？我會想照著去做嗎？是我在投機嗎？不，一切都是您，不是我。」鄧格拉斯說。

「可我想，既然您也賺進過……」

鄧格拉斯聳聳肩膀。「愚蠢的人啊！」他說。

「有些女人因為耍了一、兩次花招而沒在全巴黎鬧得滿城風雨，就自以為是天才了！您就想想您是怎麼對丈夫隱瞞自己的放蕩行為吧，這不過是他展現的一種藝術——一般而言，丈夫們是裝作沒看見罷了。您只不過是模仿了您的朋友，就像她們模仿了全世界大部分的女人一樣。但我卻不一樣．過去這十六年，我不只看了，而且還全看在眼裡。您的一些想法或許瞞得過我，但是，沒有一次嘗試，一次行動，一次過失，逃得過我的眼睛。而您卻暗自得意，以為計畫成功，堅信把我完全地蒙在了鼓裡。

「結果怎麼樣呢？感謝我裝作什麼都不知道，從德．維爾福先生到德布雷先生，您的朋友當中沒有一個不是在我面前嚇得發抖的。他們誰也不敢不把我當一家之主對待，而我對您的要求無非就是這一點。他們誰也不敢在您面前，像我今天談論他們這樣地談論我。我可以允許您讓人覺得我可憎，但不能容忍您讓人覺得我可笑，尤其絕對禁止您讓人來把我弄得破產。」

直到維爾福的名字說出口以前，男爵夫人還能表現鎮定，但是，當這個名字出現時，她的臉驟然變得灰白，像是裝了彈簧似地猛然站起身來，雙手前伸，朝著丈夫走了三步。她像是要把這個他丈夫可能還不知道的祕密撕毀。但是，也有可能他之前的沉默是出於老謀深算，一如鄧格拉斯對什麼事都會先算計一番。

「德．維爾福先生！您這是什麼意思？您究竟想說什麼？」

「我是想說，夫人，您的前夫德．納爾戈恩先生既不是哲學家，也不是銀行家，或許，他也可能兩者都是。所以，當他看見您在他離開九個月後竟然懷有六個月的身孕，加上，他面對一位檢察官又無能為力的時候，就含怨或者抱恨而死了。我這人是粗魯些，這一點我不僅知道，而且還挺得意的，因為，這是我生意成功的訣竅之一。他為什麼不去殺掉維爾福，卻讓自己抑鬱而終呢？就因為他沒有金錢做後盾。

「可是我，我有我的財產可以依靠。我這位合夥人德布雷先生讓我損失了七十萬法郎。若是他能承擔他那部分損失，我們就可以繼續合夥。要不然，他就該向我宣稱他破產了，說他拿不出這十七萬五千法郎。那樣，他就必須像所有宣告破產的人一樣，滾得遠遠的。是的，我知道他是個挺可愛的年輕人。當他的消息準確時卻是這樣，可是當他消息不準時，要找比他強的人，五十個也有。」

鄧格拉斯夫人完全嚇呆了。她掙扎著想回擊，但力不從心地倒在了扶手椅上。她的眼前浮起維爾福的形象，浮起晚宴的情景，以及近來一連串怪異的不幸事件，這個好端端的家接二連三地遭到打擊，寧靜舒適的氣氛被蜚短流長的議論攪亂了。儘管她竭力裝出暈過去的模樣，但鄧格拉斯連看也不看她一眼。他什麼話也沒說，就打開房門回自己房間去了。

結果，當鄧格拉斯夫人從暈厥的邊緣狀態恢復過來時，不禁覺得自己像是做了場噩夢。

第六十六章　婚姻計畫

上面那幕場景過後的第二天，到了平時德布雷要去辦公室的路上順道來看一下鄧格拉斯夫人的時間，但是他的馬車卻沒出現。這時是中午十二點半左右，鄧格拉斯夫人吩咐備車出門。鄧格拉斯在窗簾背後窺視著這次在他意料之中的外出。他吩咐僕人，鄧格拉斯夫人一回家就來告訴他。但是，直到兩點，她還沒回來。於是，他吩咐備馬，驅車前往議會，並且登記他要求針對預算的問題發言。

從十二點到兩點，鄧格拉斯留在書房裡拆看信件，心情越來越憂鬱，在紙上亂寫一堆數字，也接待了一些客人的來訪。訪客中包括了卡瓦爾坎第少校，他依然是一身藍制服，還是同樣的刻板與莊重。他在昨晚約定的時間準時到達，跟銀行家談妥了有關事宜。鄧格拉斯在議會辯論會上情緒非常激動，對大臣的抨擊也比以往更為激烈。出了議會，他登上馬車吩咐直駛香榭麗舍大道三十號。

基督山伯爵在家，但他有客人，所以命人請鄧格拉斯先生在客廳裡稍等片刻。銀行家等在客廳裡，只見門開了，一名神父打扮的人走進門。看上去，他跟伯爵非常熟悉，所以沒有像他一樣等在外面。他向銀行家稍稍躬身，就走進房間去了。

過了約一分鐘，神父剛才進入的門重新打開，基督山伯爵走了出來。

「對不起，」他說，「親愛的男爵先生，我有位朋友布索尼神父剛到巴黎，想必您剛才也看到他進來。我們有很久沒見面了，所以我不忍心馬上就丟下他。希望這個理由能讓您原諒我勞您久等。」

「不，不，」鄧格拉斯說，「是我不好。我來得不是時候，我這就告辭了。」

「完全不會，快請坐吧。不過，您這是怎麼了？您看上去愁容滿面。說實話，您讓我擔心了。一位愁眉苦臉的金融家，就像出現在天空的彗星，預示著世上要有什麼災難了。」

「我這幾天運氣很差，」鄧格拉斯說，「能有的都是壞消息。」

「喔！是嗎？」基督山說，「您又在交易所有所損失了？」

「不，至少，我這幾天算是安穩。只是的里雅斯特的一家銀行倒閉，讓我很苦惱罷了。」

「是嗎？不會就是雅科波．曼弗雷迪先生吧？」

「正是！您想想，這位先生跟我不知道在生意上往來多少年了。我們每年的業務總有八、九十萬法郎之多，從來沒有出過差錯，也沒有延誤過——這位夥伴付款像個親王。這次。我預先墊支了一百萬給他，但現在，我的好雅科波．曼弗雷迪卻來了個止付！」

「真的？」

「這種倒楣事簡直是前所未聞。我向他兌現六萬法郎，結果錢沒拿到，支票還被退了回來。我手裡還有一張他簽過字、這個月底到期的四十萬法郎匯票。按照規矩是向他在巴黎的代理人兌取的。今天是三十號，我派人去取錢，但是，那位代理人卻消失了。再加上西班牙公債，我這個月底可過得真得夠慘的了。」

「在西班牙公債上，您當真損失了一大筆錢？」

「沒錯，一下子損失了七十萬法郎，就這麼回事。」

「您這位精於投資的高手，怎麼會失誤呢？」

「唉！這是我妻子的錯。她夢見了唐．卡洛斯逃回西班牙——她很相信夢的預知。依她的說法，這是磁性感應。所以，她每次夢見一件事，就相信它早晚總會發生。我也聽信了她的話，就同意她去做證券交易。她有自己的戶頭和證券經紀人，結果她的投機使她損失。沒錯，那不是我的錢，而是她自己的錢。可不管怎麼說，您明白，做妻子的損失七十萬法郎，做丈夫的總不會毫無察覺的。怎麼，這件事您沒聽說過？它早就鬧得滿城風雨了。」

「是的，我聽人說起過，不過我不知道詳情。再說，對交易所的事情，再沒人比我更懵懂無知的了。」

「那您從來不做證券交易？」

「我？您叫我怎麼去做呢？我忙著管理自己的進帳都忙不過來。所以，除了管家之外，我還雇了一個跑腿的小夥子和一個管帳的人。不過，說到西班牙那件事，我覺得男爵夫人也不見得完全是夢見唐．卡洛斯回去的事。報上好像也提到過，是嗎？」

「這麼說，您是相信報紙所言？」

「我？決非如此，只是，我覺得那份正派的《信使報》是例外。它刊登的都是電報傳送的可靠消息。」

「沒錯，就是這點讓我感到奇怪。」鄧格拉斯說，「唐．卡洛斯逃回西班牙正是電報傳送的消息。」

「這麼一來，」基督山說，「這個月您就差不多損失一百七十萬法郎了？」

「不是差不多，確確實實就是這個數目。」

「天啊！」基督山用同情的口吻說，「對於第三等產業來說，這可夠慘的。」

「第三等！」鄧格拉斯覺得有些丟臉，他說，「您這是什麼意思呢？」

「是這樣的，」基督山繼續說，「我把財富分成三等——第一等產業，第二等產業和第三等產業。有家產、土地、礦山，還有在法國、奧地利、英國這些國家的固定進帳，這些資產和進款加在一起總額在一億左右的，我稱為第一等產業。有礦業開採和合股企業的股份，總督的轄區或是親王的領地，還有不超過一百五十萬法郎的年俸，合在一起總額有五千萬的，我稱為第二等產業。最後一等是，靠複利盈利的財產，依別人意志或機遇好壞而定的收益，比如一家銀行的倒閉或是一條電報消息的誤傳，都會影響到這種收益。擔著風險的投機生意，盈虧是要碰運氣的。而這種運氣相對於大自然的無邊法力而言，又只能算做次一等的魔力。總之，所有這些虛虛實實的資財加在一起有一千五百萬的，我稱之為第三等產業。您的情況大致上就是這樣吧，是嗎？」

「應該是的。」鄧格拉斯回答說。

「那麼結果是，像這樣的損失，不出六個月，一份第三等的產業就被耗損完了。」

「哦！」鄧格拉斯臉色蒼白地說，「這您也說得太快了一些吧！」

「那麼就讓我們試想七個月吧。」基督山繼續保持相同的語調說，「請告訴我，您有沒有這樣想過，一百七十萬的七倍就差不多是一千二百萬？沒有，您沒想過。很好，您是對的，因為要是這麼一想，您就再也不敢投資了。金融家手裡的資本，好比文明人身上的那層皮。我們身上穿著衣服，有的人穿得還比其他人奢華，這就是我們的信用。但人一死，就只剩一張皮了。

「同樣，當您從交易所裡退出來的時候，您也頂多剩下實際在手上的五、六百萬資產吧。因為，第三等產業從實際上來看，不過是表面總額的三分之一或四分之一而已。就像行駛中的火車頭，全因為有煙霧籠罩著，看上去才多少顯得龐大些。

「現在，在您這份五百萬的實際資產中，已損失了差不多兩百萬，而且您的資產總數和信用也都相應地受了損失。這就是說，親愛的鄧格拉斯先生，您已經皮綻血流了。若是再重複三、四遍，您就要命終了。所以千萬當心，親愛的鄧格拉斯先生，您需要錢嗎？您想要我借給您一些嗎？」

「您的演算法真叫人心驚肉跳啊！」鄧格拉斯大聲說，極力掩飾自己的沮喪，裝出一副達觀的樣子。「到那時之前，其他幾筆生意賺的錢，早已進了我的銀庫。從傷口流出去的血，可以靠營養品補回來的。我在西班牙吃了敗仗，在里雅斯特也損兵折將。但是，我在印度的船隊會滿載金銀財寶而歸，而墨西哥的先遣隊也會為我找到幾座礦產的。」

「很好，很好！不過，傷口還在，再有一次損失，傷口又會綻開的。」

「不會的，因為我向來只做有把握的事。」鄧格拉斯以吹噓自己本事的口吻往下說，「想扳倒我，除非先有三個政府垮臺。」

「不過，這種事也是有過的。」

「除非是鬧饑荒。」

「您記得七頭肥牛和七頭瘦牛的故事吧。」

「或者，是大海乾涸，就像法老的時代一樣。可是海洋也有好幾個，再說，就算海水退了，船隊也還能當商隊用。」

「真是太好了，我恭喜您，親愛的鄧格拉斯先生。」基督山說，「我想我是弄錯了，該把您歸在第二等產業才對。」

「我想我應該能有這樣的榮幸。」鄧格拉斯說。他臉上帶著的笑容給基督山的印象，就好似那些蹩腳畫家抹在廢墟上方的慘澹月亮。

「不過，既然我們談到了業務，」鄧格拉斯說。他很高興能有機會改變一下話題。「我倒挺希望您能給我一些建議，看我有哪些地方能為卡瓦爾坎第先生效勞的。」

「給他錢就是了——如果他有拿票據給您，而您又認為那票據沒問題的話。」

「很好！今天早上他親自拿來一張四萬法郎的支票，上面有布索尼神父的簽字，還有您的背書。想當然，我立即就點了四十張紙鈔給他。」

基督山點了點頭，表示認可。

「還有，」鄧格拉斯繼續說，「他給他兒子在我銀行裡開了個戶頭。」

「可以請問一下他給那位年輕人多少錢嗎？」

「每個月五千法郎。」

「一年六萬法郎。我的料想沒錯，卡瓦爾坎第真的是位吝嗇之人。一位年輕人一個月才五千法郎，是要怎麼過日子呢？」

「不過您也明白，要是這位年輕人需要多拿幾千法郎的話……」

「別多給他，他父親不會付款的。您不了解這些義大利富翁。他們都是些十足的守財奴。他開這戶頭是由哪家銀行作保的呢？」

「哦！是方濟銀行，佛羅倫斯一家最好的銀行。」

「我不是說您會賠款。不過，我還是想提醒您別超出協議範圍。」

「您不信任卡瓦爾坎第嗎？」

「我？只要他簽個字，我可以馬上給他六百萬。老卡瓦爾坎第的家業，是我剛才跟您說過的第二等產業，親愛的鄧格拉斯先生。」

「可是他看上去挺平常的！我還當他就不過是位少校而已。」

「您這已經是在恭維他了。正如您所說的，他的樣子普通。我第一次見到他時，他給我的印象就是個佩著陳舊肩章的落魄老中尉。不過義大利人都這個模樣，當他們沒有像東方魔術師那樣叫人看得眼花繚亂的時候，活脫脫就是些猶太老爺子。」

「那位年輕人好多了。」鄧格拉斯說。

「是的，他或許還有些靦腆。不過總歸來說，他看起來還可以。不過我為他擔心。」

「為什麼？」

「因為，您在我家裡見到他的那次，他才剛踏進社交界，至少我是這樣聽說的。他跟過一名很嚴厲的家庭教師一起出門旅行，但從沒來過巴黎。」

「這些貴族身分的義大利人，習慣上都是在自己的圈子裡通婚的，是嗎？」鄧格拉斯像是不經意地問，「他們喜歡通過聯姻把財產合併起來。」

「的確，他們通常都是如此。但是，卡瓦爾坎第是個怪人，為人處世與眾不同。我認為他把兒子帶到法國來，是要讓他在這裡結婚。」

「您這麼認為？」

「我能確定。」

「您聽說過這位年輕人的財產情況嗎？」

「問題就在這裡，因為，有人說他有幾百萬，也有人說他身無分文。」

「依您看呢？」

「您不應讓我的看法來左右您。這畢竟是我個人的看法。」

「那麼依您看……」

「我的想法是，當年那些權臣驍將——卡瓦爾坎第家族統率過軍隊，也管轄過幾個省——依我看，都會把自己的百萬家產藏在一個祕密的地方，這祕密只告訴長子，然後再告訴下一代的長子，一代一代地傳下去。證據就是他們的臉都是蠟黃乾癟，活像共和國時代的弗羅林[53]。他們這是看多了金幣，看得臉也變成了金幣模樣的緣故。」

53 Florin，十五世紀佛羅倫斯共和國發行的一種金幣。

「沒錯！」鄧格拉斯說，「還有一個證據，就是誰也沒見過這些人有一吋地產。」

「就算有也少得可憐。就我所知，卡瓦爾坎第就只有盧卡的那座大宅。」

「喔！他有座大宅！」鄧格拉斯笑著說，「那已經算不錯啦。」

「是的，可他把大宅租給了財政大臣，自己則住在一個普通小房子裡。哦！我對您說過了，我想這傢伙吝嗇得很。」

「可以了，您別再消遣他了。」

「我對他所知有限。我想，我總共就見過他三次。我所知道的，都是布索尼神父和他自己告訴我的。布索尼神父今天早上提起了卡瓦爾坎第關於兒子的計畫。我的印象是，他不想再眼看自己的大宗財產躺在義大利繼續沉睡，因為那是個死氣沉沉的國家。他想找個辦法，或是在法國，或是在英國，讓自己的幾百萬家產再增加幾倍。不過有一點還是要請您注意，雖然我本人絕對信任布索尼神父，但上述的事情我是概不負責的。」

「沒關係的，謝謝您給我推薦的顧客。這個名字為我的銀行存戶名冊增光不少。我跟我的出納主任解釋過卡瓦爾坎第家族的背景，他聽了也深以為榮。有件事想順便問一下，這些人為兒子娶親時，會給他一筆財產嗎？」

「哦！那要視情況而定。我認識一位義大利親王，富有得像座金礦，是托斯卡尼最顯赫的貴族。他的兒子們結婚時，凡是合他心意的，就給他們幾百萬財產；不合他心意的，就只給一筆每月三十埃居的年金。拿安德烈亞來說吧，假設他是按他父親的意思結的婚，做父親的說不定就會給他一百萬，兩百萬，或者三百萬。比如說，要是他娶的是一位銀行家的女兒，做父親的就可以從親家的銀行裡得到好處。又比如說，假定親家是銀行家，可是做公公的不喜歡媳婦，那麼少校就會把銀箱上兩次鎖。到頭來安德烈亞大人就只得像那些巴黎家庭的公子們一樣，靠玩紙牌、擲骰子時做手腳來過生活了。」

「啊，這孩子會找位巴伐利亞或者祕魯的公主，會想頭戴冠冕和一筆巨大的財富的。」

「不，阿爾卑斯山南邊的那些名門望族，也常和平民百姓聯姻。他們就像朱庇特[54]，喜歡跟凡人通婚。請問您問我這些問題，是希望能跟安德烈亞先生結親嗎，我親愛的鄧格拉斯先生？」

「天啊！」鄧格拉斯說，「我想，這其實不會是一筆不好的投資。而您知道的，我就是個投資人。」

「您不是在說鄧格拉斯小姐吧？我希望，您不至於想讓可憐的安德烈亞先生被艾伯特先生在他的脖子上劃一刀吧。」

「艾伯特！」鄧格拉斯聳聳肩膀說，「喔，我想他不會太關心這件事。」

「不過，我聽說他跟令嬡訂婚了？」

「是的，德．馬瑟夫先生和我曾經談起過這件婚事。不過，德．馬瑟夫夫人和艾伯特……」

「您的意思不是指這門親事不般配吧？」

「我的確認為鄧格拉斯小姐和德．馬瑟夫先生的婚配是相當適合的。」

54　羅馬神話中的大神，等於希臘神話中的最高天神宙斯。他和凡人結合生了許多半神半人的英雄。

「鄧格拉斯小姐的嫁妝一定很豐厚，這我毫不懷疑。尤其是電報不會再出什麼差錯的。」

「哦！這不光是嫁妝的問題。但是，告訴我吧……」

「什麼？」

「您為什麼沒有邀請馬瑟夫先生和夫人參加您的晚宴呢？」

「我邀請了，可是他說要陪德・馬瑟夫夫人到迪耶普去旅行。這是為了讓夫人能到海濱去呼吸點新鮮空氣。」

「是的，是的。」鄧格拉斯放聲大笑，「那會對她大有好處。」

「為何如此？」

「因為她年輕時就是呼吸這種空氣。」

基督山伯爵像是沒注意到這句含有不良意味的評論。

「但是不管怎麼說，」伯爵說，「雖然艾伯特先生比不上鄧格拉斯小姐富有，您總不能否認他出身名門吧。」

「就算是吧，可我也挺喜歡自己的門第。」鄧格拉斯說。

「那是當然的，您的大名深受眾望，為您的爵號增光不少。但以您的智慧，您不會不知道，由於一種根深蒂固且無法消除的偏見，一般人都認為一個有五世紀淵源的家族，比起一個才二十年歷史的貴族來說，門第是要高得多的。」

「正是因為這個原因，」鄧格拉斯說著，做出一個他自以為算是譏諷挖苦的笑臉。「我才寧可要安德烈亞・卡瓦爾坎第先生，而不要艾伯特・德・馬瑟夫先生。」

「只是，我仍以為，」基督山說，「馬瑟夫家族是不會比卡瓦爾坎第家族遜色的。」

「馬瑟夫家族！等等，親愛的伯爵，」鄧格拉斯說，「您是位體面的人，是嗎？」

「我想是的。」

「還有，您也懂紋章學吧？」

「懂一點兒。」

「那好！請您看我這紋章的顏色，這要比馬瑟夫紋章上的顏色牢靠得多。」

「此話怎講？」

「因為，我雖然不是世襲的男爵，但我至少是叫鄧格拉斯。」

「那又如何呢？」

「他卻不叫馬瑟夫。」

「什麼？他不叫馬瑟夫？」

「連一點邊兒也沾不上。」

「這是怎麼回事？」

「我的男爵稱謂是被冊封的，所以我是個男爵；他那伯爵是他自己封的，所以他根本不是伯爵。」

「這怎麼可能呢？」

「請聽我說，親愛的伯爵先生，」鄧格拉斯繼續說，「德·馬瑟夫先生是我的朋友，或者說是三十年的舊識。我這人，您知道並不怎麼看重爵號，因為我沒忘記自己的出身。」

「這表明了一種極其謙虛，要不就是極其驕傲的態度。」基督山說。

「嗯！當我是個小職員的時候，馬瑟夫還只是個漁夫。」

「那時候他叫什麼名字？」

「弗南特。」

「全名呢？」

「弗南特·蒙代戈。」

「確定沒錯嗎？」

「當然！我跟他買過魚，怎麼會不知道他的名字呢。」

「那麼，您為何還要把女兒嫁到他家去呢？」

「因為，弗南特和鄧格拉斯兩個人都是暴發戶。兩人都封了爵，發了財，但是，骨子裡大家是彼此彼此。硬要說哪裡不同，只有一件，就是他有把柄握在人家手裡，而我沒有。」

「什麼把柄？」

「沒什麼。」

「喔！對了，我想到了。您對我說的這些話，讓我記起了弗南特·蒙代戈這個名字。我在希臘時聽人說起過。」

「是跟阿里·帕夏那件事有關的？」

「正是。」

「這始終是個謎，」鄧格拉斯說，「我願意花大錢，只要能揭開謎底。」

「這並不難，如果您真想知道的話。」
「怎麼說？」
「您想必跟希臘也有業務往來吧？」
「那當然！」
「跟約阿尼納呢？」
「到處都有……」
「那好，您寫封信給約阿尼納的同行，請他告訴您，一個名叫弗南特的法國人在阿里·臺佩萊納遇難事件中扮演的是什麼角色。」
「說得對！」鄧格拉斯大聲說，猛然地起身。「我今天就寫！」
「寫吧。」
「我這就去寫。」
「要是您得到什麼醜聞……」
「就來告訴您。」
「非常感謝。」
鄧格拉斯急匆匆地走出房門，一下子就跑到了馬車前。

第六十七章　檢察官的辦公室

我們暫且撇下坐車急駛而去的銀行家，再來追蹤鄧格拉斯夫人的晨遊。前面說過，十二點半時，鄧格拉斯夫人吩咐備車出門。馬車朝聖日爾曼區的方向而去，駛入馬紮蘭街，停在新橋巷前。鄧格拉斯夫人下車穿過小巷。她身上的裝束非常簡單，看上去就像一名早上出門的風雅的女子。到蓋內戈街，她叫了一輛出租馬車，直駛這次出門的目的地——阿爾萊街。

剛坐進車廂，她就從袋裡拿出一塊厚實的黑面紗，別好在寬邊草帽上。然後，她重新戴上帽子，對著小鏡子照了照，滿意地看著，現在旁人除了她白皙的雙手和明亮的眼睛，其他部位都看不見了。出租馬車越過新橋，穿過多菲納廣場，駛進了阿爾萊街法院。車伕剛打開車門接過車錢，鄧格拉斯夫人就匆匆下車，輕盈地走上臺階，不久就進了法院的大廳。

早上，法院裡總有不少案件要審理，而案子的當事人就更多了。這些當事人很少注意女人，所以鄧格拉斯夫人穿過大廳時，只有十多位正在守候她們律師到來的女士看了她幾眼。德·維爾福先生的候見室裡擠滿了人。但是，鄧格拉斯夫人連姓名都無須通報，她才進門，守門員就起身迎上前，問她是不是檢察官先生事先約見的。在得到她肯定的答覆後，他就領她從一條外人不得入內的通道來到德·維爾福先生的辦公室。

檢察官坐在一張扶手椅裡，背朝著門，正在寫東西。他聽見房門打開，守門員說「請進，夫人！」和房門隨後關上的聲音，卻沒做任何動作。但等到守門員的腳步聲剛一消失，他立刻轉過身來，跑去鎖上門，拉好窗簾，仔細地查看辦公室的每個角落。然後，在他確信沒有人能看見或聽見辦公室裡的情況，放下心來以後，便說：「謝謝，夫人，謝謝您準時前來。」

說著他拉過一把扶手椅給鄧格拉斯夫人。她馬上坐下了，因為她的心怦怦直跳，幾乎要透不過氣來了。

「已經是很長一段時間了，夫人，」檢察官說。他把椅轉過半圈坐定，這樣他跟鄧格拉斯夫人就是面對面了。「我已經有很久沒能有幸和您單獨談話了。不過我很抱歉，今天我倆見面，等著我們的是一場痛苦的對談。」維爾福語氣苦澀地說。

「可是，先生，您也看見了，您一叫我就來了。儘管這場談話我肯定，我要比您更感到痛苦得多。」

維爾福苦笑了一下。

「這麼說，那是真的，」他說。他的神情不像是在對鄧格拉斯夫人說話，而是像在自言自語地重複心裡的念頭。「這麼說，真是事實，我們的每個行動都會留下它的痕跡，只是，有的模糊，有的清晰。我們在人生的道路上，也真的是每走過一步，就像昆蟲在沙地上行走後會留下足跡！唉！對許多人來說，這條印痕就是他們的淚痕！」

「先生，」鄧格拉斯夫人說，「您想必理解我此刻的心情，是嗎？那就請您寬容我一點吧。當我看著這個房間，想到曾經有多少罪人發抖、羞愧地走進來。現在，輪到我滿是羞愧，渾身打顫地坐在這張椅子上了……哦！我得用我全部的理智，才能讓自己明白，我並不是一個罪孽深重的女人；您也並不是令人畏懼的審判官。」

維爾福垂下頭，嘆了口氣。

「而我，」他說，「我卻在告訴自己，我此刻不是在審判席，而是在被告席上。」

「您？」鄧格拉斯夫人驚愕地說。

「對，我。」

「我想，先生，您誇大自己的情況了。」鄧格拉斯夫人說。她美麗的雙眼閃過一道光芒。「您剛才說的那些印痕，對於年輕男子在他們血氣方剛的歲數，任誰都是免不了的。在激情的深處，在歡愉的背後，總會留下些許內疚。正因如此，福音書——不幸的人的這一永恆的精神支柱——才舉出了那些罪孽深重的少女和通姦淫亂的婦人的故事。這是要告訴我們這些可憐的女人，她們最終是怎樣改邪歸正，受人讚美的。

「所以，我可以說，回想起年輕時所做的那些失去理智的事情，有時候，我想上帝是會寬恕我的。因為，我這些年來所受的折磨，即使不足以赦免我的罪，至少也能彌補我的罪過吧。而您們這些男人，沒人會責怪您們。風流韻事只會抬高您們的身價，所以您，還有什麼可以害怕的呢？」

「夫人，」維爾福說，「您是了解我的。我不是個偽善的人，至少我從來不會無故地裝出一副虛偽的樣子。如果說我的額頭是蹙緊的，這是因為我的愁苦使它蒙上了烏雲。如果說我的心像石頭一樣堅硬，那也是為了承受它所受到的打擊才變成這樣。我在年輕的時候並非如此，在我訂婚的那天晚上，當我們大家在馬賽伏流街圍坐在一張桌子旁邊的時候，我並不是這樣的。

「但自從那天以後，我變了，我周圍的一切也變了。我耗盡精力去追求那些難以企及的東西，在艱難的攀登過程中，那些有意無意，或是由於他們的自由意志，或是純粹出於偶然擋了我的路，讓我無法接近目標的人，我都會毫不留情地把他們踩下去。凡是一個人熱切渴望的東西，不管是想從擁有它們的人手裡得到、或是奪走，幾乎總是被那些人死死地抓緊。於是，人們的過錯十有八、九就是在『必須如此』這種似是而非的理由下所鑄成。

「等事情過後，我們才發現這錯誤是在亢奮、恐懼和膽大妄為之中鑄下的。一切原本可以避免，不讓它發生。其實，我們有另一種正當的做法，只因為當時過於盲目而不曾看到。事過境遷後，我們卻清楚地看到了方法是這麼容易，如此簡單。這時，您不禁要責問自己：『為什麼我偏偏要那麼做，而不是這麼做呢？』

「然而，相反的，女人們幾乎很少受到悔疚的折磨。因為，事情的決定幾乎都不是您們作主。您們的不幸總是別人加在您們身上，而您們的過失也都是別人的罪過。」

「但不管怎樣，先生，有一點您總該同意。」鄧格拉斯夫人回答，「如果說我犯過一次過失，就算完全是我一個人的責任，那麼在昨晚我也已經受到嚴厲的懲罰了。」

「可憐的女人！」維爾福握緊她的手說，「對您這麼纖弱的女子來說，確實是太嚴厲了。因為您已經有兩次差一點就承受不住了，可現在……」

「如何？」

「是這樣的，我必須對您說請鼓起您的全部勇氣，因為您還沒有聽到全部的事。」

「哦！」鄧格拉斯夫人驚恐地喊道，「到底還有什麼事呢？」

「您看到的只是過去的事情，夫人，誠然，那已經夠糟的了。但現在您想像一下，在您面前還有一個更加陰暗的未來，一個……真正令人感到恐怖……說不定是慘不忍睹……的未來！」

男爵夫人知道維爾福一向鎮定，所以，看到他情緒如此激動，她感到非常恐慌，張開嘴巴想喊，但這聲音到了喉嚨又噎住了。

「這可怕的回憶，是怎麼重新給勾起來的呢？」維爾福大聲說，「它是怎麼從墳墓底下，從它沉睡的我們心底，像幽靈似地鑽出來，嚇白我們的臉頰，羞紅我們的額頭的呢？」

「唉！」埃米娜說，「無疑是巧合。」

「巧合？」維爾福說，「不，不，夫人，世上沒有巧合這種事。」

「哦，有的！難道不是巧合才揭露了這件要命的事嗎？基督山伯爵買下那幢房子，難道不是巧合？他叫人掘土，難道不是巧合？還有，那可憐的孩子在樹叢底下給掘出來，難道不是巧合？我那可憐無辜的孩子，我連吻都沒能吻他，可是，我為他流過多少傷心的眼淚啊。哦！聽伯爵說到在花叢下面找到我那寶貝的骸骨時，我的心都隨著他去了。」

「不是這樣的，夫人。有件可怕的消息我必須告訴您。」維爾福嗓音喑啞地說，「沒有，在花叢下面並沒有找到骸骨。孩子並沒有從地裡被掘出來，您不該哭泣，您不該呻吟，您應該發抖！」

「您這是什麼意思？」鄧格拉斯夫人渾身打顫地喊道。

「我的意思是說，基督山先生在樹叢底下掘土的時候，既不可能挖到孩子的骸骨，也不可能挖到箱子的鐵皮。因為，樹叢下面既沒有孩子，也沒有箱子。」

「既沒有孩子也沒有箱子！」鄧格拉斯夫人重複說，雙眼直直地盯在檢察官臉上，這雙眼睛的瞳孔大得嚇人，顯出極度驚駭的神情。「既沒有孩子也沒有箱子！」她又重複了一遍，彷彿要用自己的聲音和語調來留住即將離她而去的思緒似的。

「沒有！」維爾福低下頭去，雙手蒙著臉說，「沒有！什麼也沒有……」

「這麼說，您並沒有把那可憐的孩子埋在那裡了，先生？那麼您為什麼要騙我呢？您有什麼用意，說呀，您說呀！」

「孩子是埋在那裡的，不過請您聽我說，夫人，您聽我說了就會憐憫我的。這二十年來，我是獨自背負著我就要講給您聽的這副痛苦的重擔，一點也沒讓您分擔。」

「哦！您嚇壞我了！但請說吧，我聽著。」

「您記得那個悲慘的夜晚吧，在掛著紅緞窗幔的那個房間裡，您奄奄一息地躺在床上，而我，懷著幾乎跟您一樣焦慮的心情，等待您分娩。孩子生下來了，抱到我手裡時他一動不動，沒有一點聲息。我們以為他死了。」

鄧格拉斯夫人猛然地動了一下，像是要從椅子上跳起來似的。但維爾福捏緊雙手的動作止住了她，那姿勢彷彿是懇求她注意聽下去。

「我們以為他死了，」他重複說，「我把他放進一個臨時當作棺材的箱子，下樓到花園裡，挖了一個坑，匆匆地把箱子埋了下去。我剛把土覆上，只見那個科西嘉人的手臂向我伸了過來。我看到似乎有個影子豎了起來，彷彿有道閃電掠過。我感到一陣疼痛，我想喊，但一陣冰涼的震顫傳遍了我的全身。我的喉嚨像被堵住了……我昏昏沉沉地倒在地上，以為自己要死了。等我甦醒過來時，我勉強拖著身子爬到樓梯口。我永遠忘不了當時您崇高的勇氣。您撐著虛弱的身體下樓來到了我的面前。這場可怕的災難不能透漏半點風聲，於是，您就由產婆攙扶著，硬是支撐著回到了自己家裡，而我則為自己的傷勢找了決鬥的藉口。想不到這件事居然就只有我倆知道，沒有洩露出去因而成了祕密。之後，我被送到了凡爾賽。

「我跟死神搏鬥了三個月，終於，看起來有了一線生機。醫生說我需要南方的陽光和空氣。四名大漢把我從巴黎抬到了夏龍，每天只行進六里格的路。德．維爾福夫人坐著馬車跟在擔架後面。到了夏龍，我被放在船上從索恩河往下，順著水流緩緩地經羅納河到達阿爾勒，然後他們再把我從阿爾勒抬到馬賽。我一直養了六個月的傷，期間聽不到您的消息，也不敢向任何人打聽您的情況。等我回到巴黎，才聽說您在德．納爾戈恩先生去世以後，嫁給了鄧格拉斯先生。

「我神志恢復後腦子裡想的是什麼？始終只有一樣東西，就是那孩子的屍體。它每天晚上在我的夢中出現。它從地底下升起，在那個坑洞的上方飛來飛去，用眼神和手勢恫嚇著我。於是，我剛回到巴黎，就去打聽消息。自從我們離開以後，那幢房子沒有人住過，但它剛被租了出去，租期是九年。我找到了承租人，對他說不希望看到岳父、母的房子由外人租賃，表示願意支付賠償金以收回租約。他開價六千法郎，其實，他即使要一萬或是兩萬，我也會給他的。我隨身帶著錢，當場就讓他在退租契約上簽了字。拿到我渴望得到的契約以後，我就馳馬直奔奧特伊。

「自從我離開以後，沒有人走進過那幢房子。那時是下午五點鐘，我上樓走到掛紅窗幔的房間，等著天黑。那時，我在生命垂危的一年間反覆思量的那些念頭，又都浮現在我的腦海裡，而且比以往更加使我害怕。

「那個科西嘉人對我聲稱要為親人報仇，從尼姆一路跟蹤我到巴黎。他藏在花園裡對我行刺，當時，他看到我掘坑，見了我埋孩子。他或許會去打聽您是誰……不……說不定他已經知道了您是誰了。難道他不會在某天拿這件可怕的祕密去敲詐您嗎？當他知道他那一刀並沒有殺死我以後，這個難道不會成為他最甜美的復仇嗎？所以對我來說，比任何事都要緊的，就是無論如何即使冒著風險，也一定要抹掉過去的全部痕跡。我要清除與滅掉所有可能的蛛絲馬跡，就讓事情的真相深印在我的記憶裡就好。

「這也是我買下契約的原因。我是為了這個目的才再度回到那幢屋子裡。我也是為了這個原因才等待著。夜色降臨了，我看著夜色越來越濃。房間裡沒有一絲亮光，風吹得房門震震作響，而我總覺得門背後藏著人在窺伺我。我一陣一陣地打顫，彷彿覺得聽見您在背後的那張床上呻吟，可是我不敢回頭。我的心猛烈地跳動著，像是要把傷口都迸裂似的。等待的期間，我終於聽見周圍的各種聲音都漸漸地沉寂下去。我明白，已經沒有事讓我擔心，沒人會看到我，也沒人會聽見我的聲音。所以，我決定下樓走到花園裡。

「您聽著，埃米娜，我一直以為自己跟大多數的男人一樣勇敢。可是，當我從懷裡掏出那把通往暗梯的房門小鑰匙——那把對我倆曾經如此珍貴，您曾想為它做個金匙圈的鑰匙——當我打開房門的時候，只見一束慘白的月光穿過窗戶照在暗梯的踏級上。那條長長的白色光束就像個鬼魂，嚇得我貼緊牆壁，差點喊出聲來。我覺得自己就快要瘋了。

「最後，我總算控制住了自己。我一步一步走下樓梯，但是，我的雙膝奇怪地抖個不停。我抓緊欄杆，因為只要一鬆手，我一定會摔下去。我走到了底層的門口。在這扇門外，靠牆擱著一把鏟子，我拿起鏟子向樹叢走去。我隨身帶著一盞手提燈，等到了草坪中間，我停住腳步點亮提燈，然後繼續往前走去。

「當時是十一月底，花園裡的樹木都凋零了。只剩下光禿禿的樹幹和細瘦的長枝椏，而枯葉和著細沙在我腳下簌簌直響。恐懼壓得我的心在一陣一陣地收緊。當我走近樹叢，因為實在害怕至極，便從袋中拿出了手槍握在手裡。我總瞥見那個科西嘉人的影子忽隱忽現地出沒在枝椏中間。

「我提著手燈在樹叢裡照來照去，但是，那裡空蕩蕩的不見半個人影。我又向四周看了一遍，確定只有我一個人在場。夜色中一片死寂，只有一隻貓頭鷹的淒厲叫聲偶爾打破這寂靜，像是在召喚黑夜裡的鬼魂似的。我把提燈掛在一根樹枝上，我記得一年前我就是在這個地方挖掘的。

「過了一個夏天，草已經長得很茂密，秋天到了也沒人去刈草。不過，有一塊草長得比較稀疏的地方，吸引了我的注意。顯然，那裏就是我掘土的地方。我馬上動手挖了起來。為了這個時刻，我已經等待了一年多的時間。所以，我滿懷希望，拚命地挖掘，總以為會在那簇草的下面碰到頂住鏟子的東西。可是沒有！我挖的範圍是去年的兩倍大，卻什麼也沒挖到。我想，一定是記憶有誤，弄錯了地點。

「於是，我轉頭重新打量四周，看著樹木，試著回想所有的細節。凜冽的寒風呼嘯著吹過光禿禿的樹叢，可是我的額頭上卻淌下一顆顆汗珠。我想起我被匕首刺倒在地前，我正在踩著覆上去的泥土。我一邊踩土，一邊把手扶在一棵金雀花樹上。在我背後有一塊假山石，那本來是用來擱上遊人憩歇的長凳，因為我倒下去的時候，離開樹身的那隻手碰到了那塊冰涼的石頭。現在，我的右邊是那棵金雀花樹，背後是那塊假山石。我照上次的樣子仰面倒在地上，然後爬起身來從這地方開始鏟土，並且把這個坑往四周愈挖愈大。然而，還是沒有，什麼也沒有！那個箱子不見了！」

「那個箱子不見了？」鄧格拉斯夫人喃喃地說，嚇得連氣都透不過來了。

「您別以為我會就此放棄。」維爾福繼續說，「不，我挖遍了整個樹叢。我想，一定是那名刺客掘到了箱子，以為裡面裝的是金銀財寶，想占為己有，就拿著箱子跑了。之後，他發覺自己弄錯了，就另外又挖了個坑把它埋了。但我挖來掘去，還是什麼都沒有。我轉念一想，他未必會費這麼多心思，說不定他是隨便把箱子往哪個角落裡一扔就算了。根據這個最後的假設，我要等到天亮再去尋找。所以，我又上樓回到那個房間裡等著。」

「哦！我的上帝！」

「天亮了，我又下樓去。我先到樹叢裡去找。我希望能找到些許在黑夜裡疏漏了的痕跡。我把一塊二十多呎平方的地都快掀了，並且挖了兩呎多深。我在一個鐘頭裡做的工，恐怕是一個工人挖一天也做不完的。但我還是一無所獲，什麼也沒找到。然後，我就依著箱子是被扔在了什麼地方的假設去找箱子。那應該是在通往花園小門的沿路附近。但是，這次的搜尋跟之前一樣毫無結果，我的心揪得緊緊的。我又回到樹叢邊上，只是這時，我對樹叢已經不抱希望了。」

「哦！」鄧格拉斯夫人喊道，「那已足以將您給逼瘋了。」

「我曾經懷有希望，」維爾福說，「可是我落空了。不過，當我重又打起精神來的時候，我閃過了一個念頭——我問自己，那個人為何要把屍體帶走呢？」

「但您說過，」鄧格拉斯夫人回話說，「他是為了留作證據。」

「喔！不，夫人，那是不可能的。屍體不會被保存一年之久。他必須把它呈交給法官並提出證詞。可是直到現在，並沒發生過這樣的事。」

「那麼是什麼呢？」埃米娜大大地發抖著問。

「那是對我倆來說還要更可怕、更要命、更悲慘的事——那孩子說不定還活著，或許是刺客救了他。」

鄧格拉斯夫人發出一聲可怕的哭喊，抓緊維爾福的雙手大聲說：「我的孩子還活著？您把我的孩子活埋了？您沒確認我的孩子是不是死了，就把他埋了？哦……」

鄧格拉斯夫人起身站在檢察官的面前，纖弱的雙手緊緊抓住檢察官的手腕。

「我不知道，我只是如此認為而已。我也可以有其他的推論。」維爾福兩眼發直地回答。他的眼神透漏了這個心理堅強的人也瀕臨絕望和發狂的邊緣了。

「哦！我的孩子，我可憐的孩子！」男爵夫人哭訴著，又倒在了椅子上，用手帕摀住嘴，嗚咽地抽泣著。

維爾福恢復了理智。他明白，要想驅散這場由母愛在他頭上聚起來的風暴，就必須盡快地讓鄧格拉斯夫人也能感受到自己揹負的恐懼。

「您要明白，如果事情真是這樣，」他站起身來，走近男爵夫人壓低聲音對她說，「我們就完了。那孩子還活著，而且有人知道他活著。某人手裡掌握著我們的祕密。而且，孩子已經不在花園裡了，但是基督山卻對我們說他在花園裡掘到了孩子的屍骨。那麼，掌握著我倆祕密的人一定就是他。」

「公正的上帝！施以報應的上帝！」鄧格拉斯夫人喃喃地說。

維爾福只回了一聲近乎淒厲的喊叫。

「可是那孩子……那孩子呢，先生？」做母親的重複地追問。

「我是多麼拚命地四處找他！」維爾福擰著自己的胳臂說，「我在那些失眠的長夜又是如何地呼喊著他！有多少次我只願自己能富比王侯，那樣，我就能從一百萬人手裡買下一百萬個祕密。然後，我就能從中找到我的那一個了！最後有一天，當我第一百次拿起那把鏟子的時候，我一次又一次地問自己，那個科西嘉人到底會把孩子怎麼樣呢？孩子會成為一個亡命之徒的累贅。也許，在他發覺孩子還活著的時候，就已經把他扔進河裡了。」

「不會的！」鄧格拉斯夫人哭喊，「他要殺您是為了報仇，可他不會那麼狠心地讓一個孩子淹死的！」

「或許，」維爾福說，「他把孩子送進了育嬰堂。」

「哦！是的，是的！」男爵夫人喊著，「我的孩子是在那裡！」

「我跑到育嬰堂，他們告訴我，同天晚上——就是九月二十日晚上，是有人在圓轉櫃上放過一個孩子。孩子裹在一塊被刻意對半撕開的細麻布繈褓裡。這半塊布上有半枚男爵紋徽和一個H字母。」

「是的，沒錯！」鄧格拉斯夫人喊道，「我的布巾上都有這種印記。德・納爾戈恩先生是男爵，而我的名字叫埃米娜[55]。感謝上帝！我的孩子沒有死！」

「對，他沒有死！」

「您知道您這麼說會讓我高興得要死嗎？孩子在哪裡呢？」

維爾福聳聳肩膀。

「我知道嗎？」他說，「我要是知道，您認為我還會像個劇作家或是小說作者一樣跟您從頭細說著這麼一個曲折的故事嗎？唉，不是的，我不知道。在我去的前六個月，有個女人去認領那孩子。她帶著另外半塊的麻布。那個女人的認領符合法律程續，所以，他們就把孩子給了她。」

「那您就該打聽那個女人的行蹤，去找到她呀。」

「您以為我不會那麼做嗎？我以刑事案件為由，派遣了最精英的警員和密探去搜尋她的蹤跡。他們發現她一路去到夏龍，但到了夏龍，線索就斷了。」

「他們追丟她了？」

55　埃米娜的原文是Hermine，起首字母為H。

「是的，永遠斷了。」

鄧格拉斯夫人在聽這段敘述時，隨著情境的變換時而嘆息，時而流淚，時而又喊出聲來。

「就只有這樣？」她問，「您就這樣停止了？」

「哦！不，」維爾福說，「我從未停止尋找與打聽。可是，這兩、三年來我有些懈怠了。但現在，我要拿出更大的毅力和勇氣重新開始。您看著吧，我會成功的。因為，現在驅使著我的已經不是良心，而是恐懼了。」

「可是，」鄧格拉斯夫人接著說，「基督山伯爵不可能知道，要不，他就不會像現在這樣與我們結交了。」

「喔！人心的歹毒是深不可測的，」維爾福說，「因為它是比上帝的恩澤還要來得強大。您可曾注意到他對我們說話時的眼神？」

「沒有。」

「那您總該仔細地觀察過他的舉止吧？」

「那當然。他這人很奇特，但也僅只於此。只有一件事讓我覺得奇怪。他請我們吃的那些珍饈佳肴，他完全沒碰。我差點懷疑他是想毒害我們。」

「而您也看見了，您想錯了。」

「是的，完全如此。」

「可是請相信我，那個男人有著別的計畫。為了這個原因，我才想要見您，想要與您談談，想提醒您防範每個人，尤其是要針對他。告訴我，」維爾福兩眼直盯著男爵夫人的臉，神情更加專注地逼視著她問，「您有沒有把我倆的關係告訴過任何人？」

「從來沒有告訴過任何人。」

「您要明白，」維爾福深情地說，「當我說任何人——請原諒我的緊張——意思是指任何一人，懂嗎？」

「是的，是的，我完全明白您的意思。」男爵夫人漲紅著臉說，「從來沒有，我向您發誓。」

「您有沒有每天晚上把日間的事情記下來的習慣？您有日記嗎？」

「沒有！我的生活過得這麼無聊，我只想把它忘了。」

「您會說夢話嗎？」

「我睡得像個孩子。您不記得了嗎？」男爵夫人臉上升起一陣紅暈；維爾福的臉上卻變的慘白。

「這是真的。」他輕輕地說，聲音輕得幾乎聽不出。

「所以？」男爵夫人問。

「我想，我知道我該怎麼做了。」維爾福接著說，「從今天起，在一週內我就能知道基督山先生是什麼人。我會弄清楚他的來龍去脈，搞懂他為什麼要對我們說他在花園裡挖掘到那孩子。」

維爾福說這些話時的口氣，要是伯爵能聽見的話，他一定會打個寒顫。然後，維爾福捏住男爵夫人很勉強地伸給他的那隻手，恭恭敬敬地把她攙扶到門口。

鄧格拉斯夫人乘上另一輛出租馬車，到新橋巷口下車，然後穿過小巷找到等候自己的馬車和車伕。那名車伕正在車座上安安穩穩地打著瞌睡。

第六十八章　一次夏季舞會

同一天，就在鄧格拉斯夫人跟檢察官先生在長談的時候，一輛敞篷旅行馬車駛進埃爾代街，穿過二十七號宅邸的大門，停在院子裡。稍過片刻，車門打開，德．馬瑟夫夫人扶著兒子的手臂下了車。艾伯特送母親進屋後，就吩咐備水洗澡和套車。一切完善之後，他就登上馬車直駛香榭麗舍大道基督山伯爵的府邸。

伯爵帶著慣常的笑容迎接他。奇怪的是，從沒有人能進入此人的內心世界。有些人想，或是說強行闖入他的心，總會被一堵無法越過的牆擋著。馬瑟夫本來是張開雙臂向他跑去的，但一見到伯爵，儘管他的臉上帶著友好的笑容，就是會不由自主地收起胳臂，只敢伸出一隻手去。基督山伯爵仍跟平時一樣，只在對方的手上輕輕地一碰，並不握緊。

「我來啦，親愛的伯爵先生。」馬瑟夫說。

「歡迎再度回家。」

「我一小時前剛回來。」

「從迪耶普回來？」

「不，從特雷波爾。[56]」

56　Treport，法國北部小港，瀕臨英吉利海峽。

「是嗎?」

「我一回巴黎就先來看您。」

「您真是太好了。」基督山說這話的口氣就像在說一件不相干的事似的。

「那麼,有什麼新聞嗎?」

「您不該問一個新到者,一個外國人有什麼新聞的?」

「我明白,不過,我問的新聞,我的意思是,您有沒有為我做什麼事呢?」

「您曾經委托過我嗎?」基督山做出不安的樣子問。

「好了,好了,」艾伯特說,「別裝作不知情。有道是心有靈犀一點通。當我在迪耶普就受到了電流的感應。您要是沒為我做過什麼事,那至少也想過我吧。」

「這倒有可能,」基督山說,「我確實想到過您。不過我先說明,從我身上發出去的電波,完全是不依我的意志自由行動的。」

「真的嗎?那請快告訴我是怎麼回事吧。」

「沒問題,鄧格拉斯先生來我這裡吃過飯。」

「這我知道,家母和我就是為躲開他才出城。」

「而且,他跟安德烈亞·卡瓦爾坎第先生在這裡會面了。」

「您的那位義大利親王?」

「別這麼早下定論。安德烈亞先生只自稱伯爵。」

「您說他是自稱?」

「是的，自稱。」

「他不是伯爵？」

「我怎麼會知道呢？他這麼自稱，所以，我當然就以這個頭銜稱他。其他人也就這麼稱他。」

「您這個人真是奇特。那接下來呢？您說鄧格拉斯先生在這裡吃晚飯。」

「是的，和卡瓦爾坎第伯爵，伯爵的父親，鄧格拉斯夫人，以及德·維爾福先生和夫人一起。他們都是具有魅力的人。另外還有德布雷先生，馬西米蘭·摩萊爾，與德·夏托·勒諾先生。」

「他們有沒有提到過我？」

「一個字也沒有。」

「真是糟糕。」

「為什麼？我以為，您希望他們把您忘了。」

「如果大家沒有提到我，我能肯定，這表示他們還是想到我的。看來，我真的絕望了。」

「這對您會有什麼影響呢，既然鄧格拉斯小姐並不在想著您的人當中？說真的，她或許自己在家裡想著您。」

「這我不擔心，就算她想了，應該也是跟我用同樣的方式在想吧。」

「多感人的心靈相通！這麼說您們彼此憎恨著對方？」伯爵說。

「您聽我說，」馬瑟夫說，「如果鄧格拉斯小姐肯發慈悲做個犧牲，讓我不必為她受苦受難，能解開我們兩家訂下的婚約羈絆，那對我就再好不過了。總之，鄧格拉斯小姐會是個迷人的情婦，但是做為妻子，哎呀……」

「這麼說，」基督山笑著說，「您對您的未婚妻就是這樣的想法？」

「是的，我知道這並不好聽，但這是實情。只是我這個夢想是沒法實現的，因為，鄧格拉斯小姐必須成為我合法的妻子。她會永遠地和我一起生活，在我身邊唱歌，在離我不到十步路的地方作曲、彈琴，而且過度此生，這些讓我害怕。一名情婦，是可以分手的。可是妻子……天啊！她就是永遠。還是跟鄧格拉斯小姐結婚，真是太糟糕了。」

「您真是難以取悅，子爵先生。」

「是的，因為我常想著不可能的事。」

「什麼事？」

「遇到一位像家父當年找到的妻子。」

基督山臉色發白，望著艾伯特時，手裡同時擺弄著精緻的手槍，把槍簧扣得連聲作響。

「那麼，令尊當初是很幸福的了？」他說。

「您知道我對家母的看法，伯爵。看看她——依舊美麗、聰慧，甚至比以前更迷人了。若是別的兒子與他的母親在特雷波爾待上四天，若不是為了討好，就是在受難。而我呢，當我回來時，是感到更加滿足與平靜，或者，我該說是更加的詩意。就像是我帶著瑪勃仙后或提泰妮婭[57]做為我的旅伴一樣。」

57 Queen Mab and Tiania，兩人均為莎士比亞筆下的仙女，分別見於《羅密歐與茱麗葉》和《仲夏夜之夢》。

「這真是非常美好的舉證，而您會使得每個人都想決定過單身生活的。」

馬瑟夫接著說，「這正是我不想與鄧格拉斯小姐結婚的原因。您是否曾注意到，我們為自己所擁有的東西抬高多少價值呢？在瑪爾萊或福森首店內的櫥窗裡閃閃發亮的鑽石，到了我們手裡以後就會更加光彩奪目。可是，假使有人向您證明，有更多成色更純的鑽石，而您只能一直持著這顆遜色的鑽石，您不會不知道我們心裡多不是滋味吧？」

「俗人。」伯爵喃喃地說。

「所以，當歐仁妮小姐發覺我只是個無足輕重的人，只有少數無法與她的好幾百萬家財相比的資產時，我真該感到欣喜了。」

基督山微笑了一下。

「我還想到一個計畫。」艾伯特繼續說，「弗朗茲喜歡所有古怪的事物。我試著讓他愛上鄧格拉斯小姐。可是，儘管我用最誘人的文筆寫了四封信給他，他卻總是回答：『我或許對古怪之事有很大的興趣，但我不會打破自己的承諾。』」

「這就是我所說的真誠友誼——把自己不想與之結婚的女子，推薦給別人。」

艾伯特笑了。

「中肯。」他繼續說，「弗朗茲很快就要回巴黎了。不過，您應該沒有興趣。我想，您並不喜歡他，是嗎？」

「我？」基督山說，「我親愛的子爵，您是從哪一點覺得我不喜歡弗朗茲先生呢？我喜歡每一個人。」

「而您也將我包括在這每一個人裡囉……太感謝了。」

「別誤會了，」基督山說，「我喜愛所有的人都像上帝要我們去愛我們鄰居一樣。就像身為一位基督徒一般。我恨的只有少數人。讓我們回到弗朗茲．德．埃皮奈先生身上吧。您說他要回來了？」

「是的，被德．維爾福先生叫回來的。這位先生看來焦急地想把瓦朗蒂娜小姐嫁出去，就像鄧格拉斯先生要讓歐仁妮小姐成親一樣。做父親的看到家裡有個長大的女兒，心裡一定很煩躁吧。看起來，就像是他們急得血壓升高，脈搏跳到每分鐘九十次，直到女兒的婚事完成才會平穩。」

「但是，德．埃皮奈先生就不像您，他耐心地接受這份不幸。」

「還有更多，他很嚴肅地在談論此事，打著白領帶，並且已開始提到成家以後的事了。他對維爾福先生夫婦保有極高的評價。」

「他們應該值得的，是嗎？」

「我相信他們是的。德．維爾福先生總是給人嚴厲，但很公正的評價。」

「這就是了，」基督山說，「至少有一個人，您對他不像對可憐的鄧格拉斯那般批評了。」

「或許是因為我不必與他女兒結婚吧。」艾伯特回應，並笑了起來。

「真的，我親愛的先生，」基督山說，「您真是個讓人討厭的紈褲子弟。」

「我，紈褲子弟？您這是什麼意思呢？」

「沒錯，不過，先來支雪茄吧。您一直為自己辯解，一再掙扎著想逃脫與鄧格拉斯小姐的婚事。就讓這件事聽其自然吧，或許，您不用提出解除婚約了。」

「啊！」艾伯特睜大雙眼說。

「無疑地，我親愛的子爵先生，您不會被逼迫，而且說認真的，您真的想毀約嗎？」

「我願意為此付出十萬法郎。」

「那你就放輕鬆吧。鄧格拉斯先生準備出兩倍價錢來達到同樣的目的。」

「我真的能如此幸運？」艾伯特說這話時，一絲不易覺察的陰影掠過了他的額頭。「可是，親愛的伯爵先生，鄧格拉斯先生總是有理由的吧。」

「喔！這就是您驕傲又自私的天性了。您對別人的自尊心可以拿起斧頭去砍，可別人用針戳您一下，您就跳起來了。」

「但是鄧格拉斯先生顯得……」

「應該喜歡您，是嗎？那個，鄧格拉斯先生是個品味很糟糕的人。他似乎更喜歡另一位，我不知道是誰，您可以自己去觀察與評斷。」

「謝謝，我懂了。哦，對了，家母……不！不是家母，我說錯了，是家父想舉行一次舞會。」

「在這時候舉行舞會？」

「夏季舞會現在是種時尚。」

「就算不是，只要伯爵夫人願意，也能把它辦成功的。」

「您說對了。您知道，來客全是有身分的人物。七月分還留在巴黎的，都是真正的巴黎人。不知您是否願意代我邀請兩位卡瓦爾坎第先生？」

「舞會定在哪天？」

「在星期六。」

「那時候卡瓦爾坎第先生的父親已經離開了。」

「可是兒子會再這裡。您可以邀請小卡瓦爾坎第先生嗎？」

「我跟他並不熟，子爵先生。」

「您跟他不熟？」

「沒錯，我在幾天前才跟他初次見面，他的事我無法負責。」

「可是您不是在家裡接待他了嗎？」

「那是另外一回事。他是一位好心的神父介紹給我的，可是他也可能被蒙蔽了。您可以直接去邀請他，但請別要我當中間人。如果改天他迎娶了鄧格拉斯小姐，您就會罵我插了手，要求跟我決鬥了。再說，我也可能無法去了。」

「去哪裡？」

「您的舞會。」

「為何您無法出席呢？」

「因為您還沒邀請我。」

「我就是特地來邀請您的。」

「您真太好了，不過我也可能脫不開身。」

「等我告訴您一件事後，您就會很友善地把一切事務放一邊了。」

「告訴我是什麼事吧。」

「家母請求您可以來。」

「德．馬瑟夫夫人？」基督山吃驚地說。

「喔！伯爵先生，」艾伯特說，「我跟您保證，德．馬瑟夫夫人對我是無話不談。要是您沒有感覺到我剛才對您說起的那種心靈相通的感應，那您一定是完全阻斷了它。因為，在那四天裡，我們除了談您，簡直就沒說別的事了。」

「您們談到了我？」

「是的，這是身為一個活生生之謎題的懲罰。」

「哦！我對令堂也是一道謎題？我還以為以她的明智，是不會喜歡想像的。」

「我親愛的伯爵先生，對每個人來說——家母也跟其他人一樣——您就是個疑問。人人都在研究，卻無人能解。您依舊是個謎，不用害怕。家母只是驚訝於您能維持了這麼久的神祕性卻未被人解答。我相信，當G伯爵夫人把您當作魯思文勛爵時，家母是把您想成為卡利奧斯特羅或者德．聖日爾曼伯爵[58]了。當您下次見到她時，請抓住機會確認她的想法。這對您是簡單之舉，因為您有其中一位的哲思也有另一位的機智。」

「多謝您的指點。」伯爵微說，「我會努力準備好滿足所有的想像。」

58 The Count Sint-Germain，十八世紀的冒險家，在法國很有名氣。他自稱在耶穌基督的時代即已降生，常以神乎其神的所謂回憶在沙龍和宮廷中語驚四座，特別擅長講故事，機智過人。

「那麼您星期六會來的囉？」

「既然是德．馬瑟夫夫人邀請我。」

「您真是太好了。」

「鄧格拉斯先生會去嗎？」

「他已被我父親邀請了。我們應該試著邀請那位了不起的德．阿蓋索[59]，德．維爾福先生。不過，我們對此並不抱很大希望。」

「俗話說得好，永遠不要失去希望。」

「您跳舞嗎，伯爵先生？」

「我？」

「是的，您。您跳舞有什麼可以讓人吃驚的呢？」

「啊！沒錯，要是我還不到四十……不，我是不跳舞的，不過我喜歡看人跳。那麼德．馬瑟夫夫人呢，她跳嗎？」

「她也從來不跳舞。您們可以聊天，她很想跟您談談！」

「真的嗎？」

「我用名譽擔保！我還可以告訴您，您還是第一個使家母感到如此好奇的人。」

艾伯特拿好帽子，起身告辭。伯爵一直把他送到門口。

---

59 d'Aguesseau（一六八八—一七五一），十八世紀初的法國政界要人，曾任總檢察官。

「我在暗自責備自己。」走到臺階前，伯爵止住他說。

「為什麼？」

「我過於冒失了，不該和您講起鄧格拉斯先生。」

「正好相反，您儘管跟我說，常常講，時時提，而且還要用這樣的口氣。」

「好！那我就放心了。順道問一下，德．埃皮奈先生還有幾天會到？」

「最多不過五、六天吧。」

「那麼他什麼時候結婚呢？」

「等德．聖米蘭先生夫婦一到就結婚。」

「那麼，等他一到巴黎，就請您帶他來見我。儘管您說我不喜歡他，我還是要告訴您，我很高興能見到他。」

「好的，您的吩咐一定照辦，閣下。」

「再見！」

「星期六見，說定了吧？」

「當然！一言為定。」伯爵目送艾伯特離去，一面揮手向他致意。等艾伯特乘上了敞篷馬車，基督山轉過身來，發現貝爾圖喬站在他背後。

「怎麼樣？」他問。

「她到法院去了。」管家回答說。

「在那裡待了多久？」

「一個半鐘頭。」

「後來就回家了？」

「直接回家。」

「好了，親愛的貝爾圖喬先生，」伯爵說，「我現在建議您去諾曼第，看看能不能找到我對您說過的那塊小小地產。」

貝爾圖喬鞠躬退下。他接到的這項命令正合了他的心意，所以，他連夜就出發了。

第六十九章　調查

德．維爾福先生信守他對鄧格拉斯夫人的承諾，著手調查基督山伯爵是如何得知奧特伊府邸的那段往事。他當天就寫信給一位叫德．博維爾的人。此人以前當過典獄長，現在已經晉升到治安警署裡任職。他請求能給兩天的時間，以便能確定誰最能夠提供完整的詳細訊息。

兩天過後，德．維爾福先生收到如下的呈函：

被稱作基督山伯爵者，與威爾莫勛爵甚為熟悉，此人為富有之外國人，偶而會在巴黎露面，目前正在巴黎。另一位同樣熟悉伯爵者，為布索尼神父，此位西西里神父曾在東方從事慈善事業並頗有名望。

德．維爾福先生回覆並命令盡快提供這兩位外國人的準確情報。第二天晚上此事即已辦妥，他收到如下的報告：

神父月前方抵巴黎，住聖絮爾皮斯教堂背後一座上下兩層之小屋；全屋共有四室，樓上兩室，樓下兩室，由其一人租賃。

樓下兩室，一為餐室，內有胡桃木桌椅及餐櫃，一為客廳，四壁為白色細木護板，室內既無裝飾，亦無地毯與掛鐘。神父對己所求僅絕對必需之物，以此為證。據信神父偏愛樓上之起居室。室內多有神學書籍及羊皮紙卷，據其男僕所述，整月來唯見主人埋頭書堆之間，故此室名為起居室而實為書齋。遇有來客，該男僕每每先從一小窗洞窺視，若覺來者容貌陌生或印象不佳，則答曰神父先生不在巴黎。來者因知曉神父經常外出且有時旅期頗長，故相信此僕所言為實。再者，無論神父居家或外出，無論在巴黎或在開羅，屋內恒留有施捨之物，該男僕遂以主人名義從窗洞傳出發送來人。與書齋相鄰者乃臥室。室內僅有一張未設帷幔之床，四把扶手椅，一張烏德勒支[60]黃絲絨長沙發及一張跪凳。

威爾莫勛爵住方丹．聖喬治街。此人為英國旅遊家，沿途所費頗為奢糜。其所住套房連傢俱一併租賃，而本人在此處日間僅逗留兩、三小時，且極少在此過夜。此人有一怪癖，平時絕對不願用法語交談，然據信其書寫之法文頗為純正。

檢察官先生收到這份重要情報的第二天，有個人驅車來到費魯街轉角處下車，走去敲一扇漆成橄欖綠的門，要求見布索尼神父。

60 Utrecht，荷蘭城市，以紡織業著稱。

「神父一早就出門了。」男僕回答說。

「這個回答無法使我滿意，」訪客說，「因為對於派遣我前來的那個人而言，是不會有人會說自己不在家的。還是勞駕您去通報布索尼神父……」

「我已經對您說了，他不在家。」男僕仍這麼回答。

「那麼等他回來以後，請把這張名片和這封蓋過封印的信交給他。今晚八點，神父會在家嗎？」

「當然！除非神父在工作，那時就會跟他出門一樣，沒什麼差別。」

「那我今晚那個時候再來。」訪客說。說完他就走了。

果然，到了指定的時間，此人坐著同一輛馬車又來了。但這一次馬車並非停在費魯街的轉角上，而是停在綠門的前面。他一敲門，門就開了，他走進屋去。根據那男僕恭敬殷勤的態度，他明白他的信已經收到了預期的效果。

「神父在家嗎？」他問。

「在家，正在書房工作，但他在恭候先生。」僕人回答說。

陌生人登上一座相當陡的樓梯，進門後只見迎面放著一張桌子。一個很大的燈罩把燈光集中投射在桌面上，而室內的其他部分都在暗處。他看見神父身穿教士長袍，頭戴風帽，這種風帽曾是中世紀研究us[61]的學者頭顱的寄跡之所。

61 拉丁文的一種詞尾。拉丁文以詞尾變化複雜著稱。

「我想我是有幸和布索尼先生說話嗎？」訪客問。

「是的，先生。」神父回答，「您想必就是前典獄長德．博維爾先生以警察廳長的名義派來的使者吧。」

「正是，先生。」

「身負巴黎治安重任的一位警探。」

「是的，先生，」陌生人略微猶豫了一下後回答，臉也略微有些紅起來。

神父把眼鏡架好，這副大眼鏡不僅遮住了眼睛，而且連鬢角也遮住了。他重新坐下，並示意來者也就座。

「我在此為您服務，先生。」神父帶著很明顯的義大利口音說。

「我所負的任務，先生，」訪客回答，帶著戒慎恐懼的口吻。「無論是對執行者，還是對下令者，都是極其機密的。」

神父躬了下身子。

「您的誠實廉潔，」陌生人接著說，「深受眾望。現在他身為法官，希望從您這裡了解一件有關公共治安的詳細事宜。我也正是以此名義被派來見您的。希望您不要由於顧及友誼，或者礙於人情的考量，而對真相有所隱瞞。」

「假如，先生，您想了解的細況，不會給我帶來良心上的不安的話。我是名神父，先生，人們向我告解時說出的祕密，是該留在我與上帝之間，而不是在我與審判之間的。」

「請勿擔心，先生，我們將會充分地尊重您的良知。」

在這時，神父把靠近自己這邊的燈罩壓低一些，這樣另一邊就翹了起來。明亮的燈光照在陌生人的臉上；他自己的臉仍留在暗處。

「不好意思，神父，」警察廳長的使者說，「這燈光太刺眼睛了。」

神父把燈罩壓低一些。

「現在，先生，我聽著，繼續吧。」

「我正要說到正題。您認識基督山伯爵先生嗎？」

「我想，您指的是薩科納先生嗎？」

「薩科納？……他的名字不是基督山嗎？」

「基督山是一個地名，或者說是一座岩礁的名字，而不是姓氏。」

「那麼，好吧，我們就不咬文嚼字了，既然基督山先生和薩科納先生是同一個人……」

「絕對是同一人。」

「那我們就說說薩科納先生吧。」

「好的。」

「我剛才問您是不是認識他。」

「非常熟識。」

「他是什麼人？」

「一位有錢的馬爾他船主之子。」

「我知道，這是風評，但是，您應該明白，警方是不會對模糊的風評感到滿意的。」

「可是，」神父帶著親切的笑容說，「當風評與事實相符，每個人都會相信，而警方也該與其他人一樣的。」

「您對您說的話確信無疑了？」

「您的問題是什麼意思呢？」

「請您了解，先生，我對您的誠信沒有絲毫懷疑。我只是問您是不是確信無疑？」

「我認識他的父親薩科納先生。」

「哦！是真的？」

「而且，我小時候跟他的兒子時常在船塢上一起玩。」

「那麼伯爵封號是出於何處呢？」

「您知道，這是可以買的。」

「在義大利？」

「到處。」

「還有他巨大的財富，是在何處獲得的呢？」

「它們或許沒那麼龐大。」

「您認為他有擁有多少財產呢？」

「每年十五萬到二十萬法郎。」

「這在合理範圍內，」訪客說，「我曾聽說他有三百或四百萬。」

「每年二十萬法郎利息，先生，本金就是四百萬。」

「但是我聽說的是四百萬的年息。」

「這是不可信的。」

「您知道這座基督山島嗎？」

「當然，凡是從巴勒莫、那不勒斯或者羅馬經海路來法國的人，都知道這座島。因為他們都必須從旁經過，所以望得到它。」

「我聽說，那是個令人愉快的地方。」

「它是座岩礁。」

「為什麼伯爵要買下一座岩礁呢？」

「就是為了要當伯爵啊。在義大利，誰想當伯爵，就必須有塊地。」

「您應該，無疑地，聽過薩科納先生年輕時的冒險經歷吧。」

「是那位父親的？」

「不，是兒子的。」

「這個我就不確定了，在那一段時間，我與那位年輕人失聯了。」

「他打過仗嗎？」

「我記得他服過役。」

「在什麼軍種？」

「海軍。」

「您不是他的告解神父嗎？」

「不是，先生。我想他是路德教徒。」

「一位路德教徒？」

「我說，我相信如此，但沒有經過證實。況且，法國早就有信仰自由了。」

「沒錯，而且我們不是要調查他信仰什麼，而是他做過些什麼。我以警方的立場，要求您把知道的情況告訴我。」

「大家都認為他是個樂善好施的人。聖父教皇曾經因為他對東方基督教徒所作的傑出貢獻，封他為基督騎士。這種榮譽通常是只有王室成員才能享有。他還因對於五、六個王室或政府曾有過出色的服務，而被他們授予最高勳章。」

「這些勳章他戴嗎？」

「不戴，但他對此感到很自豪。他說過，他喜歡的是為人類造福者的褒獎；不是給人類毀滅者的犒賞。」

「他還是貴格會教徒[62]？」

「正是，他是貴格會教徒，不過他不穿戴他們特定的服裝。」

「他有朋友嗎？」

「有，凡是認識他的人都是他的朋友。」

「但是，他有仇敵嗎？」

62 Quaker，又稱教友派，十七世紀中葉由英國人福克斯創立的基督教的一派。這個教派反對程式化的宗教儀式，提倡和平主義，反對暴力和戰爭。

「只有一個。」

「叫什麼名字？」

「威爾莫勛爵。」

「他在哪裡？」

「他現在正在巴黎。」

「他能為我提供一些細節嗎？」

「重要的事。他曾與薩科納待過印度。」

「您知道他的住處嗎？」

「就在昂坦堤道那一帶，但是，我不知道街名和門牌號碼。」

「您和這位英國人關係不好嗎？」

「我喜愛薩科納，他卻恨他。結果，我倆關係很冷淡。」

「您認為基督山伯爵在這次到訪巴黎之前，曾到過法國嗎？」

「對於這個問題，我能肯定地回答，沒有，先生。他以前從沒有來過。因為，在半年前他還向我打聽法國的情況。由於我不知道自己什麼時候回巴黎，就把卡瓦爾坎第先生介紹給他。」

「安德烈亞先生？」

「不，是巴爾托洛梅奧先生，他的父親。」

「現在，先生，我只有一件事要問您了，我以榮譽、人道和宗教的名義，要求您直截了當地回答我的問題。」

「是什麼呢，先生？」

「您是否知道基督山伯爵買下奧特伊的房子，究竟出於什麼目的？」

「當然知道，他告訴過我。」

「是什麼呢，先生？」

「他想辦一所精神療養院，就跟德．比紮尼男爵在巴勒莫創辦的那所類似。您知道那個機構嗎？」

「我聽說過。」

「那是個很了不起的慈善機構。」

說完這句話，神父躬身示意，他想繼續剛才的研究。訪客不知是懂了神父的意思，或是沒有別的問題了，總之，他站起身來。神父送他到門口。

「您是位慷慨的慈善家。」訪客說，「儘管他人都說您很有錢，我還是想冒昧地向您捐獻，請您去布施給窮人。您是否會收下我的捐獻呢？」

「我向您道謝，先生。我在世上只看重一件事，那就是我的布施，必須是出自於我自己的資源。」

「但是……」

「我的決定，先生，是不可改變的。但您能自己去尋找，先生，您將會尋到的。唉！但是世上有太多的事物需要您的善舉。」

神父打開門，又鞠了一躬；陌生人也鞠躬告辭。馬車載著他直駛德．維爾福先生府邸。一小時過後，馬車又再度出發，這一次是駛向方丹．聖喬治街，並停在五號的門前。威爾莫勛爵就住這裡。陌生人事先寫過信給威爾莫勛爵，約定十點鐘前去拜訪。所以，當他在約定時間的十分鐘前到達時，僕人回答說威爾莫勛爵不在家。但是，他向來極為準時，十點整一定會回來的。

訪客被帶到客廳，它並無特別起眼之處，看起來跟一般附帶傢俱出租的住宅相似。壁爐上面擱著兩只當代塞夫勒[63]瓷瓶。掛鐘頂上有邱比特正彎著弓。分成兩面的鏡子兩邊各有一個雕像，一邊是手執盲杖的荷馬[64]；另一邊是求人施捨的貝利薩留[65]。壁紙是用深淺不同的灰色組成的圖案，還有紅底黑條紋布裝飾的傢俱。這就是威爾莫勛爵客廳的樣子。

屋裡用幾盞小燈照明，毛玻璃的球形燈罩使燈光顯得很微弱，像是考慮使者虛弱的眼力，而特意做此安排。等了十分鐘，掛鐘開始敲十點鐘，當敲到第五下時，門開了，威爾莫勛爵出現在門口。

威爾莫勛爵比中等身材略為高一些，留著稀疏的棕紅色鬍鬚，臉色很白，金黃色的頭髮已有些花白。身上的裝束全然是怪誕的英式風格，這就是說，穿一件花邊高領的金扣藍外衣，

63 Sevres，法國上塞納省首府，以產瓷器著稱。

64 Homer（約西元前九至八世紀），古希臘詩人，四處行吟的盲歌者。相傳是著名史詩《伊利亞特》和《奧德賽》的作者。

65 Belisarius，（約五〇五—五六五），拜占庭帝國將領。西元五六二年被指控參與反對查士丁尼皇帝的陰謀而遭監禁，獲釋後抑鬱而死。

就像一八一一年的那種款式。另外穿著白色羊毛背心，與米黃色平紋布長褲。褲腳短了約三寸，還好有同樣質料的繫帶扣在鞋底上，才不至於縮到膝蓋上去。

他進門的第一句話就是用英語說的：「您知道，先生，我是不說法語的。」

「我已聽說您不喜歡說我國的語言。」使者回答說。

「但是您可以使用，」威爾莫勛爵接著說，「我聽得懂。」

「而我，」訪客也換成英語回答，「懂得的英語也足夠交談了。所以您無須對此感到介意。」

「噢？」威爾莫勛爵說。他的聲調，只有土生土長的大不列顛子民才會。

使者把說明來意的公函遞給威爾莫勛爵。他帶著一種英國式的冷漠神情把信函看了一遍。隨後，他說：「我明白，完全明白。」

於是提問就開始了。

這些問題大致上跟詢問布索尼神父的差不多。不過，因為威爾莫勛爵是基督山伯爵的對頭，所以回答問題時不像神父那樣謹慎小心，而是隨便、直率得多。他談到了基督山伯爵青少年時代的情況。照他的說法，基督山伯爵青少年時就在印度一個小邦主的麾下服役，跟英國人打仗。威爾莫就是在那裡第一次碰到他的，當時他倆是交戰的雙方。在這次戰爭中，薩科納被俘押送至英國，但在途中他潛水從囚船中逃脫。此後他就開始到處旅行，到處跟人決鬥，到處追求女人。

希臘爆發了獨立戰爭[66]時，他參加了希臘起義者的部隊。就在從軍期間，他在塞薩利亞的山區發現了一座銀礦，但他的口風很緊，沒告訴任何人。在納瓦里諾海戰後，希臘政府已很穩固，他就向奧托國王請求開發這座礦山的特許，而國王同意了。他就是靠這座銀礦發跡成了巨富。按照威爾莫勛爵所說，他的年金收益可達一、兩百萬，但只要銀礦一枯竭，他的好運也就到盡頭了。

「那麼，」訪客問，「您知道他為什麼要來法國呢？」

「他在投資修建鐵路。」威爾莫勛爵說，「此外，他是個很專業的化學家和同樣出色的物理學家。他發明了一種新的電報技術，他正在為推行這種技術尋找機會。」

「他每年的開銷大約是多少？」使者問。

「不會超過五、六十萬法郎，」威爾莫勛爵說，「他是個吝嗇鬼。」

顯然，英國人這麼說是出於憤恨，因為他對伯爵找不到別的責難，就指責他貪婪。

「您知道他在奧特伊的房子嗎？」

「當然。」

「您對它知道些什麼嗎？」

「您是想問，他為什麼要買它嗎？」

「是的。」

66　一八二一年至一八二九年期間希臘反抗土耳其統治、爭取民族獨立的戰爭。一八二七年英、法、俄三國出面干預，在納瓦里諾海戰中摧毀土耳其艦隊。一八二九年土耳其政府承認希臘獨立。

「伯爵是個投機者，他遲早有一天會因為那些實驗而傾家蕩產的。他認為在奧特伊，就在他買下的那幢房子的附近，有一股礦泉能與巴尼埃爾、呂雄、科特雷[67]的溫泉比美。他想把那幢大宅改建成一個像德國人所說的 bad-haus[68]。他已經在他的花園裡挖過兩、三遍，想找到那股了不起的泉水，只是，挖來掘去都沒找到。您等著看吧，過不了多久，他就會把附近的房產統統買下來。不過，我厭惡他，希望他的鐵路，他的電報，或他的溫泉浴都毀了他吧。我正等著看他破產，這在不久的將來就會實現的。」

「是什麼造成您們的不和呢？」

「當他在英國時，他勾引過我一位朋友的妻子。」

「為什麼不找他報仇呢？」

「我已經和伯爵決鬥過三次。」英國人說，「第一次用手槍，第二次用長劍，第三次用軍刀[69]。」

「這幾次決鬥的結果如何？」

「第一次，他打斷了我的胳臂。第二次，他刺穿了我的胸部。第三次，他給我留下了這道大傷疤。」

英國人翻下遮到耳朵的襯衫高領，露出一道鮮紅的新疤痕。

67 Bagneres, Luchon, and Cauterets，三處均為法國著名的溫泉浴場所在地。
68 德文，浴室。
69 十五至十七世紀時用雙手揮使的沉重的長劍。

「所以您看，我跟他有不共戴天之仇。」英國人接著說。

「但是，」使者說，「如果我對您的理解沒有錯，您好像沒使用正確的方法去殺他。」

「噢！」英國人說，「我天天都在練習打靶，而且格裡齊埃[70]每個隔天就來我家裡。」

訪客想要了解的情況就是這些，或者說，英國人所知道的事就這些了。於是使者起身對威爾莫勛爵鞠躬，而威爾莫勛爵也按英國人的禮數硬邦邦地彎了下身子，隨後，訪客就告辭了。威爾莫勛爵一聽大門關上後，就走進臥室，扯掉金黃色的假髮和棕紅色的假鬍，再撕去假下巴和疤痕，重新露出基督山伯爵烏黑的頭髮、蒼白的臉和潔白的牙齒。至於回到德．維爾福先生府上的那個人，也不是什麼警察廳長的使者，而是德．維爾福先生本人。

檢察官在這兩次訪問過後，稍為安心了一些。雖然在這兩次訪問中，他並沒有打聽到什麼讓他放心的消息，但也沒有聽到什麼叫他擔心的事。於是，自從去奧特伊赴宴以來，他第一次安安穩穩地睡了一夜好覺。

70　Grisier（一七九一—一八六五），法國著名劍術家。

第七十章　舞會

在德·馬瑟夫先生府上舉辦舞會的那個星期六，正好是七月裡最熱的一天。晚上十點鐘，伯爵府花園裡的綠樹枝幹清晰地在夜空天幕之下。響了一整天的悶雷以及像是要下暴雨的半空中，最後一團熱氣正在消散，露出一片深藍色綴滿金色星星的晴空。

底層客廳裡傳來一陣一陣音樂聲，深夜空氣中迴響著華爾滋和加洛普舞曲，明亮的燈光從百葉窗的窗葉裡往外透了出去。此時，花園裡約有十名僕人正在忙碌著，因為府上的女主人看著天氣轉好，剛剛才吩咐晚宴就設在花園裡。在這之前，伯爵夫人一直還拿不定主意，究竟是在餐廳裡備席，還是在草坪上的涼篷下設宴。此刻，湛藍的星空做了裁決，判定草坪上的涼篷勝訴。花園有多盞彩燈照明，那是義大利的風俗。就像其他國家一樣，豪華的晚宴桌上都會擺滿蠟燭和鮮花——這種安排相當難得而且最接近完美。

在德·馬瑟夫伯爵夫人再度回到客廳時，賓客們正在陸續抵達。吸引這些賓客前來的，大多不是因為伯爵顯赫的地位，而是伯爵夫人優雅的風範。他們事先就已預料，憑藉著美茜蒂絲高雅的品味，這次舞會上一定會有些細節，可供日後與朋友分享，或是有天能夠親自仿效一番。鄧格拉斯夫人正在猶豫，要不要去參加德·馬瑟夫夫人府上的舞會。因為，我們前面說過的那些事攪得她心神很不安寧。恰巧這天早上，她的馬車跟維爾福的馬車在路上不期而遇。

維爾福對她做個手勢，等兩輛馬車挨近並駛時，他隔著車窗問她：「德．馬瑟夫夫人家的舞會您會去嗎？」

「不想去，」鄧格拉斯夫人回答說，「我太難過了。」

「您錯了，」維爾福意味深長地說，「一定得讓大家看見您到場，這非常重要。」

「您是這麼想的嗎？」男爵夫人問。

「我是。」

「那麼，我會去。」

說完，兩輛馬車就分道而駛了。因此，鄧格拉斯夫人來了。她不但人長得美，而且全身上下也打扮得光彩照人。她從一扇門走進客廳時，正巧美茜蒂絲也從另一扇門走進來。伯爵夫人立即叫艾伯特去迎接鄧格拉斯夫人。艾伯特迎上前去，稱讚著男爵夫人的穿著打扮，然後挽起她的手帶她入座。艾伯特向周圍張望。

「您在找我的女兒？」男爵夫人笑著問。

「我承認是的，」艾伯特回答，「難道您竟忍心不帶她一起來嗎？」

「您別著急，她遇見德．維爾福小姐，就挽著她走在後面了。看吧，她們來了，都穿著白色的裙子，一個捧束山茶花；另一個捧束勿忘我草。但請告訴我……」

「那麼，您想要知道什麼呢？」

「今天晚上基督山伯爵會來嗎？」

「十七個！」艾伯特回說。

「您再說什麼呢？」

「我只是說伯爵似乎是個風暴。」子爵笑著回答，「您是第十七個問這個問題的人。伯爵真是話題人物，我得祝賀他。」

「您對每個人都像對我這樣回答嗎？」

「哦！先聲明，我還沒回答您。請放心，夫人，我們會見到這位『名人』的，因為我們有特權。」

「昨晚您去歌劇院了？」

「沒有。」

「他在那裡。」

「哦！是嗎？那麼，這位怪人有沒有什麼驚人之舉呢？」

「他能沒有新花樣嗎？艾爾絲蕾在《瘸腿魔鬼》裡跳女主角。那位希臘公主看得入了迷。在那段敲響板的西班牙舞跳完以後，伯爵把一枚華麗的戒指紮在花束上，拋給那位迷人的舞星。艾爾絲蕾在第三幕裡出場時，還特地戴上了戒指向他致意。對了，他的希臘公主呢，她也來嗎？」

「不，這一點只能讓您失望了。她在伯爵府上的地位還不大明確。」

「好了，不用陪我，去跟德．維爾福夫人打個招呼吧。她正急著要跟您說話呢。」

艾伯特對鄧格拉斯夫人鞠了一躬，然後就朝德．維爾福夫人走去。而她沒等他走近，就開口像是要說什麼。

「我敢打賭，」艾伯特止住她說，「我知道您要說什麼。」

「那麼，是什麼呢？」德·維爾福夫人說。

「要是我猜對了，您會承認嗎？」

「會。」

「當真？」

「當真！」

「您是要問基督山伯爵來了沒有或者會不會來？」

「根本不是。我到這時都還沒想到他。我是要問您有沒有收到過弗朗茲先生的信？」

「有的，昨天。」

「他說些什麼？」

「他寄信時正啟程回來。」

「那好，現在，伯爵怎麼樣？」

「伯爵會來的，您請放心。」

「您知道他除了基督山之外還有個名字嗎？」

「不，我不知道。」

「基督山是一座島的名字。他還有個家族的姓名。」

「我從來沒聽說過。」

「那麼，我比您先知道了。他的名字叫薩科納。」

「這有可能。」

「他是馬爾他人。」

「這也有可能。」

「是個船主的兒子。」

「說真的，您該把這些消息大聲宣布一下。這樣，您就可以大出風頭了。」

「他在印度當過兵，在塞薩利亞發現過一座銀礦。他來巴黎是想在奧特伊辦個溫泉療養院。」

「那好，我敢保證，」馬瑟夫說，「這絕對是個新聞！您允許我告訴別人嗎？」

「可以，但別一下子都說出去。每次就說一件，還不能洩漏是我告訴您的。」

「為什麼？」

「因為這個祕密是不久前才發現的。」

「被誰？」

「警方。」

「那麼這消息的源頭是……」

「是昨晚在警察廳長家聽說的。您當然也明白，見到他那種非比尋常的奢華，整個巴黎都轟動了。所以，警方做了一些調查。」

「好啊，好啊！現在只等把伯爵當作遊民抓起來了，藉口就是他太有錢了。」

「是啊！假如調查到情報不是那麼有利於他的話，早就這麼做了。」

「可憐的伯爵！他知道自己處境這麼危險嗎？」

「我不認為。」

「那麼，通知他就是我們的要做的好事。等他來了，我一定會跟他說。」

正在此時，一位眼睛炯炯有神、頭髮烏黑、鬍鬚光潤的英俊年輕人走上前來，恭恭敬敬地向德．維爾福夫人鞠了一躬。艾伯特朝他伸出手去。

「夫人，」艾伯特說，「我榮幸地向您介紹馬西米蘭．摩萊爾先生。他是北非軍團騎兵上尉，是我們最出色、最勇敢的軍官之一。」

「我在奧特伊基督山先生府上已經有幸見過這位先生了。」德．維爾福夫人說完，帶著不加掩飾的冷淡態度轉過臉去。

這句回應，尤其是說話的口氣，使可憐的摩萊爾心涼了。可是，有個補償在等待著他。當他轉過身，只見大廳對面的門邊有個美麗的白色倩影，看起來毫無表情但藍色的雙眼正睜得大大地凝視著他。她將手上的勿忘我草慢慢地舉到了她的脣邊。

摩萊爾對這無聲的問候心領神會，也目不轉睛地望著她，慢慢地舉起手帕放在嘴脣上。他們就像兩尊活的雕像，佇立在大廳的兩頭。大理石般的臉容下，有兩顆心急遽地跳動著。在默默的凝視中，他倆一時間忘了自己，或者更確切地說，忘掉了周圍的一切。他倆這般出神忘情地佇立凝望，即使持續更長些時間，也不會引起任何人的注意，因為，基督山伯爵剛進到客廳。

我們已經說過，伯爵這個人，您說是人為的法力也好，說是天然的魅力也罷。總之，凡是他所到之處，人們的注意力沒有不被他吸引過去的。引起人們注意的，不是那身黑色上裝——雖然上裝的裁剪得無可挑剔，但它款式簡單，沒有任何裝飾。不是那件沒有繡花的白背心，更不是那條不緊不寬恰好覆在完美雙腳上面的長褲。讓所有人的視線定在他身上的是——他蒼白的臉色，他烏黑的鬈髮，他平穩而安詳的表情，他深邃憂鬱的眼神，以及他分外細膩、易於表達極度輕蔑表情的嘴巴。

可能有許多男人比他長得更英俊，但沒有人的外型會比他值得注意——假如我們可以用這個詞來形容的話。伯爵身上的一切都有它的含義。像是，長期習慣性的思考，使他臉上的每根線條，每個表情，每個無意識的手勢，都賦有了一種無可比擬的灑脫和堅定。然而，巴黎社交界也是相當的奇怪，要不是他這一切的背後連接著一段被巨大的財富染上金色光暈的神祕經歷，或許，他還不會引起注意的。

在此期間，他就在眾人好奇的視線下一邊和熟人略作招呼，一邊向德．馬瑟夫夫人走去。她站在擺著鮮花的壁爐跟前，從對面的鏡子裡看見了伯爵，準備迎接他。她轉過身來，在他向她鞠躬的同時，朝他安詳地一笑。她想必是以為伯爵要來跟她說話；伯爵也以為她有話要對他講，但是，兩人都沒開口。於是，基督山在微微地鞠躬之後，就朝正張開手臂向他走來的艾伯特迎上前去。

「您見過我母親了？」艾伯特問。

「我剛有幸向她致意，」伯爵回答，「但還沒見到令尊。」

「您看！他正在那邊跟幾位社會名流談論政治。」

「是嗎？」基督山說，「那幾位先生居然都是社會上的重要人才？您不說，我還真沒想到。是哪方面的呢？您知道，人有各式各樣的天分。」

「那位高而看起來嚴肅的先生是一位博學之人。他在羅馬城郊發現了一種蜥蜴，脊椎骨比平常多一節。他回來在法蘭西研究院[71]報告了這一發現。對這件事一直有人抱持異議，但最後他占了上風。這節脊椎骨在學術界引起了轟動，那位先生原先只有騎士勳章，卻因此成為官員。」

「看來，」基督山說，「這枚十字勳章是該給的。要是他再找到一節脊椎骨，他們就會把他升為指揮官了。」

「非常有可能。」艾伯特說。

「那位穿藍底繡綠花大衣的又是誰呢？他從哪裡來的怪念頭，把自己包裹成這樣？」

「哦，那件大衣不是他的主意，而是法蘭西共和國的念頭。您也知道，他們想給院士先生們弄套制服，就委託大衛[72]為他們設計了。」

「真的？」基督山說，「這麼說，那位先生是位院士了？」

71 法國最高學術機構，由以下五個科學院組成：法蘭西學院，銘文與美文學科學院，自然科學院，美術科學院，精神科學與政治學科學院。

72 Louis David（一七四八—一八二五），法國古典主義畫家，法國大革命時期曾任國民公會議員、治安委員會委員、國民教育委員會委員。

「他一星期前剛加入學者的行列。」

「那麼他的特別專長是什麼呢?」

「他的專長?我想是,他能用針戳進兔子的腦袋,能讓母雞吃茜草,還能用細絲挑出狗的脊髓。」

「他就是以這些當上自然科學院院士的?」

「不,是法蘭西學院院士。」

「但是,這些跟法蘭西學院有什麼關係呢?」

「我正要告訴您。看來……」

「想必是他的這些實驗大大推動了科學的發展?」

「沒有,可是他寫得一手好字。」

「這消息,一定會讓那些被他戳過腦袋的兔子,那些骨頭被他染成紅顏色的母雞,還有那些被他挑過脊髓的狗,感覺到非常的榮幸。」

艾伯特笑了起來。

「那麼另一位呢?」伯爵問。

「那一位?」

「是的,第三位。」

「穿淡藍大衣的那位?」

「是的。」

「他是伯爵的同僚。前一陣子，他正激烈地反對貴族院議員穿制服。這個公案讓他在議會辯論中出了一陣風頭。原本他跟自由派報社的關係很糟，但是，這個抨擊宮廷旨意的高尚舉動卻使他們言歸於好。據說他們就要任命他當大使。」

「他是憑什麼資格得到貴族頭銜呢？」

「他寫過兩、三部喜歌劇，在《世紀報》[73]寫過四、五份文稿，還為部長投過過五、六年的票。」

「太精采了，子爵先生！」基督山笑著說，「您真是位令人愉快的導遊。現在您會幫我個忙的，對嗎？」

「什麼事？」

「請別把我介紹給這幾位先生。假如他們有這個意思，請您先提醒我。」

這時，伯爵覺著有人把手按在他的胳臂上，他轉身，那人是鄧格拉斯。

「喔！是您，男爵先生！」他說。

「為何叫我男爵呢？」鄧格拉斯說，「您知道我並不看重我的爵位。這跟您不同吧，子爵先生，您挺看重頭銜的，是嗎？」

「當然，」艾伯特回答，「如果我不是子爵，就一無所有了。而您即使放棄男爵的頭銜，也仍是百萬富翁。」

73　Siecle，一八三六年創辦的一份政治性日報。起初擁護君主立憲政體，一八四八年轉到共和派立場，隨後又反對第二帝國。

「我覺得那才是七月王朝[74]裡最棒的頭銜。」鄧格拉斯接著說。

「可惜的是，」基督山說，「男爵、貴族院議員、研究院院士等頭銜都可維持終身，但百萬富翁卻未必永久。舉例來說，法國的那兩位百萬富翁弗蘭克先生和普爾曼先生，他們的銀行才剛剛宣布倒閉。」

「真的？」鄧格拉斯問，臉色變白了。

「真的，我是從今晚收到的急件信上得知這個消息。我有大約一百萬在他們手上，還好我及時被人提醒，所以在將近一個月前就把錢都提出來了。」

「喔！我的天！」鄧格拉斯說，「他們才開過一張匯票讓我支付了二十萬法郎。」

「那麼，您可以把匯票丟了。他們的簽字只剩百分之五的信用了。」

「是的，但已經太晚了，」鄧格拉斯說，「我信任有他們簽字的票據。」

「所以，」基督山說，「這一下又丟了二十萬法郎……」

「噓！不要提起那些事了。」鄧格拉斯說。

然後他湊近基督山又說：「尤其是別當著小卡瓦爾坎第先生的面前。」銀行家說這句話時，轉過臉去微笑著望著那名年輕人。

馬瑟夫離開伯爵去跟他母親說話。鄧格拉斯也離開伯爵去跟小卡瓦爾坎第打招呼。基督山伯爵此刻是單獨一人。

74　一八三〇年七月革命勝利後成立的君主立憲制王朝。在其中掌握統治實權的是金融貴族。

大廳裡變得很熱。僕人們托著擺滿水果和冰鎮飲料的盤子，來往穿梭於大廳之中。基督山伯爵掏出手帕擦拭臉上的汗，然而，當僕人把托盤送到他跟前時，他卻往後退了一步，不拿任何東西來清涼一下。德·馬瑟夫夫人注視著基督山伯爵的一舉一動。她看見他根本沒碰面前的托盤，甚至還注意到了他往後退的動作。

「艾伯特，」她說，「有件事您有注意到嗎？」

「什麼事，母親？」

「伯爵先生總是不肯來德·馬瑟夫先生家赴宴。」

「是的，可是他在我那裏用過早餐。而且他還是在那次餐會上被介紹給社交界的。」

「您的住處並不是伯爵先生的家。」美茜蒂絲喃喃地說，「他來這裡以後，我一直在觀察他。」

「嗯？」

「就是，他還沒吃過一點東西。」

「伯爵先生的飲食是很節制的。」

美茜蒂絲淒然一笑。

「您再到他身邊去，」她說，「托盤送來時，一定要想辦法讓他吃點東西。」

「為什麼呢，母親？」

「就照我說的去做吧，艾伯特。」美茜蒂絲說。

艾伯特吻了一下母親的手，走到伯爵的身邊。

又一個托盤跟剛才一樣送到伯爵面前。她看見艾伯特在伯爵身邊一直勸他，甚至端起一杯冰鎮飲料要遞給他，但他執意拒絕。

艾伯特回到母親身邊。伯爵夫人臉色變白了。

「是吧，」她說，「您看，他拒絕了。」

「是的，可是您為何感到不安呢？」

「您知道的，艾伯特，女人有時候是很特別的。要是能看見伯爵先生在我家裡吃點東西，即使是個冰塊，我也會很高興的。不過，說不定他是不習慣法國的飲食，或許他喜歡吃點別的東西。」

「喔，不是的！我在義大利見過他什麼都吃。別多想了，他今天晚上應該是心情不大好。」

「還有，」伯爵夫人接著說，「他常年生活在熱帶地區，說不定不像別人那麼怕熱。」

「我不這麼認為，因為他剛才還跟我說他熱得透不過氣，還問，為何百葉窗不像窗戶一樣都打開。」

「這麼說，」美茜蒂絲說，「倒是讓我確定他的節制是刻意為之的。」說完她走出了大廳。

過沒幾分鐘，百葉窗全打開了，賓客們從擺在窗臺上的素馨花和鐵線蓮上方，可以望見懸掛彩燈的花園和篷幕下擺好的宴席。跳舞的男女，玩牌和聊天的賓客，全都發出了愉悅的喊聲。每個人都在呼吸著穿過窗戶吹拂進來的微風。

在這同時，美茜蒂絲又走回來了。她的臉色比剛才出去時更加蒼白，但臉上有著她在某些場合才曾出現的堅決表情。她直接朝那群以她丈夫為核心的先生們走去。

「伯爵先生，請別把這些先生拖在這裡了，」她說，「他們就算不想玩牌，也會想到花園裡去透透空氣。這要比悶在大廳裡好的多。」

「哎！」一位將軍，就是在一八〇九年演唱過《我們去敘利亞！》的風流老人說，「我們不願意單獨去花園啊。」

「那麼，」美茜蒂絲說，「由我來帶路。」

接著，她轉過身對著基督山伯爵。「伯爵先生，」她說，「能勞駕您陪我前去嗎？」

伯爵因為這一句簡單的話差點搖晃。隨後，他對著美茜蒂絲看了一眼。這一眼快得猶如閃電，但在伯爵夫人眼中它長如一個世紀。因為，在基督山伯爵的這一眼中有著太多太多的含意。

他把手臂伸向伯爵夫人；她挽起它，或者更確切地說，把那只纖巧的小手輕輕地按在這條手臂上。兩人一起走下兩邊擺著杜鵑花和山茶花的臺階。

在他倆後面，二十來位賓客又是叫又是笑的，順著另一個臺階奔向花園。

第七十一章　麵包和鹽

德·馬瑟夫夫人由基督山伯爵陪著，來到由枝葉交錯形成的一座天然拱廊。那條遮掩在椴樹枝葉下面的小徑，一直通往暖房。

「大廳裡太熱了，是嗎，伯爵先生？」她說。

「是的，夫人。您吩咐把門和百葉窗都打開，真是個好主意。」

說話時，伯爵瞥見美茜蒂絲的手在顫抖。

「不過，您的裙子這麼單薄，也只有脖子圍著紗巾，或許您會覺得冷吧？」他說。

「您知道我要帶您去哪裡嗎？」伯爵夫人問，並不回答基督山伯爵的問題。

「不知道，夫人。」基督山回答說，「可您看，我並沒有反對的意思。」

「我們去暖房，您在這裡已經看得到了，就在這條小路的那一頭。」

伯爵看了美茜蒂絲一眼，像是要問她什麼話。不過，她只是默默地走自己的路，於是，基督山伯爵也就不開口了。兩人到了暖房。四周的果樹上結滿鮮美的果子。由於我們這個國度裡長年日照不足，所以暖房裡終年靠人工控制的室溫來代替太陽的熱量。從七月初起，暖房裡的水果已經進入了成熟期。伯爵夫人的手從基督山的手臂上離開，走道藤上摘下一串麝香葡萄。

「您看，伯爵先生，」她帶著淒楚的笑容說，讓人只覺得她的眼睛裡已經充滿了淚水似的。「我知道法國的葡萄沒法跟您們西西里和賽普勒斯的葡萄相比。但是您想必可以體諒我們北方陽光的不足。」

伯爵鞠躬，往後退下一步。

「您不肯要？」美茜蒂絲聲音顫抖地說。

「夫人，」基督山回答說，「我懇求您的原諒。我從來不吃麝香葡萄。」

美茜蒂絲嘆了一口氣，手裡的葡萄落到了地上。鄰近的架梯上邊，懸著些沉甸甸的桃子。它們跟葡萄一樣都是靠人工調節的室溫焙熟的。美茜蒂絲靠近這些毛茸茸的桃子，摘下一顆。

「那麼請把這顆桃子吃了吧。」她說。

但伯爵做了個同樣的拒絕表示。

「哦！還是不肯要！」她說這話的語氣是那麼淒婉，讓人感到她是強忍住嗚咽才說出來的。「我真是太不幸了。」

接著是一陣長時間的沉默。那顆桃子，也跟那串葡萄一樣，滾落到了沙土上。

「伯爵先生，」終於，美茜蒂絲以哀求的眼神注視著基督山伯爵說，「阿拉伯有一種動人的風俗，只要在同一個屋頂下面分享過麵包和鹽，就成了永久的朋友。」

「這我知道，夫人，」伯爵回答說，「但我們是在法國而不是在阿拉伯。而在法國，永恆的友誼跟分享鹽和麵包的習俗同樣罕見。」

「可是無論如何，」伯爵夫人雙手近乎痙攣地抓緊伯爵的手臂，兩眼直盯住他的眼睛，異常激動地說，「我們是朋友，對嗎？」

伯爵臉色白得像死人，他渾身的血液都往心房湧上來，然後，又從心房升到喉頭，流向雙頰。他只覺得自己雙眼模糊，就像快要暈眩的人一樣。

「我們當然是朋友，夫人，」他說，「再說，我們有什麼理由不做朋友呢？」

這語氣跟德‧馬瑟夫夫人期待的回答相去太遠了，所以她轉過身去深深地嘆了口氣，那聲音就像是呻吟。

「謝謝您。」她說。

說完，她就往前走去。兩人就這樣默不作聲地在花園裡往前走。

「先生，」默默地走了十分鐘後，伯爵夫人突然開口說，「您真的見過那麼多事，到過那麼多地方，受過那麼多苦嗎？」

「是的，夫人，我受過許多苦。」基督山回答。

「可是現在的您很幸福？」

「大概是吧，」伯爵回答說，「因為沒人聽到我在訴苦。」

「您現在的幸福是不是使您的心變軟了呢？」

「我現在的幸福跟過去的苦難相等。」伯爵說。

「您沒結婚嗎？」伯爵夫人問。

「我，結婚？」基督山打了個冷顫，回答說，「誰跟您說的呢？」

「沒人跟我說過，可是有人好幾次看見您帶著一位美貌的少女去歌劇院。」

「她是我在君士坦丁堡買的一個女奴，夫人。她原來是王族的公主，我把她收作義女，因為她在世上已經沒有親人了。」

「這麼說您是獨自一人？」

「獨自一人。」

「沒有姐妹……孩子……父親……」

「一個都沒有。」

「連個親人也沒有，那您怎麼能生活呢？」

「這不是我的錯，夫人。在馬爾他，我曾經愛過一位小姐，而且就將與她結婚。但這時卻燃起了戰火，像陣旋風似的把我帶到了遠離她的地方。我還以為她那麼愛我，一定會等我，一定會對我至死忠貞不渝的。但是，等我回去時，她卻已經嫁人了。對二十出頭的年輕人來說，這種事本來是不足為奇的。也許是我的心要比別人來得脆弱，換了別人也許並不會像我這樣感到痛苦吧。這就是我的故事。」

伯爵夫人停住腳步，彷彿非要停一下才能繼續呼吸似的。

「是啊，」她說，「這個愛情就此留在您的心裡了……一個人一生只能真正愛過一次……那您後來再也沒見過那位小姐了嗎？」

「再也沒見過。」

「再也沒見過！」

「我再也沒回去她在的那個國家。」

「馬爾他？」

「是的，馬爾他。」

「那麼現在她在馬爾他？」

「我想是吧。」

「她讓您受了這麼多苦，您已經原諒她了嗎？」

「對她，是的。」

「就只對她。您仍恨著那些把您跟她分開的人嗎？」

伯爵夫人面對面地站在基督山伯爵眼前。她手裡還留有一小串散發著香味的葡萄。

「吃吧。」她說。

「我向來不吃麝香葡萄，夫人。」基督山回答，彷彿之前從未提到過。

伯爵夫人以一種絕望的姿勢，把葡萄扔進離得最近的樹叢。

「真是鐵石心腸！」她喃喃地說。

基督山伯爵仍是一副無動於衷的樣子，就像這聲責備並不是對他說的。

這時，艾伯特跑了過來。「喔！母親，」他說，「出了不幸的事啦！」

「怎麼了？出了什麼事？」伯爵夫人直起身來問，彷彿剛才做了一場夢，猛然間回到現實之中。「您是說不幸的事？哦，當然是不幸的事了。」

「德．維爾福先生來了。」

「嗯？」

「他來找他的夫人和女兒。」

「有什麼事？」

「德．聖米蘭侯爵夫人剛到巴黎，她帶來了一個壞消息說，德．聖米蘭先生離開馬賽後，在第一次換驛車時就突然去世了。德．維爾福夫人正在興頭上，沒能細細聽明白，而且也不願意相信這不幸的消息。可是，瓦朗蒂娜小姐剛聽父親粗略提起，雖然他說得非常婉轉，但全都猜到了。這個打擊對她猶如晴天霹靂，當場昏過去了。」

「德．聖米蘭先生是德．維爾福小姐的什麼人？」伯爵問。

「是她的外祖父。他是來催外孫女和弗朗茲結婚的。」

「喔！真的嗎！」

「這下沒人催弗朗茲了。為何德．聖米蘭先生不也是鄧格拉斯小姐的外公呢？」

「艾伯特！艾伯特！」德．馬瑟夫夫人溫和地責備說，「您在說些什麼？喔！伯爵先生，他對您非常尊敬，請您告訴他，他不該這麼說！」

她往前走上幾步。基督山伯爵看著她的眼神非常奇特，臉上有一種恍惚卻又充滿愛慕的神情，使她不由得停下了腳步。然後，她攙住他的手，同時拿起兒子的手，把這兩隻手合在一起。

「我們是朋友，對嗎？」她說。

「喔！當您的朋友，夫人，我可沒有這個奢望。」伯爵說，「但是，我始終是您恭順的僕人。」

伯爵夫人帶著一種無法形容的痛楚神情離開，但還沒走上十步，伯爵就看見她把手帕摀在了眼睛上。

「家母和您有什麼事談得不愉快嗎？」艾伯特驚訝地問。

「正好相反，」伯爵回答說，「她剛才不是才說我們是朋友嗎？」

說完，他倆向大廳走去。瓦朗蒂娜和德．維爾福先生夫婦剛離開那裡。不用說，摩萊爾也跟在他們後面走了。

第七十二章　德．聖米蘭夫人

德．維爾福先生府上確實剛剛發生過一幕悲慘的場景。

兩位女眷去參加舞會以前，德．維爾福夫人曾再三勸丈夫陪她們一起去，但他執意不肯。等她倆走了以後，檢察官就按平時的習慣，把自己關在疊著卷宗的書房裡，這些卷宗誰見了都會吃一驚，可是平日裡這些文件幾乎還填不飽他那工作的好胃口。然而今天，這些卷宗卻只是擺擺樣子。維爾福把自己關在書房裡不是為了工作，而是為了思考問題。他吩咐僕人沒要緊事情不准打擾。關上房門後，就在扶手椅裡坐下，開始把這一週以來充滿他心間的淒惻悲傷和苦澀回憶又細細地在腦子裡重溫了一遍。

他沒有翻開面前的那疊卷宗，卻拉開書桌的抽屜，在一個小機關上按了一下，然後抽出一疊私人筆記。這些珍貴的手稿，都按照只有他自己懂得的數碼編了號，貼上標籤，分門別類地記載著他在政治生涯、金錢往來、訴訟事務以及戀愛私情所有這些方面仇人的名字。這些名字現在已為數相當可觀，使他感到有些害怕起來。然而，回想這些曾經威風凜凜、顯赫一時的名字時，他的臉上又會經常露出一絲笑容。正如遊人登上峰頂之後，俯瞰林立的巉岩，險峻的山徑和費盡九牛二虎之力才攀爬上來的懸崖峭壁，總會不由自主地露出笑容一樣。他在記憶中把所有的名字想過了一遍，又把他們的檔案仔細地重看過一遍，研究與推敲一番，最後他搖了搖頭。

「不，」他喃喃地說，「這些仇人當中，誰也不會如此有耐性，並且處心積慮地等待到今天，才用這個祕密想要來搞垮我。有時候，正如哈姆雷特說的——**罪行必將敗露，用厚土覆蓋也不能遮掩天下人的耳目**。但是，就如磷光，它們燃起是為了指引迷路之人的方向。而這段往事，也許是那個科西嘉人告訴了某位教士，然後那位教士又傳述給他人。基督山先生或許就是這麼聽來的，於是，他想探個究竟……」

「可是，他為何要探個究竟呢？」維爾福思索片刻過後，這麼問自己，「這位基督山先生、薩科納先生、馬爾他船主的兒子、塞薩利亞銀礦的主人，他才第一次來法國。那麼，探明這麼件淒慘、神祕而又跟他毫不相干的事情，對他又有什麼好處呢？布索尼神父和威爾莫勛爵，一個是他的朋友，一個是他的仇人。他倆向我提供的消息儘管並不一致，但這中間有一件事是很清楚也很明確，對我來說不容置疑的，那就是，在任何時候，任何地點，任何場合，我和他都沒有絲毫瓜葛。」

但是，維爾福在對自己說這番話的時，卻連自己也不相信自己。對他來說，最可怕的不是已經浮出的事情，因為他可以否認，甚至可以辯駁。突然間顯現在牆上的Mane，Thecel，**Pharès**，這幾個血字並不會使他感到不安。讓他焦慮的是，他不知道寫這些字的人究竟是誰。他想設法讓自己緊繃的神經放鬆一下。當他躊躇滿志地沉浸於遐想時，出現在腦海裡的往往是政治前程的願景。但此刻，他沒去想那些，他生怕驚醒那位沉睡許久的仇人，所以只把自己的想像局限於一些天倫之樂的場景上。

正在這時，庭院裡傳來一陣轔轔的車輪聲。隨後，他聽見樓梯上響起上了年紀之人的腳步聲。再後來，就是一片嗚嗚咽咽的抽泣聲和唏噓之聲。這就像僕人們想表示他們對主人的悲傷不勝關切時常會做的那樣。他趕緊拔開書房的門閂，不久後，一位老婦人臂上挽著披肩，手裡拿著帽子，不等通報就進了房門。她白髮下面露出發黃如象牙似的前額，眼角刻滿歲月留下的深深皺紋，眼睛哭腫得幾乎看不見了。

「哦！先生，」她說，「唉！先生，這是多麼不幸啊！我會傷心而死的！喔！是的，我一定會心碎而終的！」

說著，她一下子倒在最靠近房門的那張扶手椅裡，號啕大哭起來。僕人們都站在門口，不敢進去。諾瓦第埃的老僕人在主人的屋裡聽見吵鬧聲也奔下樓來了。此刻他站在其他僕人的後面，而大家都望著他。維爾福一見進門的是岳母，趕緊起身迎了過去。

「怎麼了，出了什麼事？」他大聲問，「您為什麼這麼傷心？德·聖米蘭先生沒陪您一起來嗎？」

「德·聖米蘭先生過世了。」侯爵老夫人脫口說出這句話時，臉上沒有一點表情，已經近乎麻木了。

維爾福倒退一步，雙手緊緊絞在一起。「過世了……」他訥訥地說，「走得……這麼突然？」

「一星期前，」德·聖米蘭夫人繼續說，「我們在吃過晚飯以後一起上車。德·聖米蘭先生那兩天一直覺得不舒服，但想到就要見到親愛的瓦朗蒂娜，他還是強打起精神，忍住病痛說要啟程。馬車駛離馬賽約六里格，他吞下幾片平時一直服用的藥片以後，就昏昏沉沉地睡了過去。他的昏睡看上去似乎有些異樣。我覺得他的臉上泛起潮紅，太陽穴的血管也比平時跳得厲害，可我又不確定是否該叫醒他。

「這時天色慢慢暗了下來，什麼也看不見了，於是我就讓他那麼躺著。過了一會兒，只聽見他發出一聲喑啞而淒切的喊聲，就像一個人在睡夢中感受到巨大的痛苦似的，隨後，他的頭猛然地往後一仰，垂了下去。我連忙喊他的貼身男僕，讓他叫馬車停下。我呼喊著德·聖米蘭先生，給他聞嗅鹽，但都沒用，他已經死了。我就這麼陪在他的屍體旁一路到了埃克斯。」

維爾福驚愕萬分，嘴巴張得老大。「您想必派人去請醫生了？」

「馬上，但是像我剛說的，已經太晚了。」

「哦，沒錯，不過他至少可以確認可憐的侯爵死於什麼原因吧？」

「哦！是的，先生，他告訴我，看起來像是一種暴發性中風。」

「然後您怎麼做呢？」

「德·聖米蘭先生常說，如果他不是死在巴黎，希望能將他的遺體運回家族的墓室。我看著遺體裝進一口鉛棺以後，自己先回巴黎，棺材過幾天就到。」

「哦！我可憐的母親！」維爾福說，「以您的年紀，在受到這樣的打擊以後，還要負責處理這些事。」

「上帝給了我力量，讓我支撐下來。再說，我對親愛的侯爵所做的這一切，換成他也一定會為我這麼做的。可是，自從我離開他後，我真的失去所有感知。我哭不出來。有人說到了我這把年紀，就連眼淚都沒有了。但我還是覺得心裡難受，就該哭出來。瓦朗蒂娜在哪裡呢，先生？我們就是為了看她才來的，我要見瓦朗蒂娜。」

維爾福心想，如果這時回答說瓦朗蒂娜在參加舞會，那未免太殘酷了。所以，他告訴侯爵夫人，她的外孫女兒跟繼母一起出去了，他立刻去接她們回來。

「馬上去，先生，馬上去，我求您了。」老夫人說。

維爾福攙住德‧聖米蘭夫人的手臂，把她扶進內室。「您休息一下吧，母親。」他說。

聽到這句話，侯爵夫人抬起頭來，望著眼前這名男子。他讓她想起了那位使她哀悼不已的女兒。如今對她來說，女兒彷彿已經復活在瓦朗蒂娜身上了。所以這聲「母親」使她大為感動，不由得熱淚奪眶而出，一下子跪倒在一張扶手椅前面，把她尊貴的臉貼到了椅座上。

維爾福吩咐女傭人好好照顧侯爵夫人，而老巴魯瓦則驚惶地上樓往主人屋裡跑去。因為對老人家來說，再也沒有比聽到死神暫時撂下自己，而去打擊另一位老人的消息，更感到驚恐的了。隨後，就在德‧聖米蘭夫人仍跪著虔誠祈禱時，維爾福派人去叫了輛出租馬車，親自動身到德‧馬瑟夫夫人府邸去接夫人和女兒回家。

當他出現在大廳門口時，他的臉色蒼白極了，瓦朗蒂娜不禁向他奔去，喊道：「哦！父親！出了什麼不好的事嗎？」

「您外婆剛到，瓦朗蒂娜。」德‧維爾福先生說。

「外公呢？」少女問，身子不由得發起抖來。

德．維爾福先生沒有回答，只是把手伸向女兒。因為瓦朗蒂娜一陣暈眩，腳步踉蹌，他的動作正好及時拉住她，德．維爾福夫人也趕緊扶住她，幫著丈夫把她一路攙進馬車，邊走還邊說：「多麼奇異的事件！誰會料想得到呢？喔，是的！確實奇怪啊！」

於是，悲傷的一家人就這麼離開了，留下一片愁緒，猶如黑色的喪紗，在舞會剩下的時間裡籠罩著整個大廳。

瓦朗蒂娜走進家門，看見巴魯瓦正在樓梯下等著她。「諾瓦第埃先生今晚想見您。」他低聲說。

「請告訴他，我見過外婆就去。」瓦朗蒂娜說。

少女以自己那顆對人體貼入微的心，知道此刻最需要她的是德．聖米蘭夫人。瓦朗蒂娜見到外婆躺在床上，祖孫相見，唯有無言的慰撫、肝腸寸斷的悲傷、抽抽噎噎的哀嘆和止不住往下淌的眼淚。這期間，德．維爾福夫人也挽著丈夫的手臂進來，對可憐的遺孀滿懷——至少看上去如此——致意。

過了一會兒，她俯身湊在丈夫耳邊說：「如果您允許，我看我最好別待在這裡。因為您岳母看著我似乎更難受了。」

德．聖米蘭夫人也聽見了。「好的，好的，」她在瓦朗蒂娜耳邊說，「讓她走吧。可您別走，您留下。」

德．維爾福夫人退出去了，只剩瓦朗蒂娜獨自留在外婆床邊。因為檢察官被這突如其來的死訊弄得很難受，也跟妻子一起離開了。

至於諾瓦第埃，我們剛才已經說過，他聽到了樓下的喧嘩聲，就叫老僕巴魯瓦去看看出了什麼事。巴魯瓦這時驚惶地跑上樓來。一見到巴魯瓦回來，那雙炯炯有神、充滿智慧的眼睛就在向他詢問。

「唉！先生，」巴魯瓦說，「真是天大的不幸。德・聖米蘭夫人剛到，她丈夫過世了。」德・聖米蘭先生和諾瓦第埃之間，從來不曾有過很深的友誼。不過我們清楚，一位老人的死訊會給另一位老人帶來多大的影響。諾瓦第埃的頭無力地垂到了胸前，就像一個受到巨大打擊或正在思考問題的人那樣。然後，他閉上一隻眼睛。

「瓦朗蒂娜小姐？」巴魯瓦問。

諾瓦第埃表示是的。

「她去參加舞會了，先生您是知道的。因為，她離開前還身穿盛裝來跟您告別過。」諾瓦第埃又閉了一下左眼。

「您想見她？」

老人表示這正是他的心意。

「我想，他們一定會到德・馬瑟夫夫人府上去接她的。我去等她，只要她一回來，我就請她上樓到您這裡來。這是您的意思嗎？」

「是的。」癱瘓的老人回答。

於是，巴魯瓦下樓去等瓦朗蒂娜回來。正如我們前面已經說過，巴魯瓦一見她回來就把她祖父的意思轉告給她。瓦朗蒂娜知道了祖父的想法，所以她離開德・聖米蘭夫人之後就上樓去見諾瓦第埃。至於情緒激動的侯爵夫人，終究擋不住過度的疲累而進入了情緒仍未平撫的睡眠狀態。

我們上面說了，少女離開侯爵夫人床邊，上樓進了諾瓦第埃的房間。僕人把一張小桌子移近她身邊，她伸手就可以拿到放在上面的一瓶橘子水和一個杯子，這是是她常喝的飲料。瓦朗蒂娜上前親吻了老人一下，他用充滿柔情的眼神注視著她，以至於少女原以為自己已經乾涸的淚水又奪眶而出了。老人始終以同樣的目光看著她。

「是的，是的，」瓦朗蒂娜說，「您是想說我仍有一位慈祥的祖父，是嗎？」

老人表示他正是這個意思。

「是啊，幸好我還有您，」瓦朗蒂娜接著說，「要不然，我不知會變成怎麼樣呢？」

這時是淩晨一點鐘。巴魯瓦已經很疲倦了，所以他提醒大家，在一個如此悲痛的夜晚過後，大家都該歇息了。老人不忍心說見到孫女兒就是他最好的休息。加上，瓦朗蒂娜由於悲慟和疲倦，看上去神情十分沮喪，於是老人便與她道晚安。

第二天早上，瓦朗蒂娜走進外祖母的房間，看到她仍躺在床上。年邁的侯爵夫人非但沒有退燒，而且眼睛裡閃爍著一種陰鬱的神色，似乎精神上正飽受著某種強烈刺激的折磨。

「哦！親愛的外婆，您是不是覺得更不舒服了？」瓦朗蒂娜看到她這種亢奮的狀態，不由得失聲喊道。

「沒什麼，孩子，沒什麼，」德·聖米蘭夫人說，「但我早就在等您了，之後就能讓您去把您的父親叫來。」

「我的父親？」瓦朗蒂娜不安地問。

「對，我有話想對他說。」瓦朗蒂娜雖然不知道其中的緣由，但不敢違逆外婆的意願。於是，稍過片刻，維爾福就進屋來了。

「先生，」德·聖米蘭夫人開門見山地說，彷彿她生怕自己的時間就要不夠用似的。「您寫給我的信中提到這孩子的婚事。」

「是的，夫人，」維爾福回答，「不光是有這個計畫，而且都在安排了。」

「您的女婿將是弗朗茲·德·埃皮奈先生？」

「是的，夫人。」

「他的父親是我們的人，就是那位在逆賊從厄爾巴島逃回來的前幾天被人暗殺的德·埃皮奈將軍？」

「正是。」

「跟一位雅各賓派人的孫女聯姻，他不會心生反感嗎？」

「國內的動亂幸而早已平息了，母親。」維爾福說，「德·埃皮奈先生在他父親被殺的時候，還只是個孩子。他對諾瓦第埃先生所知甚少，將來跟他見面時，即使不一定會愉快，至少也不會很在意的。」

「這會是很適合的婚配嗎？」

「各方面都很般配。」

「那麼，這位年輕人？」

「享有很好的名聲。」

「您對他的評價呢？」

「是我所認識的年輕人中最優秀的一位。」

在這段對話進行的過程中，瓦朗蒂娜始終沒出聲。

「那就好，先生。」德．聖米蘭夫人考慮了幾秒鐘以後說，「您得趕快進行，因為我的時間不多了。」

「您，夫人？」

「您，外婆？」

德．維爾福先生和瓦朗蒂娜同時喊道。

「我知道我在說什麼，」侯爵夫人接著說，「所以您得趕快辦，這樣才能讓這沒有母親的孩子，至少還有我這個外婆為她在婚禮上給予祝福。這孩子在我可憐的芮妮一方，就剩我這一個親人了。而先生您，恐怕早把芮妮給忘了吧。」

「哎！夫人，」維爾福說，「您忘了，我有責任要給孩子找個母親的。」

「繼母永遠稱不上是母親，先生。不過這不是重點，我們要談的是瓦朗蒂娜。讓我們別去打擾死去的人吧。」

侯爵夫人所說的話都講得極為快速，而且語氣異常急促。在話語當中已多少顯露出她的精神狀況已不太穩定。

「一切都將按照您的意思去辦，夫人。」維爾福說，「您的願望跟我是一致的，等德．埃皮奈先生來到巴黎……」

「我親愛的外婆，」瓦朗蒂娜說，「請考量到外公才剛過世，難道您願意在這麼不幸的時候為我辦婚事嗎？」

「我的孩子，」老夫人很快地大聲說，「別管這些陳規俗套，它們只會阻攔弱者去把握自己的未來。我也是在母親的靈床前結婚的，可是我從沒因此招來不幸。」

「仍是該想想死者的，夫人。」維爾福接口說。

「仍是？總有個仍是！我對您說，我就要死了，您明白嗎？那麼，在臨死前，我要看到我的外孫女婿。我要叮囑他讓我的外孫女幸福。我要從他的眼睛裡看出他是不是真的會照我的交代去做。總之，我一定要認識他。一定要！」

侯爵夫人帶著一種嚇人的表情繼續說：「若是他將來沒有做到他該做的事，或者沒有盡到他該盡的責任，我就會從墳墓裡爬出來找他。」

「夫人，」維爾福說，「您最好丟開這些過於激動的念頭，再這麼想下去會發瘋的。人死了，躺進墳墓之中，就長眠不起了。」

「哦，是啊，是啊，外婆，您冷靜些！」瓦朗蒂娜說。

「我要對您說，先生，事情並非如您所想。昨晚我睡得非常不安穩，因為我覺著自己恍恍惚惚的，彷彿靈魂已經脫離了軀殼在四處飄蕩。我拚命地想睜開眼睛，可它們還是不由自主地緊閉。我知道，我說的這些事您們會覺得根本不可能，尤其是您，先生。是的，我閉著眼睛，但卻能看見從通著德．維爾福夫人更衣室的房門角落邊，有一個白色的人影無聲無息地走過來，就站在您現在站的地方。」

瓦朗蒂娜不由得喊了一聲。

「您是因為發燒的緣故，夫人。」維爾福說。

「您不信也沒關係，可我知道我說的都是實情──我看見了一個白色的人影。而且，彷彿是上帝怕我單憑一種器官的認知是不能相信似的，我還聽見了杯子挪動的聲音。看啊，看啊，就是放在桌子上的這個杯子。」

「哦！外婆，您那是做夢呀。」

「那不是夢，因為我還伸手去拉鈴，那幽靈看到我的手伸過去時就走了。這時我看到侍女拿著一盞燈走進來。幽靈只有在那些該看見它們的人面前才會顯形──那是我丈夫的亡靈。所以，既然我丈夫的亡靈能來呼喚我，那麼我的亡靈為什麼不能保護我的外孫女呢？在我看來，祖孫這層關係還更直接的。」

「哦！夫人，」維爾福不禁大為感動地說，「快別去想這些傷心事了。您就和我們一起生活吧。我們會永遠愛您、尊敬您，讓您過幸福的日子。我們會使您忘記……」

「不！不！不！」侯爵夫人說，「德．埃皮奈先生什麼時候會到呢？」

「隨時會到，我們正在等著他。」

「那好吧，等他一到，就來告訴我。我們必須趕快辦。還有，我想見公證人，好把名下全部的財產都轉給瓦朗蒂娜。」

「哦！外婆，」瓦朗蒂娜把嘴脣貼在外祖母滾燙的額頭上，喃喃地說，「您這是想讓我折福嗎？哦！您在發燒。別叫公證人了，該趕快去請醫生！」

「醫生？」侯爵夫人聳聳肩膀說，「我沒事，就只是口渴罷了。」

「您要喝什麼，外婆？」

「就跟平時一樣，杯子就在那桌上，給我拿來，瓦朗蒂娜。」瓦朗蒂娜把瓶裡的橘子水倒在杯子裡，遞給外祖母。可是她心裡有些忐忑不安，因為她剛才聽外婆說過，這杯子是那個幽靈碰過的。

侯爵夫人接過杯子一飲而盡。之後，她在枕上輾轉反側，不停地說：「公證人！公證人！」

德·維爾福先生走了。瓦朗蒂娜坐在外祖母床邊。這可憐的孩子看上去自己也需要被醫生診斷一下。她的雙頰紅得像火燒，呼吸短促，脈搏跳得很快，也像在發燒。這是因為可憐的小姐正在想，當馬西米蘭得知德·聖米蘭夫人非但不是他的盟友，而且在無意之中幾乎成了他的敵人以後，他會有多絕望。

瓦朗蒂娜不止一次想把對外祖母說出實情。事實上，要是馬西米蘭·摩萊爾是叫艾伯特·德·馬瑟夫或拉烏爾·德·夏托·勒諾的話，她早就毫不猶豫地做了。可是，摩萊爾是平民出身，瓦朗蒂娜知道高傲的德·聖米蘭侯爵夫人對不是貴族出身的人都是不放在眼裡的。所以，儘管她有幾次想把心裡的祕密吐露出來，可每次都話到嘴邊又縮了回去。她黯然神傷地對自己說，講了非但沒用，而且，一旦父親和繼母知道了這個祕密，一切就完了。

就這樣，時間差不多經過了兩個小時。德·聖米蘭夫人睡得很不安穩，始終顯得情緒很激動。這時，僕人通報公證人到了。雖然通報的聲音壓得很低，但是德．聖米蘭夫人從枕頭上抬起了頭來。

「是公證人？」她說，「讓他進來，讓他進來！」

公證人已經站在門口，這時就走進了房間。

「走吧，瓦朗蒂娜，」德．聖米蘭夫人說，「讓我和這位先生待在這裡。」

「可是，外婆……」

「去吧，去吧。」

少女在外婆額頭上吻了一下，用手帕捂著眼睛走出房間。在門口，她遇到那名貼身男僕，他告訴她說醫生正等在客廳裡。瓦朗蒂娜快步走下樓去。醫生跟瓦朗蒂娜家是世交，同時也是當代的一位名醫。他很喜愛瓦朗蒂娜，當年他是看著她降臨這個人世的。他有一個年齡跟德．維爾福小姐相仿的女兒，但是出生時母親不巧染上了肺病，因此，他終生都在不斷地為這女兒擔心。

「哦！」瓦朗蒂娜說，「親愛的德．阿弗裡尼先生，我們等您都等得急死了。不過請先告訴我，瑪德萊娜和安托瓦奈特都好嗎？」

瑪德萊娜是德．阿弗裡尼先生的女兒，而安托瓦奈特是他的姪女。德．阿弗裡尼先生憂鬱地笑了笑。

「安托瓦奈特很好，」他說，「瑪德萊娜也還可以。不過，是您讓人請我來的嗎，親愛的孩子？不會是您父親或德．維爾福夫人生病了吧？至於您，雖然醫生無法排除病人心頭的煩惱，但除了勸您別胡思亂想之外，看來並不需要我再給您什麼建議了？」

瓦朗蒂娜的臉紅了起來。德・阿弗裡尼先生的醫術幾乎已經到了出神入化的境界，因為他是一位主張治病先治心的醫生。

「不，」她說，「我是為可憐的外婆請您來的。我們遭遇的不幸，想必您已經知道了，是嗎？」

「我一無所知。」德・阿弗裡尼先生說。

「唉！」瓦朗蒂娜強忍住悲傷說，「我外公過世了。」

「德・聖米蘭先生？」

「是的。」

「突然死的？」

「暴發性中風。」

「中風？」醫生重複說。

「是的。我可憐的外婆跟外公從沒分離過，所以外公一死，她就老覺得他在呼喚她，以為自己也要隨他而起去了。哦！德・阿弗裡尼先生，我求您為可憐的外婆想想辦法吧！」

「她在哪裡？」

「跟公證人一起在臥室裡。」

「那麼，諾瓦第埃先生呢？」

「還是老樣子，神志極其清醒，但仍然不能動，不能說話。」

「而且仍然那麼愛您，是嗎，親愛的孩子？」

「是的，」瓦朗蒂娜嘆了口氣說，「他很愛我。」

「有誰會不愛您呢？」

瓦朗蒂娜淒然一笑。

「您外婆情況如何？」

「處於一種很奇特的亢奮狀態，睡得非常不安穩。她今天早上硬說睡著的時候靈魂離開軀體飄蕩著，而且自己還看著這一切。她這是精神錯亂了。她還說看見了一個幽靈走進房間，而且聽見鬼魂觸碰她杯子的聲音。」

「這很奇怪，」醫生說，「我以前不知道德·聖米蘭夫人會產生這種幻覺。」

「我也是第一次看到她這個樣子。」瓦朗蒂娜說，「今天早上她真的把我嚇壞了，我以為她瘋了。我父親，當然，您是了解我父親向來很鎮定穩重的，德·阿弗裡尼先生。可是您知道嗎，連我父親看上去都嚇呆了！」

「我們去看看吧，」德·阿弗裡尼說，「您所告訴我的情況，讓我覺得確實很奇怪。」

公證人下樓來了。僕人來告訴瓦朗蒂娜說，她的外祖母現在獨自一人在屋裡。

「您請上去吧。」她對醫生說。

「您呢？」

「哦！我不敢上去。她不許我派人去請您。還有，正如您說的，我又激動又焦躁，覺得不太舒服。我想到花園裡去走走，定定神。」

醫生握了握瓦朗蒂娜的手，上樓到她外祖母的屋裡去了，而少女則走下了臺階。

瓦朗蒂娜最喜歡在花園的哪一處散步，是不必多說了。平日裡，她總在繞著屋子外牆闢建的花圃裡走上兩、三回，摘朵玫瑰花插在腰間或髮際，然後匆匆地沿著那條幽徑一直走到長凳邊，再從那裏走到鐵門前。這一次，瓦朗蒂娜還是照常在花圃裡走了兩、三回，但沒有摘花。她心中的哀慟，雖然還沒來得及表現在她的衣裝上，但已經讓她覺得即使是一朵花這樣樸素的裝飾，也是不應該的。接著，她就沿著那條小徑走去。

正走著，忽然聽到好像有個聲音在喚她的名字。她吃驚地停住腳步。這時，那叫喚聲更清晰地傳到了她的耳裡，她聽出那是馬西米蘭的聲音。

第七十三章　諾言

那個人果然就是從昨晚以來一直痛苦不安的摩萊爾。憑著情人和母親才有的直覺，他猜想，在侯爵去世與德．聖米蘭夫人回來以後，維爾福的府上一定會發生某件跟他對瓦朗蒂娜的愛情利害攸關的事情。他的出現正預言著我們也即將看到的事。而他焦慮不安的情緒，使他臉色發白而顫抖著來到栗樹叢下鐵門外。

瓦朗蒂娜並不知道摩萊爾在等著她，這不是他平時會出現的時間。所以，她到花園裡純粹是一種巧合，或者，如果喜歡的話，也可以說是一種心靈感應的奇蹟吧。見到她的身影，摩萊爾就呼喚著她，於是，她朝鐵門跑來。

「您在這時候來到這裡？」她說。

「是的，可憐的女孩。」摩萊爾回答說，「我來打聽同時也帶來了壞消息。」

「這麼說，這真的是一幢不吉利的屋子。」瓦朗蒂娜說，「說吧，馬西米蘭，雖然，我所能承受的悲傷已無法再增加了。」

「親愛的瓦朗蒂娜，」摩萊爾說，他竭力地讓自己的情緒靜下來，使語氣顯得平穩些。「我求您好好地聽我說吧。因為，我要對您說的事情是非常嚴肅的。他們到底打算什麼時候為您辦婚事呢？」

「聽我說，」瓦朗蒂娜說，「我什麼都不想瞞您，馬西米蘭。今天早上他們提起了我的婚事。我原以為外婆是我可靠的後盾，誰知道，她不但贊成這件婚事，而且決心等德·埃皮奈先生一回來就立即辦理，在他回到巴黎的第二天就會簽訂婚約。」

年輕人從胸口發出一聲痛苦的嘆息，悲哀地凝望著瓦朗蒂娜。

「唉！」他低聲說，「這是多麼可怕啊！聽著自己心愛的女人平靜地說出『您的行刑時間已經定了，還有幾小時就要執行。』可是沒有關係了，事情也只能這樣。好吧！既然您都這麼說了，只要等德·埃皮奈先生一到就會簽訂婚約，我也不想表示什麼反對意見。既然他回到巴黎的第二天您就是他的人了，那麼，明天您就屬於德·埃皮奈先生，因為他今天早上已到巴黎。」

瓦朗蒂娜喊了一聲。

「一小時前我在基督山伯爵府上，」摩萊爾說，「當時我倆在談話，他提到您家裡遭遇的不幸，而我說著您的悲痛。突然間，一輛馬車駛進了庭院。您聽我說，在這之前我是從不相信預感的，瓦朗蒂娜，可是，我現在無法不信了。聽到馬車的聲響，我不由得一驚，不久，就聽見了上樓的腳步聲。唐璜聽見衛隊長步步逼近的腳步聲，也不會有我聽到這腳步聲時那麼驚恐。

「門終於開了，第一個進來的是艾伯特·德·馬瑟夫，我以為是自己想錯了，卻只見在他後面還有一名年輕人。伯爵招呼他說：『啊！弗朗茲·德·埃皮奈男爵先生！』那時，我把心中還剩下的一點力量和勇氣，全都用來支撐自己了。我的臉色或許慘白，我可能在打著哆嗦，可是，我的嘴角上肯定保持微笑。五分鐘後，我告辭了。在我離開前的那短短時間裡，我什麼也聽不見。我感到自己整個垮了。」

「可憐的馬西米蘭。」瓦朗蒂娜喃喃地說。

「現在我在這裡，瓦朗蒂娜。請您以一名男子的生死都操控在您手裡，以及您的答案將決定他的命運的態度，來回答我的問題吧。您究竟打算怎麼辦呢？」

瓦朗蒂娜低下頭去，因為她實在是方寸大亂了。

「您聽我說，」摩萊爾說，「我們現在的處境，您也不是沒有想到過。現在情況緊急，已迫在眉睫，到了最後關頭。我想，在這時候光是哭哭啼啼是無濟於事的。只有那些願意靠廉價的痛楚來消磨時光，靠吞咽自己的淚水來打發日子的人，他們才愛這樣。這些人是存在的，他們在世上如此地逆來順受，相信上帝在天上也都看在眼裡，終有一天他們在天堂裡會得到補償。但是，任何一個存有希望的人，是不會浪費絲毫珍貴的時間，他會立即對命運之神對他的打擊做出回應。您有這種向命運抗爭的想法嗎，瓦朗蒂娜？告訴我吧，我就是為了要問您這句話才來的。」

瓦朗蒂娜全身顫抖著，一雙驚恐的大眼睛凝望著摩萊爾。反抗父親、外祖母，與全家人，是她從未想過的念頭。

「您在對我說什麼呢，馬西米蘭？」瓦朗蒂娜問，「您說的抗爭是什麼意思？哦！那不就是褻瀆的行為。什麼？要我去忤逆我父親的命令，以及違背我即將死去外婆的心願？這不可能！」

摩萊爾悸動了。

「以您高貴的心，是不會不理解我的。就是因為您太了解我，才使您一直在忍受著，親愛的馬西米蘭。不，不！我要用我的全部力量去跟自己抗爭，默默地忍受自己的悲傷，就像您說的那樣。但是要我去傷父親的心，讓外婆離開人世前仍不得安寧，是絕對不行！」

「您說得對。」摩萊爾冷靜地說。

「您這是用什麼語氣！」瓦朗蒂娜喊道。

「我就像一個愛慕您的男人那樣對您說話，小姐。」

「小姐！」瓦朗蒂娜喊著，「小姐！哦！自私的男人！您眼看我悲慟欲絕，卻裝著不知道。」

「您錯了，我對您十分了解。您不會違背德．維爾福先生，也不願讓侯爵夫人傷心。還有，明天您就要在結婚證書上簽字，把自己交給您的丈夫了。」

「哦，天啊，告訴我吧，我還有別的辦法嗎？」

「不用跟我上訴，小姐，在這個案件上，我會是個失職的法官。我的自私會使我變得盲目的。」摩萊爾回答。他沙啞的嗓音和握緊的拳頭表明他的怒火在往上升。

「要是我願意去做，摩萊爾，您會提出什麼計畫呢？」

「這不是我該說的。」

「您錯了。您必須建議我該怎麼做才好。」

「您是認真地在問我的建議嗎，瓦朗蒂娜？」

「當然，親愛的馬西米蘭。如果那是個好主意，我就會照著它去做。您知道我對您是多麼忠誠。」

「瓦朗蒂娜，」摩萊爾說著，扳開了鐵門上一塊鬆動的木板。「把您的手伸過來給我，表示您原諒了我的憤怒。那是因為我的心裡亂極了，這過去的一個鐘頭裡，種種過分的念頭在我的腦子裡閃過。喔！假如您拒絕了我的建議……」

「您的提議是什麼呢？」少女抬頭，眼望天空，發出一聲長嘆。

「我一無牽掛，」馬西米蘭說，「也有足夠的錢能養活我倆。我向您發誓，在我把唇貼在您的額頭之前，您就會是我合法的妻子。」

「您的話讓我全身顫抖。」少女說。

「跟我走吧。」摩萊爾繼續說，「我會先把您帶到我妹妹家裡。她很好，配得上做您的妹妹。然後我們搭船去阿爾及爾，去英國，或是美洲。不然，如果您願意，我們也可以先住到鄉下，等到我們的朋友說服您家裡人之後，再一起回到巴黎來。」

瓦朗蒂娜搖搖頭。

「我就猜到您是這個想法，馬西米蘭。」她說，「這是個失去理智的念頭。要是我不斷然地阻止您，我就比您更瘋狂了。所以我要對您說：『不可能，絕對不行！』」

「難道您真的就聽天由命，任憑命運擺佈，甚至不想跟它爭鬥了？」摩萊爾悲傷地說。

「是的……直到我死了！」

「好吧，瓦朗蒂娜。」馬西米蘭說，「我再對您說一遍，您是有道理的。確實，我是瘋了。您向我證明了激情能使最理智的人也變得盲目。我感謝您冷靜的勸說。我現在了解了，明天，您就要無可改變地與弗朗茲．德．埃皮奈先生許下結婚的誓言。這並不是為喜劇結尾寫下高潮——人們稱做簽訂婚約。反而是您自己的意願了？」

「您又在把我推往絕望的深淵了，馬西米蘭！」瓦朗蒂娜說，「您又在用刀子刺進我的傷口了。告訴我，若是您的妹妹聽了這個提議呢？」

「小姐，」摩萊爾苦笑著說，「我是自私的——您剛才就是這麼說的——身為自私的男人，我是不管別人在我的處境下會怎麼做，只會考慮我自己要怎麼做。我想的只有，我認識您一年了，從認識您的那天起，我就把我的幸福全都寄託在對您的愛情上。我想的是，有一天您對我說了您愛我，而從那天起，我就會把我的未來全都寄託在能得到您的希望上。能贏得您將會成就我的一生。

「現在，我什麼都不想了。我只是告訴自己，我的好運現在卻轉向在打擊我。我原以為是贏得了天堂，但現在卻輸掉了。這原本就是一名賭徒天天都會碰上的情況。他不只是輸掉自己擁有的東西，還會把自己沒有的東西也輸光。」

摩萊爾說這些話時，語氣異常平靜。瓦朗蒂娜用她的大眼探詢地看著他，努力地不讓摩萊爾看出她內心悲痛的掙扎。

「那麼，簡單的說吧，您有什麼打算？」瓦朗蒂娜問。

「請允許我向您鄭重地告別吧，小姐。我誠心地跟您保證，我真心希望您能生活得很平靜、很幸福、很充實，那樣，您的內心就不會再想到我了。」

「哦！」瓦朗蒂娜喃喃地說。

「永別了，瓦朗蒂娜，永別了！」摩萊爾躬身說。

「您要去哪裡？」少女喊道，把一隻手從鐵門裡伸出去，抓住馬西米蘭的衣服。她激動的情緒使自己明白，她情人表現出的平靜不是真的。「您去哪裡？」

「我要設法不再給您家裡添任何新的麻煩。我要給所有像我這種處境的正直忠誠男子們，做出他們可以效仿的榜樣。」

「在您離開我以前，請告訴我您要去做什麼，馬西米蘭？」

年輕人淒然一笑。

「說吧，說呀！」瓦朗蒂娜說，「我求求您！」

「您的決心改變了嗎，瓦朗蒂娜？」

「這是無法改變的，不幸的人，這您知道是不可能的！」少女哭喊著。

「那麼，永別了，瓦朗蒂娜！」

瓦朗蒂娜用力地搖晃那扇鐵門，她竟有這麼大的力氣，實在是出人意料之外。眼看著摩萊爾一步一步地離去，她從鐵門裡伸出雙手，合在一起拚命擰著。

「您要去做什麼？請告訴我！」她喊道，「您去哪裡？」

「喔！請放心，」馬西米蘭在離鐵門三步遠的地方停下腳步說，「我並不想讓另一個男人來為命運對我的無情負責。換了別人，也許會威脅您說，他要去找弗朗茲先生，要向他挑釁，要跟他決鬥，可這些都是喪失理智的舉動。弗朗茲先生跟這一切有什麼相關呢？他今天早上才第一次見到我，而且現在可能已經忘記這件事了。當您們兩家為您們定下親事的時候，他甚至都不知道有我這個人存在。所以，我跟弗朗茲先生沒有過節。我向您發誓，報應是不會落到他身上的。」

「那會落在誰身上？我嗎？」

「您，瓦朗蒂娜？哦！上帝不會容許的！女人是不容侵犯的。被人愛著的女子更是神聖。」

「那麼是您自己嗎，不幸的人，是您自己？」

「我是這裡唯一的罪人，不是嗎？」摩萊爾說。

「馬西米蘭，」瓦朗蒂娜說，「馬西米蘭，您過來，我求求您！」

馬西米蘭帶著溫柔的笑容走回去，要不是他的臉色蒼白，旁人見了還會以為他就跟平時一樣。

「您聽我說，我親愛的、愛慕的瓦朗蒂娜，」他用他悅耳的低音說，「像我們這樣的人，心裡從來不曾有過一個會使自己面對社會、親人和上帝時感到羞愧的念頭。像我們這樣的人，能讀懂彼此的內心。我不是一個浪漫的人，也不是小說中憂鬱的主角。我從來沒有裝出過一副曼弗雷德或安東尼的樣子。可是儘管我不曾剖明心跡，不曾信誓旦旦，也不曾賭咒發誓，我卻早已把我的生命交給您了。現在，您要丟下我，而您這樣做是有道理的，我再重複一次，您是對的。但是，失去您，我也失去了生命。

「您離開我之時，瓦朗蒂娜，我在這世上就是孤零零的一人了。我的妹妹在她丈夫身邊很幸福。可是，她丈夫畢竟只是我的妹夫，是一個僅靠姻親關係跟我聯繫在一起的人。所以，在這個世界上誰也不會需要我這個沒用的人了。我要做的事就是——我要等到您結婚的最後一刻。我不願放棄一絲一毫的機會，這種機會可能會出乎意料，也可能讓我們僥倖碰到。不管怎麼樣，從現在到那個時候，弗朗茲．德．埃皮奈先生說不定會死去。在您倆走近的時候，說不定會有個驚雷霹靂打在他頭上。對判了死刑的人來說，似乎什麼事都可能發生。只要是能讓他死裡逃生的機會，在他眼裡，都是屬於可能發生的任何奇蹟。

「所以我說了，我要一直等到最後的那一刻。然而，當我的厄運已成定局，再也無法挽回，再也沒有希望的時候，我就會寫一封密信給我的妹夫，再寫另一封給警察廳長，告知他們我的企圖。然後，我就找一座森林的角落，一個深淵的邊緣，或者一條河流的堤岸，結束自己的生命。正如我是一位法國最正直的人之子。」

一陣痙攣的顫抖，傳遍瓦朗蒂娜的全身。她兩隻握住鐵門的手鬆開了，雙臂垂在身旁，兩顆大大的淚珠沿著臉頰滾了下來。年輕人神情悽楚而決絕地站在她面前。

「哦！您就可憐可憐我，」她說，「說您會活下去的，好嗎？」

「不，我憑自己的名譽說，不。」馬西米蘭說，「可是這跟您又有什麼關係呢？您照樣可以盡您的責任，一樣能夠求得良心上的安寧。」

瓦朗蒂娜跪倒在地，手緊緊按住胸口。她覺得自己的心碎了。

「馬西米蘭，」她說，「馬西米蘭，我的朋友，我在人間的兄長，我在天上真正的丈夫。我求求您，就像我一樣忍辱負重地活下去吧。也許將來有一天，我們會結合在一起的。」

「永別了，瓦朗蒂娜！」摩萊爾又這麼說。

「我的上帝啊！」瓦朗蒂娜雙手舉向天空，臉上呈現出崇高的表情說，「您也知道，我已經盡了全部的努力來做一名恭順的女兒。我懇求，我乞求，我哀求，可是，上帝既沒聽見我的禱告，也沒聽見我的請求和哭聲。那就結束吧。」

她抹掉臉上的淚水，變得堅決地繼續往下說：「我不願悔恨地死去，寧願羞愧而終。您必須活下去，馬西米蘭。我永遠只屬於您一個人。在幾點鐘？什麼時候？是不是馬上就走？您說吧，您下命令吧，我已經準備好了。」

摩萊爾本來已經又往後走了幾步，這時轉了回來，臉色由於興奮而發白，內心充滿喜悅，雙手隔著鐵門伸給瓦朗蒂娜。

「瓦朗蒂娜，」他說，「親愛的瓦朗蒂娜，您不該這麼說，還是讓我去死吧。如果我們彼此相愛，那我何必還要強迫您呢？您是出於仁慈才要我活下去的嗎？如果是那樣，我寧願去死。」

「事實是，」瓦朗蒂娜喃喃地說，「在這世上有誰關心我呢？是他。有誰能在我痛苦時來安慰我呢？是他。我的希望能寄託在誰身上？我在淌血的心，又能在誰身上得到片刻的休息呢？是他，是他，永遠是他。好吧！您是有理的，馬西米蘭。我跟您走，離開這個家，拋開這裡的一切。哦，我真是個忘恩負義的人！」瓦朗蒂娜嗚咽地喊著，「我居然要拋棄一切！甚至要離開那被我遺忘的慈祥祖父！」

「不！」馬西米蘭說，「您不會離開他。您說過，諾瓦第埃先生看來是對我抱有好感的。

那好！您在出走前把實情全部告訴他。您要當著上帝的面得到他的庇護。等我們結了婚後，他就來和我們住在一起。到時，他就不是只有一個，而是有兩個孩子了。您對我說過他是如何表達意思而您又是怎樣回答他的。我會很快學會這種令人感動的信號語言，真的，瓦朗蒂娜。啊，我向您保證，等待著我們的，將不是絕望，而是我向您許過的幸福！」

「哦！您看，馬西米蘭，您看您對我的影響有多大。我幾乎都要相信您說的話了。可是，您說的都是些瘋話。因為我父親，他會詛咒我的。我了解他，他是鐵石心腸，絕不寬容。所以，聽我說，馬西米蘭，假使能用計策，向天乞求，或是出意外事故，總之，假設我能用某種辦法拖延這件婚事，您是會等我的，是嗎？」

「是的，我向您發誓，就像您向我保證這該死的婚約絕不可能成真一樣的可信。即使您被拉到了法官和神父的面前，您也會拒絕到底的，是嗎？」

「我以我在這世上最神聖的東西向您發誓。我以母親的名義發誓！」

「那麼，我們就等待吧。」摩萊爾說。

「是的，我們等待吧。」瓦朗蒂娜說著，鬆了一口氣。「這世上還有許多事情，可以拯救像我們這樣不幸的人。」

「我就靠您了，瓦朗蒂娜。」摩萊爾說，「您會把一切都做得很好的。只不過，要是他們不顧您的懇求，要是您的父親，要是德．聖米蘭夫人堅持要讓弗朗茲．德．埃皮奈先生明天就來簽下婚約……」

「那麼，我會照我的誓言做的，摩萊爾。」

「您不會去簽下……」

「我將會去找您，然後我們一起逃走。可是，在這以前，我們不能冒險，摩萊爾。我們先不要再見面了。沒人發現我們，那是奇蹟，是天意。要是被人撞見了，要是他們知道我們一直在見面，我們就真的毫無辦法了。」

「您說得對，瓦朗蒂娜，可是我怎麼知道……」

「公證人德尚先生會告訴您的。」

「我認識他。」

「我也會想辦法告訴您——我會寫信給您，信賴我吧。我跟您一樣痛恨這樁婚事的，馬西米蘭！」

「謝謝您，我心愛的瓦朗蒂娜，謝謝您。這樣說就已足夠了。當我一知道什麼時候要簽訂婚約，就會趕到這裡。我會幫助您翻過這堵牆，這不會有太大的困難。花園的門口會有一輛馬車等著我們，我先帶您到我妹妹家。到了那裡，不管您想要隱姓埋名，還是公開露面，都可以。力量和意志都會再次回到我們自己身上，不會再像只會哀叫求饒的羔羊那樣任憑宰割了。」

「好的，」瓦朗蒂娜說，「我要讓您知道，您是對的，馬西米蘭。現在，您滿意您的未婚妻嗎？」少女語帶悲戚地說。

「我心愛的瓦朗蒂娜，用滿意這個字來表達我內心的滿足，是連一半都不夠的。」

瓦朗蒂娜這時已經靠過去，或該說，她已經把嘴唇湊到了鐵門邊。從她嘴裡呼出的溫馨氣息，吹拂到了摩萊爾的嘴上。因為他也已經把嘴貼在冰冷無情的鐵門另一邊。

「再見，」瓦朗蒂娜勉強自己從這幸福中掙脫出來說，「再會了！」

「我會有您的消息？」

「會的。」

「謝謝，謝謝，我的愛！再見！」

這時傳來一聲飛吻聲，接著，瓦朗蒂娜穿過樹叢跑走了。摩萊爾直到聽不見她裙子擦過綠籬和緞鞋踩在小徑沙地上的窸窣聲響後，才帶著一個無法形容的甜蜜笑容抬頭望著天空，感謝上帝讓瓦朗蒂娜這樣地愛他。隨後，他也離開了。

年輕人回到家裡，等了整整一個晚上，第二天又等了一整天，都沒收到信。直到第三天上午十點鐘左右，他正要去到德尚先生家時，收到了郵局送來的信。他雖然從沒見過瓦朗蒂娜的筆跡，但一看就知道是她寫的。

信上的內容如下：

眼淚、哀求、禱告，都無濟於事。昨天我在魯爾的聖菲利浦教堂裡待了兩個鐘頭，這段時間裡我一直在虔誠地向上帝祈禱。可是，上帝也跟世人一樣地無動於衷，簽訂婚約時間還是定在今天晚上九點鐘。

我只有一句誓言，正如我只有一顆心，摩萊爾。這句誓言是許諾給您的，而這顆心是屬於您的！

今晚九點前一刻，鐵門邊上見。

您的未婚妻瓦朗蒂娜·德·維爾福

又及：可憐的外婆情況越來越糟了。昨天，她的亢奮到了妄想的地步。今天，妄想又幾乎變成了瘋狂。您會非常愛我，讓我能忘記我是在這種情況下離開她的，是嗎，摩萊爾？我想，今晚簽訂婚約的事，他們是瞞著諾瓦第埃爺爺的。

摩萊爾還是去找了那位公證人，他也證實了婚約將在當晚九時簽訂的消息。然後，摩萊爾又去基督山伯爵的府邸，在那裡他又知道了一些消息——弗朗茲拜訪過基督山伯爵，同時告知婚約儀式的事。德·維爾福夫人也寫過信給伯爵，表明她非常抱歉，不能邀請伯爵前去參加儀式。其原因是德·聖米蘭先生的去世和他的遺孀目前的健康狀況，讓這件婚事籠罩了一層悲淒的陰影。她不願讓伯爵也感染了悲傷的氣氛，並衷心祝福他能萬事順心。還有，前一天晚上，弗朗茲已經去見過德·聖米蘭夫人，她也下床接待了他，但是才一下子就又躺下了。

摩萊爾始終處於情緒十分激動的狀態，這是可以想見的，這一點也沒能逃過伯爵那雙銳利的眼睛。於是，基督山對他的態度比往常更加親切。這種親切的態度，有兩、三次差一點讓馬西米蘭把事情的真相全部說出。但是，他想起了對瓦朗蒂娜慎重許過的諾言，最後，還是把他倆的祕密藏在心底。

在白天，年輕人把瓦朗蒂娜的信翻來覆去地看了二十遍。這是她第一次寫信給他，可是，卻是在這樣的情勢之下所寫的！他每看一次信，就在心裡重複一遍要使瓦朗蒂娜幸福的誓言。一名女子需要擁有多大的力量才能毅然做出如此勇敢的決定！她從他身上要獲得多大的誠心與忠誠，才能讓她願意犧牲一切！她理應是他最至高無上的愛戀！她是女王也是妻子，對她有再多的感謝與愛都是永遠不夠的。

摩萊爾激動地盼望著那一刻到來，到時，她會對他說：「我來了，馬西米蘭，帶我走吧。」

他已經把私奔的每個細節都安排好了。苜蓿地裡藏著兩架梯子，以及一輛有篷的輕便馬車等在一旁。到時候，他將自己駕車，沒有僕人，不帶提燈，直到抵達第一個街口時才會點上車燈。因為，若是過分小心不敢點燈，反而容易招來巡警的注意。

摩萊爾的全身不時地掠過一陣一陣冷顫。他一遍又一遍地想著自己接應瓦朗蒂娜從牆頂往下跳的情景，想著這位他至今只握過她的手、吻過她指尖的女孩倒在他懷裡的情景。到了下午，摩萊爾感覺到時間越來越近了，他只想獨自一個人待著。他全身的血液在奔騰著，即使是幾個簡單的問題，一聲朋友的招呼，都會使他感到心浮氣躁，所以，他乾脆把自己關在房間裡，拿起一本書想試著看一下。只是，即使視線在字裡行間移動，他卻連一個字都無法看進去。最後，他終於把書一扔，重新再把他的計畫，把那兩架梯子和花園的地形又詳細地研究了一遍。

時間終於逼近了。只不過，凡是墜入愛河的男子，都不會讓時鐘安安穩穩地行走的。摩萊爾對他家裡時鐘的折磨出現了效果，在六點半的時候，時針就已指在八點上了。這時他對自己說，該動身了。婚約儀式固然是在九點鐘，但是瓦朗蒂娜不會等到那個時候的。結果，摩萊爾按照自己時鐘的八點半離開梅斯萊街，可是，當他到達那片苜蓿地時，魯爾的聖菲利浦教堂才剛敲響了八點。

馬車和馬都藏在一間破屋裡，平時摩萊爾也常躲在那裏。夜幕漸漸降臨了，花園裡的樹叢變成了一大簇一大簇濃重的墨團。這時，摩萊爾從藏身處走到鐵門的缺口前，心頭怦怦直跳，他往裡面望去——園子裡還不見人影。教堂的大鐘敲響了八點半。半個小時在等待中流逝。摩萊爾前後左右地踱來踱去，越來越頻繁地把眼睛貼在鐵門的缺口往裡張望。花園裡越來越暗了，他在夜色中徒然地尋覓著那條白色的衣裙，在這寂靜中無望地聆聽著腳步的聲音。透過樹叢依稀可見的房屋仍然是一片漆黑，根本沒有正在舉行婚約簽訂儀式這樣重要大事的景象。

摩萊爾看著錶，指著九點三刻，但差不多就在同時，那座他已經聽過兩、三次報時的教堂大鐘傳出了九點半的鐘聲。此時，已經比瓦朗蒂娜約定的時間遲了半個小時。此刻對年輕人來說充滿了恐懼。只要有樹葉輕微的窸窣聲，或是晚風拂過的沙沙聲，都會使他集中注意力，緊張得額頭冒汗。於是，他發抖著架好梯子，把一隻腳踩在第一個踏級上，以便到時不會浪費時間。在疑懼與希望的交替，心臟擴張與收縮的更迭中，教堂大鐘敲響了十點。

「這是不可能的，」馬西米蘭恐懼地喃喃自語，「簽訂婚約不會需要這麼長的時間，除非是發生了意外的狀況。我已經衡量過所有的可行性，計算過全部儀式所需的時間，所以，肯定是出事了。」

之後，他時而激動地在鐵門旁邊踱來踱去，時而把滾燙的額頭貼在冰涼的鐵柵欄上。瓦朗蒂娜是在簽字後暈倒了，還是逃跑時讓人捉回去了呢？這是年輕人所能設想到僅有的兩種可能發生的情況。最後，一個他認為最有可能發生的狀況占據著他的思緒——瓦朗蒂娜在逃出來時體力不支，暈倒在某條小徑上。

「如果真是這樣，」他說，「我就失去她了，而且全是我的錯！」

他沉浸在這個想法裡，漸漸地，它似乎成了現實。他甚至覺得看見了某樣東西躺在遠處的地上。他冒著危險喊了一聲，彷彿還聽見隨風飄來一聲含糊不清的呻吟。終於，十點半的鐘聲也敲響了。他沒有辦法再等下去了，他的太陽穴怦怦直跳，他的眼前一片灰暗。於是，他跨上牆頭，跳了下去。他進入了維爾福的宅邸，而且是翻牆而入。他想到了這種舉動可能帶來的後果，但是他既然來了，就絕不能退縮。

片刻過後，他到了樹叢邊。從他站的地方可以看見整幢房子。這時，摩萊爾穿過樹叢縫隙望去，證實了他早就存疑的事——每扇窗戶裡，都看不見喜慶日子中理應看見的明亮燭光。映入眼簾的是一座灰濛濛的龐然大物，而一大片遮掩住月亮的浮雲更使它蒙上了巨大的陰影。一盞燭光時明時暗，發瘋似地在二樓的三個窗口前經過。這三扇窗戶是德．聖米蘭夫人套房裡的。另一盞燭光在紅色窗幔的後面固定不動地亮著。這個掛有紅窗幔的房間，是德．維爾福夫人的臥室。這對摩萊爾來說並不難猜。他為了每時每刻都能在想像中追隨瓦朗蒂娜，曾經一次又一次地要她對他描述屋內的每個細節。所以，儘管他沒有親眼見過這幢房子，但也已經對它很熟悉了。

府邸中一片黑暗與寂靜無聲，這比見不到瓦朗蒂娜的身影更讓年輕人感到驚惶不安。他神志昏亂，痛苦得簡直要發瘋了。他決定不顧一切也要跟瓦朗蒂娜見上一面，同時弄清楚他所擔心的不幸是什麼。他走到樹叢的邊緣，正打算盡量迅速地穿過那片完全裸露在外的花圃，忽然間，聽到遠處傳來一個聲音。雖說隔有一段距離，但因為是順風，所以他能聽得很清楚。

一聽到聲音，他馬上退了一步。原先已經伸出樹叢的半個身子，這時已完全縮了進來。他藏身在樹叢的暗影裡，不動，也不作聲。他已經拿定了主意——如果是瓦朗蒂娜一個人，他就在她走近時叫住她。如果瓦朗蒂娜有人陪著，他至少可以看見她，知道她沒有遭到不測。如果來的是旁人，他聽到他們的談話，也可以解開他始終沒弄明白的這個謎團。月亮從遮蓋住它的雲層中鑽了出來，摩萊爾看見維爾福的身影出現在通向臺階的門口，他後面還有一名穿黑衣服的男子。兩人走下臺階，朝樹叢的方向走來。他們剛走了三、四步路，摩萊爾就認出了那位穿黑衣的男子是德．阿弗裡尼醫生。

年輕人看見他們朝他走來，下意識地往後退，直到碰到樹叢正中央的一棵埃及無花果樹，才止住步。沒多久，那兩個人踩在沙地上的腳步聲停了。

「唉！親愛的大夫，」檢察官說，「這是上天在懲罰我這座宅子。多可怕的猝死！真是晴天霹靂！您不用來安慰我。唉！這傷口真的太新、太深了！死了，死了！」

年輕人的額頭沁出一堆冷汗，冰冰涼涼的。他的牙齒也格格地打顫著。在維爾福自稱遭天譴的這座宅子裡，究竟是誰死了？

「親愛的德．維爾福先生，」醫生答道，他的語氣使得年輕人更加覺得毛骨悚然。「我引您出來，並不是想安慰您，情況正好相反。」

「您這是什麼意思呢？」檢察官驚愕地問。

「我的意思是說，在您遭受的這個不幸背後，說不定還有另一個更大的悲劇。」

「這有可能嗎？」維爾福合著雙手喃喃地說，「您還要告訴我些什麼呢？」

「這裡就只有我們兩人嗎，我的朋友？」

「是的，就我們倆。但是，為什麼要這麼謹慎小心呢？」

「因為我要告訴您的是極為可怕的機密之事，」醫生說，「我們坐下說吧。」

維爾福與其說是坐下，不如說是一屁股跌在長凳之上。醫生仍站在他面前，一隻手搭在他的肩上。摩萊爾簡直嚇呆了，他一手支撐著他的頭，一手按在胸口上，唯恐他倆會聽見自己的心跳聲。

「死了，死了！」心裡的這個聲音，在他的腦子裡迴旋。他彷彿覺得自己也要死了。

「您說吧，大夫，我聽著呢，」維爾福說，「讓打擊降臨吧，我已經做好了準備。」

「雖然，德．聖米蘭夫人年事已高，但她的健康狀況一向良好。」

這十分鐘以來，摩萊爾第一次可以鬆了口氣。

「她是死於悲傷過度，」維爾福說，「是的，是悲慟。醫生，四十年來，她一直跟侯爵相依為命……」

「不是死於悲慟，親愛的維爾福，」醫生說，「悲慟是會致命，雖說這種情形很少見，但它不可能在一天之內，在一小時之內，或是在十分鐘之內奪走一個人的性命。」

維爾福沒有回答，只是抬起始終低著的頭，睜大驚恐的雙眼望著醫生。

「她臨死前您一直在她身邊嗎？」德．阿弗裡尼先生問。

「是的，」檢察官回答說，「是您悄悄地告訴我，叫我別離開的。」

「您有沒有注意到使德．聖米蘭夫人致命的症狀？」

「當然有，德．聖米蘭夫人接續發作了三次。每一次的間隔都只有幾分鐘，但後一次隔得更短，發作也一次比一次厲害。您趕到的時候，德．聖米蘭夫人已經喘氣喘了好幾分鐘了。她第一次發作時，我還以為只是一種歇斯底里的症狀，可是，當我看到她從床上坐起身，四肢和頸脖都變得僵直的時候，我真的害怕起來了。那時，我從您的神情看出了情況要比我想的嚴重許多。

「在那次發作之後，我想看看您的眼神，可我卻沒機會與您面對面。您替病人診脈、計數心跳，直到第二次發作開始時，您還是沒向我轉過臉來。那次發作比第一次情勢更凶——又是同樣的歇斯底里發作，而且嘴唇綳緊，顏色發紫。」

「到了第三次發作，她就嚥氣了。」

「第一次發作過後，我認為是強直性痙攣症狀，而您也同意了我的看法。」

「是的，那是當著眾人的面，」醫生說，「可現在只有我們兩人了。」

「您想對我說什麼呢。哦，快饒了我吧！」

「我想說，強直性痙攣和植物性藥物中毒的症狀是完全相同的。」

德．維爾福先生陡然從椅子上跳起，不言不語、呆立不動了一會兒，才又跌坐在長凳上。

摩萊爾簡直分不清自己是在夢裡還是醒著了。

「聽著，」醫生說，「我知道我剛說的話所佔的分量，也了解我談話對象的身分。」

「您這是在對檢察官，還是在對朋友說話呢？」維爾福問。

「對朋友，目前僅僅是對朋友。強直性痙攣和植物性藥物中毒這兩種症狀實在太相像了。假設要我把剛才說的話寫下來簽上自己的名字，我要說，我是會猶豫的。所以，我再對您說一遍，我這不是在對檢察官，而是在對朋友說話。對著這位朋友，我要說的是，在德·聖米蘭夫人臨終前的這三刻鐘時間裡，我仔細觀察了她痙攣抽搐以及最後致死的症候。在深思熟慮後，我不僅能確定德·聖米蘭夫人是中毒而死，而且還能指出使她致死的是什麼毒藥。」

「這是有可能的嗎？」

「症狀很明顯，您看見了嗎？睡眠被神經性痙攣中斷，大腦極度亢奮，以及神經中樞麻痺。德·聖米蘭夫人是服用大劑量的番木鱉鹼和馬錢子鹼致死的。這兩種毒藥很可能是由於疏忽，或是錯拿而讓她服用。」

維爾福緊緊抓住醫生的手。

「哦！這不可能！」他說，「我一定是在做夢！從一位像您這樣的人嘴裡，聽到這樣的事情，真是太可怕了！我求求您，親愛的大夫，告訴我，您也許是弄錯了。」

「當然我也可能弄錯，可是……」

「可是？」

「可是我並不這麼想。」

「大夫，您就可憐可憐我吧！這幾天有太多悲慘的事發生在我身上了。我想，我快要發瘋了。」

「除了我以外，還有別人給德．聖米蘭夫人看過病嗎？」

「沒有。」

「有誰拿著未經我確認的處方去配過藥嗎？」

「沒有。」

「德．聖米蘭夫人有沒有仇人？」

「這一點我不清楚。」

「有誰會因她的去世而受益嗎？」

「我女兒是她唯一的遺產繼承人——只有瓦朗蒂娜一人。但那不可能的，真的！哦！如果這種念頭竟會出現在我的腦海中，我就要一刀捅進自己的心臟，做為它片刻容許這種想法存在的懲罰。」

「是的，我親愛的朋友。」德．阿弗裡尼先生說，「我不是在指控任何人。我只是在說一件意外事故，您了解的，是一個過失。但是不管是意外還是過失，事實總是事實。它在對我的良心低語，驅使我對您大聲地說出：『請您去調查吧！』」

「向誰調查？怎麼調查？調查什麼？」

「比如說，那位老僕人巴魯瓦，會不會拿錯了藥，把為主人準備的藥水拿給了德．聖米蘭夫人？」

「為我父親準備的藥水？」

「是的。」

「可是，為諾瓦第埃先生準備的藥水，怎麼會毒死德．聖米蘭夫人呢？」

「事情很簡單，您知道，對有些疾病來說，毒藥也是一種良藥。癱瘓就是這樣的一種疾病。我為了恢復諾瓦第埃先生行動和說話的機能，各種方法都已經試過了，於是，大約在三個月以前，我決定嘗試一下這最後的辦法。就這樣，三個月以前，我開始給他用馬錢子鹼。在最近一次給他開的藥方中，含有六克馬錢子鹼。六克的劑量，對諾瓦第埃先生癱瘓的機體並不會有任何副作用，再說，他是逐漸加大劑量的，所以已經有了適應性。但是，六克的劑量對其他人來說卻足以致命。」

「親愛的大夫，諾瓦第埃先生的套房，和德．聖米蘭夫人的套房是不相通的。巴魯瓦從來不曾進過我岳母的房間。總之，我想向您說的是，大夫，儘管我知道您是當今醫術最高，尤其也是醫德最好的醫生，儘管您的話在任何時候對我都是如同太陽一般輝煌的指路明燈，但是，醫生，儘管我對此深信不疑，但我還是想在這裡引用一句古老的格言：errare humanum est[75]。」

「您聽我說，維爾福先生，」醫生說，「在我的同業當中，您還有沒有像我一樣信得過的人？」

75 拉丁語，人孰無過。

「您為什麼問我這個問題？您想要做什麼呢？」

「請把他叫來，我把我觀察到的情況和自己的想法告訴他，然後我們兩人一起為屍體進行解剖。」

「您們會找到殘留的毒藥嗎？」

「不，不是殘留的毒藥，我沒這麼說。不過，我們會看到神經系統的損壞情況，還會看到無法置疑的明顯窒息跡象。我們將會告訴您，親愛的維爾福，這件事如果是由疏忽引起的，您必須注意您的僕人。如果是由仇恨造成的，您就得留心您的敵人。」

「您這是什麼樣的提議呢，德·阿弗裡尼先生？」維爾福神情沮喪地說，「如果這麼快就讓除您以外的人知道這件祕密，那麼，一場偵查就無法避免了。要在我家裡進行偵訊，那怎麼行呢！」

檢察官強打起精神，忐忑不安地望著醫生繼續往下說：「不過，如果您想要這麼做，如果您要求要這麼做，我還是會同意的。但是，大夫，您已看到我承受了這麼大的哀傷。在如此巨大的痛苦之下，我又怎能將這般的醜聞帶進我的家中呢？哦！我的妻子和女兒會痛不欲生的，而我，大夫，您知道，一個人處在我現在的處境，一個人當了二十五年的檢察官，是不可能不與人結仇的。我也的確有很多的仇人。這件事若張揚出去，對我的仇敵而言，無疑是一個好消息。他們會欣喜若狂，而我就會羞愧難當。大夫，原諒我這些世俗的想法吧。如果您是位神父，我是不敢對您說這些的。可是，您是位大夫，是個能體諒別人的人。大夫，大夫，就算您什麼也沒有對我說過，可以嗎？」

「親愛的德．維爾福先生，」動了惻隱心的醫生回答說，「我首要的職責是人道。假使在醫學上還有救活德．聖米蘭夫人的可能，我一定會盡力而為。但她已經過世了，那我該考慮的就是活著的人。就讓我們把這件祕密藏在心底吧。如果有一天被人發現了這個祕密，就讓他們把我的沉默不語歸咎於我的疏忽吧。但是，先生，在這期間，您隨時要注意——小心地注意。因為，邪惡之人恐怕不會就此停手。當您查出凶手，等您抓住他的時候，我今會對您說：『作為司法官員，您必須盡您的職責！』」

「我太感謝您了，大夫！」維爾福大喜過望地說，「您真是我最好的朋友。」

說完，他像是怕德．阿弗裡尼醫生會反悔似的，起身就拉著醫生往屋子走去。當他倆走遠時，摩萊爾從樹叢中穿了出來，月光映照在他的臉上，因為臉色太過蒼白，如果有人見到他，一定會以為他是個鬼魂。

「我被一種最完善卻可怕的方式在明確地保護著。」他說，「但是瓦朗蒂娜，可憐的女孩，她怎麼承受得了這樣的痛苦啊？」

他在對自己說這些話時，視線來回地停在掛紅窗幔的那扇窗戶和掛白窗幔的那三扇窗戶上。掛紅窗幔的那個扇窗，幾乎看不見燭光了。看來，德．維爾福夫人剛吹滅燭火，此刻只有那通宵點著的小蠟燭其微弱的光線照映在窗幔上。在屋宅的盡頭，情況正相反，他看見掛白窗幔的三扇窗戶中間，有一扇打開了。放在壁爐架上的一支蠟燭，它淡淡的光線投射到了窗外，一個人影走到了陽臺上。摩萊爾渾身顫抖。他感覺到聽見了抽泣聲。

這顆平時勇敢、堅強的心，此刻被人類兩種最強烈的感情——愛情和恐懼——所左右，並且處於騷亂和亢奮的狀態。以至於摩萊爾軟弱到產生近乎迷信的幻覺，這一點，並不會使我們感到驚訝。雖然，像他這樣躲藏著，瓦朗蒂娜根本不可能看見他，他卻覺得聽見窗戶旁的人影在呼喚他。思緒紛亂的大腦在對他這麼說，情緒澎湃的心在對他這麼重複。雙重的錯誤，變成了一個無法抗拒的現實。年輕人在一種令人難以置信的衝動驅使下，他三兩下就跳出藏身的地方。他冒著被人看見的危險，不管會驚嚇到瓦朗蒂娜的可能，以及少女見到他時會失聲尖叫的風險，大步地穿過在月光下彷彿變成了一個銀色大湖的花圃，越過排列在屋子前的柑橘栽培箱，奔上臺階，伸手就推開了門。

瓦朗蒂娜並沒有看見他。她抬頭望著深藍夜空上飄過的一朵銀色浮雲，形狀就像一個升天的人影。她那充滿詩意的大腦在對她說，這就是她外祖母的靈魂。這時候，摩萊爾已經穿過前廳，到了樓梯前，樓梯踏級上鋪著地毯，所以他的腳步聲不會被人聽見。更何況，以他此刻的情緒處於極度亢奮的狀態，即使迎面碰到德．維爾福先生，他也不怕。假使真的碰上德．維爾福先生，他已經下定決心——他要走上前去向他吐露全部實情，求他原諒，拜託他同意這個已把摩萊爾和他女兒彼此之間結合在一起的愛情。

摩萊爾簡直瘋了。幸好他沒碰到任何人。

此刻，瓦朗蒂娜早先對他描述過的屋內格局幫了他的忙。他順利地登上了二樓。就在他不知該往哪裡走的當下，傳來了一聲他熟悉的嗚咽聲，無疑地為他指了方向。他轉過身，看到一道燭光從一扇微開的房門中露出來，並聽到了悲傷的抽噎聲。他推開門，走了進去。

在房間裡凹進去的位置，他看見死者躺在床上，頭部和身體都蓋在白罩布之下。摩萊爾由於碰巧聽到了那件祕密，此刻只覺得這具屍體更加陰森可怕。瓦朗蒂娜跪在床邊，把臉埋在一張大扶椅的靠墊裡。她的身體因為抽噎而顫抖起伏著。他看不到她的臉，只見到她的雙手僵直地合在一起，伸在頭的上方。她剛從打開的落地窗走進屋裡，跪在地上大聲祈禱。她哀淒的聲音就是鐵石心腸的人聽了也會動容。從她嘴裡說出的話語是急促而且斷斷續續，難以聽清，彷彿哀痛把她的喉嚨給卡緊了。

月光透過百葉窗的縫隙瀉了進來，使燭光顯得更加黯淡，並且把整個房間籠罩在一種陰鬱的色調中。摩萊爾再也受不了。他並不是特別虔誠，也不是個很容易動感情的人，但眼看著瓦朗蒂娜在受苦、哭泣、絞著她的雙手，他實在無法再沉默了。他嘆了口氣，輕輕地說出一個名字。這時，淚流滿面著緊貼在靠墊絲絨上，猶如柯勒喬[76]筆下瑪達肋納[77]的那張臉抬了起來，轉過來對著摩萊爾。

瓦朗蒂娜看見他，並沒有露出驚訝的神色。她的一顆心早已陷入絕望的深淵，此時，那些程度較輕的訝異情緒是不會再引起波瀾的。摩萊爾把手伸向她。瓦朗蒂娜指了指罩在白布下的屍體，似乎是以此表達她未能前去與他相會的歉意。然後，她又開始哭泣了起來。兩人都不敢在這間屋裡說話。彷彿死神就站在房中的一角，手指放在嘴唇上吩咐他們別出聲。所以，兩人都遲疑著不敢打破這寂靜。最後還是瓦朗蒂娜先開了口。

「我的朋友，」她說，「您怎麼到這裡來了?唉，要不是為您打開這屋子大門的不是死

76 Correggio，（1489—1534），義大利文藝復興時期畫家。

77 Magdalen，《聖經》中的人物，曾淚流滿面地親吻耶穌的腳。

神，我是會對您說一聲歡迎的。」

「瓦朗蒂娜，」摩萊爾聲音發顫地說，「我從八點半就開始在等著了，但一直沒見您來。我變得極度不安，所以就越牆進了花園。這時，我聽見有人談到這件不幸的事……」

「誰在說話？」瓦朗蒂娜問。

摩萊爾微微一震，因為醫生和德·維爾福先生的那場談話又出現在他的腦海裡。他彷彿透過那塊罩布看到了兩條扭曲的手臂，僵直的頸脖和顏色發紫的嘴唇。

「是您們家的僕人。」他說，「聽了他們的談話，我就知道了這件事。」

「可是您到這裡來，會把我們都毀了的，我的朋友。」瓦朗蒂娜說話的語氣，既不害怕，也不生氣。

「原諒我，」摩萊爾用同樣的語氣回答，「我立刻就走。」

「不，」瓦朗蒂娜說，「您會被人撞見的，就留在這裡吧。」

「可是，要是有人來呢？」

少女搖了搖頭。

「沒人會來的，」她說，「放心吧，這裡就是我們的保護神。」

她指了指罩布下面輪廓清楚顯現的屍體。

「可是，德·埃皮奈先生怎麼樣了？」摩萊爾又說。

「弗朗茲先生來簽訂婚約的時候，我親愛的外婆剛嚥氣。」

「唉！」摩萊爾說。他懷著一種自私的喜悅情緒，因為他暗自在想，這件喪事可以使瓦朗蒂娜的婚事無限期地延宕下去。

「可是有件事卻使我感到更加痛苦。」少女繼續說，就彷彿摩萊爾的這種感情應該即刻受到懲罰似的。「可憐的外婆，在她臨死前還囑咐說要把婚禮盡快舉行。她原是想保護我，結果卻是在打擊我。」

「聽！」摩萊爾說。

兩人都閉口不語。只聽見房門打開，走廊的木質地板和樓梯的踏級上響起腳步聲。

「這是父親從書房出來了。」瓦朗蒂娜說。

「是送醫生出去。」摩萊爾加上一句。

「您怎麼知道是醫生？」瓦朗蒂娜驚訝地問。

「我這麼猜想。」摩萊爾說。

瓦朗蒂娜望著他。這時，只聽見面街的大門關上了。德·維爾福先生還特地去把通花園的門也鎖上，隨後他又走上樓來。到了二樓的前廳，他稍停了片刻，像是拿不定主意是要回自己房間還是到德·聖米蘭夫人的套房。摩萊爾趕緊躲在一扇門簾的背後。瓦朗蒂娜沒有移動，似乎是極度的悲痛已經使她超脫於尋常的恐懼之上。德·維爾福先生走進了自己的房間。

「現在，」瓦朗蒂娜說，「花園和臨街的門您都出不去了。」

摩萊爾吃驚地望著少女。

「只有一條路還是安全的，就是通到爺爺房裡去的那條。」她說。

她立起身子。「來吧。」她說。

「去哪裡？」馬西米蘭問。

「去我爺爺的房間。」

「我，去諾瓦第埃先生的房間？」

「是的。」

「您想過那會怎麼樣嗎，瓦朗蒂娜？」

「我想過，早就想過了。我在這個世界上只有這位朋友了。我們倆都需要他……來吧。」

「小心啊，瓦朗蒂娜。」摩萊爾說，遲疑著不敢照少女說的去做。「我看清了我的錯誤，就是，我來到這裡的行動確實像個瘋子。那麼，您能確定您的神志是清醒的嗎？」

「是的。」瓦朗蒂娜說，「現在，這世上只有一件事還讓我感到猶豫，那就是把可憐外婆的遺體這麼撇下不管。我本該在這裡守靈的。」

「瓦朗蒂娜，」摩萊爾說，「死者本身就是神聖的。」

「沒錯。」女孩回答說，「再說，這也不用很多時間，來吧。」

瓦朗蒂娜穿過走廊，走下一座通往諾瓦第埃房間的小樓梯。摩萊爾放輕腳步跟在她後面。在房門外的樓梯平臺上，他們碰到那位老僕人。

「巴魯瓦，」瓦朗蒂娜說，「請把門關上，別讓任何人進來。」

她先走進去。諾瓦第埃仍坐在他的椅子上。聽過老僕人向他解釋了發生的情況後，他神情專注地聆聽著每個最輕微的聲響，用關切的目光凝視著門口。他看見瓦朗蒂娜，眼裡頓時出現了亮光。在少女的神情和儀態中，有一種嚴肅、莊重的神態，使老人大為震驚。他神采奕奕的眼神中頓時充滿了探詢的神色。

「親愛的爺爺，」她語氣急促地說，「請您聽我說。您知道德・聖米蘭外婆一小時前去世了，現在，除了您，在這世上再也沒人愛我了，是嗎？」

老人的眼睛裡流露出一種無限溫柔的神情。

「所以我的憂傷和希望，都只能向您一個人傾訴了，是嗎？」

癱瘓的老人表示肯定。

瓦朗蒂娜拉住馬西米蘭的手。「那麼，」她說，「請您好好地看著這位先生。」

老人用略帶驚訝的目光仔細查看並凝視著摩萊爾。

「這位是馬西米蘭・摩萊爾先生。」她說，「他的父親就是馬賽那位正直的商人，您想必是聽說過的？」

「是的。」老人表示。

「這個姓氏是無懈可擊的，而且，馬西米蘭會使它更為榮耀。因為，他才三十歲就已經是北非騎兵軍團的上尉軍官。」

老人表示自己記得他。

「那好的，爺爺，」瓦朗蒂娜雙膝跪在老人面前，用一隻手指著馬西米蘭說，「我愛他，我只屬於他！要是有人要強迫我嫁給另一個人，我寧可殺了我自己。」

癱瘓老人的眼睛裡傳達出他現在有許多混亂的想法。

「您喜歡馬西米蘭・摩萊爾先生是嗎，爺爺？」小姐問。

「是的。」

「您也能保護我們——您的這兩個孩子——反抗我父親的意願嗎？」

諾瓦第埃睿智的眼神停在摩萊爾身上，彷彿在對他說：「或許，我會。」

馬西米蘭懂了他的意思。

「小姐，」他說，「您在您外婆的房裡還有神聖的職責必須完成。您能允許我和諾瓦第埃先生先談一下嗎？」

「就是這樣。」老人用眼神說。隨後他又擔心地望著瓦朗蒂娜。

「您是想說，他要怎麼懂得您的意思呢，是嗎，爺爺？」

「是的。」

「哦！我們經常說起您，所以，他完全知道我是怎麼跟您溝通的。」

然後，她微笑著轉向馬西米蘭。這個微笑雖然蒙上了一層憂傷的陰影，卻依然可愛動人。

「只要是我知道的，他全都知道。」她說。

瓦朗蒂娜站起來，移了一張椅子給馬西米蘭，又再次吩咐巴魯瓦別讓任何人進來。然後，她溫柔地親吻祖父，憂傷地向摩萊爾告別以後，就走了出去。這時，摩萊爾為了向諾瓦第埃證明瓦朗蒂娜對他完全信任，讓他知道他們的全部的祕密，就把字典、羽毛筆和紙張都拿過來放在一張點著燈的桌子上。

「首先，」摩萊爾說，「請允許我告訴您，先生，我是什麼人，我有多愛瓦朗蒂娜小姐，以及我是怎樣為她打算的。」

「我聽著。」諾瓦第埃表示。

這真是令人肅然起敬的場面——這個外表上似乎無用的累贅老人，卻成了這對年輕、漂亮、健康、正走向未來的戀人唯一的保護者、支援者和仲裁者。老人臉上帶有一種高貴與嚴峻的神情，使摩萊爾感到敬畏。於是，他聲音發顫地開始敘述起來。他說了他是怎樣認識與如何愛上瓦朗蒂娜，而活在孤寂和不幸之中的瓦朗蒂娜又是怎樣接受他真摯的愛情。他對老人說了自己的身世、社會地位和財產狀況。當他的視線不止一次望向癱瘓老人的眼睛時，他的目光總是回答他說：「很好，說下去。」

「現在，先生，」摩萊爾在結束第一部分的敘述時說，「我已經對您說了我的愛情和希望。您還想聽我對您講述我們的計畫嗎？」

「是的。」老人表示。

「好吧，我們的打算是這樣的……」接著，他就把一切都說給諾瓦第埃聽——一輛馬車如何等在苜蓿地。他怎樣打算帶著瓦朗蒂娜逃到他妹妹家裡。他計畫兩人先結婚，然後虔敬地期盼得到德．維爾福先生的原諒。

「不。」諾瓦第埃先生說。

「不？」摩萊爾說，「我們不該這麼做？」

「是的。」

「這麼說您不贊成這個計畫？」

「是的。」

「那好吧，還有一個辦法。」摩萊爾說。

老人質問的目光問：「什麼辦法？」

「我去找弗朗茲·德·埃皮奈先生。」馬西米蘭繼續說，「我很高興能在德·維爾福小姐不在的時候對您這麼說，我要用我的行動迫使他與我決鬥。」

諾瓦第埃的眼睛繼續在向他質問。

「我是要如何做到嗎？」

「是的。」

「我會去找他。我已經說了，我要把我和瓦朗蒂娜小姐的關係告訴他。如果他是個高尚的人，他就會用撤銷婚約的行動來證明他的品格。這樣，他就能得到我至死不渝的友誼和忠誠。如果，在我向他說明他是在強求我的妻子，證明瓦朗蒂娜愛的人是我，而且絕不會再愛別人以後，無論他是出於利害關係的考量，還是因為可笑的虛榮心，仍然拒絕撤銷的話，那麼，我就會在對他有利的條件下與他決鬥。其結果不是我殺死他，就是他殺死我。要是我殺死他，他就不可能娶瓦朗蒂娜；要是他殺死我，我也能肯定，瓦朗蒂娜絕對不會嫁給他。」

諾瓦第埃帶著一種難以形容的愉悅的眼神，注視著這張高貴而誠摯的臉。這張臉正隨著他說話時出現種種相應的表情，而且他英俊臉上的表情為他的面容增添了光彩，如同一幅工整而逼真的素描被添上了絢麗的色彩一樣。但是，當摩萊爾說完以後，諾瓦第埃一連眨了幾下眼睛，而我們知道，這是他表示不同意的方式。

「不行？」摩萊爾說，「這麼說，您也像不贊成第一個計畫那樣，反對第二個計畫？」

「是的。」老人表示說。

「那麼我究竟該怎麼辦呢，先生？」摩萊爾問，「德．聖米蘭夫人臨終前的遺言就是婚禮不能拖延。難道，我就真的要讓婚禮發生嗎？」

諾瓦第埃沒有動作。

「我懂了，」摩萊爾說，「我該等待。」

「是的。」

「可是，任何遲疑都會把我們毀掉的，先生。」年輕人說，「瓦朗蒂娜單獨一人時是軟弱的，他們會像對待孩子似的擺布她。我奇蹟般地走進屋子裡打聽發生什麼事，又奇蹟般地有幸見到您。這樣的機會，按照常理是不能再期待會發生第二次的。請相信我，只有我向您提出的這兩個辦法——請原諒我這種年輕人的自負——才是可行的。請告訴我，您覺得這兩個辦法中哪一個比較可行？請問您同意讓瓦朗蒂娜小姐將她自己交給我嗎？」

「不。」

「那您想要我去找德．埃皮奈先生嗎？」

「不。」

「要怎樣上天才會出現來幫助我們呢？靠運氣嗎？」摩萊爾說。

「不。」

「靠您嗎？」

「是的。」

「您真的明白我向您要求的是什麼嗎，先生？請原諒我的固執，因為，我的生命就維繫在您的回答上了。所以，能使我們得救的就是您嗎？」

「是的。」

「您能肯定？」

「是的。」

老人肯定的目光表現得斬釘截鐵，讓人無法懷疑——如果不說他的力量，至少是無法懷疑他的意志。

「哦！謝謝您，先生，我衷心地感謝您！可是，除非上帝顯示奇蹟，讓您恢復說話、動作和行動的機能，否則，您這麼被拴在椅子上，既不能說話也不能活動，要怎麼阻止這場婚禮呢？」

一絲笑意使老人的臉色變得神采奕奕。這是在一張肌肉無法活動的臉上單靠眼睛表現出來的一種奇特的笑意。

「這麼說，我還是必須等待？」年輕人問。

「是的。」

「那麼婚約呢？」

同樣的笑意又浮現了。

「您是想對我說婚約不會簽訂？」

「是的。」諾瓦第埃表示。

「這麼說，婚約是簽不成了！」摩萊爾喊道，「哦！請原諒，先生！我難免會一時無法相信如此歡喜的事。他們不會簽訂婚約嗎？」

「不會。」癱瘓的老人說。

儘管老人回答得這麼肯定，摩萊爾還是不敢相信。一個殘疾的老人許下這種諾言，實在是太奇特了。所以，這會不會並不是來自意志的力量，而是反映了身體機能的衰弱呢？喪失理智的人因為不知道自己已瘋癲，總是一心想做自己力有未逮的事，這也不是不可能。瘦弱的人總說自己能挑重擔；膽怯的人愛說怎麼迎戰巨人；窮人會誇口有金銀財寶；就連最卑微的農夫，自吹自擂時也會自稱是朱庇特。不知道諾瓦第埃是明白年輕人還心存疑竇，還是對他的順從表示還不能完全放心，總之，他盯著摩萊爾的臉看著。

「您想要什麼呢，先生？」摩萊爾問，「是要我再做一次不採取任何行動的保證嗎？」

諾瓦第埃的視線仍執著地盯住他，彷彿是說光有承諾對他是不夠的。然後，這道目光從他的臉移到了他的手上。

「您是要我發誓嗎，先生？」馬西米蘭問。

「是的。」癱瘓的老人以同樣嚴肅的神情表示。

摩萊爾明白，他的誓言對老人具有非常重要的意義。他伸出一隻手。

「我以我的榮譽向您發誓，」他說，「我等待您做出決定之後，再對德・埃皮奈先生採取行動。」

「好。」老人的眼睛說。

「現在，先生，」摩萊爾問，「您是要吩咐我告退了嗎？」

「是的。」

「我不再去見瓦朗蒂娜小姐了？」

「是的。」

摩萊爾做了個表示服從的動作。「現在，」摩萊爾說，「先生，您能允許您的孫女婿，像剛才您的孫女那樣親吻您嗎？」

諾瓦第埃眼神裡的意思，他是不可能誤解的。於是，年輕人在老人的額頭上輕輕一吻，就在剛才少女吻過的地方。之後他又向老人鞠了一躬，退了出去。

他在門口的樓梯平臺上碰到巴魯瓦。這位老僕按照瓦朗蒂娜剛才的吩咐，正在等著摩萊爾。老僕引著他穿過一條彎曲幽暗的通道，來到一扇通往花園的小門前。摩萊爾進入花園，走到鐵門前。他攀上綠籬棚，一下子就登上圍牆頂，然後，他很快地爬下梯子回到苜蓿地。那輛輕便馬車依然等在原地，他跳上了馬車。雖然紛至沓來的種種情感使他疲憊不堪，但他的內心卻覺得舒坦多了。

午夜時分他回到梅斯萊街，一頭倒在床上，就像個喝得爛醉的人那樣睡著了。

第七十四章　維爾福家族墓室

兩天以後，大約十點鐘，德·維爾福先生府邸門前聚集著一大群人，還可以看見一長列掛喪的馬車和普通的私家馬車，沿著聖奧諾雷區和佩皮尼埃爾街在向這裡駛來。其中有一輛馬車外形很特別，看上去風塵僕僕，像是遠道而來的。那是一輛漆成黑色的有篷的長形馬車，而且是最先趕來參加葬禮的馬車之一。於是，大家紛紛打聽是怎麼回事。得到的消息是——因為奇怪的巧合，這輛馬車裡載著的竟是德·聖米蘭侯爵先生的遺體。因此，這些前來參加一個葬禮的人，現在是為兩個人送殯了。

送殯行列人數眾多。因為，德·聖米蘭侯爵先生是路易十八和查理十世[78]一位最虔誠、最忠實的重臣，有著一大批朋友。再加上，跟維爾福平時有往來以及出於禮儀前來弔唁的人，也就形成了一支人數相當可觀的隊伍。

他們立即向當局做了報告，並獲准將兩個葬禮一起進行。另一輛有著同樣喪禮排場的馬車，駛到了德·維爾福先生宅邸門前。靈柩從那輛長途馬車裡被移到了這輛掛喪的四輪豪華馬車裡。兩具遺體都將安葬在拉雪茲神父公墓。德·維爾福先生早就命人在那裡建造了一座

78　查理十世（一七五七—一八三六），路易十六和路易十八之弟。一八二四年路易十八死後即位，一八三〇年七月革命中被推翻。

預備安葬家族成員的墓室。這座墓室裡已經安息著可憐的芮妮。現在，她的雙親在跟她分離了二十年後，也來和她相聚了。

巴黎人永遠是好奇的，送葬的場面永遠使他們激動不已。他們沉浸在一種具有宗教意味的靜默中，目送著壯觀的送殯行列經過，護送著兩位——以貿易安全的保護者自居並執著且致力於原則的老貴族——走向人生的最後一程。

博尚、艾伯特和夏托．勒諾坐在同一輛送殯的馬車裡，正談論著侯爵夫人的猝死。

「我去年還在馬賽見過德．聖米蘭夫人，」夏托．勒諾說，「那時我剛從阿爾及利亞回來，她的身體非常健康，頭腦機敏，動作也很靈巧，像她這樣的人本該活到一百歲的。她有多大歲數了？」

「六十六，」艾伯特回答，「至少弗朗茲是這麼對我說的。可是，她死亡的原因並不是年齡，而是侯爵去世造成的悲慟。看來，侯爵的死對她打擊太大，從那以後她的神智就沒有完全恢復過。」

「那她的死因到底是什麼？」博尚問。

「好像是腦溢血，或者是一種暴發性中風。它們是同樣的，是嗎？」

「差不多。」

「這難以讓人相信是中風。」博尚說「德．聖米蘭夫人，我也曾見過一次。她個子小，也很瘦，與其說是積極樂觀的性格，倒不如說是神經質。像德．聖米蘭夫人這種體質的人，很少會由於悲慟而引起中風。」

「不管怎麼說，」艾伯特說，「使她死亡的是疾病也好，是醫生也罷，總之德．維爾福先生，或者說瓦朗蒂娜小姐，或者更準確地說，我們的朋友弗朗茲，這下子可繼承到一筆極為可觀的遺產了——年息會有八萬法郎吧。」

「等那位老雅各賓派諾瓦第埃過世，遺產總數還會再加倍。」

「他可是位生命力頑強的老爺爺。」博尚說，「Tenacem propositi virum[79]。我相信，他絕對跟死神打過賭——他會親眼見到所有的子女下葬。我敢說他一定能成功。就是這位九三年的國民公會議員，在一八一四年[80]對拿破崙說過：『您的帝國是一枝嫩莖，因為急速的成長而變得虛弱。請把共和國作為您的支柱，讓我們重整旗鼓以後再上戰場吧。我敢擔保您會有五十萬軍隊，會再有一次馬倫哥的勝利和另一個奧斯特裡茨戰役。理念是不會滅亡的，陛下，它有時會沉睡，但一旦醒來就會比睡著以前更加強而有力。』」

「也許對他來說，」艾伯特說，「人就像理念一樣。不過，有件事我覺得很好奇，要和這麼位整天離不開他妻子的老爺爺同住，弗朗茲．德．埃皮奈要怎麼過日子呢？哎，弗朗茲在哪裡啊？」

「他跟德．維爾福先生一起在第一輛馬車裡。維爾福先生已經把他視為家庭成員了。」

在跟著靈柩前進的每輛馬車裡，談話的內容也都大同小異。畢竟，侯爵和侯爵夫人死得

79 拉丁文，一個意志堅強的人。
80 一八一四年三月底，反法同盟聯軍進入巴黎，拿破崙於四月退位，被流放到厄爾巴島。後來，拿破崙於一八一五年三月重返巴黎，建立百日王朝。

這麼接近，又走得這麼突然，大家都覺得很詫異。只是，在所有的馬車裡，沒有一個人想到德．阿弗裡尼先生在那次夜間散步中對德．維爾福先生揭露的可怕祕密。車隊行進將近一個小時以後，到達了公墓的門口。墓園周圍的氣氛寧靜而淒清，因此跟人們前來參加的葬禮氣氛相當協調。在走向那個家族墓室的人群中，夏托．勒諾認出了摩萊爾。摩萊爾是獨自駕著輕便馬車前來的，此刻，他的臉色蒼白，一言不發，獨自走在兩旁種著紫杉的小徑上。

「您也在這裡！」夏托．勒諾挽住年輕上尉的手臂說，「這麼說您也認識德．維爾福先生？但我怎麼從沒在他府上見過您呢？」

「我認識的不是德．維爾福先生。」摩萊爾說，「我認識的是德．聖米蘭夫人。」

這時，艾伯特帶著弗朗茲走了過來。

「選在這個地方將您們互相介紹認識的確不大合適。」艾伯特說，「不過也沒關係，我們都不迷信。摩萊爾先生，請允許我為您介紹弗朗茲．德．埃皮奈先生。他是我在義大利旅遊時，一位極其出色的旅伴。親愛的弗朗茲，這位是馬西米蘭．摩萊爾先生。您不在時，他是我結識的一位非常傑出的朋友。以後，只要我每次在談話中提到心地高尚、機智果斷和親切熱情等話題，您就會一直聽到我說出這個名字的。」

摩萊爾稍稍猶豫了一下。他暗中自問，向這位他私自視為情敵的人，用近乎表示友好的態度去打招呼，算不算是一種該受譴責的虛偽呢。但是，他又想起了自己的諾言和發誓時的莊嚴氣氛。於是，他盡力不在臉上流露出內心的情緒，克制住自己，向弗朗茲躬身致意。

「德．維爾福小姐一定很傷心，是嗎？」德布雷對弗朗茲說。

「傷心欲絕。」他回答，「她今天早上的臉色太過蒼白，讓我差一點認不出她了。」

這句看上去再平常不過的話，卻刺痛了摩萊爾的心。他想著，這個男人見過瓦朗蒂娜，跟她說過話了？當時，這位年輕、激動的軍官真的是使出了全部的力量，才把想違背誓言的衝動克制下去。他挽起夏托．勒諾的手臂，拉著他快步向墓室走去。葬禮的執事人員剛把兩口棺材抬到了墓室門前。

「好氣派的住處，」博尚瞥了一眼氣勢壯觀的墓室說，「簡直是冬暖夏涼的行宮。您早晚也要住進去的，親愛的德．埃皮奈，因為，您馬上就是這個家族的一員了。我呀，照我這哲學家的脾氣，我只要一座鄉間的小屋，一間林木圍繞的村舍，我可不想讓這麼些大石頭壓在我可憐的遺體上。我臨死前，要對圍在我周圍的人引用伏爾泰寫給皮隆[81]的那句話：Eo rus[82]，然後就再見了。不過，我說弗朗茲啊，打起精神吧，您的夫人可是有遺產的。」

「說真的，博尚，」弗朗茲說，「您真是讓人受不了。政治使您對什麼事都會冷嘲熱諷。政治人物讓您對什麼事都不相信了。可是不管怎麼說，當您有幸把政治先撇在一邊，來跟普通人待在一起的時候，請您務必要把您留在貴族院或國民議會衣帽間裡的那顆心收回來吧。」

「那麼告訴我吧，」博尚說，「生活是什麼呢？它不就是死亡前廳口的門廊嗎？」

「我現在對博尚有偏見了。」艾伯特說著，跟弗朗茲一起往後退了幾步，讓博尚繼續跟德布雷去高談闊論他的哲學。

---

81 Piron（一六八九—一七七三），法國詩人與劇作家。

82 拉丁文，到鄉間去吧。

維爾福的家族墓室是一座高約二十呎的四方白色石材建築。裡面分成兩間，一間是德．聖米蘭家族的；另一間是維爾福家族的。每間各自有扇門。別的墓室裡一層一層，盡是些難看的屜格，屍體就放在這些格子裡。每個屜格都有一塊銘牌就像是貼著標籤。然而，這座墓室卻不同，從青銅大門一進去，先看到的是一間肅穆陰暗的前廳，真正的墓室跟這個前廳之間還隔著一面牆。我們剛才說過，分別通往維爾福和德．聖米蘭兩家墓室的兩扇門，就開在這座牆的中間。在這裡，不用擔心那些到拉雪茲神父公墓來不管是郊遊或幽會的人——他們嬉笑打鬧的聲音，他們的歌聲、喊聲或奔跑聲——會打擾墓室中誌哀之人的肅穆靜謐。他們可以盡情地宣洩心中的悲傷，安靜地冥想或是淚流滿面的祈禱。

兩口棺材抬進了右邊的墓室，那裡是德．聖米蘭家族的安息地。它們被放置在兩個事先準備好等待著屍體放上來的擱架上。走進這間內室來，只有維爾福、弗朗茲和其他幾位近親。

由於宗教儀式已在門外舉行完畢，而且沒有人致長篇的悼詞，所以參加葬禮的人群很快就散去了。夏托．勒諾、艾伯特和摩萊爾一起回去，而德布雷和博尚則搭乘另一輛車。弗朗茲和德．維爾福先生在公墓門口留了一會兒。摩萊爾也設法找了個藉口讓車停了一下。他看見弗朗茲和德．維爾福先生走出了公墓，搭乘一輛掛喪的馬車。他有預感——他倆的行動這麼親密會是一個凶兆。摩萊爾讓馬車繼續向巴黎前進，但是，儘管他跟夏托．勒諾和艾伯特同坐在這輛車上，這兩位年輕人說的話他卻一句也沒聽見。

就在弗朗茲剛要跟德．維爾福先生告辭的時候，維爾福先生對他說：「子爵先生，我什麼時候可以再見到您？」

「依您的意思，先生。」弗朗茲回答說。

「越早越好。」

「我聽候您的吩咐，先生。我們要一起回您的府上嗎？」

「如果不會造成您的不便。」

「正好相反，我很想去。」

就這樣，這對未來的翁婿登上了同一輛馬車，而摩萊爾看見他倆上車時產生了不安的情緒。維爾福和弗朗茲回到了聖奧諾雷區。檢察官哪個房間也沒去，跟夫人和女兒也沒說一句話，直接就把年輕人帶進了書房，讓他在一張椅子上坐下。

「德．埃皮奈先生，」他對年輕人說，「這裡我要先提醒您——我選的這個時刻恐怕不像當初看起來的那麼不恰當——因為遵從死者的遺願是我們應該奉獻在他們靈柩前的第一件祭品，所以，我必須告知您前天德．聖米蘭夫人在臨終前的願望。那就是，瓦朗蒂娜的婚事不容延宕。您知道，遺產的立定是完全符合手續的。遺囑中清楚地申明德．聖米蘭家的全部財產都遺贈給瓦朗蒂娜。公證人昨天給我看過幾份文件，根據這些文件擬訂婚約是絕對沒有問題的。您可以去見公證人，並且以我的名義請他讓您看一下這些文件。這位公證人就是德尚先生，住在聖奧諾雷區的博沃廣場。」

「先生，」德．埃皮奈回答說，「瓦朗蒂娜小姐此刻正陷於極度悲慟之中，恐怕不會想到結婚的事。說真的，我擔心……」

「瓦朗蒂娜，」德．維爾福先生打斷他的話說，「她最迫切的願望，就是實現她外祖母的遺願。所以，在這方面是不會有任何障礙，這一點我可以保證。」

「既然如此，先生，」弗朗茲回答說，「那麼我這邊也不會有任何意見。您完全可以按您的意思處理。我說過的話是不會變的，我不僅願意，而且非常樂於實現我的承諾。」

「那麼，」維爾福說，「我們就不用再等了。婚約本該在三天前就簽署的，一切早已準備好了。今天就可以簽約。」

「可是，現在是服喪期啊？」弗朗茲遲疑著說。

「請放心，先生，」維爾福接著說，「我家是不會不顧禮俗的。德．維爾福小姐在服喪的三個月裡可以住到她在德．聖米蘭[83]的莊園裡去。我會說是她的莊園，因為這個產業是歸她所有的。到了那裡，如果您願意，一星期後就可以悄悄地舉行沒有宗教儀式的婚禮，不用聲張，也無須安排盛大的場面。讓外孫女在莊園裡成婚，也是當初德．聖米蘭夫人的心願。婚禮舉行以後，先生，您可以回巴黎來，而您的妻子在服喪期間可以跟她繼母住在一起。」

「就依照您的意思辦吧，先生。」弗朗茲說。

「那麼，」德．維爾福先生接著說，「請耐心地先在這裡等半小時。瓦朗蒂娜將會下樓到客廳來。我現在派人去請德尚先生，我們當場宣讀和簽署婚約。然後，德．維爾福夫人今天晚上就會陪瓦朗蒂娜去莊園。一星期後我們在那裡再度會面。」

「先生，」弗朗茲說，「我只有一個要求。」

83　法國貴族的爵號常以封地為名。此處德•聖米蘭即為德•德•聖米蘭侯爵封地。

「什麼要求？」

「我希望艾伯特．德．馬瑟夫和拉烏爾．德．夏托．勒諾能出席簽約儀式。您知道，他們是我的證婚人。」

「通知他們來，半小時足夠了。您想親自去，還是派人去請他們呢？」

「我想親自去，先生。」

「那麼，我們半小時後見，子爵先生。半小時後瓦朗蒂娜也該準備好了。」

弗朗茲向德．維爾福先生鞠躬告退。年輕人剛從府邸臨街的門出去，維爾福就吩咐僕人去通知瓦朗蒂娜，讓她半小時後下樓到客廳。到時候律師和德．埃皮奈先生的證婚人也都該到了。這個突如其來的消息在府中引起了騷動。德．維爾福夫人不肯相信這是真的，而瓦朗蒂娜覺得晴天霹靂，整個人呆住了。她往四周張望著，似乎要找一個能援救自己的人。她想下樓到祖父房裡去，但在樓梯口就碰到了德．維爾福先生，他挽起她的手臂，把她領進客廳去。

在前廳，瓦朗蒂娜碰到巴魯瓦，她向這位老僕人投去絕望的一瞥。瓦朗蒂娜剛到一會兒，德．維爾福夫人也帶著小愛德華進了客廳。這位少婦顯然也分擔了家庭的哀傷——她臉色蒼白，看上去疲憊不堪。她坐了下來，把愛德華抱在膝上，還不時將他緊緊地摟在懷裡，動作近乎痙攣，彷彿在這孩子身上凝聚著她整個生命。沒多久，便聽到兩輛馬車駛進了庭院。其中一輛是律師的馬車，而另一輛是弗朗茲和他那兩位朋友的馬車。片刻過後，客廳裡，所有的人都到齊了。

瓦朗蒂娜臉色煞白，太陽穴上的青筋隱約可見，不僅布滿了眼圈，而且延伸到了兩邊的臉頰。弗朗茲不由得深深地被感動了。夏托．勒諾和艾伯特驚訝地對望了一眼——他們覺得，剛才結束的那個喪禮，似乎沒有比將要開始的這個儀式更為淒哀。德．維爾福夫人坐在一幅天鵝絨窗幔後面，置身在陰影裡。因為她一直俯身朝向坐在膝上的兒子，所以很難從她的臉上看出她心裡在想些什麼。德．維爾福先生跟平時一樣，臉上毫無表情。

公證人按照平日的習慣，先在桌子上擺好文件，然後在扶手椅裡坐定，用手扶了下眼鏡，轉過臉朝著弗朗茲。

「您是弗朗茲．德．蓋斯內爾，德．埃皮奈子爵嗎？」他問，雖然他對這一點知道得一清二楚。

「是的，先生。」弗朗茲回答說。

律師欠了欠身。「那麼，我要代表德．維爾福先生通知您，先生，」他說，「您和德．維爾福小姐的婚事改變了諾瓦第埃先生對他孫女的態度。所以，他把原先打算遺贈給她的財產全部捐贈給慈善機構。但是，我有必要在這裡補充一句，」律師繼續說，「立遺囑人僅有權力讓與部分財產，因此對捐贈全部財產的做法，在法律上是可以提起訴訟，而這份遺囑會被宣判無效的。」

「是的，」維爾福說，「不過我要先告訴德．埃皮奈先生，只要我在世，對家父的遺囑就不容提起訴訟。我的地位不允許家門中有絲毫損害名譽的事情。」

「先生，」弗朗茲說，「這樣一個問題竟當著瓦朗蒂娜小姐的面提出，我對此深表遺憾。我從來不曾打聽過她的財產的數目，這筆財產哪怕再少，也要比我的多得多。家族所求的是能跟德・維爾福先生聯姻，而我所求的僅僅是幸福。」

瓦朗蒂娜做了一個難以覺察表示感激的動作，同時，兩行淚悄悄地沿著她的臉頰流了下來。

「另外，先生，」維爾福對未來的女婿說，「除卻您本來有望得到的遺產會遭到一部分的損失，這份出人意外的遺囑絕無任何有意傷害您的意思。這種情況只能說是由於諾瓦第埃先生神志不濟的緣故所造成。家父之所以不高興，並不是因為德・維爾福小姐要嫁給您，而是因為瓦朗蒂娜要嫁人——她無論跟誰成親，都同樣會使他感到傷心。

「老人總是自私的，先生。德・維爾福小姐對諾瓦第埃先生是一位忠實的陪伴者，而這一點德・埃皮奈子爵夫人是無法做到的。家父的處境頗為不幸，因此我們幾乎從不跟他談及嚴肅的事務。他因為神智不清，是無法理解這些事的。而且，我完全有把握這麼說，儘管諾瓦第埃先生此刻還能記住孫女要結婚這回事，但他早已把未來的孫女婿的名字忘了。」

對於德・維爾福先生的這番話，弗朗茲欠了欠身算作回答。正在這時，客廳的門打開，巴魯瓦出現在門口。

「各位先生，」他口氣很堅決地說，對於在一個如此莊嚴的場合朝著主人們說話的僕人來說，這種口氣確實是超乎尋常。「各位先生，諾瓦第埃・德・維爾福先生希望即刻和弗朗茲・德・蓋斯內爾先生，德・埃皮奈子爵談話。」

他也跟公證人一樣，為了不讓任何人有誤解的可能，把這名未婚夫的全部頭銜都報了出來。維爾福一震，德・維爾福夫人一鬆手，讓兒子從膝頭滑了下來，瓦朗蒂娜則臉色煞白地站起來，像座雕像似的默默佇立著。艾伯特和夏托．勒諾交換了一個比第一次更為驚訝的眼色。公證人則望著維爾福。

「這不行，」檢察官說，「況且德．埃皮奈先生這個時候也無法離開客廳。」

「我的主人諾瓦第埃先生，」巴魯瓦以同樣堅決的口氣說，「正是希望在這個時候跟弗朗茲．德．埃皮奈先生談一件重要的事情。」

「那麼諾瓦第埃爺爺，他現在能說話啦？」愛德華帶著慣常的放肆無禮的態度問。

但對這句玩笑，就連德．維爾福夫人也沒笑一下，當時每個人的腦海裡都轉著許多念頭，整個客廳的氣氛顯得非常嚴肅。

「請告訴諾瓦第埃先生，」維爾福說，「他的要求無法照辦。」

「那麼諾瓦第埃先生通知各位先生，」巴魯瓦接著說，「他會命人把他推到客廳裡來。」

大家驚訝到了極點。一絲微笑浮現在德．維爾福夫人的臉上。瓦朗蒂娜情不自禁地抬頭望著天花板，在心裡感謝上帝。

「瓦朗蒂娜，」德．維爾福先生說，「請您去看一下，您的爺爺又有什麼新花樣了。」

瓦朗蒂娜急忙向門口走去，但沒等她走上幾步，德．維爾福先生改變了主意。

「等一下，」他說，「我陪您一起去。」

「對不起，先生，」這時弗朗茲說，「我認為，既然諾瓦第埃先生是要我去，首先就應該由我來滿足他的要求。再說，我也很高興能向他當面表示我的敬意。何況，我還不曾有機會請求他給我這樣的榮幸。」

「天啊，先生！」維爾福帶著明顯不安神情說，「請不必勞駕吧。」

「請您原諒，先生，」弗朗茲用的是一個已下定決心的口吻，「我希望我可以不要錯過這個向諾瓦第埃先生證明的機會。因為，他對我的反感真是大錯特錯。而且，無論這個成見有多深，我決心要用自己誠摯的愛心去消融它。」

說完，他不管維爾福再怎麼留他，起身跟在瓦朗蒂娜後面往外走。這時，瓦朗蒂娜正懷著海難倖存者伸手觸到岩礁時的那種喜悅心情在走下樓梯。德・維爾福先生跟在他倆後面。夏托・勒諾和馬瑟夫交換了一個比前兩次更為驚訝的眼色。

第七十五章　會議紀要

諾瓦第埃身穿黑衣，坐在輪椅裡等著他們。當他所等的三個人都進到屋裡後，他看了看房門，男僕立即就把這扇門關上了。

「您最好當心，」維爾福朝著無法掩飾自己喜悅心情的瓦朗蒂娜低聲說，「如果諾瓦第埃先生要對您談阻止您婚事的內容，我不許您回應他。」

瓦朗蒂娜的臉漲紅了，但沒作聲。維爾福走近諾瓦第埃。

「弗朗茲·德·埃皮奈先生來了，」他說，「您派人去叫他，先生，他滿足了您的要求。當然，我們早就期待著這次會見，我很高興有這個機會向您證明，您反對瓦朗蒂娜的婚事是完全沒有道理的。」

諾瓦第埃的回答是向他瞥了一眼，這一眼看得維爾福打了個寒顫。老人用眼睛做了個表示，讓瓦朗蒂娜走上前去。沒花多少時間，用著她慣常跟祖父交談的辦法，她找到了鑰匙這個詞。於是她循著癱瘓老人的視線望去，只見他的眼睛注視著兩扇窗戶中間的一張小桌子的抽屜上。她拉開抽屜，果然在裡面找到一把鑰匙。她拿起這把鑰匙，老人對她表示這正是他要的東西，然後，這癱瘓老人的視線移向一張寫字臺。這張寫字臺早就不用了，大家都以為其中只放著些沒用的文件。

「您要我打開這張寫字臺嗎？」瓦朗蒂娜問。
「是的。」老人表示。
「要我拉開這些抽屜嗎？」
「是的。」
「旁邊的這幾個？」
「不是。」
「中間的這個？」
「是的。」
瓦朗蒂娜拉開抽屜，取出一疊紙。
「您要的是這個嗎，爺爺？」她說。
「不是。」
她繼續取出其他的文件，直到抽屜裡空無一物為止。
「抽屜現在空了。」她說。
諾瓦第埃的眼睛盯在字典上。
「喔，爺爺，我明白您的意思。」少女說。
她逐一往下背字母，到了S，諾瓦第埃示意她停住。她翻開字典，一直尋到暗簧[84]。

84 法語中，「暗簧」（secret）的第一個字母是「s」。

「喔，這裡有個暗簀？」瓦朗蒂娜說。

「是的。」諾瓦第埃說。

「那誰知道這個暗簀嗎？」

諾瓦第埃望著僕人剛才出去的那扇門。

「巴魯瓦？」她說。

「是的。」諾瓦第埃表示。

「我去叫他來？」

「是的。」瓦朗蒂娜走到門口去叫巴魯瓦。

這段時間裡，維爾福的額頭淌著焦急的汗珠，而弗朗茲則驚呆了。

老僕進門來了。

「巴魯瓦，」瓦朗蒂娜說，「我祖父讓我從這張桌子裡取出這把鑰匙，打開寫字臺，拉開了這只抽屜。現在這只抽屜上有個暗簀，看來您知道它在哪裡，請打開它吧。」

巴魯瓦看著老人。

「照她說的做。」諾瓦第埃用睿智的眼神表示。

巴魯瓦觸碰到暗簀，一道暗格出現，露出一包束著黑緞帶的文件。

「這就是您想要的東西嗎，先生？」巴魯瓦問。

「是的。」諾瓦第埃說。

「這些文件要給誰？給德．維爾福先生嗎？」

「不是。」

「給瓦朗蒂娜小姐？」

「不是。」

「給弗朗茲・德・埃皮奈先生？」

「是的。」

弗朗茲驚愕萬分，往前走上一步。

「給我，先生？」他說。

「是的。」

弗朗茲從巴魯瓦的手裡接過文件，看著封面念道：「這包文件應於我死後移交我的朋友迪朗將軍，他死後則應轉交他的兒子，並囑其妥善保存這份極為重要的文件。」

「那麼，先生，」弗朗茲問，「您要我把這份文件怎麼樣呢？」

「想必是要您照原樣藏好吧。」檢察官說。

「不，不。」諾瓦第埃急切地表示。

「也許您是要這位先生把它讀一遍？」瓦朗蒂娜問。

「是的。」老人回答。

「您聽到了嗎？子爵先生，我祖父請您讀一下這份文件。」瓦朗蒂娜說。

「那麼我們還是坐下吧，」維爾福不耐煩地說，「因為這需要一些時間。」

「請坐吧。」老人用眼神示意。

維爾福坐下了，但瓦朗蒂娜仍站在祖父旁邊，靠在他的輪椅邊上，弗朗茲則站在他面前。他手裡拿著那份神祕的文件。

「請念吧。」老人的目光說。

弗朗茲拆開封皮，房間裡頓時一片寂靜。他在這片寂靜中開始念道：「一八一五年二月五日聖雅克街拿破崙支持者俱樂部會議紀要。」

弗朗茲停住了。「一八一五年二月五日！家父就是在這天遇難的！」

瓦朗蒂娜和維爾福都沒作聲，只有老人的目光清楚地表示：「請往下念。」

「家父就是在離開這個俱樂部時失蹤的！」弗朗茲繼續說。

諾瓦第埃的目光繼續在說：「往下念。」

他往下念道：

「我們，炮兵中校路易・雅克・博勒佩爾，陸軍準將艾蒂安・迪尚皮，水力林業局長克洛德・勒夏帕爾，擬稿如下：

「一八一五年二月四日，拿破崙支持者俱樂部收到一封厄爾巴島來信。信中推薦了弗拉維安・德・蓋斯內爾將軍，並要求俱樂部對他待之以禮並予以信任。這位從一八〇四直至一八一五年初都在陛下麾下服務的將軍，雖然最近由路易十八以其埃皮奈采邑之名冊封為子爵，但想來還是完全忠誠於拿破崙王朝的。

「於是，俱樂部發了一封短箋給德・蓋斯內爾將軍，請他參加次日即五日的會議。短箋上不曾寫明舉行會議的宅邸的街名和門牌號碼，上面沒有署名，僅通知將軍若他願意赴會，當晚九點會有人前去接他。

「俱樂部的會議通常都在晚間九點到午夜期間舉行。九點鐘，俱樂部主席來到將軍府上。將軍已做好赴會準備，主席告訴他，這次帶他赴會有一個條件，就是他絕不能知道開會的地點。他得蒙住眼睛，並發誓絕不企圖扯下蒙眼的布條。德．蓋斯內爾將軍接受了這個條件，並以名譽擔保無意探究自己被帶往何處。

「將軍已經吩咐備了車，但主席告訴他說，不能讓他的車伕送他去。因為，既然可以讓車伕張著眼睛，把一路經過的街道看得一清二楚，那又何必要把主人的眼睛蒙上呢。

「『那怎麼辦呢？』將軍問。『我有車。』主席說。

「『難道您對您的車伕這麼信任嗎，竟然把一個您認為不能讓我的車伕知道的祕密，讓他知道？』

「『我們的車伕是俱樂部成員，』主席說，『為我們駕車的是一位國務參事。』

「『那麼，』將軍哈哈笑道，『我們就得冒另一個危險了。』

「我們特地記下這句玩笑話，以證明將軍參加這次會議絕非受人脅迫，完全是出於自願。一上馬車，主席就提醒將軍，要他遵守蒙住眼睛的諾言。將軍對這一手續沒有提出任何異議。馬車上預先準備好的一塊綢帕巾，他蒙上了眼睛。半路上，主席覺著將軍好像想從手帕下面往外瞧，他提醒將軍不要忘記自己的誓言。「當然記得。」將軍說。

「馬車停在聖雅克街的一條小巷跟前。將軍扶著主席的手臂下了車，當時他還不知道對方的身分，把他當作了俱樂部的一名普通成員。他們穿過小巷，走上一層樓梯，進入會議廳。

會議開始。俱樂部成員因為得知當晚要舉行的入會儀式很特殊，所以全體都出席了。到了大廳中央，將軍被告知可以取下蒙住眼睛的手帕。他立刻這麼做了，在這個他以前完全沒想到過它會存在的社團裡，居然見到這麼多熟悉的面孔，似乎使他大吃了一驚。大家詢問將軍的政見，但他回答說，厄爾巴島的來函想必已經使諸位對此有所了解……」

弗朗茲停了下來。「家父是保王黨人，」他說，「他們不必問他的政見，那是眾人皆知的。」

「正因如此，」維爾福說，「我才會跟令尊常有來往，親愛的弗朗茲先生。意見相同就容易結下友誼。」

「念下去。」老人的目光仍然這麼說。

弗朗茲繼續往下念：「這時主席發言，要求將軍更為明確地表明態度，可是，德．蓋斯內爾先生回答說，他首先要知道大家希望他做什麼。於是，大會向將軍宣讀了厄爾巴島的來信，信中向俱樂部推薦將軍，說可以信任他的合作。其中還有整整一段披露了從厄爾巴島潛回巴黎的計畫，並提到另外有一封內容更為詳盡的信將由法老號帶回。這艘船屬馬賽船主摩萊爾所有，其船長對陛下是絕對忠誠的。念信的這段時間裡，大家以為可當作兄弟接待的這位將軍，卻表露出明顯的不快和反感。念完以後，他仍閉口不語，緊皺眉頭。

「『好了！』主席問，『您對這封信作何看法，將軍先生？』

「『我想說的是，不久前我剛宣誓效忠路易十八國王，』他回答說，『我無法為了一個廢黜皇帝的利益，去違背自己剛對路易十八國王立下的誓言。』這一次的回答夠明白了，對他的政見再無懷疑的餘地。

「『將軍，』主席對他說，『對我們來說，既沒有什麼路易十八國王，也沒有什麼廢黜的皇帝。只有為暴力和叛賣所迫，遠離法蘭西，遠離他的國家十月之久的皇帝和國王陛下。』

「『對不起，諸位，』將軍說，『您們可能並不承認路易十八國王，但我承認有這麼一位國王。正是他冊封我為子爵並任命我為旅長的，我永遠不會忘記。由於他幸運地返回法蘭西，我才能有這兩個頭銜的。』

「『先生，』主席站起身來，語氣非常嚴肅地說，『您得當心自己在說些什麼。您的話明白無誤地向我們表明，厄爾巴島上的人看錯您了，而且也讓我們把您看錯了。由於我們信任您，相信您具有一種值得尊敬的感情，我們才向您通報了有關的消息。現在，我們知道我們錯了——一個爵位和一個軍階，就使您歸附了我們想要推翻的那個新政府。我們不想強迫您與我們合作。我們不想讓任何人違背自己的信仰意志而加入我們。但是，我們要求您必須光明正大地行事，即便您不準備這樣做，我們也要強制您這樣做。』

「『您所說的光明正大，就是知道您們的陰謀不會被洩露出去反過來對付您們。這我該說您是要我變成您的共犯。您看，我比您更坦率……』」

「哦！父親，」弗朗茲停住不念，說，「現在我明白他們為什麼要殺害您了。」

瓦朗蒂娜情不自禁地看了一眼弗朗茲。這位年輕人充滿孝思的激情，使他看上去顯得更加俊美。維爾福在他後面來回地踱步。諾瓦第埃注視著每個人的表情，保持著尊嚴與冷峻的態度。

弗朗茲的目光回到文件上，繼續往下念：「『先生，』主席說，『您參加這次會議，我們是請您來，而不是強迫您來的。我們提議讓您蒙住眼睛，您也接受了。您同意了這兩個要求。這就是說，您完全清楚我們是不想保住路易十八的王位的，否則我們也就不用這麼小心提防警方發現我們的行蹤了。若是讓您借助偽裝來探明祕密，然後可以撕下假面具去出賣信任您的人，那未免太便宜您了。不，不，首先您必須說個明白，您到底是效忠著眼前在位的那個短命國王，還是效忠著皇帝陛下。』

「『我是保王份子，』將軍回答說，『我向路易十八宣過誓，並且忠於自己的誓言。』

「這兩句話在會場上引起一陣騷動，從一大群會員的目光中，可以看出他們在想的是如何處置德．埃皮奈先生，讓他為自己的出言不遜感到後悔。主席重新站起身來，讓大家安靜。

「『先生，』他對將軍說，『您是一個嚴肅而明智的人，不會不了解我們眼前所處的情勢的嚴重性，而且，您的坦率已經迫使我們不得不向您提出一個條件——您必須以您的榮譽發誓，絕不把您聽見的事情洩漏出去。』

「將軍把手按在佩劍上，喊道：『既然說到榮譽，那您起碼就該不褻瀆它的原則，不以暴力來威逼任何人！』

「『而您，先生，』主席說這話時的鎮靜態度，也許比將軍的狂怒更令人害怕。『別去碰您的劍，這是我給您的忠告。』

「將軍環顧四周，眼神中開始流露出一種不安的情緒。但他並沒有屈服，反而用力高聲喊道『我不發誓！』

「『那麼，先生，您就得死。』主席鎮靜地回答說。

「德．埃皮奈先生臉色變得煞白。他又一次環顧四周。好些俱樂部會員都在交頭接耳，各自在披風下面摸著兵器。

「『將軍，』主席說，『請您放心，您周圍都是一些珍惜榮譽的人。他們在不得不對您採取極端行動之前，將竭盡全力先說服您。但是您說過，您是在一群陰謀分子中間，您手裡掌握著我們的祕密，這祕密必須交還給我們。』

「話音落下，一陣意味深長的沉寂籠罩了整個會議廳。因為將軍沒有回答。主席就朝守門的人說：『把門關上。』說完以後，又是一陣死一般的沉寂。

「這時，將軍走上前去，用盡全力控制住自己。『我有個兒子，』他說，『當我置身於一群凶手中間時，我得為他著想一下。』

「『將軍，』會議主席帶著高貴的神情說，『一個人有權侮辱五十個人——這是弱者的特權。不過，他若真的去用這個權利，他就錯了。請相信我，將軍，發誓吧，不要侮辱我們。』

「將軍又一次被主席大義凜然的態度給鎮住了。他猶豫了片刻，但最後，還是向前走到了主席臺。『怎麼發誓？』他問。

「『就這麼說：我以榮譽發誓，絕不把一八一五年二月五日夜晚九時至十時間聽到的事向任何人洩露，倘若違誓，甘當受死。』

「將軍臉上彷彿掠過一陣焦慮的微顫，他一時竟答不上話來。過了一會兒，他克制住了臉上已經流露出的一種反感的表情，終於把要他念的誓言說了一遍。但聲音輕得幾乎沒法讓人聽見，所以，好幾位會員要他大聲清楚地重複一遍，他也照辦了。

「『現在，我想告退了，』將軍說，『我這就算自由了嗎？』

「主席起身，指定三位會員陪他出去。他們一行人等將軍蒙上眼睛後，跟他一起上了馬車。這三個人中間，有一個就是駕車接他來的那個車伕。其他的俱樂部成員悄悄地四散而去。

「『您要我們把您送到哪裡？』主席問。『只要能見不著您們，哪裡都行。』德．埃皮奈先生回答說。

「『先生，』這時主席接著說，『您要注意，此刻您不是在會場裡。跟您面對面的只有我們幾個人。請別侮辱我們，要是您不想對這種侮辱負責的話。』

「但德．埃皮奈先生不聽勸告，逕自說：『您們在這馬車上，也跟在您們的俱樂部裡一樣的勇敢阿。這原因，先生，不就是四個人總比一個人厲害嘛。』

「主席吩咐停車。這時正好駛到歐姆沿河街的街口，那裡有一行往下通到塞納河的石級。

「『您為什麼吩咐在這裡停車？』德．埃皮奈先生問。

「『因為，先生，』主席說，『您侮辱了一個人，而這個人在沒有得到您正式的賠禮道歉之前，是不會再往前走一步的。』

「『又是個暗算的行徑。』將軍聳聳肩膀說。

「『先生，』主席回答說，『要是您不願意被我看成一個您剛才說的那種人，也就是說，看成一個拿自己的怯懦當擋箭牌的膽小鬼，就請您別這麼嚷嚷。您是一個人，在您對面也是一個人。您身邊有一把劍，我這根手杖裡也有一把劍。您沒有證人，這兩位先生中有一位可以當您的證人。現在，如果您覺著這樣能行的話，您可以取下您的蒙眼布了。』

「將軍立即拉下蒙住眼睛的手帕。『好吧，』他說，『我總算可以知道我是在跟誰交手了。』車門打開：這四個人下了車……」

弗朗茲又再次停住了。他擦了擦沿著額頭淌下的冷汗。看著一個做兒子的渾身顫抖、臉色發白地大聲念著他至今一無所知的父親遇難詳情，真會使人不寒而慄。瓦朗蒂娜雙手合在胸前，彷彿在祈禱的樣子。諾瓦第埃帶著一種幾乎可以說是輕蔑加上自豪的表情，看著維爾福。

弗朗茲繼續念道：「前面已經說過，這一天是二月五日。三天來一直是氣溫只有五、六度的嚴寒天氣。石級上結著冰，行走很困難。將軍又高又胖，主席讓他走靠欄杆的一邊下去。兩位證人跟在他們後面。夜色濃黑，從石級到河邊的這段地面上濕漉漉地覆蓋著一層冰霜，只見又黑又深的河水汩汩地流過，不時沖走一些冰塊。一位證人到近邊的運炭船上去借來一盞提燈，證人借著燈光查驗武器。

「主席的劍正如他剛才說的，式樣很簡單，是一把藏在手杖裡的劍，比對手的劍短一截，而且沒有護手。德．埃皮奈將軍提議抽籤挑劍。但主席回答說他是提出決鬥的一方，他提出決鬥時就是打算各人使用自己的武器。兩位證人想堅持抽籤，主席吩咐他們不用再說。提燈放在地上，兩位對手各站一邊，決鬥開始了。在燈光下，只見兩把劍猶如兩道寒光。至於人，幾乎很難看清人影，因為夜色實在太濃了。

「將軍平素被公認為最好的劍手之一。但他從第一回合起就連連遭到猛攻，只得節節後退，退著退著，他摔倒在地上。證人以為他死了，但他的對手知道並未刺中他，所以伸手想扶他起來。這一來，非但沒有使將軍冷靜下來，反而激怒了他，他起身後就向對手猛撲過去。但他的對手沒有後退半步，揮劍奮力迎戰。將軍一連往後退了三次，每次被逼進死角後，又奮力向前猛衝。到第三次，他又摔倒了。旁邊的人以為他又像第一次那樣滑倒，過了一會兒，兩位證人不見他起身，就走到他身邊想扶他起來。但抱住他腰的那位，覺著自己的手上熱熱、濕濕的——那是血。

「幾乎已經昏迷的將軍，這時恢復了知覺。『喔！』他說，『您們給我派來了一個殺手，一個擊劍教官。』

「主席沒有答話，走到提著燈的那位證人身邊，捲起袖子，露出手臂上的兩處劍傷，然後，他敞開外衣，解開背心鈕扣，讓他們看肋間的第三處劍傷。但他連哼也沒哼一聲。德・埃皮奈將軍進入彌留狀態，五分鐘後就死了……」

弗朗茲念到最後幾句話時聲音已經哽咽，所以在場的人幾乎聽不清他在說什麼了。念完這幾句話後，他停住不念，把手伸到眼睛上，就像要驅散一片陰翳似的。

但在片刻的寂靜過後，他又繼續往下念：「主席把劍插進手杖，沿石級往上走去。雪地上所過之處，留下一行血跡。他還沒走到街上，就聽到河面傳來一個沉悶的響聲——那是證人們確認將軍死亡後，把他的屍首扔進河裡的聲音。所以，將軍是死於一場光明正大的決鬥，而不是像有些人可能會說的那樣，死於一個圈套。為澄清事實真相，以免將來某一天，這幕悲慘場景的當事人之一被指控是違背榮譽原則以及預謀殺人的凶手。我們特此簽署這份會議紀要，以作證明。簽名：博勒佩爾，迪尚皮，勒夏帕爾。」

弗朗茲念完了這份對一個兒子來說如此殘酷的會議紀要。瓦朗蒂娜激動得臉色發白，拭著眼淚。維爾福渾身顫抖，蜷縮在一個角落裡，看著巋然不動的老人，想用哀求的眼神懇請他平息一場風暴。

「先生，」德·埃皮奈對諾瓦第埃說，「既然您對這件悲慘的事情知道得一清二楚，既然您曾經讓這些受人尊敬的先生簽名為此作證，最後，既然您看來似乎對我很感興趣，儘管您的興趣只是給我痛苦，那麼，就請您不要拒絕我最後的一個要求。請告訴我那個俱樂部主席的名字，讓我知道殺害我可憐父親的究竟是誰吧。」

維爾福暈頭轉向地去摸房門的把手。瓦朗蒂娜比誰都先知道老人的回答會是什麼，因為她常常見到他前臂上的那兩個劍傷的疤痕，她不由得往後退了一步。

「看在老天的分上！小姐，」弗朗茲對他的未婚妻說，「幫我一起來弄明白是誰讓我在兩歲就成為孤兒的吧。」

瓦朗蒂娜完全不動，緘口不語。

「算了，先生，」維爾福說，「請相信我，別讓這駭人的場面再延續下去吧，何況，這上面是有意不寫名字的。家父並不知道這個主席是誰，而且就是知道也沒法說清——人名是沒法在字典中查到的。」

「哦！我多麼不幸啊！」弗朗茲喊道，「在我念這份紀錄時支持著我，給了我能把它念完的力量，就是這個至少能知道是誰殺害了我的父親希望！先生，先生！」他轉身向著諾瓦第埃喊道，「看在老天的分上！請您盡……盡您所知，我求您，告訴我，讓我知道……」

諾瓦第埃做了個肯定的表示。

「哦，小姐，小姐！」弗朗茲喊道，「您祖父在表示他能告訴我……那個人……幫個忙……您懂得他的意思……請幫幫我吧。」

諾瓦第埃望著字典。弗朗茲顫抖著取過字典，逐個往下背字母，一直背到M。聽到這個字母，老人做了個肯定的表示。

「M！」弗朗茲重複了一遍。

年輕人的手指在字典上移動，可是，對所有的這些詞，諾瓦第埃的回答都是否定的表示。瓦朗蒂娜雙手緊緊地抱住自己的頭。最後弗朗茲指到了MOI[85]這個詞。

「是的。」老人說。

「您！」弗朗茲喊道，頭髮都豎了起來，「您，諾瓦第埃先生！是您殺死了我的父親？」

「是的。」諾瓦第埃回答說，凜然的目光凝視著年輕人。

弗朗茲全身無力地跌坐在一張扶手椅裡。維爾福打開房門，悄悄走了出去，因為他腦子裡已經萌發了要把老人那顆可怕的心靈中一息尚存的生命之火滅掉的念頭。

85　法文，我。

第七十六章　小卡瓦爾坎第的進展

且說老卡瓦爾坎第已經回去報到，但不是到奧地利皇帝陛下的軍營，而是到盧卡澡堂的輪盤賭場。他是往那裡跑得最勤的一個常客。不用說，撥給他的那筆旅費，還有做為他以威嚴莊重的舉止扮演父親角色的酬勞的那筆賞金，他都分文不差地帶到了那裡去了。他動身前，把證明文件都留給安德烈亞先生，確認他就是巴爾托洛梅奧侯爵和萊奧諾拉·科爾西納裡侯爵夫人之子。這樣一來，他就差不多在巴黎社交界紮下了根。

這個社交界原本就很樂意接待外國人，而且不是按照他們真正的地位，而是依著他們想要具有的身分來接待他們。何況，在巴黎，對一個年輕人又能有些什麼要求呢？頂多就是說一口還過得去的法語，穿著一身入時的衣裝，打一手好牌並且用金幣付款。不用說，人們對一個外國人又要比對一個巴黎人寬容得多。所以，安德烈亞不出兩星期就混得相當不錯了。大家稱他為伯爵先生，私下都說他有五萬法郎年金。他父親的那一大筆金銀財寶也是談論的話題，據說那些財寶都埋藏在薩拉韋紮的採石場裡。有人在一位學者面前提起這那個採石場，這位學者聲稱他親眼見過它。因此，這個極具分量的見證，使原先讓人半信半疑的傳聞，變成了確信的事實。

當某天傍晚基督山伯爵前去拜訪鄧格拉斯先生時，巴黎的社交圈正處我們剛給讀者介紹的那種情況。當時鄧格拉斯先生出門去了，但是男爵夫人希望能接待伯爵，他也接受了邀請。

自從去過奧特伊赴過晚宴，隨後又發生了一連串的事件以來，鄧格拉斯夫人每次聽到有人說起基督山伯爵的名字，總不免全身發抖。要是在聽到這個名字以後，卻見不到伯爵本人，這種痛苦的情緒就會越演越烈。但是，只要伯爵隨即出現在眼前，他坦然的面臉，明亮的眼睛，親切的態度，還有他對鄧格拉斯夫人的殷勤，很快就會使她最後一點的恐懼印象都煙消雲散。男爵夫人似乎覺得，一名行為舉止總讓人覺得心情愉悅的男子，是不可能對她存有邪惡的盤算。再說，即使是最沉淪的人，也只有在利害攸關時才會對人起邪念。毫無意義且無緣無故地去害人，是讓每個人都厭惡的行為。

基督山伯爵走進我們曾經向讀者介紹過的這間小客廳時，男爵夫人正心神不安地看著幾張圖畫，這是她女兒和小卡瓦爾坎第欣賞過後遞給她的。伯爵的出現產生了像往常一樣的效果——男爵夫人在聽到通報他的名字時，心頭掠過的那陣輕微騷亂過去後，便帶著微笑去接待伯爵。而伯爵，卻一眼就把整個景況看了一清二楚——男爵夫人斜靠在一張橢圓形長沙發上，歐仁妮坐在她身邊，卡瓦爾坎第則站著。

卡瓦爾坎第像歌德作品中的主人公那樣穿一身黑衣，腳上穿黑漆皮鞋和鏤空白絲襪。他一隻保養得很好又白皙的手，正舉起來掠著金黃色的頭髮，只見一顆鑽石在秀髮間閃閃發亮。儘管基督山告誡過他，但這位愛慕虛榮的年輕人，還是抵擋不住要想在小指上戴枚鑽石戒指的欲望。隨著這個動作，他頻頻向鄧格拉斯小姐送去勾魂的眼神，並同時把感嘆同時也跟著傳過去。

鄧格拉斯小姐依然如故，也就是說，她美麗而冷漠，臉上總帶著一種譏諷的神色。安德烈亞的一個一個秋波，一聲一聲的嘆息，她都看見了也聽見了。但可以這麼說，它們都撞上了彌涅耳瓦[86]的護胸甲，而這正是有些哲學家聲稱曾幾度保護過薩福[87]胸膛的那副護胸甲。

歐仁妮對伯爵冷冰冰地打了個招呼，待到旁人談話一轉入正題，就抽身退進相鄰的那間練琴的小客廳。不久，就從那裡傳來兩個女孩的聲音，伴著鋼琴的開頭幾組和絃，開始歡悅、嘹亮地歌唱著。基督山聽在耳裡，就明白了鄧格拉斯小姐不喜歡跟他以及與卡瓦爾坎第先生待在一起，寧願跟她的聲樂教師路易絲．德．阿爾米依作伴。

也正是在這時，伯爵一面跟鄧格拉斯夫人談著話，並且裝著熱忱於對話之中，一面卻注意著安德烈亞．卡瓦爾坎第先生那滿臉關切的神情，以及他走到房門前傾聽樂聲，顯得不勝仰慕，卻又不敢貿然闖進去的那副模樣。過不久，銀行家回來了。顯然，他第一眼看的是基督山，但第二眼望的確是安德烈亞。至於夫人，他只按某些丈夫跟自己妻子打招呼的樣子對她點了點頭。對於這種態度，未婚的男子是無法領略其中含義的，除非哪一天出版一本內容詳盡的夫婦生活指南。

「兩位小姐沒有邀請您跟她們一起唱唱歌嗎？」鄧格拉斯問安德烈亞。

86　Minerva，羅馬神話中的女神，相當於希臘神話中的雅典娜。她是威力和智慧的化身，同時又是音樂的保護神。雅典的派特農神廟中，有頭戴戰盔、手執盾牌的雅典娜雕像。

87　Sappho，古希臘女詩人，與荷馬齊名。有人把她稱為第十位詩歌女神（在古希臘神話中，共有九位司文藝的女神）。

「唉！沒有，先生。」安德烈亞說著嘆了口氣，這聲嘆息的意味比前幾次更明顯了。鄧格拉斯當即走到小客廳跟前，一把拉開隔門。

兩位少女並排坐在鋼琴前的琴凳上。兩人各用一隻手在聯彈伴奏。她們已經習慣於即興進行這種練習，配合得十分有默契。從門外看進去，德．阿爾米依小姐和歐仁妮正好構成一幅生動的畫面，就像在德國常能見到的那種畫似的。德．阿爾米依小姐長得還算漂亮，身形也是精緻細巧——有點像仙女一般的身材，一頭濃密捲髮垂在稍嫌長了點兒的頸脖上，猶如彼魯其諾[88]有時畫的聖母像那樣。她的雙眼則蒙著層倦意，顯得沒有神采。看著她，會讓人覺得她的肺部虛弱，而且擔心有一天她也會像《克雷莫納的小提琴》[89]裡的安托妮婭一樣唱到斷氣似的。

基督山伯爵對這間內室迅速而好奇的一瞥。他常在這個家裡聽人說起德．阿爾米依小姐，可這還是第一次見到她本人。

「怎麼了，」銀行家問女兒說，「不歡迎我們嗎？」

說完，他領著年輕人走進小客廳，同時，也不知是偶然，還是有意，安德烈亞進去以後，那扇門就又掩上了一半。從基督山伯爵和男爵夫人坐的位置，正巧看不見裡面的情形。不過，因為銀行家是跟安德烈亞一起進去的，所以鄧格拉斯夫人似乎不怎麼在意。不久，伯爵就聽見安德烈亞隨著鋼琴的和絃唱起了一首科西嘉民歌。

88　Perugino（一四四五—一五二三），義大利畫家。他的宗教畫對後來的拉斐爾等人都有很大影響。

89　Cremona Violin，德國作家、音樂家霍夫曼的一篇小說，安托妮婭是其中的女主人公。

伯爵面帶微笑，聽著這首讓他忘卻安德烈亞而想起貝厄弟妥的歌，可是就在這時，鄧格拉斯夫人卻對基督山誇起她丈夫的意志是如何的堅強。因為，當天早上，米蘭方面的一家銀行倒閉，剛使男爵損失了三、四十萬法郎。說真的，她的丈夫是擔當得起這番誇讚的。要不是伯爵從男爵夫人這裡，或是通過別的那些使他無所不知的管道獲悉此事，不然，從男爵的臉上是看不出半點跡象的。

「好呀！」基督山心想，「他已經在隱瞞自己的虧損了。一個月以前，他可是還拿自己的損失到處吹噓呢。」隨後他大聲說：「哦！夫人，鄧格拉斯先生對交易所的行情了若指掌。他在別處的損失一定可以從這上面補回來的。」

「我看您也跟大家一樣，有個錯誤的想法。」鄧格拉斯夫人說。

「什麼錯誤想法？」基督山問。

「就是認為鄧格拉斯先生在投資證券，其實呢，他從沒玩過。」

「沒錯，夫人，我記得德布雷先生告訴過我……順便問一下，德布雷先生有什麼事嗎？我有三、四天沒見著到他了。」

「我也一樣，」鄧格拉斯夫人神色極為鎮定。「不過，您剛才的話還沒說完。」

「哪句話？」

「您說，德布雷先生告訴過您……」

「喔！是的，德布雷先生告訴過我，是您在投資。」

「有一陣子我對投資很有興趣，不過，現在我已經不玩了。」鄧格拉斯夫人說。

「那您就錯了，夫人，財運是靠不住的。假使我是女人，而且碰巧是位銀行家的夫人，那麼無論我對丈夫的好運有多相信，但是，相信您也知道，還是存有風險的。所以，為了保險起見，我就會想辦法擁有一筆跟他無關的財產。即使我必須瞞著他由旁人經手處理，我也會這麼做的。」

鄧格拉斯夫人不由自主地漲紅了臉。

「喔，」基督山就像什麼也沒看見似的說，「我聽說幸運之神在昨天眷顧了那不勒斯債券。」

「我沒有這種債券，」男爵夫人急忙說，「也從未持有過。不過，說真的，我們談太多有關錢的事了，伯爵先生，聽上去我們倒像是兩個證券經紀人了。您聽說了命運如何打擊著可憐的維爾福一家嗎？」

「他們出什麼事了嗎？」基督山做出一副茫然未知的表情問。

「您知道的，德．聖米蘭先生動身才三、四天就去世了。這事才剛過，侯爵夫人抵達巴黎不到三、四天又去世了。」

「是的，」基督山說，「這我聽說了。不過，正如克勞狄斯[90]對哈姆雷特說的，這是一條大自然的法則——父母死在他們之前，他們為父母哀慟，而他們將死於子女之前，讓孩子為他們哀悼。」

90　Claudius，莎士比亞劇本《哈姆雷特》中哈姆雷特的叔父。他　兄霸嫂，篡奪王位，最後被哈姆雷特所殺。

「可是，事情還沒完。」

「還沒完！」

「還沒，您知道他們的女兒正要出嫁……」

「嫁給弗朗茲．德．埃皮奈先生……難道婚事取消了？」

「昨天早上，弗朗茲好像已經退回了婚約。」

「是嗎？知道是什麼原因嗎？」

「不知道。」

「多麼奇特啊！那麼，德．維爾福先生，怎麼面對這些打擊呢？」

「跟往常一樣，抱著哲人的態度。」

正在這時，鄧格拉斯獨自回進客廳來了。

「哎！」男爵夫人說，「您就留下卡瓦爾坎第先生跟您的女兒待在一起？」

「還有德．阿爾米依小姐，」銀行家說，「您把她當什麼了？」

隨後他轉身向著基督山伯爵說：「卡瓦爾坎第親王是個挺可愛的年輕人，是嗎，伯爵先生？不過，他真是親王嗎？」

「這我無法回答。」基督山說，「他的父親是以侯爵的身分介紹給我的，所以，他就該是伯爵了。不過，我想他本人並不是很想要有這個爵號。」

「為什麼呢？」銀行家說，「若他真是親王，就不該不聲不響的。每個人都有自己的權利。我不喜歡有人避諱著自己的出身。」

「哦，您這是十足的民主派。」基督山笑著說。

「可是您看得出自己惹了什麼事嗎？」男爵夫人說，「要是德·馬瑟夫先生偶然到訪，看見卡瓦爾坎第先生在那房間裡，而他，雖是歐仁妮的未婚夫，卻還從未進去過，到時，您該怎麼辦呢？」

「您說的偶然還真說對了，」銀行家接著說，「他鮮少過來，這個偶然該是唯一能把他帶來的機會吧。」

「不過，要是他來了，看見那位年輕人跟您的女兒在一起，他也許會不高興的。」

「他？您錯了。艾伯特先生才不會給我們面子，對他的未婚妻表現出妒意。他對她還沒愛到那分上呢。再說，我根本不關心他是高興還是不高興。」

「可是，照我們目前的情況……」

「沒錯，您知道我們目前是什麼情況嗎？在他母親舉辦的舞會上，他只跟歐仁妮跳了一次舞。反觀卡瓦爾坎第先生跟她跳了三次，子爵卻根本不在意。」

「艾伯特·德·馬瑟夫子爵先生到！」男僕通報。

男爵夫人急忙起身。她想到小廳去通知女兒，但鄧格拉斯卻拉住她的手臂。

「別去。」他說。

她驚愕地望著他。基督山伯爵則裝作全然沒有看見這場好戲。艾伯特走進屋來，顯得英俊爽朗。他向大家一一致意，對男爵夫人從容而瀟灑，對鄧格拉斯熟稔而隨便，對基督山伯爵則親切而熱情。隨後，他轉向對著男爵夫人。

「您能允許我，夫人，」他對她說，「向您請問鄧格拉斯小姐的近況如何嗎？」

「她很好，先生，」鄧格拉斯急切地回答，「此刻她正在小廳裡跟卡瓦爾坎第先生一起唱歌呢。」

艾伯特表情平穩，他略帶冷漠的神色依然不變。雖然他心裡或許有些惱怒，但他覺得基督山伯爵的視線在盯著自己。

「卡瓦爾坎第先生有副很好的男中音嗓子，」他說，「而歐仁妮小姐是位出色的女高音。再說，她的琴又彈得像泰爾貝格[91]一樣出色。他倆合唱一定很好聽。」

「他倆配在一起真是相當適合。」鄧格拉斯說。

艾伯特彷彿沒有注意到這句話的意思，但其粗俗無理的程度卻使鄧格拉斯夫人的臉紅了。

「我的歌也唱得不差，」年輕人繼續說，「至少我的音樂教師們都這麼說。說來也奇怪，我的嗓音就是沒法跟別人搭配，尤其是無法跟女高音配合。」

鄧格拉斯微微一笑，意思像是說：「那就沒結果了。」

然後，像是想繼續達到他的目的，他接著說：「昨天，親王和我女兒真是獲得廣大的讚譽。您昨兒沒去參加宴會嗎，德．馬瑟夫先生？」

「什麼親王？」艾伯特問。

「卡瓦爾坎第親王。」鄧格拉斯接著說，他堅持要為那位年輕人加上這個頭銜。

91 Thalberg（一八一二—一八七一），奧地利鋼琴家、作曲家。一八三八年至一八四八年期間曾在歐洲和拉丁美洲巡迴演出，取得很大成功。

「原諒我，」艾伯特說，「我不知道他是位親王。卡瓦爾坎第親王昨天跟歐仁妮小姐一起唱歌了？可以確定，那一定是非常精采。我真遺憾沒有聽到他倆的合唱。不過，我也無法接受您的邀請，因為我答應家母陪她去德．夏托．勒諾男爵夫人府上所舉行的德國音樂會。」

接著，出現一陣尷尬的靜默。

「現在，我也能向鄧格拉斯小姐，」他又重說一遍，「表示一下我的敬意嗎？」

「請等一下，」銀行家止住年輕人說，「您聽到美妙的卡伐蒂那[92]嗎？達，達，達，達，蒂，達，蒂，達，達，真是美妙極了。讓他們唱完吧……再一下子。精采！好哇！太棒啦！」

銀行家熱情地鼓起掌來。

「是的，」艾伯特說，「真是美妙極了。沒有人能比卡瓦爾坎第親王更能理解他故鄉的音樂了。您是說親王，不是嗎？就算不是，他也能輕易地弄到一個頭銜，這在義大利也不是太麻煩的事。不過，先回到我們這兩位可愛的音樂家，鄧格拉斯先生，您該再招待我們一下的。請您在不通知家裡有位新訪客的情況下，要求鄧格拉斯小姐和卡瓦爾坎第先生再唱一段吧。稍稍隔開一段距離欣賞音樂是無比享受的，因為音樂家就不會因為有人看著而綁手綁腳了。」

這一次，鄧格拉斯被年輕人的冷靜態度弄得有些不知所措了。他把基督山伯爵拉到一邊。

「您看我們的這對未婚夫妻怎麼樣？」他說。

「他表現挺冷淡的，但是，您已承諾過了。」

92 Cavatina，歌劇中的一種詠嘆調。

「是的，毫無疑問，我承諾過要把我的女兒交給愛著他的男人，但不是嫁給不愛她的人。看看他，冰冷地像塊大理石，還跟他父親一樣的傲慢。假使他有錢，要是他有卡瓦爾坎第府上的財富，那還能接受。天啊！我還沒詢問過我女兒的意見，不過，若是她的眼光很好的話……」

「哦！」基督山說，「我的友情可能遮住了我的眼睛。可是我能跟您保證，德．馬瑟夫先生是一位迷人的年輕人。他會使令嬡幸福的，而且早晚會有所成就。不管怎麼說，他父親的社會地位是很高貴的。」

「嗯。」鄧格拉斯說。

「您為何有所疑慮呢？」

「過去……他的過去是很卑微的。」

「可是，那並不影響兒子的。」

「這是真的！」

「現在，我拜託您，先別沖昏頭。一個月以前，您還直想著這門親事……您必須明白，現在我似乎得負擔部分責任。因為，您是在我家裡認識小卡瓦爾坎第的，可是，我並非真的了解他。」

「可是我很清楚。」

「難道您做過調查了？」

「這有需要嗎？他的行為舉止不就說明了一切嗎？而且，他很有錢。」

「這我不敢肯定。」

「但您說他很有錢。」

「五萬法郎，小意思。」

「他受過極好的教育。」

「嗯。」這次是基督山這麼回答了。

「他是位音樂家。」

「義大利人都是音樂家。」

「算了，伯爵先生，您對這位年輕人不夠公道啊。」

「好吧，我承認。因為我知道您們與馬瑟夫家有過婚約，所以，看見他如此介入，使我厭煩。」

鄧格拉斯爆出笑聲。「您還真像個清教徒啊！」他說，「這種事天天都會發生的。」

「可是您不能這樣毀約的，親愛的鄧格拉斯先生。馬瑟夫府上是看重這樁聯姻的。」

「是嗎？」

「肯定是。」

「那就讓他們來說清楚吧。您跟他們府上關係親近，就麻煩您給他的父親一些暗示吧。」

「我？您是從哪裡看出來的？」

「在他們家的舞會上，事情再清楚不過了。那位伯爵夫人，驕傲的美茜蒂絲，不把人看在眼裡的加泰羅尼亞女人。她平時連對她認識最久的老友都懶得開口，卻挽著您的手臂到花園裡去。你們在小路上待了半個小時才回來。」

「喔！男爵先生，男爵先生，」艾伯特說，「您沒在聽啊！您這樣真像是音樂界裡的野人。」

「哦！別擔心我了，諷刺者先生。」鄧格拉斯說。

然後他轉過頭對基督山說：「您會去對那位父親說一下吧？」

「我很樂意，只要這是您的心願。」

「不過，請把一切都說仔細講清楚。如果他想要我的女兒，請他訂下日期。此外，請他講明能給多少聘禮。若是不夠，要嘛就是談出個共識，談不攏就取消。請您明白，不能再拖了。」

「好的，先生！對於這些問題，我會注意的。」

「我不想說我是樂意地等他的決定，但我是在等著。一個銀行家，您知道，是必須說話算話的。」

說完，鄧格拉斯嘆了口氣。這聲嘆息跟半小時前小卡瓦爾坎第的一模一樣。

「精采！好哇！太棒啦！」這時一曲剛唱完，馬瑟夫戲謔地模仿銀行家的口吻喝采。

鄧格拉斯正斜眼打量艾伯特，僕人走來俯身在他耳邊說了幾句話。

「我一會兒就回來，」銀行家對基督山說，「請稍等片刻，待會兒我說不定有事得跟您談呢。」說完他就出去了。

男爵夫人趁著丈夫不在，把女兒那間小廳的門推開。只見安德烈亞先生像彈簧似的跳了起來，他本來是和歐仁妮小姐並排坐在鋼琴前面的。艾伯特微笑著向鄧格拉斯小姐鞠躬。鄧格拉斯小姐沒有半點慌亂的神色，像往常一樣冷冷地向他還了禮。卡瓦爾坎第則顯得很尷尬。他向馬瑟夫鞠躬，子爵以最不客氣的態度朝他欠了欠身。隨後，艾伯特開始連聲地恭維鄧格拉斯小姐的歌聲，並表示剛才得知昨晚有個音樂會而自己沒能參加，真的感到無比的遺憾。卡瓦爾坎第被晾在一邊，只好走去跟基督山伯爵說話。

「來吧，」鄧格拉斯夫人說，「別說音樂，而讚美也該停了。讓我們出去喝茶吧。」

「來吧，路易絲。」鄧格拉斯小姐對她的朋友說。

大家走進隔壁的客廳，裡面已經準備好了茶點。等到大家按照英國人的規矩，把茶匙留在杯子裡的時候，門又打開了。鄧格拉斯神情激動地出現在門口。基督山對這種激動的神色非常了解，於是用探詢的目光望著銀行家。

「那個，」鄧格拉斯說，「我剛收到希臘的回信。」

「喔！」伯爵說，「這就是您剛離開的原因。」

「是的。」

「奧托國王近來可好？」艾伯特以最輕鬆快活的口吻問。

鄧格拉斯斜眼瞥了他一眼，但沒有回答。基督山伯爵把臉轉了過去，因為他不想讓人看到他面露憐憫，儘管這表情立即就消失了。

「我們要一起走吧，好嗎？」艾伯特對伯爵說。

「只要您願意。」伯爵回答。

艾伯特不明白銀行家為何要用那種眼神看自己。所以，他就轉身對著基督山伯爵——他心裡當然是一清二楚的。

「您見到他看著我的眼神嗎？」他問。

「看到了。」伯爵回答說，「但您認為他的眼神有什麼特別的意義嗎？」

「沒錯，我是這樣認為。他說希臘來的消息，是什麼意思呢？」

「我怎麼會知道呢？」

「因為我想，您在那個國家裡有些人脈。」

基督山伯爵出現了饒富意味的微笑。

「先別說了，」艾伯特說，「他過來了。我該過去恭維鄧格拉斯小姐的浮雕，這樣，那位父親的就有時間跟您說話了。」

「如果您想恭維，那還是稱讚她的歌聲吧。」基督山說。

「不，每個人都會這麼說。」

「親愛的子爵先生，」基督山說，「您這麼自以為是可有些不大得體的。」

艾伯特嘴角掛著微笑朝歐仁妮走去。這時，鄧格拉斯俯身湊到伯爵的耳邊。

「您給了我一個極妙的建議。」他說，「在『弗南特』和『約阿尼納』這兩個名稱後面，確實有著一段駭人聽聞的故事。」

「是嗎？」基督山說。

「沒錯，我會全部告訴您的。不過，現在請您把這年輕人帶走。我無法再忍受他待在這裡了。」

「他會跟我一起走。我需要請他父親過來找您嗎？」

「盡快。」

「我知道了。」

伯爵向艾伯特示意了一下，於是，兩人向夫人小姐們鞠躬告辭。艾伯特做出一副全然沒把鄧格拉斯小姐的輕蔑態度放在眼裡的樣子。基督山伯爵又對鄧格拉斯夫人勸告了一次身為銀行家的妻子，要如何保障自己的前途以及應採取的審慎態度。

卡瓦爾坎第先生則重新恢復了情場高手的本色。

第七十七章　海蒂

伯爵的馬車剛彎過大街的轉角，艾伯特就轉身朝著伯爵哈哈大笑起來。他笑得那麼大聲，聽起來倒像是故意裝出來似的。

「我說，」他對伯爵說，「我要像查理九世在聖巴托羅繆之夜[93]過後問卡特琳・德・美第奇那樣地問您一句：『您看我這個小角色演得怎麼樣？』」

「您指的是什麼呢？」基督山問。

「指的是在鄧格拉斯先生府上對付我那位情敵啊。」

「什麼情敵？」

「天啊！什麼情敵？您的被保護人，安德烈亞・卡瓦爾坎第先生！」

「喔！請您發發好心別開玩笑了，子爵先生。我並不是安德烈亞先生的保護人。至少，在牽涉到鄧格拉斯先生的時候絕對不是。」

「假使那位年輕人在這上面也需要您的保護，那麼您就會被指責沒有提供協助了。不過

93　The massacre of Saint Bartholomew，一五七二年八月二十四日夜，上帝教徒在巴黎大肆屠殺胡格諾教徒。這一天是聖巴托羅繆節，所以這次慘案又稱為「聖巴托羅繆之夜」。策劃這場對新教徒的屠殺的主要是法國王太后，即查理九世的母親卡特琳・德・美第奇。

我倒是很樂意讓他能免除擔心。」

「什麼，您覺得他意有所圖？」

「我對這件事很確定，當他與歐仁妮小姐在一起時，他含情脈脈的眼神，以及他柔情蜜意的聲調，可完全顯露他的意圖——他渴望牽起驕傲的歐仁妮的手。」

「只要他們屬意的是您，那又有什麼關係呢？」

「不過，情勢並非如此，親愛的伯爵先生。相反的，我現在是招人嫌棄的。」

「什麼？」

「完全如此。歐仁妮小姐幾乎不理我，而她的那位密友德．阿爾米依小姐，完全沒跟我說過半句話。」

「但是，她的父親對您是非常滿意的。」基督山說。

「他？哦，不！他在我心裡捅了上千刀了。我也有這些可怕的武器。不過，不是那些刀尖會縮進柄裡去的，用那種戲劇演出的道具，而是他認為貨真價實且會致命的匕首。」

「嫉妒代表著愛情。」

「這是真的，但我不是在嫉妒。」

「他是。」

「嫉妒誰？德布雷？」

「不，是您。」

「嫉妒我？我敢說，不出一個星期他就要給我吃閉門羹了。」

「您想錯了，親愛的子爵先生。」

「證明給我看？」

「您要我證明？」

「是的。」

「那好吧，我受託去請德·馬瑟夫伯爵先生前去與男爵先生商談結婚事宜。」

「受誰之託？」

「受男爵先生本人之託。」

「哦！」艾伯特用他所能表現出最諂媚的樣子說，「您一定是不會去做吧，我親愛的伯爵先生？」

「既然我已經答應了，當然會去做的。」

「唉，」艾伯特嘆著氣說，「看來您是非要我結婚不可了。」

「我的宗旨是與人為善。說到德布雷先生，我在男爵夫人那裡已有一陣子沒見到他了。」

「他們之間發生了些誤會。」

「什麼？他跟男爵夫人？」

「不，是跟男爵先生。」

「他看出端倪了？」

「喔！真是個高明的笑話！」

「您認為他已經有所懷疑了？」基督山帶著一種天真的笨拙神情說。

「您是從哪裡來的呀，我親愛的伯爵先生？」

「從剛果吧，如果您愛這麼說的話。」

「一定是比那裡還遠的地方。」

「但是，我怎會了解您們這些巴黎丈夫的想法呢？」

「哦！親愛的伯爵先生，當丈夫的到處都是一樣的。弄明白一個國家裡的一位丈夫就差不多研究過他整個民族了。」

「那麼，鄧格拉斯先生和德布雷先生是為了什麼發生誤會呢？他們看起起來似乎很了解彼此。」基督山又重新產生興致地問。

「喔！您現在是試圖想滲入伊希斯的祕密祭禮[94]了。等小卡瓦爾坎第先生成了他們家的一份子時，您可以去問他這個問題。」

馬車停住了。

「我們到了，」基督山說，「才十點半，進來吧。」

「樂意之至。」

「我的馬車會送您回去的。」

「謝謝，不用了。我已吩咐我的車子跟在後面了。」

「是啊，它來了。」基督山說著便踏出車外。

94　Isis，伊希斯是古代埃及神話中司生育和繁殖的女神。據說她能知道人們的隱私並預知未來。祭祀伊希斯的活動具有神祕性質，參加祭祀的人要吃齋，祈禱，早晚都參加遊行儀式。

兩人一起進入了宅邸。客廳裡亮著燈，他們走了進去。

「您去給我們沏壺茶來，巴蒂斯坦。」基督山說。

巴蒂斯坦默不作聲地退了下去。兩秒鐘後，他手裡端著托盤出現了，盤子上的東西一應俱全，就跟童話劇裡的茶點一樣，像是打地底下冒出來似的。

「說真的，親愛的伯爵先生，」馬瑟夫說，「您最使我傾倒的地方，並不是您的財富，因為，或許還有人比您更富有。也不是您的才智，因為博馬舍也許跟您平分秋色。最讓人叫絕的是您的僕人伺候您的方式，沒有疑問，只花一分鐘、一秒鐘，東西就都準備好了。彷彿他們能從您敲鈴的方式就猜到您想要什麼，而且您所要的東西似乎是隨時都準備好了。」

「您說的或許都是對的。他們知道我的習慣。比如說，您看這個例子吧，您喝茶時是不是想要點別的什麼？」

「沒錯，我想要抽菸。」

基督伯爵山靠近小鈴，在上面敲了一下。一秒鐘後，一扇暗門打開，阿里手捧兩支土耳其長管菸筒出現在門口，它們都已裝好了上等的拉塔基亞菸絲。

「這真是有些神奇。」馬瑟夫說。

「喔，不，簡單之至，」基督山說，「阿里知道我平時喝茶或喝咖啡時總要抽菸。他知道我剛才吩咐備茶，也知道我是和您一起回來的，於是，他聽見我喊他，就猜到了原因。而且，在他的國家裡通常都以菸筒待客，所以他不是拿來一支，而是拿來了兩支菸筒。」

「當然，您的解釋起來似乎像是件平常的事，可是，確實也只有您……哦！等一等，我聽到的是什麼聲音？」

說著，馬瑟夫向房門俯身過去，那扇門裡正傳來一陣類似六弦琴的樂聲。

「天啊，親愛的子爵先生，今晚您是註定跟音樂結緣了。您剛從鄧格拉斯小姐的鋼琴那裡逃出來，現在又碰上了海蒂的獨弦琴。」

「海蒂！多迷人的名字！這麼說，不只是拜倫爵士的詩裡有海蒂，還真有叫這個名字的女子？」

「當然有。海蒂這個名字在法國非常罕見，但在阿爾巴尼亞和埃皮魯斯卻是相當普通的。就好比您們叫的貞潔、謙遜、純真，照您們巴黎人的說法，都是一種受洗的教名。」

「哦！真是妙極了！」艾伯特說，「我多麼希望我們的法國小姐們能叫善良小姐，靜默小姐、愛德小姐！光是想著，如果鄧格拉斯小姐不是像現在這樣叫克蕾爾．瑪麗．歐仁妮，而是叫貞潔，謙遜，純真．鄧格拉斯小姐，當寫在結婚公告上時，會有多好的效果啊！」

「噓！」伯爵說，「別這麼大聲地開玩笑，海蒂會聽見的。」

「而您認為她會生氣？」

「不，當然不會。」伯爵神情高傲地說。

「那麼是她很溫馴了，是嗎？」艾伯特問。

「這不能說她溫馴，而是她的本分——一名女奴是不能對主人生氣的。」

「算了吧！您現在倒是開起玩笑來了。現在還有什麼奴隸，更何況還叫著這美麗的名字？」

「這點不需懷疑。」

「真的，伯爵先生，您這人為人處世樣樣都與眾不同。基督山伯爵先生的女奴！這在法國可算是一種身分了。從您花錢闊綽的樣子，她的身價一年必有十萬法郎吧。」

「十萬法郎！這可憐的女孩以前擁有的可遠不止這個數目。她降生到人世以後就生活在金銀財寶裡。《一千零一夜》裡的珠寶跟那些一比，真是算不上什麼的。」

「那麼，她必定是位公主了。」

「您說對了，而且，她是她的國度裡最顯貴的一位公主。」

「我想也是。可是一位顯貴的公主怎麼會變成女奴呢？」

「僭主狄奧尼西奧斯[95]是怎麼變成學校教員的呢？那是戰爭的劫難，親愛的子爵先生，是命運的捉弄。」

「她的名字是個祕密嗎？」

「對別人是的，但對您不是。親愛的子爵先生，您是我一位最親密的朋友之一，而且我相信您是會保持沉默的？我可以這麼相信嗎？」

「當然！我憑榮譽發誓！」

「您知道約阿尼納帕夏的故事嗎？」

「阿里．臺佩萊納[96]？那當然，家父就是在他麾下發跡的。」

95 Dionysius，（約西元前三九五—前三四〇），古希臘敘拉古僭主，被希臘將軍蒂莫萊翁擊敗後遭放逐。
96 Tepelini，阿里．帕夏出生在臺佩萊納。

「是啊，我把這件事忘了。」

「那麼，海蒂跟阿里·臺佩萊納有什麼關係呢？」

「很簡單，她是他的女兒。」

「什麼！她是阿里·帕夏的女兒？」

「是阿里·帕夏與美麗的瓦西麗姬之女。」

「但她是您的女奴？」

「天啊，是的。」

「但她為何變成如此？」

「為何？有一天我經過君士坦丁堡的集市，在因緣際會之下就把她買下來了。」

「太神奇了！真的，親愛的伯爵先生，您似乎總能在對您在意的事物中施展魔法般的影響力。現在，請您聽我說，我或許會向您提出一個非常冒昧的請求。」

「說吧。」

「既然您平時和她一起出門，而且有時還會帶她上歌劇院……」

「怎麼樣呢？」

「我想，我或許能冒昧地請您幫忙？」

「您可以放心地對我提出任何要求。」

「那好吧！親愛的伯爵先生，請把我介紹給您的公主吧。」

「我會的，但有兩個條件。」

「我願意全部接受。」

「第一個條件是您不能把這次的會面告訴任何人。」

「沒問題，」馬瑟夫伸出一隻手說，「我發誓我不會說。」

「第二個條件是，不許對她提到您父親曾在她父親手下效力過的事。」

「我再次向您發誓，我不會說的。」

「這就足夠了，子爵先生，您會記住這兩個誓言的，是嗎？」

「是的。」艾伯特說。

「很好。我知道您是個珍惜榮譽的人。」

伯爵又在鈴上敲了一下；阿里出現了。

「去通知海蒂，」伯爵對他說，「我要到她房裡去喝咖啡。再告訴她，我請她允許我向她介紹一位朋友。」

阿里鞠躬退下。

「那麼，我們說定了，您別直接發問，親愛的子爵先生。如果您想知道什麼事，就先問我，我會再去問她的。」

「一言為定。」

阿里第三次出現在門口，他撩起門簾，表示主人和艾伯特可以進去了。

「進去吧。」基督山說。

艾伯特伸手掠了掠頭髮，捲了捲唇髭。伯爵戴上帽子和手套，領著艾伯特走進裡面的套房，這個房間除了有阿里像步哨似地守著門口，還有三名由米爾托指揮的法國侍女猶如衛隊似的擔任警衛。

海蒂等候在第一個房間，那是她的客廳。她一雙大眼驚訝地睜得圓圓的，因為，這是第一次有基督山伯爵以外的男人進入她的房間。她盤起雙腿，坐在客廳角上的一張緞子軟墊上，猶如一隻小鳥棲息在這用印度最華貴的綢緞做成的窩裡。她身邊就是那把剛才發出琴聲的樂器，樣子十分高雅精緻，值得配上它的女主人。

一看見基督山伯爵，她馬上帶著她特有的一種兼具順從和深深愛戀的微笑站了起來。基督山走上前去，把手伸給她，她按習慣捧住這隻手以嘴唇去親吻。

艾伯特站在門口沒有再前進，因為他被眼前驚人的美貌所震驚。就像是第一次看見似的，彷彿這是北方住民所無法想像的美麗。

「您帶來什麼人呢？」少女用近代希臘語問基督山，「是一位兄弟，一位朋友，一位普通的熟人，還是一個敵人？」

「一位朋友。」基督山用同樣的語言說。

「叫什麼名字？」

「艾伯特子爵，就是我在羅馬從強盜手裡救出來的那個人。」

「您要我用哪種語言跟他談話呢？」

基督山伯爵轉過頭朝著艾伯特。「您會說近代希臘語嗎？」他問年輕人。

「唉！」艾伯特說，「就連古代希臘語也不會說，親愛的伯爵先生。連荷馬和柏拉圖都不會是比我更糟糕的學生。」

「那麼，」海蒂說，從她說的話可以看出她是聽得懂基督山和艾伯特的問答。「我就說法語或者義大利語吧，如果我的大人同意如此。」

基督山伯爵考慮了片刻。「您就說義大利語吧。」他說。

然後他轉向艾伯特說：「可惜您不懂近代和古代的希臘語，這兩種語言海蒂都說得好極了。現在這可憐的孩子只能說義大利語了，這樣也許會使您對她留下不準確的印象。」

他對海蒂作了個手勢。

「先生，」她對馬瑟夫說，「您是我的大人也是主人的朋友，我誠摯地歡迎您。」少女說的是一口純正的托斯卡尼方言，其中摻有古羅馬人的口音，使但丁的語言聽上去猶如荷馬的語言一般響亮。

然後，她轉向阿里，要他將咖啡與菸筒端過來。就在阿里退下去按年輕女主人的吩咐準備時，海蒂做了個手勢，示意艾伯特走上前去。基督山伯爵和馬瑟夫拿起了自己坐墊走到一張小桌邊坐下。小桌中間擺著一支水菸筒，旁邊放著鮮花、圖畫和樂譜。阿里端著咖啡和長菸筒進來，至於巴蒂斯坦，他是不准進這個套房的。艾伯特把這個黑奴遞給他的長菸筒推開。

「哦！拿著吧，拿著吧。」基督山說，「海蒂的教養並不亞於巴黎女人。哈瓦那雪茄的菸味讓她受不了，可是您知道，東方的菸草可算是最好聞的香味了。」

阿里退了出去。咖啡都已經倒在杯裡，而且還特地為艾伯特準備了糖。基督山伯爵和海蒂都照阿拉伯人原本的習慣喝這種飲料，也就是說不加糖。海蒂用她纖長的手指端起杯子，帶著天真無邪的表情舉到脣邊。一個孩子在喝到或者吃到喜歡的東西時，就會有這種表情。

這時進來了兩名侍女，她們端來另外兩個托盤，把上面裝著的冰塊和果汁放在兩張特製的小桌上。

「我親愛的主人，還有您，signora[97]，」艾伯特用義大利語說，「請原諒我這傻傻的模樣。我簡直看呆了，不過這是很自然的現象。我現在正在巴黎的市中心，因為不久前，我還聽見公共馬車轔轔駛過的聲音和小販叫賣檸檬水的搖鈴聲。但此刻，我像是突然地被送到了東方。倒不是我真正去過、看過，而是我在夢中想像的東方。哦，signora！我真希望會說希臘語，但您說的話，再加上這仙境般的氛圍，已經使這個夜晚讓我終生難忘了。」

「我會說流利的義大利語，也可以跟您溝通的，先生。」海蒂平靜地說，「如果您喜歡東方，您在這裡時，我會盡力滿足您的東方體驗。」

「哦！我該跟她談什麼話題好呢？」艾伯特悄悄地問基督山。

「您喜歡談什麼就談什麼。您可以談談她的國家，她的小時候的事，或是如果您喜歡的話，也可以談談羅馬，那不勒斯或者佛羅倫斯。」

「哦！」艾伯特說，「對著一位希臘小姐，卻去談平時對巴黎女人談的話題，那就大可不必了。讓我跟她談談東方吧。」

「那就談吧。在所有可選的主題裡，您選到了她最愛談的話題。」

97 義大利文，夫人。此處是一種尊稱。

艾伯特轉過頭對著海蒂。

「您是幾歲離開希臘的，signora？」他問。

「我大約是在我五歲時離開的。」海蒂回答。

「那麼，您對您的祖國還有任何記憶嗎？」艾伯特問。

「當我閉上眼睛去想，我似乎能在見到所有的事物。心靈能跟肉眼一樣看清事物。肉眼看到的東西有時會遺忘，但心靈看到的東西是永遠記在心裡的。」

「您最早能記得的事，是什麼時候發生的？」

「剛會走路的時候。我母親，大家都叫她瓦西麗姬。瓦西麗姬是高貴的意思。」少女抬起頭來補充說，「我母親把我們所有的金幣都裝進一個錢袋，然後給我披上面紗，牽著我的手一起到街上去為囚犯募捐。她一路走一路說：『施捨給窮人就是借錢給主。』等錢袋裝滿之後，我們就回到宮裡，什麼也不對我父親說，悄悄地把路人當我們是窮苦之人而施捨的錢，都交給修道院的長老，讓他去分發給囚犯。」

「那時候您幾歲了？」

「我那時三歲。」海蒂說。

「這麼說，從三歲開始您就都記得周圍發生的事情了？」

「都記得。」

「伯爵先生，」馬瑟夫低聲地對基督山說，「請允許讓signora為我們多講點她自己的故事。您不許我對她提起家父，但也許她會對自己提到的。您不知道我多麼熱切地希望能從如此美麗的嘴唇裡聽到家父的名字。」

基督山伯爵轉頭對著海蒂，動了動眉毛做出暗示，示意她要特別留意他接下來要說的話，然後就用希臘語對她說：「把您父親的遭遇告訴我們，但別提那個叛徒的名字，也別提他出賣您們的經過。」海蒂深深地嘆了一口氣，漂亮的額頭掠過一道陰影。

「您對她說了些什麼？」馬瑟夫輕聲地問。

「我對她重說一遍您是朋友，請她對您什麼都不要隱瞞。」

「那麼，」艾伯特說，「為囚犯募捐就是您最早的記憶了。您還記得些什麼呢？」

「喔，我還記得那就像昨天才發生一般，那是在湖邊埃及無花果樹的樹蔭下。那座湖的水面像是一面鏡子一樣映出被吹動的葉子。父親坐在軟墊上，背靠著那株最老最茂密的大樹。母親則斜躺在他的足邊。我當時還很小，在撫弄著父親垂到胸前的白鬍鬚和插在腰帶上的那柄鑲嵌寶石的彎刀。不時會有一個阿爾巴尼亞人走到他跟前對他說幾句話。他說些什麼我從來沒留心過，但父親總是用同樣的語氣回答一個『殺』或『赦』字！」

「這真新奇，」艾伯特說，「我居然是從一位少女的嘴裡，而不是從劇院的舞臺上，聽到這樣的事。而且，我還要一邊在對自己說：『這不是在聽編出來的故事。』請問，」他問，「您既然自幼就見慣了這些充滿詩意的畫面和神奇美妙的景象，那您對法國的印象如何呢？」

「我覺得這是個好的國家。」海蒂說，「但我看到的法國是真真切切的法國。因為，我是用一名成年女子的眼睛來看它。但是對我的祖國，我覺得情況完全不同，我對它是用孩子的眼睛去看的，所以總是蒙著一層時而明亮時而黯淡的薄霧。那取決於在我的記憶中它是悲傷苦難或是幸福愉快。」

「您還這麼年輕，」艾伯特此刻一時忘了，伯爵曾要求他不許提出關於她成為女奴的問題。「除了苦難這個字辭，您有可能理解它真正的意思嗎？」

海蒂轉過頭看著基督山伯爵，他做了個難以覺察的表情，輕輕地說：「說下去吧。」

「沒有什麼能比幼年最初的記憶更能深刻地記在心靈深處，除了我剛才對您講的那兩種感知。而我最初的記憶全都充滿了最深的悲傷。」

「說吧，說吧，**signora**，」艾伯特說，「我向您保證，我正懷著難以形容的激動心情在聽您說呢。」

海蒂對他回以淒然的一笑。

「那麼，您希望能我回憶關於我的哀傷往事嗎？」她說。

「我請求您說。」艾伯特說。

「好吧！我四歲的那年，有一天晚上，母親把我叫醒了。我們是在約阿尼納的王宮裡。她把我從睡墊上抱了起來，我睜開眼睛，只見她的眼裡充滿了淚水。她什麼也沒說，拉著我就走。看著她流淚，我也要哭了。

「『別哭！孩子，』她說。平時，我也跟別的孩子一樣，很任性。要哭的時候，憑母親再怎麼勸怎麼罵，也要盡情大哭不可。但這一次，我可憐母親的聲音裡有一種駭人的語調，我馬上就止住不哭了。她拉著我急匆匆地往前走。

「這時，我看清了我們是沿著一座寬闊的樓梯在往下走。走在我們前面的，是母親的侍女，她們扛著或提著裝滿貴重衣服、首飾和金幣的箱子和袋子，沿著這座樓梯往下走，或者說是往下衝。在婦女後面，是二十個人的一隊衛兵，他們裝備著長槍和短槍，身穿制服，這種制服是自從希臘建國以來您們在法國就很熟悉的。您也想像得到，這顯示著一場災難正在降臨。」海蒂搖著頭說。想到當時的情景，她的臉色就變得慘白了。

「災難正在降臨到這條長長的女奴和婦女行列上。她們睡眼惺忪、半睡半醒，至少我是這麼覺得。因為我自己還沒睡醒，所以，說不定就以為別人也沒睡醒了。人群在樓梯上匆匆往下跑。松枝火把的亮光把搖曳不定的巨大人影投射在宮殿的穹頂上。『讓她們趕快！』走廊那一端傳來一個聲音。聽見這個聲音，所有的人都彎下腰去，就像一陣風吹過原野，把麥田裡的穗子都吹彎了腰一般。至於我則打了個冷顫。

「那個聲音，就是我父親的聲音。他走在最後，身穿華麗的長袍，手握您們皇帝送給他的那支長槍。他扶在他的心腹衛士塞利姆的肩膀上，在後面趕著我們往前走，就像牧人趕著一群迷路的羔羊。我的父親，」海蒂抬起頭來說，「是個大名鼎鼎的人物，在歐洲，都稱呼他為約阿尼納的阿里．臺佩萊納．帕夏。在他面前，整個土耳其都會瑟瑟地發抖。」

艾伯特不知為什麼，聽到這幾句用無法形容的高傲、尊嚴的語調說出的話時，竟打了個寒噤。他彷彿覺得這位少女，在她猶如占卜師召喚亡靈般地回憶當年血淋淋的模樣時，她的眼睛裡射出一種陰鬱可怕的目光。因為她父親的慘死，使他在當代歐洲人的眼裡顯得更加高大了。

「沒多久，」海蒂繼續說下去，「我們停止前進，因為走到樓梯底下，就來到了湖邊。母親把我緊緊摟在她怦怦直跳的胸口。我看見父親就站在後面兩步遠的地方，朝周圍焦躁不安地張望著。前面有四級大理石臺階，最後一級臺階下的水面上漂著一隻木船。從我們站的地方望去，只見湖中央聳立著一座黑黝黝的建築。那是我們要去的湖心亭。

「我覺得那座亭閣離得很遠很遠，這或許是天黑的緣故。我們上了船。我還記得，船槳划過水面時，沒有一點聲響，我俯身去看船槳，它們都裹著我們衛兵的腰帶。船上除了槳手之外，只有那些侍女、父親、母親、塞利姆和我。衛兵們留在湖邊，單膝跪在最後一級臺階上。萬一追兵趕來時，另外那三級臺階就是他們的防禦。木船在湖面上風也似的飛速前進。

「『船為什麼開得這麼快呀？』我問母親。『噓！孩子，』她說，『我們是在逃命。』可我不懂。我父親為什麼要逃命呢？他是無所不能的，平時總是別人在他面前逃跑的，他常這麼說：『**他們恨我，所以他們怕我**』。其實，父親在湖上這麼往前趕，確實是在逃命。後來他對我說過，約阿尼納城堡的守軍，由於長期作戰，已經疲憊不堪……」

說到這裡，海蒂用那雙會說話的眼睛望著基督山伯爵。他的視線一直沒有離開過她的眼睛。少女繼續往下講時，語調就緩慢了下來，猶如一個想在敘述中添加或者刪去某些情節的人那樣。

「您剛才說，signora，」艾伯特說，他對這個故事顯得極有興趣，「約阿尼納的守軍，因為長期作戰，已經疲憊不堪……」

「所以去跟蘇丹派來抓我父親的那個司令官庫爾希談判了。父親就是在那時才下決心撤退到他早已準備好的那個地方去的。他稱那個地方叫卡塔菲戎，意思就是他的避難所。在撤退前，他先派了一個他極其信任的法國軍官去見蘇丹。」

「這位軍官，」艾伯特問，「您還記得他的名字嗎，signora？」

基督山伯爵跟少女交換了一道迅如閃電的眼神，馬瑟夫沒有注意到這道目光。

「不，」她說，「我不記得了。我這時不記得，但或許接下來我就會記得起來，那時我會說的。」

艾伯特正想說出自己父親的名字，但看見基督山伯爵慢慢地豎起一個手指，示意他別說話。他記起自己發的誓，就沒往下說。

「我們朝著湖心亭划過去。亭閣底層的裝飾是阿拉伯風格的，外面的露臺一直延伸到水中，樓上有一排排臨湖的窗，這座湖心亭看上去就是這個樣子。但是在底層下，有一個很大的地下室，那是一個沿小島底部延伸且非常寬闊的地下洞穴。母親和我，還有那些侍女，都被領進了地下室。那裡面藏著六萬個錢袋和兩百個木桶，全都堆在一起。錢袋裡有兩千五百萬金幣，木桶裡有三萬法郎[98]炸藥。

「我剛才提到過我父親的心腹衛士塞利姆，他站到了這些木桶旁邊。他將日日夜夜守在這裡，手執一支長杆，杆尖上有一根點燃的火繩。對他的命令是，一旦見到我父親的信號，就把這一切——亭閣，衛兵，帕夏，侍女和金幣，統統都炸掉。我還記得，那些女奴看到周圍這片可怕的景象，日日夜夜不停地在祈禱、啼哭和呻吟。而我，我的眼前彷彿永遠能看見

98 此處指法國古斤，每法郎約合〇．五公斤，各省度量標準略有不同。

那名年輕衛士慘白的臉容和烏黑的眼睛。當哪天死神降臨到我面前時，我敢說它一定就是塞利姆的模樣。

「我沒法告訴您我們像這樣等了多久。當時我簡直已經不知道什麼叫時間了。有時候，父親難得地會派人來叫母親和我到露臺上去。這種時候，對於待在地下室裡整天看著哭哭啼啼的人群和塞利姆那支灼灼發亮的長杆的我來說，真是最高興的時候了。父親坐在寬闊的窗子前，以陰沉的目光凝望著遠方，審視著湖面上出現的每個黑點。母親側臥在他身旁，頭枕在他的肩上。我在他足邊玩耍，用無知的孩子每每把無足輕重的事物看得比它本身的價值要高出許多的驚訝態度，由衷讚嘆地眺望著遠遠聳立的品都斯山脈[99]的懸崖峭壁，從碧波中升起的潔白晶瑩、棱角分明的約阿尼納城堡，還有那片猶如地衣般覆蓋在山岩上的綠色叢林。遠遠望去，它們就像一層苔蘚，但走近些就可以看清那是挺拔高大的冷杉樹和蔥鬱的香桃樹。

「有一天早晨，父親派人來叫我們去。我們看見他神色平靜，但臉色比平時更蒼白。『勇敢一些，瓦西麗姬，今天就有結果了。蘇丹的敕令今天就到，我的命運就要決定了。假使能完全得到赦免，我們就可以高高興興地回約阿尼納。如果來的是壞消息，我們今晚就逃走。』

「『可是，他們若不讓我們逃走呢？』母親說。『喔！您放心吧，』阿里微笑著說，『塞利姆和他的火繩會為我回答他們的。他們希望看到我死，但不會願意跟我一起死的。』

「聽了這番並非出自父親心底的安慰之語，母親沒有作聲，只是嘆了口氣。她為父親準

99　希臘境內山系，在古代被看作阿波羅和繆斯諸神的居住地。

備冰水。父親自從撤退到湖心亭以來，一直在發高燒，所以不時要喝冰水。她還為父親雪白的鬍鬚抹上香油，並給他點著菸筒。父親有時候會一連幾個鐘頭出神地望著菸筒裡的輕煙嫋嫋升起。突然間，他做了個很突兀的動作，把我嚇了一跳。然後，他的眼睛仍盯住那個吸引了他全部注意的黑點，頭也不轉過來，只是吩咐把望遠鏡拿給他。母親把望遠鏡遞給他時，臉色比她背靠的大理石柱子更白了。我看見父親的手在顫抖。

「『一條船！……兩條！……三條！……』父親喃喃地說，『四條！……』他抓住長槍站起身來。我還記得很清楚，他往槍的彈槽裡裝進了火藥。

「『瓦西麗姬，』他聲音顫抖地對母親說，『決定我們命運的時刻到了。再過半小時我們就會知道蘇丹皇帝的答覆，您帶著海蒂到地下室去吧。』

「『我不願離開您，』瓦西麗姬說，『如果您要死，我的主人，我情願跟您一塊兒死。』

「『到塞利姆那裡去！』父親喊道。『別了，大人。』母親喃喃地說，順從地躬身到地，猶如見到死神已經降臨一般。

「『快把瓦西麗姬帶走。』父親對衛兵們說。至於我，大家都把我給忘了。我朝父親奔過去，伸開雙臂抱住他。他看著我，然後向我俯下身來，在我的額頭上親吻了一下。哦！這是他給我的最後一個吻。它至今還印在我的額頭上。

「往下走時，我們從露臺葡萄架的藤蔓間望出去，只見船影正在湖面上變得越來越大。它們原先只是幾個黑點，此時卻像貼著波浪滾滾的水面飛翔的大鳥了。在這段時間裡，湖心亭裡的二十名衛兵已經在父親的跟前各就各位。他們拿著鑲嵌螺鈿和銀絲的長槍，隱蔽在細木護壁板後面，用充滿血絲的眼睛警惕地注視著逼近的船隻。大批彈藥散放在鑲木地板上。父親看著掛錶，神情不安地踱著步。

「在父親給了我最後的一吻，我正要離開的那一霎那，這一幕就深深地印在我的腦海中。母親和我進了地下室。塞利姆仍然守在他的崗位上。他向我們憂鬱地笑了笑。我們走到地下室的另一頭拿了兩個軟墊，走回來坐在塞利姆身邊。身處險境時，忠誠的心靈總是相互依靠在一起的。我當時雖然還是個孩子，也已經本能地感覺到大難就要臨頭了。」

艾伯特曾經多次聽人講述過那位約阿尼納總督臨終前的情景。倒不是聽他父親提過——因為他絕口不提此事——而是聽旁人說的。他還閱讀過有關總督死因的不同的記載。但是，由於少女用了第一人稱敘述，因此，這個顯得格外生動的故事，如怨如訴的聲調，以及淒婉動人的情節，深深地打動了他的心。使他感到引人入勝，卻又覺著有一種無法形容的恐怖。

至於海蒂，她沉浸在可怕的回憶中，一時講不下去了。她的前額，就像花朵在狂風暴雨中凋零似的垂到了手裡，眼神茫然，彷彿眼前依稀還看見那遠方蒼翠的品都斯山脈和碧藍的約阿尼納湖。平靜的湖水猶如一面魔鏡，映出了她所描繪的那幅悲淒的場景。

基督山伯爵帶著一種無法描述的關切、憐憫的神情望著她。「講下去吧，我的孩子。」伯爵用近代希臘語說。

海蒂抬起頭，彷彿基督山伯爵響亮的聲音把她從夢中驚醒了，她接著往下說：「那時是下午四點鐘。雖然外面的天空晴朗而明亮，我們仍是待在陰暗的地下洞穴裡。只有一把星火般的火光在這地下洞穴裡閃亮，猶如一顆寒星在漆黑的天邊顫顫地閃爍著——那是塞利姆的火繩。母親是基督教徒，她祈禱了起來。塞利姆不時地重複著一句祝聖詞：『主是偉大的！』但母親仍抱著一線希望。剛才下來時，她覺得似乎看見了那位被派到君士坦丁堡去的法國人。父親對這個法國軍官非常信任，因為他知道法國君主手下的軍人一般都是心地高尚、慷慨仗義的。母親朝樓梯走上幾步，聆聽著。『他們走近了，』她說，『但願他們帶來的是和平與生機。』

「『您怕什麼呢，瓦西麗姬？』塞利姆的聲音既柔和又驕傲，『要是他們帶來的不是和平，我們就給他們死亡。』說著，他揮了揮手，讓長杆上的火繩燃得更旺些。他這個姿勢，使他看上去就像古代克裡特[100]的狄俄尼索斯[101]。

「可是當時我還太小，還不懂事，這種無畏的氣勢使我感到害怕。我只覺得它既冷酷又乖戾。我害怕這彌漫在洞穴中和火繩周圍的恐怖死亡氣氛。母親也跟我一樣感到害怕，因為我覺得她在發抖。『上帝！上帝，媽媽！』我哭喊起來，『我們是要死了嗎？』聽到我的喊聲，女奴們號啕大哭，禱告聲得更響了。

「『孩子，』瓦西麗姬對我說，『主會保佑您，不讓您今天就碰上您害怕的死神的！』然後她低聲問塞利姆：『塞利姆，大人是怎麼命令您的？』

「『如果他讓人把他的短刀送來，那就是指蘇丹拒絕赦免他，我就點火。如果送來的是他的戒指，那就表示蘇丹寬恕了他，我就熄滅火繩。』

---

100 Crete，希臘南部島嶼。此處泛指希臘。

101 Dionysus，希臘神話中的酒神，即羅馬神話中的巴克斯。

「『朋友，』母親說，『當大人傳下命令，而送來的是短刀的時候，請別讓我和孩子這麼可怕地慘死。讓我們伸出頸脖，您就用那把短刀殺死我們，好嗎？』

「『好的，瓦西麗姬。』塞利姆平靜地回答說。這時突然聽到好像有許多人的喊聲。我們聽清楚了，那是歡呼聲。衛兵們在呼喊著派到君士坦丁堡去的那個法國人的名字。顯然，他帶回了蘇丹皇帝的答覆，而且是個令人鼓舞的答案。」

「您記不起這個名字了嗎？」馬瑟夫問了一句，想幫助她喚起這個回憶。

基督山伯爵對她做了個暗號。

「我記不起來了。」海蒂說，「歡呼聲越來越響，腳步聲也越來越近了。有人在沿著階梯往地下室走來。塞利姆舉起長杆。地面的陽光滲漏下來，在地下室的入口處形成一片幽藍的氛圍。不久，在這幽暗的光線中出現了一個人影。『什麼人？』塞利姆大喝一聲，『不管您是誰，不許再往前走一步。』

「『榮耀歸於蘇丹！』那個人說，『阿里總督完全得到赦免了。他不僅被免於一死，而且被賜還了財富和產業。』母親高興地喊了一聲，把我緊緊地摟在她的心口。

「『站住！』塞利姆看見她要朝洞口奔去，就對她說，『您知道，我還沒見到戒指。』『您說得對。』母親說著，雙膝跪在地上，把我舉向天空，彷彿她在為我向上帝祈禱的同時，還要把我舉得離上帝更近些。」

說到這裡，海蒂第二次停了下來。只見她情緒激動異常，慘白的額頭淌著汗，哽噎的聲音彷彿卡在乾澀的喉嚨口說不出來了。

基督山伯爵往杯子裡倒了點冰水遞給她，用溫和中帶有些許命令意味的語調對她說：「勇敢點兒，我的孩子！」

海蒂擦了擦眼睛和前額，繼續往下說：「這時，我們的眼睛因為習慣了黑暗，已經認出帕夏的使者是誰了——他是個朋友。塞利姆也認出了他，但這位剛直的年輕人腦子裡只知道一件事——服從主人的命令！『是誰派您來的？』他問。

「『我們的主人阿里．臺佩萊納派我來的。』『如果您是阿里派來的，您一定知道您該給我帶來什麼東西。』『是的，』來人說，『我帶來了他的戒指。』

「說這話的同時，他把一隻手舉到頭上，但因為離得太遠，光線又太暗，塞利姆從我們站的地方沒法看清他手裡的東西。

「『我看不清您拿的是什麼東西，』塞利姆說。『您走過來，』使者說，『要不，我往前走。』

「『我倆誰也別往前走，』年輕衛士回答說，『把您要給我看的東西放在您現在站的地方，就在那塊有亮光的地方，然後您先往後退，讓我看清了再說。』

「『好吧。』使者說。他把那件信物放在指定的地方，往後退了一段距離。

「我們的心怦怦直跳，因為那件東西看上去是個戒指。不過，那是不是我父親的戒指呢？塞利姆手裡握著點燃的火繩的一端，向著洞口走去，在那片光線中彎下腰去，臉露喜色地拾起那件信物。

「『是主人的戒指，』他吻著戒指說，『太好了！』說完，他把火繩扔在地上，用腳踩滅了它。那名使者驚喜地大喊一聲，拍了一下掌。聽到這個暗號，四個庫爾希手下的土耳其兵奔上前來，五人一齊出手，塞利姆身中五刀倒了下去。

「這些土耳其兵被自己做出的暴行刺激得狂熱起來了，儘管他們剛才嚇白的臉還沒有泛上血色，但已經一邊在地下室四處亂竄搜尋火種，一邊在裝金幣的錢袋上打起滾來。

「母親趁亂抱起我就跑，機敏地穿過只有我們知道的蜿蜒曲折通道，一直來到通湖心亭的一座暗梯跟前。這時只聽見裡面是一片令人恐怖的混亂的聲音。底層的幾個大廳裡，到處都是我們的敵人——庫爾希的土耳其兵。母親正要去推那扇小門時，突然聽見響起了帕夏的聲音，聽起來可怕且咄咄逼人。母親把一隻眼睛貼在板縫上。我的眼前碰巧也有個小洞，我也往外看去。

「『您們想要做什麼？』父親對面前的那幾個人說。他們中間有一個人手裡拿著一張寫著金字的紙。

「『我們想要做的，』這個人回答說，『就是讓您知道陛下的旨意。您看見這道敕令了嗎？』『看見了，』父親說。『那好！您念念吧。他要您的項上人頭。』

「父親爆發出一陣比怒聲痛斥更怕人的大笑，笑聲未落，兩發槍彈已經從他的短槍射出，打死了對面的兩個人。希臘衛兵原先都臉朝著地板，匍伏在父親的身邊，此刻都躍身而起同時開火。大廳裡到處是喊聲、火光和硝煙。

「此時，另一方也開了火，槍彈飛過來射穿了我們四周的板壁。哦！我的父親，阿里・臺佩萊納總督，手握彎刀，臉上被火藥熏黑了，挺立在槍林彈雨之中，顯得多麼英武，多麼高大！敵人在他面前落荒而逃！

「『塞利姆！塞利姆！』他大聲喊道，『點火衛士，履行您的職責吧！』

「『塞利姆死了！』一個像是從大廳底下發出的聲音回答道，『而您，阿里大人，您也完蛋了！』

「就在這時候，只聽得一聲沉悶的炸裂聲，父親身邊的地板都炸飛了。土耳其兵從地板的缺口往上射擊。三、四個希臘衛兵被從下往上的子彈射穿全身，倒了下來。父親大吼一聲，伸開手指插進槍口裡，把整片地板掀了起來。

「但從這個缺口裡，立刻射出二十多發槍彈，頓時硝煙升騰而起，猶如從火山口噴發出來一般，吞沒了四周圍的帷幔。在這片可怕的槍林彈雨中，與嚇人的廝殺聲中，有兩聲槍響格外清晰，有兩聲喊叫格外揪人肺腑，使我嚇得全身冰涼。那是射中父親的兩發致命槍響以及他發出的兩聲喊叫。但他依然用手攀住窗臺挺立著。母親拚命搖著門，想出去和他死在一起，但這扇門從裡面鎖上了。

「在父親四周，希臘衛兵在臨死前痙攣地扭曲著身子。兩、三個沒有受傷或只受了輕傷的衛兵，跳窗奪路而出。就在這時，整個地板嘎嘎作響，搖搖晃晃地要坍陷了。父親一條腿跪在地上，剎那間二十條手臂同時伸向他，手中握著的彎刀、短槍、匕首同時向他出擊，頓時火光沖天、硝煙彌漫，父親消失在這群又喊又叫的魔鬼所噴出的濃煙烈霧中。感覺就像地獄在他腳下裂開了缺口一樣。我只覺得自己滾到了地上——母親昏厥了過去。」

海蒂的雙臂無力地垂在身邊，呻吟了一聲，對伯爵望去，像是在問他，對她的服從是否感到滿意。

伯爵站起來走到她面前，拉起她的手，用近代希臘語對她說：「休息一下吧，親愛的孩子。您要想著上帝終會懲罰那些叛徒的，這樣您才能鼓起勇氣。」

「這可真是個可怕的故事，伯爵。」艾伯特說，他被海蒂慘白的臉色嚇壞了。「現在我真後悔，不該魯莽地提出這個殘酷的要求。」

「沒關係。」基督山回答。說完，他把一隻手放在少女的頭上。

「海蒂，」他接著說，「是一位勇敢的小姐。有時候，她覺得把自己苦難的遭遇講出來，會減輕一些痛苦。」

「因為，我的大人，」少女急切地說，「因為我受過的苦難會使我記起您對我的恩情。」

艾伯特好奇地望著她，因為她還沒有講到他最想知道的事情——就是她怎麼會成為伯爵的女奴。海蒂同時從伯爵和艾伯特兩人的眼神中，看出了他們有著同樣的要求。

她繼續說：「等到母親恢復了知覺，我們已經是在土耳其司令官的面前了。『您們殺了我吧，』母親說，『但不要玷辱阿里遺孀的名譽。』『這話您不用對我說，』庫爾希說。『那對誰說？』『對您的新主人。』『他是誰？』『這一位。』說著，庫爾希指給我們看一個人，他就是對父親的死負有最深重的罪責的那個人。」少女壓抑著滿腔的悲憤說。

「後來，」艾伯特問，「您們就當了那個人的奴隸？」

「沒有，」海蒂回答說，「他不敢把我們留下，就把我們賣給要去君士坦丁堡的奴隸販子。我們穿過希臘，精疲力竭地來到了土耳其首都，城門口擠滿著看熱鬧的人，他們看見我們，讓出了一條路給我們過去。這時，母親順著周圍那些人的視線往上看去。猛然間發出一聲慘叫，一邊對我指著城門上懸著的那顆人頭，一邊就不省人事地倒在了地上。在這顆人頭下面有一行字：**這就是約阿尼納帕夏阿里·臺佩萊納的頭顱**。

「我一邊哭，一邊想把母親扶起來，但她已經死了！我被帶到了市場上。一個有錢的亞美尼亞人買下了我，他訓練我，請了教師來教我各門技藝，等我長到十三歲時，就把我賣給了馬哈茂德蘇丹[102]。」

「我就是從他手裡把她買過來的。」基督山說，「至於代價，我已經對您說過了，艾伯特，就是與我裝印度大麻的小盒子配對的那塊祖母綠。」

「哦！您真好，您真偉大，我的大人，」海蒂吻著基督山的手說，「我能夠屬於您這樣的一位主人，真是太幸運了！」

聽了剛才這番敘述，艾伯特神情茫然，一時回不過神來。

「把您的咖啡喝了吧。」伯爵對他說，「故事講完了。」

102　Sultan Mahmood，當時土耳其奧斯曼帝國的君王。

第七十八章　約阿尼納專訊

弗朗茲走出諾瓦第埃屋子時步伐踉蹌以及茫然失措的模樣，連瓦朗蒂娜看了也於心不忍。維爾福前言不對後語地說了幾句話，就立刻回到自己的書房。兩小時後，他收到下面的這封信：

鑒於今晨揭露的情況，諾瓦第埃・德・維爾福先生已斷無同意其家族與弗朗茲・德・埃皮奈先生家族聯姻之可能。德・維爾福先生對今晨所述之事看來早已知悉，卻未及時知照，弗朗茲・德・埃皮奈先生對此震驚不已。

這時候，如果有誰見到這位被一連串的厄運徹底擊潰的檢察官，一定會相信他未曾預料過。確實，他怎麼也想不到他父親會對這件往事居然如此直言不諱，甚至可說粗野無禮。對於質疑維爾福的公正性，我們必須先理解，由於諾瓦第埃先生一向不把兒子的意見放在眼裡，因此始終未把這件事的真相對維爾福講明。所以，維爾福一直以為德・蓋斯內爾將軍，或者說德・埃皮奈男爵——依照講話的人是用他自己的名字，還是用他受封的爵號而定——是遭人暗殺，並非死於一場光明正大的決鬥。這封言辭激烈的信，出自一個今終對他謙恭有禮的年輕人之手，這對像維爾福這種人的自尊心，是個致命的打擊。他剛回到書房沒多久，他妻子就進來了。

弗朗茲被諾瓦第埃先生突然地叫走，使當時在場的人都大為驚訝。德·維爾福夫人獨自陪著公證人和證婚人留在客廳裡，處境越來越尷尬。於是德·維爾福夫人決定也離開一會兒，走前她對大家說，她去打聽一下消息。德·維爾福先生只告訴她說，諾瓦第埃先生向自己以及德·埃皮奈先生做了一番解釋，其結果就是瓦朗蒂娜和弗朗茲的婚事取消了。

這個消息，對等在客廳裡的客人是難以啟齒的。所以，德·維爾福夫人回到客廳時，只說是諾瓦第埃先生在談話開始時突然發病，因而婚約自然必須先推遲幾天再簽署了。對於這種說法，實在無法讓人相信，況且在這以前又剛發生過兩次類似的事，因此，在場的人先是驚訝地面面相覷，隨即未多說一句話地紛紛起身告退。

在此期間，又驚又喜的瓦朗蒂娜則擁抱了羸弱的老人，感謝他一舉擊碎了她以為已經無望掙脫的鎖鏈。隨後，她表示想回自己的房間休息，諾瓦第埃用眼神應允了她的請求。但是，瓦朗蒂娜並沒有真的上樓回房。她一走出老人的屋子，就沿著走廊跑去，穿過小門來到花園。

在所有接踵而至的事件中，都有一種隱隱約約的不祥預感始終壓在她的心頭。她一直擔心著說不定什麼時候，摩萊爾會臉色慘白、神色嚇人地出現在面前，就像雷文斯伍德的領主跑去廢止拉默莫爾的露西的婚約[103]那樣。果不其然，她趕到大鐵門前的時間點正是時候，馬

103　見司各特的小說《拉默莫爾的未婚妻》。

西米蘭早就在鐵門外等著她了。

馬西米蘭當初看見弗朗茲跟德．維爾福先生一塊離開公墓時，就覺得事情不妙，於是便跟在他們後面。之後，他先看見弗朗茲進了維爾福先生的府邸又離開，接著又看見他帶著艾伯特和夏托．勒諾一起回來。對他來說，事情已經是無可置疑了。於是，他馬上趕到苜蓿地去，準備應付一切意外。他相信瓦朗蒂娜一有機會就會脫身跑來的。他沒想錯。他湊在鐵門縫隙的眼睛，果真看到了少女的身影。她一改平時戰戰兢兢的態度，直接朝鐵門奔來。馬西米蘭一看見她的臉，便放下了心。他聽到她說的第一句話，就高興得跳了起來。

「我們得救了！」瓦朗蒂娜說。

「我們得救了！」摩萊爾重複說，幾乎不相信自己能有這樣的幸福。「是誰救我們的？」

「是我祖父。哦！您一定要好好敬愛他，摩萊爾。」

摩萊爾發誓要全心全意地去敬愛這位老人。他發誓時完全沒有半點猶豫，因為此時此刻，他不單單願意把老人當作一位朋友或父親那樣去愛他，而且願意把他當作神祇一般地崇拜他。

「可是，到底是發生什麼事呢？」摩萊爾問，「他用的是什麼好辦法？」

瓦朗蒂娜剛想開口把事情原原本本說出來，可是突然想到這件事背後隱藏著一段可怕的祕密，而且這個祕密牽涉到的不光是祖父一個人。

「以後再說吧，」她說，「我之後會把一切都告訴您的。」

「什麼時候？」

「等我做了您的妻子以後。」

這是摩萊爾最愛的話題，一提到這件事，他就什麼都肯答應。他甚至還說，才一天就知道這些事情，的確夠多了，對此他應該感到滿足。但是，他堅持瓦朗蒂娜答應他第二天晚上會再跟他會面，然後才肯離去。瓦朗蒂娜答應了摩萊爾的要求。從她眼裡看出去的一切都變了。無須多說，一小時前她還認為自己無法不嫁給弗朗茲，但是現在，她更相信自己將會嫁給馬西米蘭了。

這時，德·維爾福夫人上樓進了諾瓦第埃的房間。諾瓦第埃眼神陰沉而嚴厲地望著她。他看著她進他的房間時一向都是用這種眼神。

「先生，」她對他說，「瓦朗蒂娜婚約取消之事，就不需要我來告訴您了，因為這件事就是在這裡發生的。」

諾瓦第埃的臉上沒有一點表情。

「但是，」德·維爾福夫人繼續說，「有件事您是不知道的，先生。那就是我一直在反對這件婚事，這次的聯姻我從一開始就是不贊成的。」

諾瓦第埃看著媳婦的眼神，表示他在等著她說下去。

「不過現在，既然您很厭惡的婚事已經作罷，我倒想來對您說一件德·維爾福先生和瓦朗蒂娜都沒辦法開口的事。」

諾瓦第埃用目光詢問是什麼事。

「我是唯一有這個權利來請求您的人，先生。」德·維爾福夫人繼續說，「因為，我是唯一不能從中受益的人。我是來請求您把您的財產繼承權回歸給您的孫女。我沒有為她請求您格外的恩惠，因為那是她本應享有的權利。」諾瓦第埃的目光一時間顯得有些遲疑——他顯然是想弄明白這個請求背後的用意，但無法釐清。

「我能期望，先生，」德．維爾福夫人說，「您的意願會跟我提出的請求一致嗎？」

「是的。」諾瓦第埃表示。

「既然如此，先生，」德．維爾福夫人說，「就讓我懷著感激和愉快的心情告退吧。」她向諾瓦第埃先生行了禮，退了出去。

果然，諾瓦第埃第二天就派人去請公證人——前一份遺囑作廢，重新立了一份。申明財產悉數留給瓦朗蒂娜，條件是不能讓她離開他的身邊。於是，有人計算了一下，德．維爾福小姐已經是德．聖米蘭侯爵和侯爵夫人的遺產繼承人，現在又重新得到祖父的寵愛。所以，她未來將會有年金達三十萬法郎的家產。

正當維爾福府上婚事驟變的時候，德．馬瑟夫伯爵先生接待了基督山伯爵的來訪。然後，他為了表示對鄧格拉斯的誠意，他穿上全套的少將軍服，佩掛全部的勳章，吩咐套上最好的馬。這般裝束安排妥當之後，他就驅車前往昂坦堤道街。當僕人進去向鄧格拉斯通報他來訪時，鄧格拉斯正在記他的月結帳目。近幾個月來，每逢有人在這時前來拜訪這位銀行家，都別想見到他有好臉色。因此，鄧格拉斯一看見這位老朋友，就擺出一種莊嚴凝重的神色，煞有其事地坐在自己的扶手椅裡。

平日裡刻板至極的馬瑟夫，此刻卻做出一副笑容可掬、親切友善的模樣。他一心認為，只要自己開誠布公，對方總會以禮相待。因此，他決定不繞圈子，開門見山地說：「男爵先生，今天我特地登門拜訪，是為了當年說定的事。我們一直沒有具體地談一談……」

馬瑟夫說這句話時，期待能看到銀行家臉上露出笑容。此時男爵的表情陰沉，他以為是由於他太久沒提起此事的緣故。但是，出乎他的意料之外，眼前的這張臉幾乎不可思議地變得更沒有表情也更加冷冰了。這就是馬瑟夫話說到一半止住不說的原因。

「什麼說定的事呢，伯爵先生？」銀行家問。彷彿他怎麼也想不起來將軍要說的是什麼事。

「喔！」伯爵說，「您是特別注重禮節的，親愛的先生。您這是在提醒我，禮儀所要求的那些繁文縟節是不能省去的。好吧！沒問題。請您先原諒，我只有一個兒子，而且還是第一次考慮起他的婚事，所以，我像是個還在實習的學徒。那好吧，請讓我重新開始。」

說著，馬瑟夫帶著強裝出來的笑容，朝著鄧格拉斯深深地一鞠躬，開口說：「男爵先生，我很榮幸地為犬子艾伯特・德・馬瑟夫子爵向令嫒歐仁妮・鄧格拉斯小姐求婚。」

但是鄧格拉斯並沒有像馬瑟夫所期待的那樣欣然接受這個請求。只見他眉頭緊皺，就讓伯爵仍然那麼站著，不請他坐下。

「伯爵先生，」他說，「在給您答覆以前，我必須先考慮一下。」

「考慮一下？」馬瑟夫說，他越來越吃驚了。「我們第一次談起這件婚事時，是在八年前。這段期間，難道您沒有時間考慮嗎？」

「伯爵先生，」鄧格拉斯說，「天天都會有新的情況發生。即使是我們自以為考慮好的事情，遇到新的事情總是要重新評估它們可能會產生的不同影響，並重新考慮我們當初的決定。」

「我無法理解您的意思，男爵先生。」馬瑟夫說。

「我的意思是指，先生，兩星期前發生了某些新的狀況……」

「對不起，」馬瑟夫說，「但，我們這是在演戲嗎？」

「演戲？」

「是的，因為剛剛像是在作戲，我們還是有話直說吧，這樣比較能完全了解彼此的想法。」

「正合我的心意。」

「您見過基督山先生了，是嗎？」

「我常見到他，」鄧格拉斯挺起身說，「他是我一位特別的朋友。」

「那麼，您在最近一次與他見面時，對他說過我對這件婚事好像有些漫不經心與優柔寡斷，是嗎？」

「我是有說過。」

「嗯，現在我來到這裡，就是想證明，我對這樁婚事既沒有漫不經心，也沒有優柔寡斷。我來就是想催促您兌現自己的諾言。」

鄧格拉斯沒有回答。

「難道您這麼快就改變了主意，」馬瑟夫說，「或者，您要我來提親，就是為了羞辱我好讓自己開心嗎？」

鄧格拉斯明白，如果讓對話再照著這個情勢繼續下去，他的處境會變得很不利。

「伯爵先生，」他說，「我所持的保留態度使您感到驚訝，這是很自然的事，我也能夠理解。所以，請您相信我，對此感到痛苦的人首先是我。請您相信，我之所以這麼做，完全是迫不得已。」

「這些都是空話，親愛的先生。」伯爵說，「您去講給一位新認識的人聽或許他會接受。但是，德·馬瑟夫伯爵不是這樣的人。當像他這樣的人去找另一個人，提醒他要實現自己的諾言，而那個人卻想背信之時，他是有權利要求對方提出一個合理的解釋。」

鄧格拉斯心裡有些膽怯，但不肯顯露出來——馬瑟夫說話的口氣刺痛了他。

「我的決定自然會有很好的理由。」他回說。

「您這是什麼意思？」

「我要說的是，我有很好的理由，卻難以解釋。」

「您要知道，」馬瑟夫說，「整起事件，您若是不好好解釋您的原因，我是無法理解的。不過，至少有件事我已經很清楚了，那就是您拒絕我們兩家的聯姻。」

「不是的，先生。」鄧格拉斯說，「我只不過是暫時不做決定而已。」

「您真的認為，我會任憑您這樣出爾反爾，然後還低聲下氣地靜等您回心轉意、對我施恩嗎？」

「那麼，伯爵先生，如果您不願意等，我們就當作從來沒有這件事好了。」

伯爵緊緊地咬住嘴唇，直到嘴唇滲出了血，才按捺住他孤傲、暴烈的脾氣，沒有發作出來。他轉身向外走去，但剛走到客廳門口他就想到，依照眼前的局面，只有他會成為笑柄。

於是，他停下腳步，轉身往回走到銀行家的面前。一道陰影掠過他的額頭，驅走忿忿不平的驕矜之色，留下了一種隱隱約約的不安神情。

「親愛的鄧格拉斯，」他說，「我們相識多年，所以彼此總該為對方留點餘地。您欠我一個解釋。至少，您該讓我知道，究竟是出了什麼事，我兒子才失去了您的歡心，這樣做才公平。」

「這決定並是非我對子爵抱有什麼不滿。我能對您說的就是這些了，先生。」鄧格拉斯回答。他看見馬瑟夫的態度軟了下來，又變得盛氣凌人了。

「那麼，您是對誰不滿呢？」馬瑟夫臉色變白，連說話的聲音都變了。

這一切都沒有逃過鄧格拉斯的眼睛，他以一種以前不常有的自信神情盯著對方看。「您或許會因我不想再做解釋而感謝我的。」他說。

馬瑟夫全身的神經都在顫抖著，這想必是被壓抑著的怒火所引起。

「我有權利，」他說，竭盡全力地克制住自己，「而且我堅持要求您做出解釋。是因為您對德·馬瑟夫夫人有什麼看法？是因為我的財產不夠多？是因為我的政治觀點跟您的不同嗎？」

「跟這些無關，先生，」鄧格拉斯說，「如果是因為原因，那就是我的不對了。當初答應這門親事的時候，這些情況我都是知道的。不，請您不要再繼續想弄清原因了。讓您這麼苦苦反省，我實在感到很愧疚。聽我說，我們就到此為止吧。有個折衷的辦法，就是先擱著不談，這樣既不算破裂，也不算訂婚。天啊！這有什麼好急的呢。小女才十七歲，令公子也才二十一歲。在我們等待的時間裡，時光照樣還會流逝，各種各樣的情況也依舊會發生。有時候，前一晚上看上去仍模模糊糊的事情，到了第二天就看得一清二楚了。而有時候，只要一句話或是只需一天的時間就能殘酷地誹謗一個人。」

「誹謗，這是您說的嗎，先生？」馬瑟夫臉色氣得發青喊道，「居然有人敢造謠中傷我！」

「伯爵先生，我說我們最好是別再談這件事了。」

「這麼說，先生，我就要心平氣和地默認您的拒絕了？」

「是的，先生，對於拒絕這樁婚事，我跟被拒絕的您一樣感到痛心。我曾指望著能跟府上結為親家。如今婚事破裂，女方承受的損失總是會比男方要大得多。」

「夠了，先生，」馬瑟夫說，「這件事我們就不必再談了。」他氣憤地抓著手套，離開了。

鄧格拉斯注意到，馬瑟夫始終不敢問是不是由於他本人的原因，鄧格拉斯才會取消當初的承諾。

當晚，鄧格拉斯跟幾位朋友談事情談得很晚，而最後一位離開銀行家府邸的，正是那位夫人與小姐的小客廳常客——卡瓦爾坎第先生。

第二天早晨，鄧格拉斯剛醒來就要了報紙，僕人立即拿了進來。他把三、四份報紙往邊上一推，挑出了《大公報》。這就是博尚當編輯部主任的那份報紙。鄧格拉斯迅速地撕開封皮，焦急地打開報紙，匆匆翻過「巴黎要聞」，停在「社會新聞」版上，嘴角掛著陰險的笑容，定睛看著一篇標題是「約阿尼納專訊」的新聞。

「很好，」他看完報導以後說，「有了這一小段關於弗南特上校的文章，我如果沒估計錯誤，德·馬瑟夫伯爵先生應該是不會要我再解釋任何原因了。」

在此同時，也就是在早上九點的鐘聲敲響的當下，艾伯特·德·馬瑟夫穿著一身黑衣，上下鈕扣扣得齊齊整整，神情激動且語氣生硬地在香榭麗舍林蔭道的宅邸前求見伯爵。

「伯爵先生大約半小時前剛出去。」門房說。

「巴蒂斯坦也一起去的嗎？」馬瑟夫問。

「沒有，子爵先生。」

「叫巴蒂斯坦出來，我有話要跟他說。」

門房進去找那個貼身男僕，一會兒兩人就一起出來了。

「朋友，」艾伯特說，「請原諒我的莽撞，但我要您親口回答我，您的主人真的出去了嗎？」

「是的，先生。」巴蒂斯坦回答。

「對我也是這個回答？」

「我知道主人是很樂於見到先生您的，所以我對先生向來不敢怠慢。」

「您說得沒錯。現在，我有一件要緊的事情要對他說。您看，他會很晚才回來嗎？」

「不會，因為他吩咐過十點鐘要備好早餐。」

「好吧，我在香榭麗舍大道上轉一圈，十點鐘再來。要是伯爵先生比我先到，轉告他，請他等我。」

「我一定轉達，請先生放心。」

艾伯特讓輕便馬車就停在伯爵府邸門前他剛才下車的地方，自己徒步離開。走過寡婦街時，他覺得似乎瞥見伯爵的馬車正停在戈塞打靶場的門前。他走近一看，不僅確認了馬車，而且認出了車伕。

「伯爵先生在打靶？」馬瑟夫問車伕。

「是的，先生，」車伕回答說。

果然，當馬瑟夫走近打靶場時，聽見了好幾聲很有節奏的槍響。他走進靶場。靶場的侍者站在小花園裡。「對不起，子爵先生，」他說，「能不能請您稍等片刻？」

「為何呢，菲力浦？」艾伯特問，他是這裡的常客，不明白今天為什麼會被攔住，心裡感到非常奇怪。

「因為此刻在打靶的先生喜歡獨自一個人，從來不讓旁人觀看。」

「連您也不能看，菲力浦？」

「您不也看見啦，先生，我也在門外。」

「那誰給他裝子彈呢？」

「他的僕人。」

「一個努比亞人？」

「一個黑人。」

「就是他。」

「這麼說，您認識這位爵爺？」

「我是來找他的。他是我的朋友。」

「哦！那就是另一回事了。我這就進去告訴他。」說著，菲力浦被自己的好奇心驅使下，走進靶場。一秒鐘後，基督山伯爵出現在門口。

「請原諒我跟您跟到這裡來了，親愛的伯爵。」艾伯特說，「不過我先申明，這並非您手下人的過錯，完全是出於我的冒昧從事。我先到您的府上，被告知您已外出，但十點鐘會回去用早餐。於是，我就先順路走走，想等到十點鐘再去您府上。結果，走著走著，就看見了您的馬和車子。」

「您對我說這些話，讓我期待著您是不是有意想與我共進早餐。」

「不是的，謝謝。我現在只想著別的事，沒心思用早餐。說不定稍晚些我可以陪您用餐，但會是在心情不佳的狀況下！」

「您到底在說些什麼呢？」

「我今天要決鬥。」

「為了什麼？」

「我將跟人打鬥……」

「是，這個我懂，可是這場紛爭到底是為了什麼緣故呢？人們會為了各種原因進行決鬥，這您也明白。」

「我為了榮譽而爭。」

「喔！這真是嚴重的事了。」

「當然嚴重，所以我特地來請求您的協助。」

「要做什麼呢？」

「做我的證人。」

「這是很嚴肅的事。我們別在這裡談了，一起回我家吧。阿里，備水。」伯爵撩起袖子，走進小廳，射手們通常都在那裡面洗手。

「您進來吧，子爵先生，」菲力浦低聲說，「我給您看一件怪事。」

馬瑟夫走了進去，看見一般放置標靶的地方，卻只貼著幾張撲克牌在牆上。遠遠望去，馬瑟夫認為那是一副同花順，因為他看到從A到十點都齊了。

「啊哈！」艾伯特說，「我看您是在玩牌。」

「不，」伯爵說，「我是在做牌。」

「怎麼回事？」

「喔，您看見的這些牌原先都是A和兩點，不過，我用子彈做出了三點，五點，七點，八點，九點和十點。」

艾伯特走近靶板。果然，子彈不偏不倚地在紙牌上該加點的地方穿過，橫豎恰好對齊，距離也精確之至。在走近靶板的途中，馬瑟夫還揀起了兩、三隻燕子，牠們是不小心飛進伯爵的手槍射程中，被他打下來的。

「絕了！」馬瑟夫說。

「有什麼辦法呢，我親愛的子爵先生，」基督山用阿里遞上來的毛巾擦著手說，「我總得找點事消磨一下閒置時間。請過來吧，我在等著您。」

兩人登上基督山伯爵的雙座轎式馬車，不久，馬車就把他倆載到了三十號的門前。基督山領著馬瑟夫走進書房，為他指了一張椅子。兩人都坐了下來。

「現在，我們平心靜氣地來談談吧。」伯爵說。

「您看，我現在完全是平靜的。」

「您要和誰決鬥？」

「和博尚。」

「您的一位友人！」

「當然，決鬥的對手往往就是朋友。」

「我相信你是有原因的。」

「是的，我有。」

「他對您做什麼事嗎？」

「那是起因於昨晚他的報紙……請等一下，您自己看吧。」艾伯特把一份報紙遞給基督山伯爵。

伯爵接過去念道：「約阿尼納專訊。本報得悉一段至今無人知曉或至少未曾見過被披露的史實。阿里．臺佩萊納總督的城堡，實被一名其極為信任的法國軍官出賣給土耳其人。此軍官名叫弗南特。」

「嗯！」基督山問，「這個消息又怎麼惹惱您呢？」

「什麼？怎麼惹惱我？」

「是的，約阿尼納的城堡是被一位名叫弗南特的軍官所出賣，但這跟您有什麼關係呢？」

「它指的是我父親。德・馬瑟夫伯爵的教名就是弗南特。」

「令尊在阿里・帕夏的麾下服務過？」

「他曾為希臘人的獨立戰鬥過。這陰險的誹謗就是針對這件事來的。」

「喔！親愛的子爵先生，說話要有根據！」

「我不敢奢望對方也如此。」

「現在，您說說看，在法國有誰會知道那名軍官弗南特跟德・馬瑟夫伯爵是同一個人呢？還有誰會關心早一八二二年或者一八二三年就淪陷的約阿尼納呢？」

「這正顯示了這個謠言的陰險之處。這麼多年來他們一直默不作聲，一直等到今天才把大家早已遺忘的陳年舊事翻出來。其用意就是要掀出一件醜聞來汙辱一位有身分地位的人。我從父親那裡繼承了他的姓氏，我絕對不會讓這個名字蒙受不白之冤。這個消息是博尚的報紙刊登的，所以，我要請兩位證人去找博尚，讓他收回這則報導。」

「博尚先生不會這麼做的。」

「那麼我們就必須決鬥。」

「不，您們的決鬥無法進行。因為他會回答您，當年在希臘軍隊裡說不定有五十個軍官都叫弗南特。」

「不管如何，我都要跟他決鬥。我將會抹去沾在我父親人格上的汙漬。我父親，是位高尚的軍人。他的戎馬生涯戰功顯赫……」

「哦，他還會說：『我們有充分的理由相信，這位弗南特跟德．馬瑟夫伯爵先生全然不相關，儘管伯爵先生的教名也叫弗南特。』」

「我對任何說法都不會感到滿意，一定要他完全收回這則報條。」

「那麼，您執意要讓兩位證人去見他？」

「是的。」

「您做錯了。」

「我想，您的意思是說，您拒絕我剛才對您的請求？」

「您知道我對決鬥抱持著什麼觀點。我在羅馬跟您講過我的看法，如果您還記得的話。」

「可是，親愛的伯爵先生，我今天早上還看見您在做一件跟您的觀點很不相符的事情。」

「那是因為，親愛的朋友，您也明白，凡事都不能過於執著。一個人生活在愚人之中，就要學會愚行。說不定哪一天，會有個愣頭愣腦的人就像您要去找博尚決鬥一樣，無緣無故地來向我挑戰。找到一點沒腦的瑣事就帶著證人找上門來，或著乾脆在大庭廣眾前羞辱我一番。對這種人，我想必得殺了他。」

「那麼，您是承認您也可能決鬥囉？可是，您為什麼要反對我這麼做呢？」

「我沒說您不能決鬥。我只是說，決鬥是件大事，必須先經過慎重考慮。」

「他侮辱我父親時，慎重考慮過了嗎？」

「要是他事先沒有考慮清楚，也願意承認，您就該滿意了。」

「哦！親愛的伯爵先生，您實在太寬容了！」

「而您實在太苛刻了。假設，只是舉個例子，對我接下來要說的話希望您先別生氣。」

「好的。」

「假設，報導的消息是確實的呢？」

「一個兒子是無法容忍這樣一個有損他父親名譽的設想。」

「天啊！我們生活的時代，有太多必須容忍的事啊！」

「這正是這個時代的弊病。」

「您是想進行改革？」

「是的，只要事情跟我有關。」

「喔！您真是嚴厲，親愛的朋友！」

「是的，我就是這種人。」

「您就連忠告也聽不進去嗎？」

「如果是朋友的忠告就會聽。」

「您把我看成是朋友嗎？」

「當然是。」

「那好！您在請證人去找博尚先生以前，最好先把這件事再打聽清楚。」

「找誰打聽？」

「找海蒂。」

「為什麼？把一名女子牽涉進來有什麼好處？她又能派什麼用場呢？」

「比如說，她可以告訴您，您的父親並未插手她父親的戰敗和死亡。或者，在因緣際會之下，他介入了這件不幸之事……」

「我對您說過了，親愛的伯爵先生，我無法容忍這種假設。」

「這麼說，您拒絕這個打聽訊息的辦法？」

「是的，我心意已定。」

「那就容我再奉勸一句。」

「好吧，但這是最後一句。」

「您並不願意聽，是嗎？」

「不，相反的，我想聽。」

「您先別帶任何證人去找博尚先生。您獨自前往。」

「這樣做不符合規矩。」

「您的事本來就出乎尋常。」

「那麼，您建議我獨自前往的原因又是什麼呢？」

「因為這樣做，事情就仍然存在您和博尚先生之間。」

「請再解釋清楚。」

「我會的。要是博尚願意收回報導，那您就該給他機會讓他能自願地撤回。不管如何，都會達到您想要的結果。反過來說，要是他不肯收回，那時候再讓兩名外人參與這件祕密也不嫌遲的。」

「他們不是什麼外人，而是兩位朋友。」

「今天的朋友就是明天的仇人。博尚先生就是一個例子。」

「所以，您的建議是……」

「我建議您謹慎行事。」

「所以，您認為我該獨自去找博尚？」

「是的，我會告訴你原因。當您希望別人的自尊心對您做出讓步之時，您必須先保全他的顏面，不讓他為難。」

「我相信你說得有道理。」

「我很高興聽你這麼說。」

「那麼，我會獨自去找他。」

「去吧，不過，要是您不去，那就更好了。」

「這是不可能的。」

「那就去吧，這總要比您原先的打算要好些。」

「不過，若是我該說的、該做的都盡力了，最後還是要進行決鬥，您會願意當我的證人嗎？」

「親愛的子爵先生，」基督山嚴肅地說，「想必您已經看到，在今天以前的任何時間、任何地點，我都已樂意為您效勞。但是，您提的這個要求，是少數幾件我必須拒絕的事。」

「為什麼？」

「也許日後您會知道的。在此期間，我要請您別再問我原因了。」

「那好吧。我去找弗朗茲和夏托．勒諾。他們會擔任我的證人的。」

「那就去吧。」

「不過，要是我真要決鬥，您總會願意教我幾招劍法，或者指點一下我的槍法吧？」

「不，這又是件我無法答應的事。」

「您可真是個怪人！您真的對任何事都不感興趣啊！」

「您說對了。這是我人生的原則。」

「那我們也別談了。再見了，伯爵先生。」馬瑟夫戴上帽子，走了出去。

他在宅邸門前登上自己的輕便馬車，盡力按捺住滿腔怒火，驅車去找博尚。博尚此刻在他的報館裡。艾伯特來到了報館門前。博尚待在一間光線很暗又積滿灰塵的辦公室裡。報館的編輯室似乎從有這名稱開始就是這副模樣了。僕人通報艾伯特．德．馬瑟夫先生來訪。他讓僕人再報了一遍，聽完，他還是不敢相信自己的耳朵，就大聲說：「請進！」艾伯特出現在門口。博尚看見真的是自己的朋友來訪，驚訝得喊出聲來。這時，艾伯特正跨過堆放在辦公室裡一捆一捆的新聞走過來。

「走這裡，走這裡，親愛的艾伯特。」他邊說邊向年輕人伸出手去。「您今天失去理智了？還是來特地請我吃早飯呢？自己想辦法找張椅子吧。天竺葵旁邊有一張，這盆天竺葵在提醒我，這世界上一張一張、一片一片的，除了報紙之外，還有葉子。」

「博尚，」艾伯特說，「我就是來跟您談談您的報紙。」

「您，馬瑟夫？什麼事？」

「我要您刊登一則更正啟事。」

「您，更正啟事？關於什麼事情，艾伯特？您先坐下吧！」

「謝謝。」艾伯特冰冷而正式地點頭說。

「您現在可以好心地把讓您不高興的事情說清楚了吧。」

「有一條消息損害了我的家人的名譽。」

「哪條消息？」博尚訝異地說，「我敢說您一定是弄錯了。」

「您報導的有關約阿尼納的文章。」

「約阿尼納？」

「是的，看上去您是真的不知道我為什麼而來。」

「我真的不知道。我能以名譽跟您保證！巴蒂斯特，請給我昨天的報紙！」博尚大喊。

「在這裡，我給您帶來了。」艾伯特說。

博尚拿起報紙，然後看著艾伯特指他看的文章，喃喃地念起來。

「您得明白，這事非常嚴重。」等博尚念完以後，馬瑟夫說。

「那麼，這位軍官是您的親戚？」記者發問。

「是的。」艾伯特漲紅著臉說。

「嗯！您要我怎麼做，才能讓您滿意呢？」博尚口氣溫和地說。

「我希望，親愛的博尚，您能收回這個報導。」

博尚目不轉睛地看著艾伯特，流露出寬厚的神情。

「來吧，」他說，「這件事我們必須好好談談。因為，刊登更正啟事不是件小事情。您先坐下，讓我再把這幾行看一遍。」

艾伯特坐下了。博尚把朋友提出責難的那幾行文字，比剛才更加仔細地又看了一遍。

「好了，」艾伯特語氣很堅決地說，「您也看見，您的報紙侮辱了我的家庭成員，我堅持立即撤回報導。」

「您堅持？」

「是的，我堅持！」

「請允許我對您說，您現在不是在議會裡，親愛的子爵。」

「我也不想待在那裡。」年輕人起身接著說，「我再次重申，針對昨天的報導，我決心要求提出一則更正啟示。您對我應該相當了解了。」艾伯特看到博尚的怒火開始升起，便咬緊嘴唇說，「您是我的朋友。因此，我們之間已有足夠的交情能讓您了解，當我遇到這種事情時，我的決定是非常固執的。」

「如果說我是您的朋友，馬瑟夫，您剛才說話的態度已經使我幾乎忘了這一點了。但是請等一下，讓我們都別生氣，或者至少先別發怒。您現在是既煩躁又困惑……告訴我，這位弗南特跟您是什麼關係？」

「他正是我的父親。」艾伯特說，「弗南特・蒙代戈先生──德・馬瑟夫伯爵，浴血沙場不下二十次的老軍人──現在居然有人想指責他高貴的傷疤是代表著恥辱的標記。」

「他是您父親？」博尚說，「那就另當別論了。現在我能理解您的憤慨，親愛的艾伯特。我會再看一遍的。」之後，他第三次看了這則報導，而且是逐字逐句仔細地看著。

「可是，有什麼地方能讓您看出，」博尚問，「報上的弗南特就是您父親呢？」

「沒有，但是其中的關聯別人會看出來。因此，我要求更正這則消息。」

聽到**我要求**這三個字，博尚抬起頭來看著望馬瑟夫，隨即垂下眼瞼，沉思片刻。

「您會撤銷這則報導的，是嗎，博尚？」馬瑟夫又問，他儘管竭力控制自己，怒火還是在往上冒。

「是的。」博尚回應。

「立刻？」艾伯特說。

「等我能確定這則報導是不實的時候。」

「什麼？」

「這件事情值得再加以追查，而且我也會負責將它徹徹底底地調查清楚。」

「可是還有什麼需要調查的呢，先生？」艾伯特對於博尚最後的發言再也按捺不住了。「要是您認為那不是我父親做的，就請您馬上這麼說。要是您認為是他做的，您就把您相信的理由說清楚。」

博尚嘴角掛著他那特有的微笑，望著艾伯特。這種微笑可以表現出各種不同情緒之間的微妙差別。

「先生，」他回答，「如果您到此的目的是為了滿足您的要求，您就應該直接說出重點。根本用不著花上半個鐘頭，讓我耐著性子聽您來跟我談無聊的廢話。我需要直接點出您到訪的目的嗎？」

「沒錯，如果您不肯撤回這種無恥的誹謗！」

「請等一下！請您收起您的威脅，艾伯特．蒙代戈先生，德．馬瑟夫子爵。我不能容忍我的仇人來威脅我，當然更不能接受我的朋友這樣做。您堅持要我更正與弗南特將軍相關的報導。但我以名譽發誓，我跟此消息無關。」

「是的，我堅持！」艾伯特說。他已經因為過度氣憤的情緒開始失去理智了。

「如果我拒絕撤回，您就要跟我決鬥？」博尚接著說，語氣仍然很平靜。

「是的！」艾伯特提高嗓門說。

「好吧！」博尚說，「親愛的先生，這就是我的回答——這則報導不是我經手發的，我對此事一無所知。但是您的所作所為，引起了我對這則消息的關注。我決定要把事情查個水落石出。所以，是闢謠，還是證實，要等弄清楚真相之後才會決定。」

「先生，」艾伯特站起身說，「那就請讓我的證人來見您吧。您可以跟他們商定地點和武器。」

「很好，親愛的先生。」

「那麼，如果您不反對的話，今晚或最遲明天，我們在決鬥場上見。」

「不，不！我要等合適的時間才與您在決鬥場上見。依我看，我有權選擇適當的時間，因為我是接受挑戰的一方。所以我要說，此刻時間還不合適。我知道您的劍術不錯，而我只是差強人意。我知道您發出六槍能打中三次靶心，在這上面我跟您旗鼓相當。我知道我倆的決鬥是一場生死攸關的對決，因為您很勇敢而我也一樣。所以我不想無緣無故地殺死您或被您殺死。現在該輪到我來問您了，我的問題是直截了當的。

「儘管我對您重複過不只一次，也以我的榮譽向您保證過我對這則消息並不知情。儘管我也申明除了您以外，不可能會有人知道弗南特就是德·馬瑟夫伯爵先生。可是，只要我不刊登更正啟示，您就堅持非要置我於死地不可嗎？」

「我堅持我最初的要求。」

「那好吧！親愛的先生，我同意跟您拚個您死我活。但是，我要求等三個星期。三個星期以後，我會對您說：『喔，那條消息是假的，我更正』，或者，我會說：『喔，那條消息是真的』。之後，從劍鞘裡拔出劍，或者從槍匣裡掏出槍來，兩樣武器憑您選。」

「三個星期！」艾伯特喊道，「三個星期對我就是蒙受恥辱的三個世紀了！」

「假如您還是我的朋友，我就會對您說：『耐心一點，我的朋友』。可是您自己要把我當仇人，所以我只能對您說：『這關我什麼事呢，先生？』」

「好吧，就三個星期。」馬瑟夫說，「可是記住了，三個星期以後，絕不能再有任何拖延，您也別想再找什麼藉口……」

「艾伯特·德·馬瑟夫先生，」博尚也站起身來說，「我要等三個星期，也就是說二十四天[104]以後才能把您從窗口扔下去。而您，也只有到那時候才有權利來砸我的腦袋。今天是八月二十九日，就是說，要等到九月二十一日才能解決我們之間的歧見。在這以前，請聽我說，我給您一個對紳士的忠告，我們別像兩條分開拴著的看門狗那樣亂叫亂咬吧。」

說完，博尚一本正經地對年輕人鞠了一躬，轉身走進裡面的排字房。

艾伯特怒不可遏，揮起手杖使勁抽打地上的那一疊一疊的報紙出氣。臨出門前他還轉過頭去朝排字房門口看了兩、三次，然後才悻悻然地走出了編輯室。一路上他又使勁抽打馬匹，猶如剛才抽打那些惹他惱怒的無辜報紙一般。在穿過林蔭大道時，他瞥見摩萊爾仰著頭，睜大著雙眼，輕快地揮動著手臂，從聖馬丹城門的方向而來，經過中國澡堂門口跟前，往馬德萊娜廣場的方向而去。

「唉！」艾伯特嘆了口氣說，「這裡還真有個幸運兒呢！」碰巧艾伯特還真說對了。

104 法國人有一星期按八天算的習慣。

第七十九章　檸檬水

摩萊爾確實是個幸運兒。諾瓦第埃剛才命巴魯瓦去請他，摩萊爾因為焦急地想知道其中的原因，所以乾脆不乘車。因為，比起出租馬車馬匹的四條腿，他寧可相信自己的兩條腿。於是，他就這麼匆匆忙忙地沿著梅斯萊街往聖奧諾雷區而去。摩萊爾一路小跑；可憐的巴魯瓦也只好拚著老命跟在後面。摩萊爾才三十一歲；巴魯瓦可是六十歲了。摩萊爾沉浸於愛河之中；巴魯瓦卻渾身燥熱，口渴難當。這兩個關注與年齡各異的男人，好比一個三角形的兩條斜邊——它們在底下是分開的，但往上卻聚焦在同一個頂點，這個頂點就是諾瓦第埃。他派人囑咐摩萊爾趕緊去見他，對此摩萊爾照辦不誤，結果累苦了巴魯瓦。一路跑到目的地，摩萊爾連大氣也沒喘一口，因為愛情為他插上了雙翼。可是，巴魯瓦早已忘卻愛情的滋味，只是跑得渾身大汗淋漓，且精疲力盡了。

這位老僕人引著摩萊爾從一扇邊門進屋後，隨手關上了書房的門，不久便聽見鑲木地板上響起裙子的窸窣聲，那是瓦朗蒂娜來了。她雖然穿著喪服，但是容光煥發，顯得美麗極了。摩萊爾沉醉在甜蜜的夢裡，一時間竟把跟諾瓦第埃談話的事拋在了一邊。不久後就聽到了老人輪椅的滾動聲，諾瓦第埃進屋來了。摩萊爾再三感謝老人能及時干預那件婚事，把瓦朗蒂娜和他從絕望之中解救出來。諾瓦第埃以親切的目光接受了摩萊爾的致謝。隨後，摩萊爾看著瓦朗蒂娜，像是在詢問她，老人家叫他來究竟是要賜給他什麼新的恩惠。少女羞澀地坐得離他們有些距離，等待著何時需要她開口說話。諾瓦第埃的雙眼凝視著她。

「我可以說出您告訴我的那些話嗎？」她問。

諾瓦第埃的視線指示著她可以說了。

「摩萊爾先生，」瓦朗蒂娜對年輕人說。他正深情且目不轉睛地望著她。「諾瓦第埃爺爺有千百件事要對您說。過去的三天裡，他都已經把這些事預先告訴我了。今天他把您請來，就是要讓我把那些話轉達給您。既然他選了我當他的傳話人，那麼我自然會完全遵照他的原意，一字不差地轉述。」

「哦！我已等不及想聽了，」年輕人回答，「請說吧，我請求您了。」

瓦朗蒂娜低下了頭，這在摩萊爾眼中是個好預兆。因為，瓦朗蒂娜只有在沉浸幸福之中，才是嬌弱的。

「爺爺想離開這個家，」她說，「他正命巴魯瓦找一幢合適的房子。」

「那您呢，小姐？」摩萊爾說，「您是他最親愛的人，諾瓦第埃先生是離不開您的。」

「我？」少女接著說，「我不會離開我祖父的，這是我跟他早就說定的事。我會在他旁邊有自己的一間套房。德．維爾福先生要不就是同意我和諾瓦第埃爺爺一起住，要不就是阻止我這麼做。若是前一種情形，我現在就能離開這裡。若是後一種情形，我只要再等十八個月，直到我成年，到那時我就自由了。我將會有一份獨立的財產，而且……」

「而且什麼？」摩萊爾問。

「而且，如果爺爺允許的話，我就可以實現我對您許下的諾言了。」

瓦朗蒂娜說最後這兩句話時聲音輕極了，摩萊爾要不是全神貫注地聽，一定會聽不見她在說些什麼。

「我把您的意思說清楚了嗎，爺爺？」瓦朗蒂娜對著諾瓦第埃說。

「是的。」老人表示。

「等我跟爺爺一起住之後，摩萊爾先生，」瓦朗蒂娜接著說，「您就可以過來，在我這位慈祥可敬的保護人面前看我。到了那時，如果我倆的心靈依舊覺得您與我的結合能夠保證我們今後的幸福，那麼，我就會期待著您會來牽起我的雙手。」

「哦！」摩萊爾大喊，差點想跪在諾瓦第埃與瓦朗蒂娜面前，就像跪在神靈之前一樣。「我這輩子究竟做了什麼好事，能夠有資格得到這樣的幸福啊？」

「在這以前，」少女以平穩而自制的語調繼續說，「我們必須尊重禮俗以及親友們的意願，只要他們的意願不是要把我倆拆散。總之只有一句話，而且我會再重複一次，因為這一句話已經把我想說的一切都包含了——我們等待。」

「而我發誓，我將會不惜一切謹守著這句話，先生。」摩萊爾說，「我不單是會自我克制，而且還會欣然地接受。」

「所以，」瓦朗蒂娜用著活潑的眼神看著馬西米蘭說，「請不要再出現魯莽的行為，也請不要再倉卒的行事。因為，從今天起，有一位女孩將把自己視為有一天將會光榮且幸福地加上您的姓氏。我相信您絕對不想因此而連累她的名聲。」

摩萊爾把手按住自己的胸口。諾瓦第埃始終以溫柔的眼神看著他倆。巴魯瓦則站在屋裡，他有著可以知道任何事的特權，微笑著看著這對年輕人，同時擦著從禿頂上往下流的大顆汗珠。

「您看起來有多熱呀，我們的好巴魯瓦。」瓦朗蒂娜說。

「喔！這是因為我跑得太快了，小姐。不過我要為摩萊爾先生說句公道話，他比我跑得還快。」

諾瓦第埃把視線投向一個托盤，那上面放著一瓶檸檬水和一個杯子。這瓶檸檬水，諾瓦第埃在半小時前喝掉過一點。

「喔，我的好巴魯瓦，」少女說，「您拿去喝吧，因為我看您老在盯著這大半瓶檸檬水。」

「說實話，小姐，」巴魯瓦說，「我口渴得要命，既然您仁慈地要請我喝，我就不能說我要拒絕喝上一杯滿載您健康的檸檬水了。」

「就去喝一點吧，然後立即回來。」瓦朗蒂娜說。

巴魯瓦端起水杯走出去，因為他出去時忘了關門，所以屋裡的人全看見他剛到走廊上就仰起脖子，把瓦朗蒂娜幫他倒滿的那杯檸檬水一飲而盡。正在瓦朗蒂娜和摩萊爾當著諾瓦第埃的面相互道別的時候，響起了鈴聲。這是有人來訪的信號。瓦朗蒂娜看了她的錶。

「中午十二點，」她說，「今天是星期六，爺爺，我敢說是醫生來了。」

諾瓦第埃看起來是對於她的猜測表示肯定。

「他會到這裡來，所以要讓摩萊爾先生先離開，是嗎，爺爺？」

「是的。」老人表示。

「巴魯瓦！」瓦朗蒂娜喊著，「巴魯瓦，快來呀！」

這時只聽見老僕人的聲音回答說：「我來了，小姐。」

「巴魯瓦會送您到大門口。」瓦朗蒂娜對摩萊爾說，「現在請您記住一件事，軍官先生，就是我爺爺叮囑您千萬別做任何可能影響我們幸福的事情。」

「我答應過他我會等待，」摩萊爾說，「所以，我會等待的。」

這時，巴魯瓦進屋來了。

「誰在拉鈴？」瓦朗蒂娜問。

「德．阿弗裡尼醫生。」巴魯瓦這麼回答時，腳步似乎站得不穩。

「咦！您怎麼了，巴魯瓦？」瓦朗蒂娜問。

老人沒有回答，他用驚慌的眼神望著自己的主人，一隻痙攣的手在空中揮舞，好像是想抓住一件東西不讓自己跌倒。

「他要跌倒了！」摩萊爾喊道。

這時，巴魯瓦全身越抖越厲害，臉部肌肉開始收縮，使整張臉都變了形。這些都是一場來勢凶猛的神經性發作症狀。諾瓦第埃看著巴魯瓦可憐的狀況，眼神中顯露出人類心靈能具備的所有悲傷與同情的情感。巴魯瓦朝他的主人走了幾步。

「喔！先生！」他說，「請告訴我，我這是怎麼啦？我好難受……什麼也看不見了。我眼睛裡像有成千上百個火光在亂竄。喔！請別碰我，求求您不要！」

這時，他的眼睛恐怖地凸了出來像是要掉出它們的眼窩，頭往後仰，而身體的其餘部分卻變得僵硬起來。瓦朗蒂娜驚恐地喊了一聲。摩萊爾把她抱在懷裡，像是要保護她，不讓她被某種未知的危險所威脅。

「德．阿弗裡尼先生！德．阿弗裡尼先生！」瓦朗蒂娜用幾乎窒息的聲音哭喊著，「救命啊！救命啊！」

巴魯瓦轉過身子，往後退了三步，一個踉蹌跌倒在諾瓦第埃腳邊，一手抓住他的膝頭喊道：「我的主人！我的好主人！」

這時，德．維爾福先生聽到了叫喊聲，跑到房門口。摩萊爾鬆開快要昏厥的瓦朗蒂娜，往後一閃躲進牆角，一塊窗幔把他全身都遮住了。他彷彿看見一條蛇在他面前豎起身子似的，臉色煞白，目光呆滯地注視著痛苦掙扎著的垂死之人。

諾瓦第埃被焦急與恐懼折磨著，恨不得能親自去幫助這個可憐的老人，這位他不是看作僕人，而是當作朋友的巴魯瓦。這時只見巴魯瓦額頭上青筋暴出，眼眶邊上尚未麻痺的肌肉在劇烈地抽動，把一場生與死之間的殊死搏鬥展現在每個人面前。他臉部抽搐，眼睛充血，脖子後仰地躺倒在地上，兩隻手拍打著地板，而兩條腿卻已經完全僵硬，像折斷了似的彎曲著。他的嘴角流出一小攤白沫，呼吸困難，痛苦異常。

維爾福似乎被嚇得瞠目結舌，他一進屋就被眼前的這幅場景驚呆了，他直愣愣地看著，一時間說不出話來。他沒有看見摩萊爾。就在他這麼默默地望得出神的中間，只見他的臉色漸漸變得慘白，頭髮根根都豎了起來。

他猛然地衝到門口大喊：「大夫！大夫！快來呀！拜託您快來呀！」

「夫人！夫人！」瓦朗蒂娜也奔到樓梯口喊她的繼母，「您快來呀！快點！請把嗅鹽瓶也帶來！」

「怎麼啦？」德·維爾福夫人用刺耳而矜持的語調問著。

「哦！您來吧！快來吧！」

「大夫到底在哪裡？」維爾福喊道，「他在哪裡？」

德·維爾福夫人慢慢地走下樓來，聽得見樓板在她腳下嘎嘎地作響。她一隻手拿著塊手帕在擦臉；另一隻手拿著一隻英國嗅鹽瓶。她進門後的第一眼是看向諾瓦第埃，但他的臉上，除了在這種情形下極其自然的激動神情外，看上去一切如常。她的第二眼看了那個垂死之人。她頓時臉色發白，視線幾乎猛然地從僕人身上跳回到他的主人身上。

「看在老天爺的分上，夫人，」維爾福說，「大夫在哪裡？他剛剛還跟您在一起的。您看，這是中風，只要放血，也許還會有救的。」

「他剛剛吃過什麼東西嗎？」德·維爾福夫人問，對維爾福的問題避而不答。

「夫人，」瓦朗蒂娜說，「他沒吃早飯，爺爺命他去辦件事，所以他一早跑了很多路，只有在回來以後喝了一杯檸檬水。」

「啊！」德·維爾福夫人說，「為什麼不喝葡萄酒？喝檸檬水多不合適。」

「當時爺爺的那瓶檸檬水就在手邊。可憐的巴魯瓦口渴得要死，就拿去喝了。」

德·維爾福夫人打了個寒顫。諾瓦第埃的深邃的目光注視著她的一舉一動。

「他脖子也變粗了！」她說。

「夫人，」維爾福說，「德．阿弗裡尼先生在哪裡？我在問您呢，看在老天爺的分上，請回答我！」

「他在愛德華房裡，他有點不舒服。」德．維爾福夫人說，她無法再回避了。

維爾福衝上樓，親自去找醫生。

「拿去，」年輕婦人把手裡的小瓶遞給瓦朗蒂娜，「看樣子是要給他放血的。我要先回自己房裡去，看到血我會受不了的。」說完，她跟在丈夫後面上樓去了。

摩萊爾從藏身之處出來，剛才維爾福夫婦因為注意力集中在巴魯瓦身上，所以都沒看見他。

「您快走吧，馬西米蘭，」瓦朗蒂娜對他說，「等著我來叫您。走吧。」

摩萊爾向諾瓦第埃投去探詢的一瞥。已經恢復冷靜的諾瓦第埃對他做了個肯定的表示。摩萊爾握住瓦朗蒂娜的手放在自己的胸前，然後，從後面的那條通道走了出去。

此時，維爾福和醫生從對面的那扇門進了屋子。

巴魯瓦開始恢復知覺——發作過去了。他發出一陣呻吟，一條腿跪了起來。德．阿弗裡尼和維爾福把他扶到一張長椅上躺下。

「您有什麼吩咐，大夫？」維爾福問。

「叫人拿點水和乙醚來。您家裡有乙醚嗎？」

「有。」

「再派人趕快去買松節油和催吐藥。」

「快去！」維爾福對僕人說。

「現在讓所有的人都退出去。」

「我也要出去嗎？」瓦朗蒂娜怯生生地問。

「是的，小姐，尤其是您。」醫生口氣生硬地說。

瓦朗蒂娜驚愕地望瞭望德·阿弗裡尼先生，在諾瓦第埃先生額上吻了一下，就退了出去。

等她一出去，醫生就臉色陰沉地把房門關上。

「您看，您看，大夫，他清醒過來了，這不過是一次發作，不要緊的。」

德·阿弗裡尼先生神情陰鬱地笑了笑。

「您覺得怎麼樣啦，巴魯瓦？」醫生問。

「好一些了，先生。」

「您能喝這杯乙醚水嗎？」

「我試試看，但請別碰我。」

「為什麼？」

「因為我覺得，要是您碰我一下，哪怕只是用手指輕輕地碰一下，我就又會發病的。」

「喝吧。」

巴魯瓦接過杯子，湊到顏色發紫的嘴脣邊上，喝下差不多半杯。

「您哪裡難受？」醫生問。

「哪裡都難受，只覺得渾身抽筋抽得厲害。」

「覺得頭暈，眼睛裡冒金星？」

「是的。」

「耳朵嗡嗡響？」

「響得嚇人。」

「您是什麼時候發病的？」

「剛才。」

「來得很快？」

「像閃電一樣。」

「昨天、前天都沒有一點症狀？」

「沒有。」

「有沒有嗜睡？有沒有遲鈍的感覺？」

「沒有。」

「今天吃過什麼東西？」

「沒吃什麼，就只喝了一杯先生的檸檬水，沒別的了。」

說著，巴魯瓦用頭朝諾瓦第埃指了指，老人一動也不動地坐在輪椅裡，專注地望著這一幕可怕的場景，沒有漏過一個動作，也沒有聽漏一句話。

「那檸檬水在哪裡？」醫生急切地問。

「在樓下的水瓶裡。」

「在樓下哪裡？」

「廚房裡。」

「要我去把它拿來嗎，大夫？」維爾福問。

「不，請您別走，留在這裡讓病人把剩下的這杯水都喝了。」

「那麼檸檬水……」

「我自己去拿。」德·阿弗裡尼一起身，打開房門，沿著僕人用的小扶梯就往下衝，差點沒把德·維爾福夫人撞倒——她也正下樓到廚房去。

她喊了一聲。德·阿弗裡尼卻根本沒注意到這些，他滿腦子只有一個執著的念頭。他跳下最後三、四級樓梯，衝進廚房一看，只見那瓶剩下四分之一的檸檬水還在托盤裡。他猛撲過去，就像一隻老鷹在撲向獵物。他氣喘吁吁地上樓，走進那個房間。而德·維爾福夫人也慢慢地上樓回自己的房間去。

「就是這個玻璃瓶嗎？」德·阿弗裡尼問。

「是的，大夫。」

「您喝的就是這種檸檬水？」

「我想是的。」

「是什麼味道？」

「有點苦。」

醫生往手心裡倒了幾滴檸檬水，像品酒那樣在嘴裡含了一下，然後再把它吐進壁爐裡。

「就是它，」他說，「您也喝過一些是嗎，諾瓦第埃先生？」

「是的。」老人表示。

「您也覺得有種苦味？」

「是的。」

「哦！大夫！」巴魯瓦喊道，「我又不行啦！我的上帝，主啊，可憐可憐我吧！」

醫生向病人奔過去。「催吐藥，維爾福先生，去看看買來了沒有。」

維爾福衝出房門大喊：「催吐藥！催吐藥！買來了沒有？」

沒有人回答。整座房子籠罩在極度的恐怖之中。

「要是我有辦法把空氣壓進他的肺部，」德．阿弗裡尼朝周圍望著說，「也許還能防止他窒息。可是不行，這裡什麼都沒有！」

「哦！先生，」巴魯瓦喊道，「難道您要眼睜睜地看我就這麼死去嗎？哦！我要死了，上帝啊！我要死了！」

「筆！筆！」醫生說。他瞥見桌上有支筆。

他想把筆插進病人的嘴裡，因為巴魯瓦不停地在痙攣，任憑怎麼用力也沒辦法嘔吐。而且病人的牙齒咬得很緊，這支筆怎麼樣都塞不進去。巴魯瓦的這次神經性發作，來勢比上一次更凶猛。他從長椅子上滾了下來，直挺挺地躺在地板上。醫生知道無法減輕他的痛苦，只能任憑他去承受痙攣發作的折磨，起身朝諾瓦第埃走去。

「您覺得自己怎麼樣？」他急促地低聲問，「很好嗎？」

「是的。」

「胃裡覺得很輕鬆，還是沉甸甸的？很輕鬆？」

「是的。」

「就像您服用了我每星期天要您吃的藥丸以後的感覺？」

「是的。」

「您的檸檬水是巴魯瓦調製的嗎？」

「是的。」

「是您讓他喝的嗎？」

「不是。」

「是德．維爾福先生？」

「不是。」

「夫人？」

「不是。」

「那麼是瓦朗蒂娜？」

「是的。」

巴魯瓦張大嘴巴發出一聲痛苦的呻吟，彷彿他的下巴骨碎裂了似的，這引起了德．阿弗裡尼的注意。他立即離開諾瓦第埃先生奔到病人身邊。

「巴魯瓦，」醫生說，「您能說話嗎？」

巴魯瓦囁嚅著說了幾個含混不清的字。

「用點力，我的朋友。」

巴魯瓦睜大充滿血絲的眼睛。

「這檸檬水是誰調製的？」

「我。」

「您一調好就端來給您的主人了？」

「沒有。」

「那麼您把它放在哪裡了？」

「放在配膳室，那時我正好有事必須出門。」

「那是誰把它端到這裡來的？」

「瓦朗蒂娜小姐。」德·阿弗裡尼用手連連拍著自己的前額。

「哦，天啊，我的上帝！」他喃喃地說。

「大夫！大夫！」巴魯瓦喊道，他覺著第三次發作又來了。

「催吐藥到底來了沒有？」醫生喊道。

「這一杯是剛調好的。」維爾福應聲說，一邊回進房間來。

「誰調的？」

「跟我一起來的藥房夥計。」

「喝吧。」醫生對巴魯瓦說。

「不行啦，大夫，太晚了。我的喉嚨口已經收緊，喘不過氣來了！哦！我的心臟！哦！我的腦袋……哦！我受不了啦……這種折磨我還要承受很久嗎？」

「不，不，我的朋友，」醫生說，「您過一會兒就不再受折磨了。」

「啊！我懂您的意思！」那不幸的人喊道，「我的上帝！可憐可憐我吧！」

話音剛落，只見他慘叫一聲，身子往後倒去，猶如遭到雷劈一般。德·阿弗裡尼伸出一隻手按在他的胸口上；另一隻手拿起一杯冰水湊在他的嘴邊。

「怎麼樣？」維爾福問。

「去告訴廚房裡，讓他們趕快拿點堇菜汁來。」

維爾福馬上跑下樓去。

「您不用害怕，諾瓦第埃先生，」德·阿弗裡尼說，「我這就把病人帶到另一個房間去放血。說實話，這種發作是會讓人看著覺得可怕的。」

說完，他扶住巴魯瓦的兩腋，把他拖進隔壁的房間。但是，他幾乎立刻又走回諾瓦第埃的房間，拿起剩下的檸檬水。諾瓦第埃閉上右眼。

「瓦朗蒂娜，是嗎？您要瓦朗蒂娜？我去找人叫她。」

維爾福回上樓來，德·阿弗裡尼在走廊裡碰到他。

「怎樣？」維爾福問。

「您跟我來。」德·阿弗裡尼說。

說著，他把維爾福帶進那個房間。

「還是昏迷不醒嗎？」檢察官問。

「他死了。」

維爾福倒退三步，帶著一種無法讓人懷疑的憐憫神情，握緊雙手高舉過頭頂。

「這麼快就死了？」他望著屍體說。

「沒錯，很快，是嗎？」德．阿弗裡尼說，「可是您對這不該感到驚訝的。因為，德．聖米蘭先生和夫人都是這麼猝然死去的。喔！在您家裡過世的人都是死得這麼快，德．維爾福先生。」

「什麼？」檢察官用充滿恐懼和驚愕的聲音喊道，「您又想到那個可怕的念頭上去了？」

「我一直在想，先生，一直在想！」德．阿弗裡尼神情莊重地說，「因為這個念頭從沒離開過我。現在您只要仔細聽我說，德．維爾福先生，就會相信這次我是不會弄錯的了。」

維爾福渾身痙攣地顫抖著。

「有一種毒藥能致人於死命而幾乎不留下任何痕跡。這種毒藥我很熟悉，因為我研究過這種毒藥發作時的種種症狀，以及不同劑量所能產生的效果。剛才我在巴魯瓦身上認出了這種毒藥的跡象，正像我在德．聖米蘭夫人身上也認出過它的痕跡一樣。這種毒藥，有一個方法可以確認它的存在。它會使遇酸變紅的石蕊試紙恢復原先的藍色，而且會使堇菜汁變成綠色。我們沒有石蕊試紙，但是，您看，他們把我要的堇菜汁送來了。」

果然，走廊裡響起了腳步聲，醫生開門從女傭手中接過一個盛著兩、三匙堇菜汁的小杯子，然後又把門重新關上。

「您看著，」他對檢察官說，後者的心跳得厲害，簡直可以聽到他撲通撲通的心跳聲。「這只杯子裡是堇菜汁，這個瓶子裡是諾瓦第埃先生和巴魯瓦喝剩的檸檬水。假使這檸檬水是純淨無毒的，堇菜汁就不變色。但是，假使檸檬水是被下過毒，堇菜汁就會變成綠色。您看吧！」

醫生往杯子裡緩緩地倒入幾滴檸檬水，頓時間，只見杯底生成一團霧狀物，它先是呈藍色，然後從天藍色轉成乳白色，再從乳白色轉成翡翠綠色。變到最後一種顏色以後，就不再改變了，這就是說，實驗的結果已無可置疑。

「可憐的巴魯瓦是被毒死的。」德·阿弗裡尼說，「現在，無論是在法庭面前，還是在上帝面前，我都要這樣說。」

維爾福沒有出聲，他朝天舉起雙臂，眼睛驚慌地睜大著，猶如遭到雷劈似的跌倒在一張扶手椅上。

第八十章　控告

檢察官看上去就像這間氣氛陰森房裡的第二具屍體，但沒過不久，德．阿弗裡尼醫生就使他恢復了神志。

「哦！死神進了我的屋子！」維爾福喊道。

「還是說謀殺吧。」醫生答道。

「德．阿弗裡尼先生！」維爾福喊著，「我簡直沒辦法告訴您，此刻我都感覺到了些什麼。那是恐懼、悲痛、與瘋狂。」

「是的。」德．阿弗裡尼神情嚴肅，語氣平靜地說，「可是我認為，現在是我們該採取行動的時候。是時候該阻止這恐怖的死亡。我已無法把這樣的祕密保守下去了。我一心希望能很快看到有人出來為社會和受害者伸張正義。」

維爾福用悽楚的目光環視著四周。

「在我家裡，」他喃喃地說，「在我的家裡！」

「做吧，大人，」德．阿弗裡尼說，「表現得像個男子漢吧。作為法律的代言人，您必須捨棄自我的利益！」

「您的話讓我膽戰心驚，大夫，您指的是自我犧牲！」

「我是這麼說的。」

「這麼說，您有懷疑的人？」

「我沒有懷疑任何人。死神在敲您的門，祂進來，祂離開。祂不是盲目的，而是極其機靈地從一個房間走到另一個房間。於是，我跟著祂，我追蹤它的行跡；我運用先人的智慧，摸索而行。而我對您的家庭的友誼和我對您的尊敬，就像是蒙在我眼睛上的兩層布。嗯……」

「哦！就直說吧，說吧，大夫！我會拿出勇氣來的。」

「是這樣的，先生，在您府上或者在您的家人之中，或許存在一位恐怖的殘暴之人。而這樣的怪物，在每個世紀裡也只會出現一次。洛姬絲特和阿格麗庇娜[105]兩人生於同一時代，那是個例外，它證明了天意震怒，決意毀滅罪孽深重的羅馬帝國。布呂娜奧特和弗蕾黛貢德[106]，是一種文明起源階段艱苦摸索的產物，當時人類正在學習主宰自己的靈魂，即便是從地獄使者那裡學習也在所不惜。

「嗯，這些女人在她們犯罪以前，或者在當時，都是又年輕貌美的。在她們作惡以前，或者是在作惡的當時，都曾有過純潔無邪，如同花朵般嬌豔的容顏，就像在我們府上那位罪

105 Lucusta and Agrippina，阿格麗庇娜（十五—五十九），羅馬皇后，西元五十四年毒死丈夫克勞狄一世，將前夫之子尼祿擁立為皇帝，左右朝政大權。後因母子爭權，被尼祿處死。洛姬絲特（死於六十八年）就是提供毒死克勞狄一世的毒藥的女人。

106 Brunehilde and Fredegonde，弗蕾黛貢德（五四三—六一三），古國奧斯特拉齊的王后。其妹嫁給納斯特裡國王希爾佩里克一世後，被希爾佩里克一世的姘婦弗蕾黛貢德（午四五—五九七）毒死。布呂娜奧特決意為妹報仇，兩國遂交戰。

犯臉上所能見到的那樣。」

維爾福發出一聲哀鳴，合攏雙手，以一種央求的姿勢望著醫生。

可是醫生毫不留情地繼續往下說：「找出能從這些罪行中能得到利益的人吧。」

「大夫！」維爾福喊道，「唉！大夫，人世間有多少冤情就是因聽信誤言所造成的！我無法說清楚，但我覺得這樁罪行……」

「您承認了，真的存在著這一樁罪行？」

「是的，我看清了它的存在。但是，我認為這這樁案罪行是為打擊我，而不是為了殘害那幾位受害者。我懷疑在這些離奇的災難後面，隱藏著一件對準我的惡意。」

「哦！人啊！」德．阿弗裡尼喃喃地說，「真是所有動物中最自私，所有生物中最利己的存在。人總是以為地球繞著自己而轉，陽光是為了自己而照耀，死亡也只衝著自己一個人而來。其實，不過就像隻螞蟻站在草莖頂端詛咒上帝罷了！那些喪失了生命的人，難道就該讓他們白白地送命嗎？德．聖米蘭先生，德．聖米蘭夫人，以及諾瓦第埃先生……」

「怎麼會？諾瓦第埃先生？」

「沒錯，您真以為那個人要殺的是那名可憐的僕人嗎？不，不是的，他就像莎士比亞筆下的波洛涅斯[107]，是個替死鬼。那瓶檸檬水本來是準備給諾瓦第埃的。按照邏輯還說，喝下它的應該是諾瓦第埃。至於它被另一個人喝下是純屬偶然。所以，雖然現在死的是巴魯瓦，

107 Polonius，莎士比亞悲劇《哈姆雷特》中的御前大臣，被哈姆雷特誤殺。

但原本應該是諾瓦第埃會喪命。」

「那麼，我父親為何喝了沒事呢？」

「德．聖米蘭夫人去世的那天晚上，我在花園裡告訴過您了。因為他的體質已經對這種毒藥有了適應性——足以使別人喪命的劑量對他來說已經不夠了。再來，在無人知道，當然凶手也一無所知的情況下，過去的十二個月裡，我一直在用馬錢子鹼治療諾瓦第埃先生的癱瘓症。所以，單憑自己的經驗，凶手相信馬錢子鹼是致命的毒藥。」

「哦，願上帝慈悲！盼上天垂憐！」維爾福擰著自己的手臂喃喃地說。

「我們來看看凶手是怎樣一步一步進行的。他首先是毒死德．聖米蘭先生。」

「哦！大夫！」

「我敢對此發誓，以我所聽到的症狀，和我親眼看見的症狀完全相符。」

維爾福不再申辯，發出一聲痛苦的呻吟。

「毒死德．聖米蘭先生以後，」醫生接著往下說，「又毒死了德．聖米蘭夫人，這樣他就可以有兩筆遺產了。」

維爾福擦著從額頭淌下的冷汗。

「請您仔細聽著。」

「哎！」維爾福訥訥地說，「我在仔細聽，一個字也沒漏掉。」

「諾瓦第埃先生，」德．阿弗裡尼以無情的聲音接著往下說，「諾瓦第埃先生不久前立了一份遺囑，對您和您的家人都不留任何東西，而把遺產全部捐贈給窮人，這麼做使得諾瓦第埃先生免於一死。因為那個人覺著對他已經沒有什麼可以指望的了。但是，他最近又申明第一份遺囑作廢，再次立好第二份遺囑。凶手就因為擔心或許他還會重新立第三份遺囑，於是就迫不及待地下手了。立遺囑，我想是前天的事吧。您看吧，時間抓得有多緊。」

「哦！求您憐憫、寬恕吧，德．阿弗裡尼先生！」

「不能寬恕，先生。醫生在這人世間有一項神聖的使命，為了完成使命，他必須上溯生命的源頭，以及往下探究死亡的奧祕。當有人犯了罪，而上帝無疑地因出於驚駭，而別過頭時，醫生就該站出來指認凶手。」

「求您憐憫、寬恕我的孩子吧，先生！」維爾福喃喃地說。

「您把一切都看清了，而且先提到她的名字的，正是您——她的父親！」

「饒恕了瓦朗蒂娜吧！聽我說，這是不可能的。我寧可說是我自己有罪！瓦朗蒂娜，她的心像就鑽石般純淨，像百合般無邪啊！」

「對於這些公然的罪行是不能饒恕的，檢察官先生。寄給德．聖米蘭先生的藥，是德．維爾福小姐親手包裝的，結果是，德．聖米蘭先生死了。

「德．聖米蘭夫人喝的藥水，是德．維爾福小姐準備的。結果是，德．聖米蘭夫人死了。

「巴魯瓦有事外出，德．維爾福小姐從他手裡接過那瓶檸檬水。平時諾瓦第埃先生總是在早上喝光這瓶檸檬水的，這次他是僥倖逃脫了厄運。

「德．維爾福小姐就是罪犯！她就是下毒的人！檢察官先生，我向您控告德．維爾福小姐，請您履行您的職責吧。」

「大夫，我不再堅持，也不再申辯了，我相信您的話。可是，請您發發慈悲，赦免了我的生命和名譽吧！」

「德．維爾福先生，」醫生愈說愈激憤，「有些時候，我只能打破種種愚蠢的人情界限了。如果您的女兒只犯了一罪，而我看見她還在策畫另一樁罪行時，我就會對您說：『警告她，懲罰她吧，讓她進修道院去當修女，在哭泣和祈禱中度過後半生。』要是她犯下了第二樁罪行，我就會對您說：『看吧，德．維爾福先生，這種毒是沒有解藥的。藥性發作起來快得如人的思想，如天邊的閃電，它能像雷劈一樣使人立時斃命。讓她吃下這毒藥，把她的靈魂交付給上帝吧。這樣，您才能挽救您的名譽和生命，因為，她是非置您於死命不可的。我想像得出她會怎樣帶著虛偽的笑容走到您的床邊，甜言蜜語地勸您吃下那致命的毒藥！要是您不先發制人，德．維爾福先生，您就會遭殃！』

「這就是當她只害死兩個人時，我會對您說的話。可是現在，她親眼看著三個人倒下，親眼看著三個人被奪去了生命。她已經跪在第三具屍體身邊了。是時候該把這個下毒犯交給劊子手！交給劊子手吧！既然您提到您的名譽，那就請照我說的去做，等待著您的將是千古不朽的名聲！」

維爾福跪了下來。

「請聽我說，」他說，「我沒有您的這種勇氣，或者不如說，要是現在說的不是我的女兒瓦朗蒂娜，而是您的女兒瑪德萊娜，您也不會有這種勇氣的。」

醫生的臉頓時變白了。

「大夫，每個男人，身為一名女子的兒子，本來就是為著受苦和死去而到這個世上來的。大夫，就讓我受苦吧，我會等著死亡來臨的。」

「當心啊！」德．阿弗裡尼說，「這種死亡是會慢慢降臨的。說不定要等到它把您的父親、妻子和兒子都奪走以後，您才會看到它向您走來。」

維爾福激動得一時說不出話來，緊緊地抓住醫生的手臂。

「請您聽我說！」他喊道，「可憐我，救救我吧！不，我女兒是無罪的。就算您拖著我倆一起上法庭，我也會說：『不，我女兒是無罪的。在我家裡沒有人犯罪。我不會承認家裡出現罪行。因為犯罪跟死亡一樣，當它進到住所時，都不是單獨而行的。您聽著，就算我被人謀殺了，那又關您什麼事呢？您還是我的朋友嗎？您還是個男子漢嗎？您還有有心嗎？不，您只是個醫生！好吧，我告訴您，我絕對不會把我的女兒帶到法庭，並親手把她交給劊子手的！只要想到這裡我就痛不欲生……恨不得像個瘋子那樣用指甲挖出我的心臟！萬一您弄錯了呢，大夫……萬一那不是我的女兒……萬一有一天，我臉色慘白像個鬼魂似的來對您說：『凶手！您害死了我的孩子……』您聽著，德．阿弗裡尼先生，我雖然是個基督徒，但要是萬一有那麼一天，我還是會自殺的！」

「那好吧，」片刻靜默過後，醫生說，「我會再等一等的。」

維爾福看著他，似乎對他的話還有存疑。

「不過，」德．阿弗裡尼先生語氣緩慢而莊重地繼續說，「要是府上有哪一位再發病，要是您自己也覺得不行了，也不用再來找我了，因為我是不會再來了。我可以同意和您一起保守這可怕的祕密。可是，我不願看著羞恥和內疚在我心裡滋長，就像罪行和災難在您家裡增加一樣。」

「那您是想說，您要丟下我不管了，大夫？」

「是的，因為我無法再跟您同行了。我只能停止在斷頭臺之前。早晚會有新的發現來結束這幕可怕的悲劇。我告辭了。」

「大夫，我求求您了！」

「這些恐怖的景象使我心神不安，更讓您的屋子令人厭惡與毀滅。告辭了，先生。」

「還有一句話，就一句話，大夫！您可以把這些恐怖的景象，把您對我挑明真相後而變得更可怕的局面都留下給我，就這麼一走了事。可是，這可憐的老僕人死得這麼突然、這麼快，您要我對其他人怎麼交代呢？」

「這話沒錯，」德・阿弗裡尼說，「那您送我出去吧。」

醫生走在前面，德・維爾福先生跟在他後面。驚恐不安的僕人們聚集在走廊和樓梯上，那都是醫生的必經之路。

「先生，」德・阿弗裡尼對維爾福說，聲音大得足以讓所有的人聽見，「可憐的巴魯瓦這幾年來老是待在家裡，活動得太少了。以前他那麼喜歡跟著主人騎馬或乘車，跑遍了歐洲各地。現在，卻老是圍著一張輪椅打轉，一年到頭天天如此，這就是他的死因。血脈變得不流通了。他人也發福了，脖子也變粗變壯了，結果是中風暴發性發作，我得到通知趕來時已經太晚了。」

「順便說一句，」他又壓低聲音說，「千萬別忘記把那杯堇菜汁倒進爐灰裡。」

說完，醫生既不跟維爾福握手，也不稍留片刻再對自己說的話考慮一下，就直接穿過充滿一片哭喊聲的屋子，出門離去。

當天晚上，維爾福府上的所有僕人先是聚集在廚房裡討論了很長時間，之後就去找德．維爾福夫人，請求她允許他們辭退工作離開府邸。不管主人再怎麼執意挽留，再怎麼允諾增加工資，都留不住他們。

說來說去，他們總是這麼回答：「我們要離開，是因為死神在這屋子裡徘徊著。」

他們終於不顧主人的再三懇求而離去了。臨走前他們都表示非常捨不得離開這麼好的主人，尤其是瓦朗蒂娜小姐，她脾氣好，心眼好，特別體貼人。維爾福聽他們說這些話時，向瓦朗蒂娜望去。她一直不停地在哭泣著。

維爾福被這些眼淚所感動的當下，也瞥了一眼德．維爾福夫人，卻只見她兩片薄唇中間，彷彿掠過了一道轉瞬即逝的冷笑，猶如在風暴將起的天際，從兩片雲層中間掠過的不祥流星。

第八十一章　退休麵包鋪老闆的房間

就在德・馬瑟夫伯爵被銀行家拒絕聯姻，懷著羞慚、惱怒的心情離開鄧格拉斯府邸的那天晚上，安德烈亞・卡瓦爾坎第先生把一頭鬈髮與鬍子整理得相當完美，並且讓雪白的手套勾勒出指尖的形狀，就這樣駛進了銀行家坐落在昂坦堤道的府邸的內院。

在客廳裡寒暄了不到十分鐘，他就趁著空檔把鄧格拉斯引到一扇窗前。他先說了幾句很巧妙的開場白，接著就話鋒一轉提到他高貴的父親離開巴黎之後，他如何忍受著生活的種種折磨。他知道銀行家一家人都非常友善地接待他。他在這個家裡被他們像兒子一樣接納與對待，而且，他也在鄧格拉斯小姐身上找到了自己最炙熱的愛戀。

鄧格拉斯全神貫注地聽著。早在兩三、天以前，他就在等著聽這分宣告，當他終於等到時，眼睛睜大的程度跟他聽馬瑟夫說話時眼皮下垂的角度完全呈反比。然而，他還不想立刻就答應年輕人的提親，他仍須對這件事再多做考慮才行。

「安德烈亞先生，」他對年輕人說，「您現在就想到婚事，不會太年輕了些嗎？」

「我覺得不會，先生。」卡瓦爾坎第說，「在義大利，顯貴之人通常很年輕就結婚了。生活中充滿著許多不確定的事，因此，當幸福降臨身邊之時，就該一手抓住。」

「現在，先生，」鄧格拉斯說，「假設您這次使我深感榮幸的提親，我妻子和女兒也都接受了，那麼，婚嫁的條件應該與誰商量呢？在我看來，這種要緊的商議，必須要由父親出面，才能把雙方子女的幸福安排妥當的。」

「先生，家父是個很明智的人，做起事來通情達理。他已經預料到我可能會在法國成家，所以他臨行前，除了把我的身分證明文件都留下之外，還特地留了一封信給我。他在信裡寫明，只要我的親事符合他的心意，他就從我完婚之日起給我一份十五萬法郎的年金。這筆收入，就我所知，約占家父每年收益的四分之一。」

「我也早有打算，」鄧格拉斯說，「女兒出嫁時會給她五十萬法郎。再說，她還是我唯一的遺產繼承人。」

「這樣的話，事情將會安排得很順利。當然，這是以鄧格拉斯男爵夫人和歐仁妮小姐同意的狀況下為前提。事若成真，我們以後就會有十七萬五千法郎的年金了。再假設，我能說服侯爵不是支付我年金，而是把本金給我——我知道這件事不容易，可還是有可能的——那我們就會將這兩、三百萬交到您手裡。以您的能力，一定能賺上一分利的。」

「我平時給人的利息最多是四厘，」銀行家說，「有時甚至是三厘半。可是對我女婿，我給五厘，而且紅利對分。」

「太好了，岳父！」卡瓦爾坎第說。他過於得意忘形，露出了多少有些粗俗的本性，這是不管他怎樣盡力用貴族的姿態加以掩飾，偶爾還是會露出馬腳來的。

但他很快就恢復了常態。「原諒我，先生，」他說，「光是懷有希望就讓我差點失去理智了。要是事情成真，我還不知道會變成怎樣呢？」

「不過，」鄧格拉斯說，在他這方面，並沒有發覺這場起初毫無利害關係的談話，怎麼在轉眼間就變成生意了。「想必您另有一部分財產，是令尊無法拒絕給您的吧？」

「哪部分？」年輕人問。

「令堂的那部分。」

「這倒是真的。是家母萊奧諾拉·科爾西納裡的財產。」

「這部分大約有多少錢呢？」

「嗯，先生，」安德烈亞說，「我能向您保證，我從來沒想到過這件事，不過，我想至少有兩百萬吧。」

鄧格拉斯一時間只覺得高興得連氣也透不過來了。一個吝嗇鬼找回一筆散失的財富，或者一個眼看就要淹死的人突然感覺到腳下不再是即將把他吞沒的深淵，而是堅硬的土地時，心情就是這樣的。

「那麼，先生，」安德烈亞邊說邊向銀行家恭順地鞠了一躬，「我能抱有希望嗎？」

「您不只可以希望，」鄧格拉斯說，「更可以確信，這件事只要您那方面沒有什麼阻礙，一切就說定了。」

「我真是無比的欣喜。」安德烈亞說。

「不過，」他想了想說，「為什麼您的保護人——基督山伯爵先生——沒有替您提出求婚呢？」

安德烈亞的臉上升起一陣讓人難以覺察的紅暈。「我剛從伯爵那裡來，先生，」他說，「他無疑是個讓人喜歡的人，但就是怪得出奇。他對我的計畫表示完全贊成。他甚至還對我說，他相信家父會毫不猶豫地同意給我本金，而不是年金。他同時答應了會利用他的影響幫助我說服家父。可是，他對我有言在先，他個人從來不曾，而且以後也不願承擔中間人的責任。

「不過我必須為他說句公道話。他向我保證，若是說他曾因為不願多事的態度而感覺過遺憾的話，那麼，就是對於無法幫我求婚的這件事了。他認為，將要結合的這對新人很般配也會很幸福。再說，雖然他不願意有公開的表示，但他答應過我，要是您去對他談這件事，他會在適當的時候答覆您的。」

「啊！太好了。」

「現在，」安德烈亞帶著他那最迷人的笑容說，「我跟岳父已經談好了。現在，我要跟銀行家談談了。」

「那麼，您對他有什麼話要說呢？」這次輪到鄧格拉斯笑著說。

「後天我就會向您提取五千法郎，不過，伯爵考慮到我這個月的開銷可能會大些，那些錢恐怕會不夠用。所以，他開了張兩萬法郎的支票給我，不是預支，而是直接給我。這裡，上面有他的親筆簽字，您看這樣可以嗎？」

「像這樣的支票，您就是再給我一張一百萬面額的也沒問題。我一定照付不誤。」鄧格拉斯一邊把那張支票放進衣袋，一邊說，「請告訴我，明天您什麼時候有空，我會讓出納員帶著一張兩萬五千法郎的收據去拜訪您的。」

「那就早上十點吧，越早越好，因為明天我想到鄉下去。」

「好吧，十點，還是王子飯店嗎？」

「是的。」

第二天，以準時著稱的銀行家，派人在十點整把兩萬五千法郎送到了年輕人的住處。當時安德烈亞正準備出門，臨走前他留下兩百法郎給卡德魯斯。安德烈亞這次外出的主要目的就是為了避開那位危險的朋友。所以當晚，他在外拖延到很晚才回來。但是，他才剛踏進院子，就發現面前站著旅館的門房，那個人把大簷帽拿在手裡，正等著他。

「閣下，」他說，「那個人來過了。」

「哪個人？」安德烈亞漫不經心地問，彷彿早把他忘了，其實卻記得相當清楚。

「就是閣下每月給他一點錢的那個人。」

「喔！」安德烈亞說，「他是我父親的一個老僕人。嗯，我留下的那兩百法郎，您交給他了？」

「是的，閣下。」

安德烈亞要人稱呼他閣下。

「可是，」門房繼續說，「他不肯收下。」

安德烈亞臉色變白了，還好現在是晚上，誰也看不清他的臉色。

「什麼？他不肯收下？」他說話的聲音略微有些激動。

「是的！他要跟閣下說話。我告訴他您出去了，但他非要見您不可。不過最後，他好像被我說服了，就把這封事先封好的信交給我。」

「快給我看！」安德烈亞說。

他在馬車的車燈旁邊看這封信：

您知道我住哪裡。我明天早上九點鐘等您。

安德烈亞檢查了一下封蠟，為的是確定有沒有人動過，有沒有好事之徒偷看過裡面的信。不過，這封信折了又折，疊成一個菱形，不拆開封蠟是沒法看到裡面的內容——封蠟完好無損，說明沒有別人動過。

「很好，」他說，「可憐的人！真是個忠心耿耿的好人。」

說完他就走了，留下門房獨自琢磨他的這兩句話。他弄不明白到底誰更值得稱讚，是年輕的主人呢，還是年邁的僕人。

「快把馬卸了，上樓到我房裡去。」安德烈亞對他的車伕說。

才兩秒鐘，年輕人就已跑進了自己的房間，並把卡德魯斯的信燒掉。事情剛做完，僕人就進來了。

「您的身材跟我差不多，皮埃爾。」他對那僕人說。

「這是我的榮幸，閣下。」

「您昨天有新的制服了？」

「是的，閣下。」

「我今晚跟一位漂亮的年輕女孩有個約會，但不想讓她知道我的身分。您把那套制服借給我，另外把您的證件也都給我，我或許要睡在客棧裡。」

皮埃爾遵從。五分鐘後，安德烈亞已完全變裝，離開旅館。他叫了一輛出租馬車，吩咐去皮克比斯的紅馬旅店。第二天，他離開王子飯店時也一樣無人認出，並走往聖安東莞區，沿著林蔭大道一直走到梅尼爾蒙唐街，在左邊第三幢房子門前停住。因為不見看門人，就跟周圍的人詢問。

「您要找誰，漂亮的小夥子？」對面的水果鋪老闆娘問。

「我想請問一下帕耶丹先生住哪裡，好大媽。」安德烈亞說。

「退休的麵包鋪老闆嗎？」水果鋪老闆娘問。

「沒錯，就是他。」

「他住在院子最裡面，在左手邊，三樓。」

安德烈亞照她指的路走，看見門口有個兔掌形狀的門鈴，急促的鈴聲代表著他拉鈴時的怒意。一會兒後，門上的鐵柵框裡出現了卡德魯斯的臉。

「嘿！您挺準時吶。」他說。他打開門鎖。

「您和您的守時都去死吧！」安德烈亞說。他自行坐在椅子的態度表達著，他寧可把它往它的主人頭上丟。

「好啦，好啦，」卡德魯斯說，「別發脾氣，小子！您看，我可是老惦著您呢，看看我們這頓早餐有多棒呀，全是您愛吃的東西！」

果然，安德烈亞聞到了一股煮著食物的味道，這味道他雖然不喜歡，但對於他飢腸轆轆的肚子到是相當具有吸引力。那是新鮮肥肉和大蒜混在一起的味道，在普羅旺斯下層百姓的廚房裡是常出現的。其中也摻有一種乾酪烤魚的味道，而且除此以外，還有肉豆蔻和丁香的香味。這些氣味，都是從燉在爐灶上的兩個加蓋的湯鍋，以及一個在生鐵爐子上滋滋作響的平底鍋裡傳出來的。

安德烈亞看見隔壁房裡有一張還算乾淨的桌子，上面放著兩副刀叉和兩瓶封口的葡萄酒，一瓶的封口是綠的；另一瓶是黃的。另外，還有一大瓶燒酒和一堆水果。放水果的瓷盤還很巧妙地墊著一張大大的甘藍葉片。

「您覺得怎麼樣？小子，」卡德魯斯說，「哦！多香啊！您知道，我曾是個好廚師啊！您還記得大家吃光我做的菜以後怎麼拚命地舔指頭嗎？您呀，我做的調味汁，頭一個來嘗的就是您，我想，那時您可沒覺得它們討厭吧。」

說著，卡德魯斯再拿起一顆洋蔥剝了起來。

「但是，」安德烈亞脾氣欠佳地說，「把我找來，就是為了跟您一起吃早餐，那您一定是被邪靈附身了！」

「我的孩子，」卡德魯斯用勸戒的口氣說，「我們可以邊吃邊聊的。怎麼，您這個忘恩負義的傢伙，難道您不高興來看看老朋友嗎？我呀，可是開心得都流出眼淚了。」

卡德魯斯真的流淚了，只不過，刺激這位杜加橋客棧前老闆淚腺的，究竟是喜悅還是洋蔥，那就很難說了。

「您給我閉嘴，偽君子，」安德烈亞說，「您說您愛我？」

「是的，我愛您，不然就讓魔鬼把我抓去吧。我知道我心腸太軟，」卡德魯斯說，「但是我也拿自己沒辦法。」

「不過，這還是無法阻止您用詭計來耍我。」

「好啦！」卡德魯斯一邊往圍裙上擦拭那把大刀，一邊說，「要不是因為我愛您，您讓我過的這種寒磣生活，我還能捱得下去嗎？您看看，自己身上穿的是您僕人的衣服，這就是說明您僱著一個。那我呢，我可沒有僕人，所以就只好自己做菜。我做的菜您看不上眼，那是因為您經常在王子飯店或者巴黎咖啡館的餐桌上用餐。嗯！我本來也可以僱個僕人，也可以有輛輕便馬車，也可以愛上哪裡吃飯就上哪裡的。是啊！我為何不那樣做呢？就是為了別讓我的小貝厄弟妥感到不自在。怎麼樣，您總要承認我本來是可以那樣做的吧？」

說著卡德魯斯向安德烈亞投去一道含義非常明確的目光，用以結束他的這番話。

「好，」安德烈亞說，「就算您是愛我的吧。那麼，您為何非要我來跟您一起吃早餐呢？」

「就為看看您啊，小子。」

「看我，那又何必呢？我們早就把條件都談妥了。」

「哎！親愛的朋友，」卡德魯斯說，「立遺囑不是都還有份附屬條款嗎？不過您來，首先是要來吃早餐的，不是嗎？那麼，坐下吧，我們就先吃這沙丁魚配新鮮奶油吧，我還特地為您墊了些葡萄葉在下面呢，壞傢伙。哎！您在看我的房間，看到我那四把草墊椅子和這些三法郎一張的畫。但，您能期待什麼呢？這裡可不是王子飯店吶。」

「算了吧，您現在這也抱怨，那也抱怨。您以前說過只想當個退休麵包鋪老闆就心滿意足了，可現在您還是不高興。」

卡德魯斯嘆了口氣。

「嗯，您還有什麼要說的？您的夢想已經實現了。」

「我還要說這仍是個夢想。一位退休的麵包鋪老闆，我的貝厄弟妥，應該是有錢的——他有年金。」

「是啊，您有年金呀。」

「我？」

「是的，自從我帶給您兩百法郎開始。」

卡德魯斯聳聳肩膀。

「這有多丟臉吶，」他說，「像這樣接受人家違心的施捨。再說，這種日子也不保險，說不定哪天就沒啦。您看，我不得不省吃儉用，生怕哪一天您的好運就沒了。哎！我的朋友，一如隨軍神父說的，好景不常吶。我知道您這一陣子運氣極好，您這無賴。您要娶鄧格拉斯的女兒啦。」

「什麼？鄧格拉斯？」

「是啊，當然是他，是要我稱呼為他鄧格拉斯男爵嗎？那我就該稱您貝厄弟妥伯爵囉。他是我的老友，要是他記性不是這麼壞的話，他該請我去參加您的婚禮的，因為當初他來過我的婚禮。是啊，是啊，來我的婚禮！那時，他還沒這麼傲慢——他還是好摩萊爾先生手下的小夥計。我跟他，還有德・馬瑟夫伯爵，常在一塊兒吃飯。您看見啦，我跟達官貴人也是有些關係的。要是我稍微去運作一下，搞不好我倆還會在他們的客廳裡碰面呢。」

「算了吧，您嫉妒得都開始異想天開啦。」

「這都沒關係，小貝厄弟妥，我知道自己在說些什麼。說不定哪天，我會穿上我最好的大衣，去到哪座高貴的府邸大門前，自我介紹一番。不過此刻，您就坐下，我們吃飯吧。」

卡德魯斯自己先做了個樣子，津津有味地吃了起來，而且，每上一道菜給客人就要誇讚一番。做客人的，到了這節骨眼上似乎也豁出去了，他乾脆拔出酒瓶塞子，並且開始吃起普羅旺斯魚湯和加大蒜油炸的鱈魚來了。

「嗨！伙伴，」卡德魯斯說，「看起來您跟前客棧老闆又重歸於好啦？」

「可不是。」安德烈亞回答，他這時除了食慾，暫時不去想其他的事了。

「味道你還喜歡吧，小無賴？」

「好吃到，我不明白一個能煮出這麼好吃東西的人，怎麼還會抱怨著在過苦日子。」

「您沒看見嗎，」卡德魯斯說，「我所有的幸福都跟一個念頭結合在一起。」

「什麼念頭？」

「就是我是依靠一個朋友的接濟。我這人，向來花的都是自己掙來的錢。」

「別讓這種事煩你啦。我有足夠的錢供兩人花。」

「不，真的，信不信由您，每到月底我心裡就被自責所折磨吶。」

「好卡德魯斯！」

「因為太自責，所以昨天我不肯拿那兩百法郎。」

「所以，告訴我，您要找我說話，是因為您自責？」

「真的自責，而且，我忽然有了個主意。」

安德烈亞打了個冷顫；每當卡德魯斯有個什麼主意，他都會打個冷顫。

「這滋味可不好受啊，您知道嗎？」卡德魯斯接著說，「每個月總是得等到月底。」

「哎！」安德烈亞決定要探出對方的真正意圖，冷靜地說，「生活不就是等待嗎？就說我吧，現在不也過的不錯嗎？是吧，我很有耐心地等著，不是嗎？」

「沒錯，因為您等的不是區區兩百法郎，而是五千，六千，或許是一萬，甚至是一萬二，總之是個你小心翼翼不讓人知道的數目。以前在那裡，您總是有些小禮物或是聖誕禮盒，那些您試圖瞞過您可憐的朋友卡德魯斯的東西。幸好那位卡德魯斯是個機靈的傢伙。」

「又來了，您又再開始翻舊帳啦，提起您已說了一遍又一遍的陳年往事！不過，說著這些把我再損一次的舊事，有何用處呢？」

「喔！您才二十一歲，所以可以忘記過去。我可已經五十啦，要不想也不行囉。不過，我們還是談回正事吧。」

「說吧。」

「我是想說，如果我是您的話……」

「嗯？」

「我就會預支。」

「您要如何預支呢？」

「我會要求預支半年的開銷，藉口要買座農莊，然後就拿著這筆錢逃走。」

「好啊，好啊，」安德烈亞說，「您這主意還真不賴。」

「親愛的朋友，」卡德魯斯說，「吃我的麵包，聽我的建議，您不會錯的，省力又省心。」

「不過，」安德烈亞說，「為何您不照您給我的建議去做呢？為何您不預支半年，甚至是一年的錢，再逃到布魯塞爾去呢？您不用再裝退休的麵包鋪老闆了，乾脆就裝個破了產的銀行家，利用這個身分的特權，會過的還不錯的。」

「見鬼，就一千兩百法郎，您想叫我離開？」

「哎！卡德魯斯，」安德烈亞說，「您可真貪心！兩個月以前，您還差點餓死呢。」

「胃口是會越餵越大的。」卡德魯斯說著，就像猴子發笑或老虎咆哮時那樣露出兩排牙齒。「另外，」他一邊用這兩排跟年齡不大相稱的銳利白牙咬下一大口麵包，一邊又說，「我還有個計畫。」

安德烈亞聽到卡德魯斯有個計畫，比聽到他有個主意更加心裡發毛。因為，主意還只是個胚芽；計畫就是要開花結果了。

「讓我聽聽這個計畫吧。」他說，「我敢說它應該很不錯。」

「為何不是呢？當初是靠誰想出的計畫，我們才能離開某某先生的那所機構。嗯？不就是我？而我相信，那是個不壞的主意，既然我倆都活到今天啦！」

「我可沒說，」安德烈亞回話，「您從沒想出個好法子。還是先聽聽您的計畫吧。」

「那麼，」卡德魯斯繼續往下說，「您能不從自己身上掏一塊錢，就能讓我得到一萬五千法郎嗎？不，一萬五不夠，少於三萬，我就別想再當個有頭有臉的人啦。」

「不，」安德烈亞口氣生硬地回說，「不，我不能。」

「我不認為，您理解我的意思。」卡德魯斯平靜地說，「我是說不用花您一塊錢。」

「您是要我去偷去搶，好斷送我的前程，而且連您的也拖下水，再讓人把我們送回那裡去嗎？」

「哦！對我反正都差不多，」卡德魯斯說，「要送回去就送回去吧。您要知道，我這人有點怪，有時候，我還滿想念那些老夥伴的。我可不像您是個沒良心的東西，恨不得這輩子別再見到他們啦！」

安德烈亞這次不是打冷顫，而是嚇得臉色慘白。「喂！卡德魯斯，別做傻事！」他說。

「別擔心，我的小貝厄弟妥，只要指點我一些可以弄到三萬法郎的辦法，您不用幫我，我會自己看著辦的。」

「好吧，我想想。我會試著找些辦法。」安德烈亞說。

「在這期間，您可以把每月給我的錢加到五百法郎吧，我的小子？我有個願望，就想僱個女傭人。」

「好吧！你會拿到你的五百法郎，」安德烈亞說，「但這對我來說已很難了，我的卡德魯斯老兄……您這麼得寸進尺……」

「呸！」卡德魯斯說，「您可是有個拿不完的百寶箱吶。」

似乎安德烈亞早已料到他的伙伴會說出這句話，只見他的眼睛頓時一亮，不過只是一瞬間而已。

「這倒是真的，」安德烈亞回答說，「而且我的保護人對我好極了。」

「這位親愛的保護人，」卡德魯斯說，「他每月給您多少來錢吶？」

「五千法郎。」安德烈亞說。

「他給您五千，可您只給我五百！」卡德魯斯接著說，「說真的，只有私生子才會這麼好運。五千法郎一個月！這麼些錢您能怎麼花呀？」

「哦，花光這些錢一點都不是問題。我也跟您一樣，很想有筆本金。」

「本金？……對……我明白……誰都想弄筆本金。」

「我想，我可以得到這筆錢。」

「誰給您？您那位親王？」

「是的，就是我那位親王。但可惜的是我得等。」

「等什麼？」卡德魯斯問。

「等他死啊。」

「等您那位親王死掉？」

「對。」

「怎麼回事？」

「因為他在遺囑裡留給我一筆財產。」

「真的？」

「人格擔保！」

「多少？」

「五十萬！」

「就這點？根本不夠吧。」

「但就這個數目。」

「這不可能！」

「卡德魯斯，您是我的朋友吧？」

「是啊！是生死之交吶。」

「那就好，我要告訴您一件祕密。」

「什麼祕密？」

「但是記著……」

「哦！放心！我會守口如瓶的。」

「嗯！我想……」安德烈亞停住，看了下四周。

「您想？不用怕，放心！這裡就只有我們。」

「我想我找到我父親了。」

「親生父親？」

「是的。」

「不是那個老卡瓦爾坎第？」

「不是，他老早就走了。就是您說的，親生父親。」

「那麼您父親是……」

「嗯，卡德魯斯，他就是基督山伯爵。」

「呸！」

「沒錯！您懂吧，一切都能解釋清楚啦。顯然地，他無法公開認我，但是他讓卡瓦爾坎第先生來處理這些事，為了這事他還給了他五萬法郎。」

「做您父親就有五萬法郎？出一半價錢我就做了，兩萬也行，一萬五也行！為何您那時沒想到我？忘恩負義的傢伙。」

「我根本不知道這件事。那時，我倆不都還在那個地方嗎？」

「啊！倒也是。那麼您是說，他在遺囑裡……」

「留給我五十萬法郎。」

「您能肯定？」

「他給我看過，可還有……」

「是不是還有附屬條款，就像我剛才說的？」

「是這樣吧。」

「在這份附屬條款裡……」

「他認了我這個兒子。」

「哦！好父親，勇敢的爸爸，非常誠實的父親！」卡德魯斯說著，把一個盤子拋到半空中，又用雙手把它接住。

「現在，還說我有什麼祕密瞞著您嗎？」

「沒啦，您這麼信得過我，我心裡當然更看重您了。那麼，您那位親王爸爸有錢嗎，非常有錢嗎？」

「是的，他是，連他自己都弄不清楚到底有多少財產。」

「會有這種事？」

「事實擺在眼前了。我隨時可以進出他的府邸。有一天，我看見一位銀行員工為他送去五萬法郎，就裝在像您這餐巾一樣大小的公事包裡。昨天，又有個銀行家為他送去十萬法郎，全是金幣。」

卡德魯斯聽得出了神。年輕人的話語裡彷彿有一種金屬的叮噹聲，他好像聽到了一堆金路易滾來滾去的咣啷聲響。

「那屋子您進得去？」他沒頭沒腦地問了這麼一句。

「隨時能進去。」

卡德魯斯想了一陣子。明顯地，他的腦子裡轉著什麼不可告人的念頭。隨後，他冷不防大聲說：「我真想去看看這一切！那該有多美呀！」

「的確如此，」安德烈亞說，「美極了！」

「他是住在香榭麗舍大道吧？」

「三十號。」

「喔！」卡德魯斯說，「三十號。」

「是的，一幢獨棟的房子，前面是院子，後面是花園，您不會認錯的。」

「或許，但我想看的不是外面，而是裡面。那裡面，一定有著豪華漂亮的傢俱吧？」

「您去過杜樂麗宮嗎？」

「沒有。」

「啊！比那還漂亮。」

「安德烈亞，等到他彎腰，錢包掉在地上的那天，一定是相當值得。」

「不用等到那個時候，」安德烈亞說，「那房子裡到處都是錢，就像果園裡到處都是果子。」

「您改天真該帶我去一次。」

「我怎麼帶？用什麼名義？」

「您說的對，但是，您說得讓我直嚥口水了。我絕對要去看看。我會有個法子的。」

「別說傻話了，卡德魯斯！」

「我可以裝作是擦地板的。」

「屋子裡鋪的全是地毯。」

「哎！那我就只好用想像來過癮了。」

「這正是最好的辦法，聽我的沒錯。」

「那您至少可以幫我弄明白是怎麼回事吧。」

「怎麼幫？」

「非常簡單。那屋子大嗎？」

「不太也不小。」

「室內怎麼布局？」

「喔！那我要支筆，要瓶墨水，還有紙才能畫啊。」

「我這裡都有！」卡德魯斯急忙說。他隨即在一張舊寫字臺裡找出一張白紙、一瓶墨水和一支筆。

「這裡，」卡德魯斯說，「全替我畫在這張紙上吧，我的孩子。」

安德烈亞帶著一絲讓人難以覺察的笑容接過筆，畫了起來。

「整座屋子，我說過，前有院子後有花園，看見嗎？就像這樣。」安德烈亞一邊說，一邊畫上花園、院子和房子。

「圍牆高不高？」

「不高，頂多八到十呎吧。」

「這可不精確呀。」卡德魯斯說。

「在院子裡，有柑橘栽培箱，草坪和花圃。」

「沒有放置夾獸器吧？」

「沒有。」

「馬廄呢？」

「在鐵門兩邊，您看，就這裡。」安德烈亞繼續畫著圖。

「我們來看看底樓吧。」卡德魯斯說。

「樓下有餐廳、兩個客廳、彈子房和門廳樓梯，還有座暗梯。」

「窗戶呢？」

「富麗堂皇，既漂亮又寬敞，對，說真的，我看像您這樣的身高，真是隨便哪個窗子都爬得進去。」

「有了這樣的窗，為何還要那樓梯？」

「豪宅什麼都要有的。」

「百葉窗呢？」

「有，但它們不曾被用過。這位基督山伯爵是個怪人，就算是在夜裡也愛看著天空！」

「那些僕人，他們睡哪裡？」

「喔！他們有自己的房子。您想像一下，進門右首有個漂亮馬車房，梯子也都在那裏。在車房樓上就是僕人們的房間，裡面有鈴通著府裡的各個房間。」

「哦，見鬼！您說有鈴？」

「您什麼麼意思？」

「喔，沒什麼。我是說裝鈴滿花錢的。我問您，那些派什麼用場啊？」

「以前有條狗，每晚在院子裡巡邏，可後來被送到奧特伊的房子去了，那地方您是知道的，您不是去過嗎？」

「去過。」

「我昨天還在對他說：『您這樣太不謹慎了，伯爵先生。因為，當您帶著僕人都去奧特伊的時候，這幢房子裡就沒人顧著了。』然後他說：『嗯，會怎麼樣呢？』我說：『那麼，總有一天你家會被偷的。』」

「他怎麼回答呢？」

「他平靜地回答說：『我若被偷，又有什麼關係呢？』」

「安德烈亞，他有的寫字臺是裝機關的。」

「您怎麼會知道？」

「沒錯的，它的陷阱會把小偷抓住，還會發出響聲。別人跟我說過，在最近的博覽會上就展示過類似的東西。」

「他只有一張桃花心木寫字臺，而且鑰匙老是掛在上面。」

「而他沒被洗劫過？」

「沒有，他的僕人對他都很忠心。」

「這張寫字臺裡總會有些錢吧？」

「大概有吧，沒人知道裡面放些什麼。」

「那它在哪裡？」

「在二樓。」

「那您把層樓也畫下來，小子，就跟剛才畫一樓時一樣。」

「那非常簡單。」說完，安德烈亞重又拿起筆來。

「樓上，您看，有前廳還有間客廳。客廳右邊是圖書室和書房。客廳左邊是一間臥室和一間更衣室。那張寶貝寫字臺就在這穿衣間裡。」

「那更衣室有窗戶吧？」

「有兩扇，這裡一個，那裡一個。」安德烈亞畫上兩扇窗戶的位置，這間更衣室位於平面圖的一個角上，呈正方形位在長方形臥室的旁邊。

卡德魯斯腦子裡開始盤算了起來。「他常去奧特伊嗎？」他問。

「每星期兩到三次，就好比說，他明天就會在那裡待上一天一夜。」

「這您能確定？」

「他請我去那裡吃晚餐。」

「您要這樣生活啊，」卡德魯斯說，「城裡有宅邸，鄉下有別墅！」

「這就是有錢人的生活。」

「您明天會去那裡吃晚飯嗎？」

「大概會。」

「您去那裡吃晚飯時，晚上就睡在那裡？」

「如果我想的話。我在伯爵家就像在自己家裡一樣。」

卡德魯斯望著年輕人，像是想要看清他心底的真話。但是安德烈亞從口袋裡拿出一盒雪茄，取出一支哈瓦那雪茄從容地點著，不動聲色地吸了起來。

「您什麼時候要這五百法郎？」他問卡德魯斯。

「如果你身上有這麼多錢，我現在就要。」

安德烈亞從口袋裡掏出二十五枚金路易。

「金幣！」卡德魯斯說，「不用了，謝謝。」

「喔！您對它們還看不上眼啊？」

「正相反，我很看重它們，可是我不能要。」

「你可以拿去兌換啊，傻瓜，兌一枚金幣賺五個蘇的差額。」

「正是如此，可接下來那兌換商就會盯上這個卡德魯斯老兄，然後就會質問有那個農民有辦法用金幣繳租金的。別做傻事，我的好同伴，就給銀幣吧，不管上面有哪個皇帝的頭像都行。五法郎的銀幣是誰都能有的。」

「但是您能想像我隨身帶著五百法郎銀幣的樣子嗎？那樣的話我得請個挑夫了。」

「好吧，那就交給您那裡的門房，他人算老實，我去向他要。」

「今天？」

「不，明天。今天我沒空。」

「好吧，明天。我要去奧特伊以前，把錢交給門房。」

「我可以相信您吧？」

「當然。」

「因為我要先去物色個女傭人。」

「現在，可以該到此為止吧？嗯？你還沒把我折騰夠嗎？」

「不會再有了。」

卡德魯斯的臉沉了下來。安德烈亞看著他表情的變化，心裡不由得有些發毛。於是他裝得興致格外高昂，一副並不在意的樣子。

「看您這得意的樣子，」卡德魯斯說，「好像您已經把遺產弄到手啦！」

「可惜啊，還沒！不過，等我弄到手……」

「之後？」

「好啦！我是會想著老朋友的。我說話算話。」

「沒錯，您的記性是夠好的，可不是！」

「那有什麼法子？剛才我還以為您要勒索我呢。」

「我？哎！瞧您想到哪裡去了！我，正好相反，還要給您一個朋友的忠告。」

「什麼忠告？」

「就是勸您把戴在手上的那枚鑽戒留在這裡。哎！難道您想讓人家把我們都逮住嗎？難道您想讓我倆都栽在您愚蠢的行為上嗎？」

「怎麼會呢？」安德烈亞說。

「怎麼會？您穿著制服，裝作僕人，可手上卻戴著一枚值四、五千法郎的鑽石戒指！」

「您猜的還真準。」

「我對鑽石還是滿懂的，以前我也有過。」

「您吹牛的本事最大。」安德烈亞說。

卡德魯斯原本擔心這個新的勒索會讓他發火，可沒想到他居然不在乎地把戒指取了下來。卡德魯斯湊得很近地檢查這枚鑽戒。安德烈亞心裡明白，他這是在看切割的棱角是不是鋒利。

「這鑽戒是假貨。」卡德魯斯說。

「您開什麼玩笑？」安德烈亞回說。

「哎！別發火，我們試試吧。」

說著，卡德魯斯走到窗子跟前，拿著鑽石在窗上劃了一下，只聽到玻璃發出吱吱聲。

「我承認，」卡德魯斯一邊把鑽戒指戴在自己的小指頭上，一邊說，「是我弄錯了，可是那些奸詐的珠寶商把假鑽石做得太像真貨，弄得人家反倒不敢去偷珠寶店了。這一來，又是一門行業斷了生路。」

「嗨！」安德烈亞說，「您完了沒有?還要我的什麼東西嗎?這件上衣要嗎?這頂帽子要嗎？反正已經開了頭，別不好意思。」

「不，其實您還是個好夥伴吶。我不再耽擱您的時間啦。我的野心就讓我自己想辦法來對付吧。」

「可您最好當心，您剛才怕拿出金幣會惹麻煩，這時您要是拿了鑽戒去賣，也照樣會有麻煩的。」

「我不會賣的，您放心。」

「是啊，至少在後天以前別賣。」年輕人在心裡說。

「碰到好運的小無賴！」卡德魯斯說，「現在您要回到您的僕人、您的馬、您的車子，還有未婚妻身邊去了吧。」

「是啊。」安德烈亞說。

「嗨！希望您娶我朋友鄧格拉斯的女兒時，能送我件像樣的禮物。」

「我已經對您說過了，那是您自己在瞎猜。」

「嫁妝有多少啊？」

「我對您說了……」

「一百萬？」

安德烈亞聳聳肩膀。

「就當作是一百萬吧。」卡德魯斯說，「您永遠沒辦法拿到我想要您到手的那麼多吶。」

「真是謝啦。」年輕人說。

「哦！我可是誠心誠意的，」卡德魯斯粗聲粗氣地笑著補充說，「等一等，讓我給您開門。」

「不用了。」

「要的。」

「怎麼啦？」

「因為門上有個小機關，我是為了保險起見，於是用了加斯帕爾·卡德魯斯精心改良的于雷・菲歐門鎖。等您當上富翁以後，我也照樣給您做一把。」

「謝謝，」安德烈亞說，「我會提前一星期通知您的。」

兩人在樓梯口分了手。卡德魯斯站在樓梯平臺上，看著安德烈亞走下樓，再看著他穿過院子。然後他急忙回屋裡，小心翼翼地關好門，就像個深思熟慮的建築師那樣，仔仔細細地研究起安德烈亞留給他的那張平面圖。

「親愛的貝厄弟妥，」他說，「我想他能拿到那筆遺產是不會覺得遺憾的，而且這個讓他提前拿到五十萬法郎的人，也總不會是他最壞的朋友吧。」

第八十二章　夜盜

我們剛才敘述過的那場談話後的第二天，基督山伯爵果真帶著阿里和另外幾名僕人，還有他要試騎的那幾匹馬，去了奧特伊。只是，他前一天晚上還沒做出這個決定，不用說，安德烈亞當然更不得而知了。伯爵之所以臨時決定去奧特伊，是因為貝爾圖喬。他剛從諾曼第回來，帶回了房子和雙桅帆船的消息。房屋已布置好，而雙桅帆船是一星期前抵達的。船上有六名水手，已辦妥相關手續，停泊在一座小港灣裡，隨時可以啟航出海。

伯爵讚揚了貝爾圖喬的勤勉，並吩咐他做好準備，因為很快地，他就要再度動身，在法國逗留的時間不會超過一個月。

「現在，」他對貝爾圖喬說，「我可能需要在一夜之間從巴黎趕到特雷波爾。我要您沿途備好八匹馬，讓我能在十小時趕完五十里格的路。」

「大人曾經對我提起過，」貝爾圖喬回答說，「馬已經準備好了，都由我親自選購並安置在最合適的地點。也就是說，安置在一些通常沒人會去的小村莊裡。」

「做得很好，」基督山說，「我會在這裡待一或兩天，您就同時安排吧。」就在貝爾圖喬要退出去吩咐底下人開始做準備時，巴蒂斯坦打開了房門，手裡托著一個鍍金的銀盤，上面擱著一封信。

「您來這裡做什麼？」伯爵看著他身上沾滿塵土的模樣，問，「我好像並沒叫您來呀？」

巴蒂斯坦沒有回答，走到伯爵跟前把那封信交給他。「是封重要的急件。」他說。

伯爵打開信，念道：「此信特為通知基督山先生，今晚將有人潛入閣下位於香榭麗舍大道的府邸，意在竊取此人認為鎖在更衣室內寫字臺裡的文件。素聞基督山伯爵先生勇敢過人，故大可不必向警方求援，因警方的介入或許會使提供此訊息者處境非常不利。伯爵先生只需置身臥室通往更衣室的門後，或隱藏在更衣室內，即可制服此人。太多人或防範過於明顯，勢將嚇退此名歹徒，使基督山先生失去識破一名仇敵的機會。通報者獲悉此事純屬偶然，假使歹徒此次不敢動手，而待下次再行動時，他將無法再次通知。」

伯爵的第一個反應，是認為這是盜賊的詭計，而且是個拙劣的圈套。通知他一個不太嚴重的危機，用意是把他推入更加危險的境地。於是，儘管這位匿名的朋友再三叮囑，或者，正因為他這麼叮囑，於是，伯爵決定把信交給警長。可就在這時，他轉念一想，說不定真是哪個他自己的仇敵，唯有他能認出並將之制伏。若果真是如此，就唯有他能利用此人，就像斐愛斯柯[108]利用想謀殺他的摩爾人一樣。我們對伯爵的強健身體與膽大心細已很了解，想要阻止這位全身充滿精力的出色男人，是不可能的。以他過去的經歷，憑著他早已下定絕不退縮的決心，伯爵從一次一次的爭鬥中得到了別處無法體會的樂趣。他有時是跟大自然，也就是跟上帝爭鬥；有時則是跟人，或者不妨說成是跟魔鬼爭鬥。

108　Fiesco，德國戲劇家席勒（一七五九—一八〇五）同名劇作中的主角。他在一個原先想謀殺他的摩爾人幫助之下進行謀反，最後失敗。

「他們不是要偷我的文件，」基督山說，「而是要殺掉我。他們不是小偷，而是殺手。我可不想讓警察廳長來參與到我的私事。儘管我的錢確實足夠到能貢獻他行政的開支。」

伯爵把巴蒂斯坦再叫回來，剛才他將信交給伯爵後就退了出去。

「回巴黎去，」他說，「把留在那裡的僕人全帶來這裡。我要所有的人都到奧特伊來。」

「府裡一個人都不留嗎，伯爵先生？」巴蒂斯坦問。

「是的，除了守門人。」

「大人，我想請您注意，門房離屋子也有著一段距離。」

「嗯？」

「即使有人把屋內的東西都搬光了，他也聽不到一點動靜的。」

「誰會去偷呢？」

「當然是竊賊。」

「您這個愚人，巴蒂斯坦先生。就算竊賊把屋子裡的東西都搬光，也比不上一個僕人不聽我的吩咐更讓我氣惱。」

巴蒂斯坦鞠了一躬。

「您聽明白了嗎？」伯爵說，「去把您的同事們一個不漏地都帶到這裡來。但是屋內一切照舊，您只要把一樓的百葉窗關上就好了。」

「樓上的呢？」

「您知道樓上的百葉窗我是從來不關的。下去吧。」

伯爵傳話下去，說他想獨自在房裡用餐，只要阿里一人侍候。他像平常一樣從容不迫也有節制地進食。飯後，他朝阿里做個手勢要他跟著，便從小門出了屋子，以隨意散步的樣子一路走到了布洛涅森林，然後直接上路前往巴黎。夜幕降臨的時候，他倆已經到了香榭麗舍大道上那座宅邸的對面。整座宅邸黑漆一片，只有門房室裡亮著一盞昏黃的燈火。這個門房室，正如巴蒂斯坦所說的，離宅子有四十多步的距離。

基督山伯爵背靠在一棵大樹上，用他那幾乎從不出錯的銳利雙眼，在這條林蔭大道上來回搜尋，查看著路上的每個行人。接著，他又把目光投向鄰近的街道，想要看清是否有人埋伏在附近。十分鐘後，他確信沒有人跟蹤他，就立即帶著阿里朝小門跑去，迅速地進了宅邸，然後，他用隨身帶著的鑰匙打開僕人用的樓梯入口，上樓進了自己的臥室。但是，他沒有拉開或掀動任何一塊窗幔，就連看門人也沒想到，主人居然已經在這座他以為空無一人的宅子裡了。

到了臥室，伯爵以手示意要阿里停住，然後他走進更衣室去察看，發現一切如常——那張寶貝寫字臺在原處，而鑰匙掛在上面。他將鑰匙轉了兩圈，將抽屜鎖牢，拔下鑰匙，又走到臥室門前，拉開鎖上的橫栓，然後回到臥室。這時，阿里拿出伯爵交代要準備的武器，放在一張桌子上。那些是一支短步槍和兩把雙筒手槍，其兩根並置的槍管發射起來可以跟單管手槍一樣准。有了這幾把槍，伯爵手裡可以說握有五條性命了。

此刻是九點半，伯爵和阿里匆匆吃了一塊麵包，喝了一杯西班牙紅葡萄酒之後，他稍稍挪開一塊活動的牆板，這樣他就可以從臥室裡看到更衣室的情況。手槍和步槍就放在他的手邊，阿里則站在他身旁，手握一柄阿拉伯小斧。自從十字軍東征的年代以來，這種斧頭就始終是這個樣式。從臥室裡一扇跟更衣室的窗平行的窗子，伯爵可以看得到大街。

兩個小時就這樣過去了。夜色極度黑暗，但阿里憑著一種原始的天性，而伯爵想必是藉著後天的訓練，都能夠在黑暗中看清東西，就連院子裡樹枝最輕微的晃動，也逃不過他倆的眼睛。此刻，門房室的那盞小燈，早已熄掉了。

伯爵推測，假使真有一場策畫好的夜襲，竊賊應該會從一樓的樓梯上來，而不會從某一扇窗戶進入。在基督山的想法裡，歹徒要的是他的命，不是他的錢。因此，他們襲擊的目標理當是臥室，要到臥室，勢必是從那座暗梯上來，要不然也會是從更衣室的窗子進來。他讓阿里守著樓梯走道，自己繼續監視更衣室。

傷殘軍人院的大鐘敲了十一點三刻，隨著潮濕的西風，飄來了三下淒涼、顫抖的鐘聲。最後一下的鐘聲停歇後，伯爵聽見從更衣室的方向似乎傳出輕聲的聲響。最初的那一聲，或者更確切地說，最初那道劃東西的響聲過後，又出現第二聲，然後是第三聲，到第四聲時，伯爵已經心裡有數了。有一隻腕力強勁、訓練有素的手，正用鑽石在玻璃上劃割出四道邊框。

伯爵覺得自己的心跳急促了起來。一個人，無論面臨險境時有多麼堅強，無論事前如何預知會有何危險，他還是能從自己心臟的跳動和肌肉的顫抖中，體認到想像與現實、計畫與執行之間，是存在著巨大的差異。然而，基督山只做了個手勢通知阿里提防。阿里當下明白了危險來自更衣室的方向，就跨了一步接近自己的主人。基督山伯爵則是急切地想知道自己將要交手的是什麼樣的仇敵，又有多少人。

來者正在劃割玻璃的那扇窗，就在伯爵望進更衣室的窗戶的正對面。因此，伯爵的視線落在那扇窗子上，他看見幽暗中出現了一個黑色的人影。隨後，窗玻璃上有一個方塊部分突然間變得不透明了，像是有人從外面貼上了一張紙，接著，這塊玻璃嘎吱嘎吱響了兩下，但沒掉在地上。一隻手從窗洞裡伸進來，在找叩緊窗戶的長栓，一秒鐘後，窗扇繞著鉸鏈轉了過來，一個人爬了進來。他只有一個人。

「真是個膽大包天的無賴。」伯爵輕聲地說。

這時，他覺著阿里在他肩膀上輕輕地碰了一下。他轉過身去，阿里對他指一指他倆所在的這間臥室裡那扇面朝大街的窗子。基督山朝那扇窗子走了幾步。他知道這名忠心耿耿的僕人，其感官的敏銳度是異於常人的。果然，他看見大門外還有個人影，此人正站在牆腳石上，彷彿想看清伯爵宅邸裡的情況。

「好呀！」他說，「他們是兩個人一夥——一個動手，一個把風。」

他朝阿里做個手勢，要他監視街上的那個人。自己則會對付更衣室裡的傢伙。這個劃玻璃窗的人進了屋子，伸出兩條手臂在四周摸索。最後，他似乎是把更衣室的情形摸清楚了。這間更衣室有兩扇門，他走過去把門都鎖上。

這個人朝著通臥室的門走過去時，基督山伯爵以為他是要開門進去，就拿起一把槍握在手裡。但是，他聽到的只是鎖栓在滑槽裡移動的聲音，這只是一種防範措施。這位夜間的客人因為不知道伯爵事先已經移開了鎖栓，所以，他一定會以為一切就萬無一失，什麼都不怕了。自認可以放心大膽行動後，他就從口袋裡掏出伯爵沒法看清的東西，放在一張小圓桌上，然後直接走到寫字臺跟前，去摸抽屜上的鎖，結果，他意外地發現鑰匙沒在上面。但是，這劃破玻璃的人是個老手，手邊攜帶著應急的工具。伯爵很快地就聽到一陣由鑰匙串所發出的輕微金屬碰擊聲。平時我們去找鎖匠來開鎖時，他帶的就是這種鑰匙串。竊賊稱為之為夜鶯，想必是指著鑰匙在開鎖時發出的響聲，像是鳥兒夜鳴叫時傳出的音樂。

「喔！哈！」基督山帶著失望的笑容喃喃地說，「原來只是個小偷。」

但是這個人由於四周太暗，一時間找不到合適的鑰匙。於是他拿起放在小圓桌上的那樣東西然後按了一下按鈕，立刻出現一道微弱，但足以看清事物的亮光，光線映在此人的手和臉上。

「天啊！」基督山吃驚地往後退去說，「原來是……」

阿里舉起小斧。

「別動，」基督山低聲對他說，「把你的小斧放下。我們應該不需要武器了。」

然後，他又把聲音壓得更低地說了幾句話。因為剛才伯爵那聲驚呼雖然聲音很輕，但已經驚動了那個傢伙。他一動也不動地保持著那種古代磨刀匠的姿勢[109]。阿里按照伯爵的吩咐，馬上踮起腳尖走到壁櫥前，取出一件黑色長袍和一頂三角帽。這時，基督山伯爵迅速地脫下了禮服、背心和襯衫，在透過板壁缺口照進來的那一縷光線下，可以看清伯爵胸前穿著一件柔軟又細密的鋼絲護胸鎖子甲。這種護胸甲，在我們這已無遇刺之虞的法國，最後一個穿它

109 指半蹲著身子的姿勢。

的也許就是路易十六國王了。他害怕被匕首刺入胸膛，卻被斧頭砍下了腦袋。這件護胸甲很快就消失在長袍下面，正像伯爵的黑髮也消失在光頂式樣的假髮下面一樣。然後他再把三角帽往假髮上一戴，伯爵就變成了神父。

那個人，因為沒再聽見任何動靜，有重新直起身來。在基督山換裝的那段時間裡，他早已走回到寫字臺前，抽屜鎖在他的夜鶯撥弄下吱嘎作響。

「再試試吧，」伯爵喃喃地說。他仗著有個就算來者再聰明也看不出的祕密彈簧機關。「再試吧！您會忙個幾分鐘的。」說完，他朝窗口走去。

伯爵剛才看見站在牆腳石上的那個人，現在已經下去了，並且不停地在街上走來走去。但有件事很奇怪，他對街上過往的行人，不管是從香榭麗舍大道的方向，還是從聖奧諾雷區的方向來的，似乎都完全不感興趣。看他那樣子，好像他一心只想知道伯爵府裡的情形。而他所有行動的目的，似乎只是為了看清更衣室裡到底正在發生什麼事。基督山猛然拍了一下前額，微微張開的嘴脣中間掠過一道無聲的笑容。

隨後，他靠近阿里低聲說：「您留在這裡，躲在陰影裡，不管聽到什麼聲音，不管出了什麼事，您都別進來。沒等到我叫您的名字時，千萬別露面。」

阿里點點頭，表示他聽明白了，會照這吩咐做的。於是，基督山從櫃子裡取出一支蠟燭點亮，趁著那名竊賊聚精會神在對付那把鎖時候，輕輕地打開門，同時很小心地把蠟燭拿得離身體近一點，以便讓燭光完全照在自己的臉上。

因為開門的聲音非常輕，竊賊沒有聽到。但是，他突然看到屋裡亮了起來，不由得大吃一驚。他轉過身。

「喔！晚安，親愛的卡德魯斯先生，」基督山說，「您這個時候在這裡究竟是要做什麼呢？」

「布索尼教士！」卡德魯斯喊道。

他弄不明白，他已把門鎖上，這個奇怪的幽靈又是從哪裡冒出來在他面前的。他不由得鬆手把那串鑰匙掉在了地上，呆若木雞地愣在那裡。伯爵走過來站在卡德魯斯和窗子中間，這樣就切斷了驚惶失措的竊賊唯一的退路。

「布索尼教士！」卡德魯斯重複說，驚恐的目光盯在伯爵的臉上。

「嗯！沒錯，在下正是布索尼神父。」基督山接著說，「我很高興您還認得我，親愛的卡德魯斯先生。這證明我倆的記性都挺好的，因為，要是我沒弄錯的話，距離我倆上次見面，也快有十年了吧。」

布索尼在安詳中帶有譏諷與鎮懾力，把卡德魯斯嚇得腳步不穩。

「教士！神父！」他喃喃地說，緊握雙拳，牙齒格格打顫。

「所以，您是想偷竊基督山伯爵的東西嗎？」假神父繼續問。

「可敬的神父大人，」卡德魯斯一邊喃喃地說，一邊想靠近窗口，但被伯爵毫不容情地擋住了去路。「神父大人，我不知道……請相信我……我可以發誓……」

「一塊被割下的玻璃，」伯爵繼續說，「一盞遮光的提燈、一串夜鶯、一張撬開一半的寫字臺，事情不是很明顯嗎？」

卡德魯斯覺得透不過氣來了，只想找個角落躲起來，或者找個地洞鑽下去。

「好啦，」伯爵說，「我看您還是老樣子──謀財害命的傢伙。」

「神父大人，既然您什麼都知道，那您一定知道那不是我。都是那個卡爾貢特女人做的，審訊時也是這麼認定的，要不然，怎麼會光罰我服苦役而已吶。」

「既然我看到您準備再被帶回到那裡去，那麼，您上次的刑期該滿了吧？」

「沒有，神父大人，是有人救我出來的。」

「此人真是為社會做了件大善事了。」

「哎！」卡德魯斯說，「我有過承諾……」

「而您現在是在違背諾言？」基督山打斷他的話說。

「哎！就是！」卡德魯斯很不安地說。

「不知悔改的惡徒，要是我沒弄錯的話，憑您犯的罪就會被送到沙灘廣場[110]上了。真是太壞了，太壞了，魔鬼！我們國家的人常這麼說。」

「神父大人，我是一念之差……」

「所有的罪犯都這麼說。」

「因為窮……」

「住嘴！」布索尼輕蔑地說，「因為窮困，一個人會去乞求施捨，會去麵包鋪門口偷麵

110 Place de Greve，當時巴黎的行刑場所。

包，可是，不會到一幢他認定裡面沒人的住宅來撬寫字臺。當年那個珠寶商若阿內以四萬五千法郎來交換我給您的那枚鑽戒時，您為了把鑽戒和錢都弄到手，就殺死了他，這難道也是因為窮困？」

「饒恕我吧，神父大人！」卡德魯斯說，「您已經救過我一次，就再救我一次吧！」

「我可不想那麼做了。」

「就您一個人，神父大人，或是，您還是帶了警察在旁邊等著抓我呢？」

「我只有一個人。」神父說，「我會再憐憫您一次。即使這種心軟說不定還會給我帶來新的麻煩，但我會放您走。只是，您必須把實情都說出來。」

「喔！神父大人！」卡德魯斯握緊雙手，朝基督山走上一步喊道，「我真的要說，您是我的救命恩人！」

「您是說有人把您從監獄裡救出來的？」

「是的！這是事實，神父大人！」

「救您的人是誰？」

「一名英國人。」

「叫什麼名字？」

「威爾莫勛爵。」

「我認識他，所以，我會知道您有沒有說謊。」

「神父大人，我說的都是實話。」

「那麼，是那名英國人保護了您？」
「不，不是我，而是為了一個科西嘉小子，我的獄友。」
「這個年輕的科西嘉人叫什麼名字？」
「貝厄弟妥。」
「這是他的教名？」
「他就叫這個名字。他是個棄兒。」
「那麼，這位年輕人是跟您一起逃走的？」
「是的。」
「怎麼逃的？」
「我們在土倫附近的聖芒德里埃做工。您知道聖芒德里埃吧？」
「知道。」
「利用休息的那一個小時，就是十二點到一點之間……」
「苦役犯可以睡午覺！可還有人憐憫這些可憐的傢伙呢！」神父說。
「別這麼說，」卡德魯斯說，「我們總不能老是做工——人又不是狗。」
「狗的話還比較好。」基督山說。
「趁旁人都在睡覺的機會，我們先逃了一段路，再用英國人給我們的銼刀銼斷腳鐐，然後就游泳逃走了。」
「這個貝厄弟妥現在怎麼樣了？」

「我也不知道。」

「您應該知道的。」

「不，說實話，我們在耶爾就分手了。」說著，為了使自己的話顯得更有分量，他朝神父再邁了一步。神父仍然佇立不動，始終神色平穩地審視著他。

「您在說謊！」布索尼神父以一種不容抗拒的威嚴口吻說。

「神父大人！」

「您說謊！這個人現在仍然是您的朋友，也許您還利用他當您的共犯。」

「哦！神父大人！」

「自從您逃出土倫以後，是怎麼生活的？回答我。」

「可以做什麼就做什麼啊。」

「您在說謊！」神父以一種更有氣勢的語調，第三次這麼說。

卡德魯斯驚恐地望著伯爵。

「您是，」伯爵接著說，「靠他給您的錢生活的。」

「是的，」卡德魯斯說，「貝尼弟妥成了一位顯赫的爵爺的兒子。」

「他怎麼會是顯赫的爵爺的兒子呢？」

「私生子啊。」

「那位顯赫的爵爺叫什麼名字？」

「基督山伯爵，就是我們現在待著的這屋子的主人。」

「貝厄弟妥是伯爵的兒子？」基督山問。現在輪到他驚訝了。

「是的！我是這麼認為，因為伯爵為他找了個假父親，因為伯爵每月給他五千法郎，因為伯爵在遺囑裡留下五十萬法郎給他。」

「喔！是這樣。」假神父說，他開始明白了。「這名年輕人現在用的是什麼名字？」

「安德烈亞．卡瓦爾坎第。」

「這麼說他就是被我朋友基督山伯爵待為上賓，而且快要迎娶鄧格拉斯小姐的那名年輕人了？」

「正是他。」

「混蛋！您了解他的身世和他所犯的罪，卻任他如此招搖撞騙？」

「我為何要去破壞別人可能飛黃騰達的好運呢？」卡德魯斯說。

「您說得對，這事不該由您去通知鄧格拉斯先生，應該是我去。」

「別這麼做，神父大人。」

「為什不行？」

「因為您這樣做會毀了我們的。」

「難道您以為救了像您一樣的壞人，我就會包庇他們的陰謀詭計，縱容他們去犯罪嗎？」

「神父大人！」卡德魯斯說著，離得離神父更近了。

「我要把一切都說出來。」

「對誰？」

「對鄧格拉斯先生。」

「天殺的！」卡德魯斯喊道，一邊從背心裡抽出一把鋒利的短刀，對準伯爵當胸刺去，「您什麼也別想說了，神父！」

可是使卡德魯斯大驚失色的是，短刀非但沒有刺進伯爵的胸膛，刀尖反而捲了起來。就在這時，伯爵舉起左手一把抓住行兇犯的手腕，用力一擰，痛得卡德魯斯慘叫一聲，短刀從他僵硬的手指中間掉了下去。但是，伯爵並不因聽見叫聲就住手，繼續把歹徒的手腕往外擰，直到他手臂脫臼，先是跪倒在地，而後臉朝下整個身子撲倒在地板上。

伯爵用腳踩住他的頭，說：「我真不知道我為何不踩碎您的腦袋，您這惡徒！」

「啊！饒命！饒命！」卡德魯斯喊道。

伯爵把腳提了起來。「起來！」他說。

卡德魯斯爬起身來。

「您的腕力可真厲害，神父大人！」卡德魯斯揉著那條被鐵鉗般的手擰得脫臼的手臂說。

「好大的力氣！」

「住嘴。上帝賜給我力氣來制服像您這樣凶殘的畜生。我是在以上帝的名義行事，您好好記住吧，惡徒。我現在饒了您，也是執行上帝的旨意。」

「哎喲！」卡德魯斯痛得直叫。

「拿好這支筆和這張紙，我說一句您寫一句。」

「我不會寫字，神父大人。」

「您說謊！拿好筆，給我寫！」

卡德魯斯為這種威勢所懾服，坐下來寫著：

先生，您在府上款待，並打算將令嬡許配給他的那個人，曾當過苦役犯，是和在下一起從土倫監獄逃出來的罪犯。他是五十九號，在下是五十八號。

他叫貝厄弟妥，但因為不知道父母是誰，所以連他也不知道自己的真實姓名。

「簽字！」伯爵繼續說。

「您這是想害我送命嗎？」

「如果我想害您的性命，笨蛋，我早把您拖到最近的警署去了。再說，等這封信送到目的地，那時您大概也沒什麼可害怕的了。簽字吧。」

卡德魯斯簽了字。

「信封上寫：昂坦堤道街，銀行家鄧格拉斯男爵先生收。」

卡德魯斯寫了信封。

神父拿起寫好的信。「現在，」他說，「可以了，您走吧。」

「從哪裡走？」

「從您進來的地方。」

「您是說要我從這扇窗子爬出去？」

「您不就是從這裡進來的。」

「您是想要算計我嗎，神父大人？」

「笨蛋，我有什麼可算計您的？」

「那為何不讓我從門出去呢？」

「吵醒看門人對您也什麼好處？」

「嗯，神父大人，告訴我，您希望我死嗎？」

「我順上帝所願。」

「請您發誓，您不會趁我爬下去時襲擊我。」

「膽小的蠢蛋！」

「您想把我怎麼樣呢？」

「我想問您我該怎麼做？我原想讓您做個快活的人，可您卻成了殺人犯！」

「哦，先生，」卡德魯斯說，「請最後再試一次，再試驗我一次吧！」

「我會的。」伯爵說，「聽著……您知道我是可信賴的。」

「是的。」卡德魯斯說。

「如果您能平安地回到家裡……」

「除了您，我還有什麼可怕的呢？」

「如果您能平安地回到家裡，就馬上離開巴黎，離開法國，隨便您去哪裡。只要您是規規矩矩地過日子，我就會派人送一小筆養老金給您。因為，您若可以平安地回到家，那麼……」

「那麼？」卡德魯斯渾身打顫地問。

「那麼，我就相信上帝寬恕了您，我也就會寬恕您。」

「我是個虔誠的基督徒，」卡德魯斯結結巴巴地說，「您可真的要把我嚇死了！」

「現在，走吧！」伯爵用手對卡德魯斯指一指窗口。

卡德魯斯對伯爵的承諾還不放心，跨出窗口後，站在梯子上，渾身發抖，不敢往下爬。

「現在您往下爬吧，」神父把手臂交叉在胸前說。

卡德魯斯這才明白，這裡沒什麼需要害怕的了，便開始往下爬。這時，伯爵拿著一支蠟燭走到窗前。這麼做，站在香榭麗舍大道上就可以清楚地看見有個人從窗戶往下爬，而另一個人在為他照明。

「您這是做什麼，神父大人，」卡德魯斯說，「要是有巡邏隊經過呢？」

說完，他吹滅了蠟燭。然後他繼續往下爬，直到覺得腳踩在花園的泥地上，才完全放下心。

基督山回到臥室，往外很快地瞥了一眼，視線從花園移到街上，他先看到卡德魯斯著地以後，在花園裡繞了個大彎，把梯子搬到圍牆的另一頭。他的用意是讓翻牆出去跟進來時是在不同的地方。接著，基督山的視線從花園移到街上，瞥見那個似乎等在外面的人在街上跟卡德魯斯平行地跑過去，藏身在卡德魯斯翻牆後的地點旁邊的一個暗角裡。

卡德魯斯慢慢地爬上梯子，到了最上面幾級踏級時，從圍牆頂上探出頭去，看看街上有沒有人。四周不見一個人影，周圍一片寂靜。傷殘軍人院敲響了半夜一點的鐘聲。於是卡德魯斯騎在牆頭上，把梯子收上去，擱到圍牆的另一側，然後準備沿著梯子往下爬，或者說，準備沿著梯子的兩條豎杆往下滑。他做這些事，動作非常伶俐，說明他做這行已經是相當熟稔了。

可是，當他一旦開始往下滑，就是想止也止不住了。他看著一個人趁他滑到一半時從暗角裡竄出來，眼睜睜地看著一條手臂在他的腳剛著地時舉了起來，在他還沒來得及採取任何自衛措施，就被那隻手在後背上狠狠地刺了一刀。他不由得脫手鬆開梯子喊道：「救命啊！」

但他肋間馬上又挨了一刀，他摔倒在地上喊道：「殺人啦！」

最後，趁他在地上打滾時，那個人揪住他的頭髮，朝他前胸又刺了第三刀。這一次，卡德魯斯雖然仍想叫喊，但發出的只是一聲呻吟。於是，他呻吟著，眼看三道血流從三處傷口不斷地往外流。凶手看見他不喊了，抓住他的頭髮把他的頭抓起。卡德魯斯雙眼緊閉，嘴巴歪斜。凶手以為他死了，一把摔下他的頭，逃跑了。過了一陣子，卡德魯斯覺著凶手跑遠了，就用手肘撐起上半身，使盡全身力氣，用非常虛弱的聲音喊道：「抓凶手！我要死了！救救我，神父大人，救救我！」

淒慘的喊聲穿透了黑夜。暗梯門打開了，隨後，通往花園的小門也打開了，阿里和他的主人拿著燈火奔了過來。

第八十三章　上帝的手

卡德魯斯繼續以悽楚的聲音在叫喊：「神父大人，救命啊！救命啊！」

「出什麼事了？」基督山問。

「救救我吧！」卡德魯斯仍在喊，「有人謀害我啦！」

「我們來了！撐住！」

「哎！完了。您來得太晚了。您來也只能眼看我死掉。他刺得好凶啊！流了那麼多血！」說完他就昏了過去。

阿里和他的主人抬起受傷者，把他抬進屋裡。進屋後，基督山對阿里做個手勢，讓他替受傷者脫開衣服。然後，伯爵察看了三處被刀刺入的傷口。

「我的上帝啊！」他說，「您的報應有時候是讓人等得心急了點，可我相信，時候到時，來自上天的報應是會更加徹底的。」

阿里望著主人，像是在問他自己該做什麼。

「您到聖奧諾雷區去找檢察官維爾福先生，把他帶到這裡來。順路把看門人喚醒，叫他去請個大夫來。」

阿里聽從住人的吩咐離去，留下假神父獨自陪著始終昏迷不醒的卡德魯斯。當這名罪犯睜開眼睛時，伯爵正坐在離他幾步遠的地方，以一種憐憫的憂鬱神情注視著他，嘴脣微微地在動，彷彿是在低聲祈禱。

「請個大夫來，神父大人，請個大夫來呀。」卡德魯斯說。

「已經去請了。」神父回答。

「我知道，大夫來也救不了我，但他或許可以給我點時間，讓我多活一會兒，好指控他。」

「指控誰？」

「指控殺我的凶手。」

「您認識他？」

「是的，他是貝厄弟妥。」

「那個科西嘉小子？」

「就是他。」

「您的獄友？」

「是的。他先畫了伯爵住所的平面圖給我，想必是指望我能殺了伯爵，好讓他繼承伯爵的遺產。要不然，就是讓伯爵殺了我，好讓他就此可以甩開我。後來，他又在街上等我，拿刀殺我。」

「我也派人去請檢察官了。」

「他來也太晚了，我覺得全身的血都要流光了。」

「您等著。」基督山說。他走出房門，五分鐘後拿著一只小瓶子回來。

在伯爵離開的這幾分鐘時間裡，瀕死之人的雙眼，直直地死盯住門口。他希望法師能出現。

「您快來呀！神父大人，快來！」他喊道，「我覺得又要昏過去了。」

基督山來到傷者身邊，往他發紫的嘴唇上滴了三、四滴小瓶裡裝的液體。

卡德魯斯呼出一口氣。「哦！」他說，「您給我滴的是救命的藥水，再滴一點，再滴一點。」

「再多兩滴就會要您的命了。」神父回答。

「哦！再派個人吧，我要指控那個壞蛋。」

「要我幫您把指控的內容寫下來嗎？您可以在上面簽字。」

「好的，好的。」卡德魯斯說，想到死後能夠復仇，他的眼睛發亮了。

基督山寫道下：

殺死我的凶手是那個科西嘉人貝厄弟妥，就是和我在土倫銬在同一條鐵鐐上的同伴，那時，他是五十九號。

「快點！快點！」卡德魯斯說，「我快無法簽字了。」

基督山把筆遞給卡德魯斯，他用盡全身力氣簽了名，又倒回在床上說：「剩下的請您對他們說吧，神父大人。您就說，他現在叫安德烈亞・卡瓦爾坎第，住在王子飯店，喔！我要死啦！」說完，卡德魯斯第二次昏了過去。

伯爵把小瓶湊過去讓他嗅了嗅；傷者又睜開了眼睛。即使在昏厥中，他仍沒有放棄復仇的願望。

「喔！您會全都告訴他們的，對嗎，神父先生？」

「會的，我會全都告訴他們。而且，還有別的事情。」

「什麼事情？」

「我要說，這幢屋子的平面圖顯然是他給您的，他希望伯爵能殺死您。我要說，他事先寫了封信通知伯爵。我還要說，因為伯爵不在家，我看到了那封信，於是我整夜在這裡等著您。」

「他會被送上斷頭臺的，對嗎？」卡德魯斯說，「他會上斷頭臺的，您能答應我嗎？我要抱著這個希望死去。這樣我會好受些的。」

「我要說，」伯爵繼續說，「他尾隨著您，一直在監視您的一舉一動，當他看見您出了屋子，他就跑到圍牆的暗角裡躲了起來。」

「這麼說，您全都看見了？」

「您再想想我對您說過的話：『您若可以平安地回到家，那麼，我就相信上帝寬恕了您，我也就會寬恕您。』」

「可是您沒有警告我！」卡德魯斯喊道，努力地想用手臂把身子撐起來。「您明知道我從這屋子離開時會被殺，而您卻沒警告我！」

「沒錯，因為我在貝厄弟妥的手裡，看見了上帝的判決。我若違逆天意，就是悖理逆天的行為。」

「別提什麼上帝的判決，神父大人！要是真有上帝的判決，那您比誰都清楚，有多少人本該受罰，卻依然活得好好的。」

「別急，」神父說話的聲調，使瀕死的人打了個寒顫。「要有耐心！」

卡德魯斯驚愕地望著他。

「而且，」神父說，「上帝對世人都是仁慈的，正如他對您也曾是這樣的──他先是父親，然後才是審判官。」

「您是相信上帝的嗎？」卡德魯斯說。

「如果在今天以前我一直執拗地不肯相信的話，」基督山說，「那麼，看見您這樣，我也一定會相信的。」

卡德魯斯痙攣地捏緊雙拳，舉起朝向天空。

「聽著，」神父說著把一隻手平伸在傷者的上方，像是要命令他相信似的。「您在臨終的時刻還不肯相信的這位上帝，已經為您做了好多事──他給了您健康和精力，給了您一份穩當的工作，甚至還給了您朋友。總之，這樣的生活，對一個人來說應該能平穩知足了。但是，您非但不知珍惜上天難得賜予的恩寵，反而誤了事──您整天遊手好閒，經常喝得醉醺醺的，有一次您就是喝得爛醉，才出賣了您一位最好的朋友。」

「救命啊！」卡德魯斯喊道，「我不需要教士，我要醫生。說不定我的傷還不致命，或許我還死不了，或許他還能救活我！」

「您受的傷是致命的，要不是我剛才給您滴了三滴藥水，您早就斷氣了。所以您給我好好聽著！」

「喔！」卡德魯斯喃喃地說，「您這神父可真怪，人家要死了，您不去安慰他，卻把他往絕望的路上推。」

「聽著，」神父繼續說，「當您出賣了朋友，上帝就開始警告您，而不是懲罰您。您落到了窮困潦倒的地步，連肚子也填不飽。您在過了半輩子以後，開始羨慕起不勞而獲的生活，而且把貧窮當作自欺欺人的藉口，轉起了邪惡的念頭。就在這時，上帝假我之手給一貧如洗的您送去一筆財富。對您這個從沒什麼資產的人來說，可算是發了一筆大財。可是這筆突如其來且完全出乎意料的財產，您到手後卻還嫌不夠。您想把它翻倍，但是，靠什麼辦法呢？靠謀殺。您是把它翻倍了，可這時上帝從您手裡奪回它，把您送到了人類的法庭。」

「不是我，」卡德魯斯說，「不是我起念殺死那個猶太人的，是那個卡爾貢特女人。」

「沒錯，」基督山說，「所以上帝始終，這次我不想說公正了，因為公正的判決應該是處死的。上帝始終仁慈為懷，讓您的法官們聽了您的話後心軟了下來，饒了您一條命。」

「對！讓我去終身服苦役，真是好一個特赦！」

「您這個惡徒！您在特赦令下來時，還覺得它很仁慈的。您那顆怯懦的心，在死亡面前顫抖不已，所以聽到終身苦役的判決居然會高興得直跳。您就像所有的苦役犯那樣對自己說：『這是一扇通到苦役犯監獄去的，而不是通到墳墓去的門。』而且您並沒有說錯，因為這扇苦役犯監獄的門，是以一種您意想不到的方式為您開啟的——一名英國人訪問土倫，他有個心願要從罪惡的深淵裡拯救出兩個人來。

「他的選擇落在了您和您的同伴身上。幸運第二次從上天降臨到您的頭上。您有了錢，同時也有了安寧。您這個被判終身服苦役的人，又可以重新開始像普通人一樣地生活了。可這時候，您這惡徒又第三次去冒險了。您所有的，已經比您從前有過的東西多得多了，可您仍對自己說：『這還不夠。』於是您又毫無理由而且是不可原諒地犯下了第三件罪行。上帝覺得祂看膩了。祂懲罰了您。」

卡德魯斯看起來越來越虛弱了。

「給我水，」他說，「我口渴……我燒得難受！」

基督山遞給他一杯水。

「該死的貝厄弟妥，」卡德魯斯遞還杯子時說，「他，他逃跑了！」

「誰也逃不掉的，這是我對您說的，卡德魯斯……貝厄弟妥會受到懲罰的！」

「那麼您也會受到懲罰的，」卡德魯斯說，「因為您沒有盡到神父的責任……您應該阻止貝厄弟妥殺我的。」

「我？」伯爵帶著笑容說，垂死的人看著這笑容不由得嚇呆了。「在您的短刀刺在我胸口的鎖子甲上折了刀刃時，您還要我去阻止貝厄弟妥殺您！若是我看到您低下頭，悔過認罪，我或許會這麼做。可是，我看到您又傲慢又嗜血，我就聽任上帝去實現他的意志了！」

「我不相信有上帝！」卡德魯斯嚷道，「您也不信。您說謊……您說謊！」

「閉嘴吧，」神父說，「不然您會使身上最後那幾滴血都流乾的。什麼！在上帝正在賜死您時，您居然說不相信上帝？在上帝只要您做一次禱告，說一句話，流一次眼淚，就會寬恕您時，您卻不相信上帝？上帝本可以讓凶手的刀子讓您當場斷氣的，但是祂給了您一刻鐘的時間，讓您悔罪。懺悔吧，惡徒，悔罪吧！」

「不，」卡德魯斯說，「不，我不悔罪。沒有什麼上帝，也沒有什麼天意，一切都是巧合。」

「天意是有的，上帝也是存在的。」基督山說，「證據就是您絕望地躺在這裡，不肯承認上帝，而我富有，幸福，安然無恙地站在您面前。我把手合在胸前為您向上帝祈禱，因為您儘管竭力地不願相信他，但在心底裡還是相信的。」

「但是，您到底是誰？」卡德魯斯說，用毫無生氣的眼睛盯著伯爵。

「仔細看看我吧。」基督山擎起蠟燭湊近自己的臉說。

「嗯，神父……布索尼神父。」

基督山拿掉讓他改變容貌的髮套，讓跟他蒼白臉色相襯得很協調的烏黑頭髮垂落下來。

「哦！」卡德魯斯驚惶地說，「要不是您的黑髮，我會說您就是那位英國人，就是威爾莫勛爵了。」

「我既不是布索尼神父，也不是威爾莫勛爵，」基督山說，「您再好好想想，往遠處想想，在早年的回憶裡好好想想。」

伯爵的話聲裡有一種神奇的效果，讓那悲慘之人衰竭的神志再度清醒了過來。

「哦！」他說，「我以前好像見過您，好像認識過您。」

「對，卡德魯斯，是的，您見過我，沒錯，您認識過我。」

「可您究竟是誰呢？如果您見過我，也認識我，為什麼您對我見死不救呢？」

「因為誰也救不了您，卡德魯斯，您受的是致命的傷。要是您還有救，我會認為這是上帝最後的仁慈，也會盡力救活您，讓您懺悔。我憑我父親的墳墓發誓。」

「憑您父親的墳墓？」卡德魯斯說，頓時又變得精神煥發的樣子，支起身子想更近地瞧瞧這個剛剛對他起過男子漢最神聖的誓言的人，「哎！您到底是誰？」

伯爵一直在注視著卡德魯斯臨終前的每個跡象，知道這是迴光返照。他靠近臨終的人，用安詳而又憂鬱的目光望著他。

「我是……」他湊在他的耳邊說，「我是……」從那幾乎沒有張開的嘴巴裡，吐出一個聲音很輕很輕的名字，彷彿伯爵自己害怕聽到這個名字似的。

卡德魯斯本來已經支起身子跪著，這時伸出雙臂，拚命往後退縮，然後又合攏雙手，使盡全身的力氣往上舉起。

「哦，我的上帝，我的上帝，」他說，「原諒我剛才不肯承認您吧。您是存在的。您是上天神靈的父親。您是地上凡人的審判官。主啊，我的上帝，我這麼長久一直沒有認出您！主啊，我的上帝，請原諒我吧！主啊，我的上帝，請接納我吧！」

說完，卡德魯斯閉上雙眼，發出最後一聲喊叫，呼出最後一聲長嘆，仰面往後倒了下去。鮮血在他寬大的傷口邊緣開始凝結了起來。

他死了。

「**一個！**」伯爵神祕地說，視線定在已被可怕的死亡折磨變形的屍體上。

十分鐘後，醫生和檢察官都趕到了，一位由看門人陪著，另一位由阿里陪同，布索尼神父接待了他們，而當時他正在死者身邊祈禱。

（第三冊　完）

高寶書版集團
gobooks.com.tw

RR 006
基督山恩仇記 第三冊
Le Comte de Monte-Cristo Vol.3

作　　者　大仲馬 (Alexandre Dumas)
譯　　者　韓滬麟、周克希
編　　輯　曾士珊
排　　版　趙小芳
封面設計　陳威伸
出　　版　英屬維京群島商高寶國際有限公司台灣分公司
　　　　　Global Group Holdings, Ltd.
地　　址　台北市內湖區洲子街88號3樓
網　　址　gobooks.com.tw
電　　話　(02) 27992788
電　　郵　readers@g obooks.com.tw（讀者服務部）
　　　　　pr@gobooks.com.tw（公關諮詢部）
傳　　真　出版部 (02) 27990909　行銷部 (02) 27993088
郵政劃撥　19394552
戶　　名　英屬維京群島商高寶國際有限公司台灣分公司
發　　行　英屬維京群島商高寶國際有限公司台灣分公司
初　　版　2013年1月
二　　版　2017年12月

◎本書中譯文由上海譯文出版社授權。

國家圖書館出版品預行編目(CIP)資料

基督山恩仇記 第三冊 / 大仲馬 (Alexandre Dumas)著；
韓滬麟、周克希 譯. -- 初版. -- 臺北市：高寶國際出版：
高寶國際發行, 2013.1
　面；　公分. -- (Retime; RR 006)
譯自：Le Comte de Monte-Cristo Vol.3
ISBN 978-986-185-802-9(第3冊：平裝)

876.57　　　101027618